80 NOTES DE BLEU

Vina Jackson est le pseudonyme de deux écrivains établis qui collaborent ici pour la première fois. L'un d'eux est un auteur à succès, l'autre publie ses ouvrages tout en travaillant à la City.

Paru dans Le Livre de Poche :

80 NOTES DE JAUNE

VINA JACKSON

80 Notes de bleu

Tome 2

TRADUIT DE L'ANGLAIS PAR ANGÉLA MORELLI

MILADY

Titre original :

EIGHTY DAYS BLUE

Milady est un label des éditions Bragelonne.

ISBN : 978-2-253-09976-5 – 1re publication LGF.

1

Un festin d'huîtres

Il m'a embrassée en plein milieu de la gare centrale de New York.

Un véritable baiser d'amant : rapide, doux et tendre, chargé des souvenirs récents de cette journée passée à tenter d'oublier que c'était la dernière que nous vivions ensemble à New York. Nous n'avions pas osé évoquer l'avenir ni le passé ; les jours et les nuits qui venaient de s'écouler étaient une parenthèse enchantée entre ces deux fantômes menaçants, que nous nous efforcions de faire semblant d'ignorer avant que le temps qui passe nous rappelle inéluctablement à l'ordre.

Nous avions vingt-quatre heures devant nous. Une journée pour être un couple comme les autres.

Un jour et une nuit à New York. L'avenir pouvait attendre.

Il me semblait approprié de passer quelques instants de cette journée dans Grand Central, la gare principale qui était l'un de mes endroits préférés. Le passé et le futur s'y côtoient, et tous les visages de New York s'y mélangent – les riches, les pauvres, les punks, les traders de Wall Street, les touristes, les banlieusards –, tous de passage, différents mais unis le temps d'une brève expérience : se précipiter pour prendre un train.

Nous nous tenions dans le grand hall, à côté de la célèbre horloge à quatre côtés. Il m'a embrassée, puis j'ai regardé le plafond, comme je le fais toujours à cet endroit-là. J'adore les piliers en marbre et les voûtes qui soutiennent un ciel méditerranéen à l'envers et le zodiaque fantastique imaginé par des cartographes qui se demandaient à quoi pouvait bien ressembler la Terre vue du ciel.

J'avais l'impression d'être dans une église ; cependant, comme la religion m'inspire des sentiments pour le moins ambigus, j'ai plus de respect pour le pouvoir du chemin de fer, manifestation de l'éternelle volonté des hommes de toujours se rendre quelque part. Chris, mon meilleur ami londonien, disait toujours que l'on ne connaît jamais vraiment une ville tant qu'on n'a pas emprunté ses transports en commun, et s'il y a un endroit où cet adage s'applique parfaitement, c'est bien New York. La gare centrale est la quintessence de ce que j'aime à Manhattan. Elle est pleine de promesses, nourrie par l'énergie des voyageurs qui vont et viennent, véritable creuset de corps en mouvement, et la splendeur des lustres dorés qui pendent du plafond garantit la richesse à tous ceux qui débarquent sans un sou en poche.

Tout est possible à New York, semble dire cette gare. Si vous travaillez suffisamment dur, la ville finira par vous le rendre au centuple.

Dominik m'a prise par la main et m'a conduite vers la galerie des murmures, située au niveau inférieur. Je n'y étais jamais allée, de même que je n'avais pas visité celle de la cathédrale Saint-Paul de Londres : ces lieux faisaient partie de ma liste infinie de choses à voir.

Il m'a laissée dans un coin, face à un pilier qui joignait deux arches basses et a couru à l'autre bout de la salle.

— Summer, a-t-il chuchoté d'une voix douce et claire, qui m'a semblé provenir directement de la colonne que je regardais, comme si le mur me parlait.

Je savais qu'il s'agissait d'un phénomène acoustique dû à l'architecture – le son circulait d'un pilier à l'autre par le plafond voûté –, mais j'ai trouvé ça magique. Dominik se tenait à plus de trois mètres de moi, le dos tourné, et pourtant je l'entendais aussi clairement que s'il m'avait murmuré à l'oreille.

— Oui ? ai-je répondu doucement au mur.

— Je vais te faire de nouveau l'amour.

Je me suis mise à rire en me tournant vers lui. Il m'a souri d'un air coquin.

Il m'a rejointe, m'a saisie la main et m'a attirée vers lui. Son torse était agréablement musclé, et, comme il mesurait près de trente centimètres de plus que moi, je ne dépassais pas son épaule, même en portant des talons hauts. Dominik n'était pas baraqué – à ma connaissance, il ne fréquentait pas les salles de gym –, mais il était mince et bien découpé, et il se déplaçait avec l'aisance fluide d'un homme bien dans sa peau. Ce jour-là, la chaleur avait été tellement étouffante que l'on aurait facilement pu faire cuire un œuf sur le trottoir new-yorkais, et il faisait toujours très lourd. Malgré la douche que nous avions prise avant de quitter sa chambre d'hôtel, je sentais la moiteur de sa peau sous sa chemise. J'avais l'impression d'être enveloppée dans un nuage de tiédeur.

— En attendant, m'a-t-il murmuré à l'oreille, allons manger.

Nous étions juste devant l'*Oyster Bar*[1]. Je n'avais pas le souvenir d'avoir jamais avoué à Dominik que j'adorais le poisson cru, mais il avait encore une fois deviné ma marotte. J'ai vaguement envisagé de lui mentir et de lui dire que les huîtres me dégoûtaient, histoire de lui prouver qu'il n'avait pas toujours raison, mais il était hors de question de ne pas tester enfin ce restaurant, dans lequel je rêvais de me rendre depuis mon arrivée à New York. Sans compter qu'il partageait peut-être mon instinctive méfiance à l'égard de ceux qui n'aiment pas les huîtres. Inutile de compliquer les choses par un mensonge.

L'*Oyster Bar* est un endroit très prisé, et j'ai été surprise de découvrir que Dominik parvenait à

1. Restaurant de fruits de mer ouvert en 1913, au moment de la construction de la gare, célèbre pour son décor et devenu un lieu incontournable de New York.

avoir une table, même si, le connaissant, il était plus que probable qu'il ait effectué une réservation sans me le dire. Nous avons quand même attendu une vingtaine de minutes qu'une table se libère, mais, une fois assis, nous avons bénéficié d'un service ultrarapide.

— Champagne ? m'a proposé Dominik, qui venait de commander son éternel Pepsi.

— Une Asahi, s'il vous plaît, ai-je demandé au serveur qui nous avait apporté les menus.

Ma désobéissance a provoqué le sourire de mon amant.

— Le menu est incroyable, a-t-il commenté. On prend des huîtres pour commencer ?

— En raison de leur vertu aphrodisiaque ?

— S'il y a bien une femme qui n'a pas besoin de ça, c'est toi, Summer.

— Je prends ça pour un compliment.

— Ça tombe bien, c'en est un. Quelles sont tes huîtres préférées ?

Le serveur est revenu avec nos boissons. J'ai refusé d'un geste le verre qu'il me proposait : la bière ne peut se boire qu'à la bouteille. J'ai pris une gorgée avant de me replonger dans la carte.

Il y avait même des huîtres de Nouvelle-Zélande, cultivées dans le golfe de Hauraki, non loin de ma ville natale. J'en ai ressenti un pincement de nostalgie, éprouvant brièvement le mal du pays, qui est la malédiction du voyageur fatigué. J'avais beau aimer passionnément les villes que je découvrais, il m'arrivait parfois d'être assaillie par mes souvenirs. Les fruits de mer provoquaient ce genre de réminiscence : ils me rappelaient la chaleur des journées et la fraîcheur des nuits, la pêche aux palourdes dans les eaux peu profondes des plages et la douzaine d'huîtres panées bien salées, accompagnées de leur tranche de citron, que le serveur du *fish and chips* me servait, emballées dans un cornet de papier blanc, tous les vendredis soir.

J'ai commandé une demi-douzaine d'huîtres américaines, en me fiant aux recommandations du serveur, et Dominik m'a imitée. Mal du pays ou pas, je n'étais pas à New York pour manger néo-zélandais.

Après le départ du serveur, Dominik a tendu le bras et a posé sa main sur la mienne. Ses doigts étaient froids, et j'ai frissonné, surprise. Il avait dû tenir son Pepsi, qu'il aimait boire bien glacé, de cette main-là, ai-je songé.

— La Nouvelle-Zélande te manque ?

— Oui. Pas tout le temps, seulement quand un mot, une odeur ou quelque chose m'y font penser. Ce n'est pas tant ma famille ou mes amis : je leur écris souvent et je leur téléphone. Non, ce qui me manque, c'est la terre et l'océan. J'ai eu du mal à m'habituer à Londres, parce que c'est plat. Pas autant que certains endroits d'Australie, mais quand même. La Nouvelle-Zélande est un pays très vallonné.

— Quand je te regarde parler, je lis en toi comme dans un livre. Tu n'es pas si secrète, tu sais. Et tu ne te livres pas uniquement lorsque tu joues du violon.

Il avait été déçu de constater que j'avais laissé mon Bailly dans mon appartement avant de le rejoindre dans son hôtel, à deux rues de chez moi. Il avait pris un billet sur un vol de nuit qui le ramènerait vers son travail à l'université et sa maison de Hampstead pleine de livres, et il avait prévu de prendre un taxi pour l'aéroport le lendemain vers 16 heures. Ma semaine de vacances imprévue tirait à sa fin, et je retournerais moi aussi à mes obligations, et aux répétitions de l'orchestre, notre prochain concert étant prévu pour lundi.

Nous n'avions pas évoqué notre avenir. Quand j'étais à Londres, avant mon départ pour New York, nous avions un arrangement, une espèce de liaison assez lâche. Il m'avait dit que j'étais libre de faire des découvertes, tant que je lui racontais tout, ce qui me plaisait beaucoup. Me confesser m'excitait, et il m'arrivait d'expérimenter certaines choses ou au contraire de les éviter, juste pour le frisson du récit qui suivrait. Je n'avais jamais révélé à Dominik que je le prenais presque pour un prêtre. Il avait été tour à tour amusé et émoustillé par mes aventures, jusqu'au soir où j'avais couché avec Jasper, la nuit où tout avait dérapé.

J'avais délibérément omis de lui parler de Victor, l'homme sous la coupe duquel j'étais tombée en arrivant à New York. Je ne savais pas comment aborder le sujet. Les jeux de Victor étaient éminemment plus pervers que tout ce que Dominik avait pu inventer ; il m'avait même vendue, prêtée à ses amis afin qu'ils usent de moi comme bon leur semblait. Je m'étais laissé faire, j'avais même apprécié l'expérience. Raconterais-je un jour à Dominik ce qui s'était passé ? Je n'en étais pas certaine. Quarante-huit heures seulement s'étaient écoulées depuis que j'avais quitté la fête de Victor, au cours de laquelle il avait voulu me marquer de manière indélébile, pour faire de moi son esclave et sa propriété. J'avais refusé. Le tatouage avait été la goutte d'eau qui avait fait déborder le vase. J'avais l'impression que c'était arrivé dans une autre vie. La présence de Dominik m'avait fait oublier les actions de Victor, et je savais que les deux hommes se connaissaient, ce qui ajoutait une dimension embarrassante à toute l'histoire.

— Quoi de neuf à Londres ? ai-je demandé, changeant de sujet.

L'entrée est arrivée rapidement, comme pour donner tort aux critiques qui jugeaient le service de l'*Oyster Bar* trop lent. Un citron, dont les deux moitiés étaient emballées dans un sachet de mousseline blanche, habilement noué, afin d'empêcher un pépin hérétique de gâcher la saveur des fruits de mer, était posé au milieu d'une douzaine d'huîtres artistiquement déposées sur une grande assiette blanche, comme des joyaux.

Dominik a haussé les épaules.

— Pas grand-chose. J'ai beaucoup travaillé. Entre les cours et les articles, j'ai passé tout mon temps à écrire.

Il m'a regardée et a poursuivi après une brève hésitation :

— Tu m'as manqué. Il s'est passé des choses dont nous devons absolument discuter. Mais ce n'est pas le moment. Profitons plutôt du dîner. Mange.

Il a porté une huître à sa bouche et, la coquille dans une main, a saisi la chair du bout de la petite fourchette en argent fournie par le serveur et l'a avalée d'une chiquenaude. Il avait auparavant extrait le jus du citron d'une façon assez barbare, en écrasant le fruit plutôt qu'en le pressant. Puis, d'une façon presque rituelle qui dénotait une longue pratique, il avait répandu du poivre sur ses huîtres, de deux mouvements secs du moulin. Il mangeait avec efficacité, transperçant soigneusement les huîtres avec sa fourchette, sans en perdre une miette.

Je préférais me passer de la fourchette et je me suis contentée de les gober directement, me délectant de la chair glissante, de l'humidité iodée sur mes papilles et du jus salé sur mes lèvres.

Quand j'ai levé les yeux, j'ai découvert que Dominik me regardait.

— Tu manges comme une sauvage.

— Ce n'est pas la seule chose que je fais comme une sauvage, ai-je rétorqué avec un sourire que j'espérais entendu.

— C'est vrai. C'est d'ailleurs l'une des choses que j'aime chez toi : tu n'hésites pas à t'abandonner à tes désirs, quels qu'ils soient.

— En Nouvelle-Zélande, on considère que c'est une manière raffinée de manger les huîtres. Là-bas, quand on ramasse les palourdes sur la plage, il y a toujours des gens qui les mangent tout de suite, vivantes.

— Ça t'est déjà arrivé ?

— Non. Je trouve ça cruel.

— Mais je parie que tu admires ceux qui font ça.

— Oui. Absolument.

Je suppose que c'est une manifestation de mon esprit de contradiction et de ma nature un brin rebelle, mais plus un mets divise les gens, plus il y a de chances pour que je l'aime ou, du moins, que j'admire ceux qui le mangent.

— On rentre à pied ? a proposé Dominik en quittant le restaurant.

À la sortie, il a remercié le serveur, qui nous a chaleureusement salués. Dominik lui avait laissé un généreux pourboire. J'avais lu quelque part qu'il fallait prêter attention à la façon dont un homme se comportait avec les animaux, sa mère et les serveurs. J'ai donc ajouté cette découverte dans la colonne des « Pour ».

J'ai jeté un coup d'œil à mes pieds. Je portais des talons aiguilles noirs en cuir verni, et je n'avais pas pu glisser une paire de ballerines dans mon tout petit sac à main de soirée.

— On peut prendre un taxi si tu as mal aux pieds, a-t-il poursuivi.

— Je veux bien. Ces chaussures n'ont pas été conçues pour la marche.

Je pensais qu'il allait gagner la rue pour héler un taxi, mais il m'a saisi le poignet et m'a attirée tout contre lui. Il m'a coincée contre le mur du restaurant, près des marches qui menaient vers la sortie sur la 43e Rue, et a fait courir ses mains sur ma taille et mon dos. Je sentais un renflement contre ma cuisse. J'ai pensé qu'il bandait, et j'ai tendu la main vers lui pour m'en assurer, mais il l'a repoussée. Zut. Il avait l'habitude de m'exciter puis de me laisser attendre, et ça me rendait folle. Plus vite on rentrerait, mieux ce serait.

— Je vais t'en débarrasser rapidement, a-t-il dit en s'éloignant de moi, sans prendre la peine de chuchoter.

Dans la longue file qui s'était formée devant l'*Oyster Bar*, une femme entre deux âges qui portait un pantalon crème, des chaussures à talons en faux python et, malgré la chaleur, un gilet rose, nous a lancé un regard désapprobateur.

Dominik m'a prise par le bras, et nous avons quitté la gare. Nous nous sommes dirigés vers l'ouest, en remontant la 42e Rue vers Park Avenue, bousculés par la foule enthousiaste du samedi soir, composée de fêtards, de touristes, de danseuses et de spectateurs, tous à la recherche d'un peu d'excitation. Le week-end ne faisait que commencer pour la plupart d'entre eux ; leur énergie était à son paroxysme, nourrie par les vives illuminations et les panneaux publicitaires clignotants, par l'incessante circulation et par le gratte-ciel de Times Square, qui s'élançait vers le ciel au-dessus de nous comme un gigantesque doigt d'honneur à destination des quartiers plus respectables de la ville.

— Tu as toujours envie d'aller voir une pièce ? ai-je demandé en espérant que la réponse serait négative.

Nous avions évoqué plus tôt l'idée de nous comporter en touristes et de prendre des places pour une pièce à Broadway. Nous avions passé la plus grande partie de la journée au lit : je n'étais pas fatiguée et je ne voulais pas perdre un instant de notre dernière nuit ensemble.

— J'ai plutôt envie de te voir, toi, a-t-il répondu, les yeux brillants.

Mon cœur s'est mis à battre la chamade. Dominik adorait jouer les voyeurs, et les concerts que j'ai donnés pour lui, à différents degrés de nudité, l'ont toujours beaucoup excité. J'ai eu une pensée pour mon précieux violon, qu'il m'a offert quand le mien a été brisé, à condition que je joue une pièce classique pour lui, nue. À l'issue du premier récital que je lui ai donné en solo, dans la crypte, il m'a baisée contre le mur, avant de me ramener chez lui, dans sa maison de Hampstead, et de me regarder me caresser sur son bureau.

Nous étions immobiles, au carrefour, indifférents au reste du monde. J'ai songé que, si ce moment était immortalisé sur pellicule, on ne verrait que Dominik et moi, clairement encadrés par un tourbillon de formes et de couleurs, comme si nous étions les deux seuls habitants entiers de New York, les autres n'étant que des silhouettes indistinctes et floues.

Nous avons fait une longue balade le long de Broadway, contourné Union Square, puis nous avons bifurqué vers University Place pour éviter l'extravagance fanée et le tape-à-l'œil de la Ve Avenue. Quand nous avons fini par arriver chez moi, j'avais les pieds en compote, mais la douleur était atténuée par les deux bières que j'avais bues au restaurant et le sentiment de joie que m'avait procuré cette promenade au bras de Dominik.

J'avais l'impression que tous mes soucis s'étaient envolés, du moins pour encore une nuit et un jour.

Dominik ne savait pas que nous nous tenions devant l'appartement que je partageais avec un couple de musiciens croates, Marija et Baldo. Ces derniers jouaient dans la section des cuivres dans le même orchestre que moi et passaient toutes leurs soirées dehors. Quand ils étaient là, l'appartement résonnait du bruit de leurs ébats : impossible d'échapper à leurs respirations saccadées, aux coups sourds de la tête de lit et aux cris de Marija, qui était si bruyante que j'en étais jalouse, même si j'étais bien consciente qu'elle simulait peut-être. Je n'avais pas bien saisi s'ils étaient mariés ou concubins : pour ce que j'en savais, peut-être étaient-ils un couple illégitime et avaient-ils chacun un partenaire ailleurs, ce qui expliquerait pourquoi le feu de leur désir semblait ne jamais devoir s'éteindre.

— Mon violon est à l'intérieur, ai-je dit, et je t'ai promis de jouer pour toi une dernière fois.

Il a fait un pas de plus vers moi, et j'ai senti son corps musclé contre mon dos, puis il a fait courir doucement sa main à l'intérieur de ma cuisse.

— Pas de problème. Je t'attends là si tu veux, m'a-t-il murmuré à l'oreille.

Le ton de sa voix était décontracté et un peu amusé. Il avait l'air d'apprécier grandement l'effet qu'il me faisait et me regardait me débattre avec la serrure de l'entrée de l'immeuble : mes mains tremblaient tellement que j'avais l'impression d'être en train de faire un Rubik's cube.

— Non, entre, ai-je répondu. Mes colocataires ne sont jamais là le samedi soir, et, au pire, je te présenterai. Ils sont très sympas.

Il y avait une éternité que je n'avais pas invité un homme chez moi. Ni Dominik ni Darren, l'homme avec qui j'étais sortie pendant six mois avant de rencontrer Dominik, n'avaient jamais mis les pieds dans mon appartement londonien. J'avais eu mon lot de coups d'un soir quand j'étais célibataire, mais j'avais toujours mis un point d'honneur à aller chez eux.

Mon comportement n'a pas d'explication particulière : je n'aime juste pas qu'on envahisse mon espace personnel. Je suis aussi très désordonnée et je déteste prendre le métro. Je préfère louer une petite chambre dans un quartier chic plutôt que de choisir un appartement plus grand dans un quartier moins central et prendre le métro tous les jours. Ma chambre dans l'appartement de East Village était minuscule ; si je voulais avoir plus d'espace, il aurait fallu que je déménage à Brooklyn. Marija et Baldo occupaient la plus grande partie de l'appartement, dont ils payaient, fort logiquement, les deux tiers du loyer. Ma petite chambre contenait un lit d'une place, un portant avec tous mes vêtements, sous lequel s'étalaient mes chaussures, quelques photos de ma famille et des livres, posés çà et là. Je n'avais aucun meuble en dehors du lit et du portant, pas même de bureau. Depuis que j'avais quitté la Nouvelle-Zélande, je préférais voyager léger : où que je sois, je pouvais faire mes bagages et partir en un rien de temps. Quand mes affaires ne rentrent plus dans une seule valise, je suis gagnée par l'anxiété.

J'ai ouvert la porte de l'appartement, allumé le plafonnier et posé mon sac sur le comptoir de la cuisine.

— Il y a quelqu'un ? ai-je demandé en attrapant Dominik par la main afin de le faire entrer.

Il est resté dans la cuisine, pendant que j'allais frapper à la porte de mes colocataires croates. Pas de réponse.

— Ils sont sortis.

— Tant mieux.

Il m'a rejointe en deux enjambées et m'a saisie par les cheveux, qu'il a tirés doucement.

Puis il m'a brusquement fait pivoter face à la baie vitrée du salon, qui donnait sur la petite cour commune de l'immeuble. Il faisait nuit désormais, et, entre la lumière et l'absence de stores, quiconque serait sorti fumer une cigarette ou regarderait par sa fenêtre, aurait une vue imprenable sur nous ou à tout le moins nos silhouettes : moi dans ma courte robe noire et Dominik en chemise et cravate. Nous nous étions tous deux habillés pour sortir, au cas où nous aurions eu envie d'aller boire un verre dans un bar huppé. Dominik était très séduisant en costume. Il avait beau ne pas en porter pour travailler, il ne paraissait pas endimanché : ce n'était pas le genre d'hommes qui donnait l'impression de ne posséder qu'un costume qu'il sortait deux fois par an, pour les mariages et les enterrements. Il avait toujours l'air décontracté : il avait la prestance de celui qui est bien dans sa peau, et tout lui allait.

Mais cette apparence policée dissimulait un esprit vraiment pervers, et c'était ça qui me retenait à ses côtés. Contrairement aux autres hommes que j'avais fréquentés, je ne m'ennuyais pas avec lui.

Que va-t-il faire à présent ? me suis-je demandé en regardant la lueur vacillante des loupiotes disséminées çà et là dans le jardin par un voisin. Allait-il me pousser contre la fenêtre ? M'ordonner de lever ma jupe et contempler mes fesses ? Me prendre à la vue de tous ? Il n'avait pas encore mis la main sous ma robe. À moins qu'il ne s'en soit rendu compte quand il m'avait caressée en m'embrassant à la gare, il ne pouvait donc pas savoir que je ne portais pas de culotte, ravie de sentir l'air frais de la nuit sur ma peau nue.

— Enlève tes bas sans plier les genoux. Et ne te retourne pas.

Au ton de sa voix, je savais qu'il souriait : il aimait inventer des jeux qui m'excitaient. J'aime la surprise et la nouveauté, ne pas savoir à quoi m'attendre. Mon cerveau arrête enfin sa course folle, et je me concentre uniquement sur les ordres que je reçois. Je ne pense ni à la lessive que je dois absolument faire, ni aux répétitions, ni aux factures que je dois payer sitôt mon salaire reçu. Le son de la voix de Dominik prend le pas sur tout le reste. Quand mon cerveau débranche enfin, mes sens s'embrasent, et la moindre caresse, le moindre souffle me rendent à moitié folle de désir.

Enlever ses bas sans plier les genoux n'est pas chose facile. J'ai remonté légèrement ma robe, offrant au regard de Dominik un aperçu de ma peau, puis j'ai glissé les pouces dans la bande collante en dentelle qui maintenait le bas en haut de ma cuisse. Je l'ai fait glisser, les jambes bien écartées afin de ne pas plier les genoux, puis j'ai déplacé le poids de mon corps sur mon autre jambe afin de pouvoir ôter mon escarpin, enlever mon bas et remettre ma chaussure. J'ai ensuite répété l'opération de l'autre côté.

— Donne-les-moi.

J'ai obtempéré, toujours face à la baie vitrée. Qu'avait-il en tête ?

— Donne-moi tes mains.

Il n'avait pas précisé que je devais les tendre vers l'arrière, mais Dominik était un homme très précis dans ses demandes : s'il avait voulu que je me retourne, il me l'aurait ordonné, ou il m'aurait fait pivoter. Les jambes largement écartées, j'ai donc tendu les bras dans mon dos, épaules rejetées en arrière, seins en avant, mains jointes devant mes fesses.

Malgré la finesse du matériau, les bas se sont révélés être une paire de menottes très efficace. Il les a utilisés tous les deux pour immobiliser mes poignets à l'aide de deux nœuds compliqués, suffisamment lâches pour que le sang continue à circuler mais assez serrés pour que je ne puisse pas me libérer toute seule. Je suppose que, si j'avais vraiment essayé, j'aurais fini par me dégager, mais je n'en avais aucune envie. J'aimais l'idée de me livrer, prisonnière volontaire, à la merci de ses désirs.

Les mains sur mes épaules, il m'a fait pivoter. À cause de la longue balade, mes pieds étaient extrêmement douloureux, mais la souffrance était devenue agréable, comme un rappel grisant de mon abandon : toutes mes sensations étaient provoquées par la volonté de Dominik.

Si j'avais pu appliquer cet état d'esprit à d'autres aspects de ma vie, il n'est rien que je n'aurais pu accomplir. Une fois mise en route, j'étais comme un train qui fonce vers sa destination, quel que soit l'inconfort du voyage. Je ne pouvais cependant pas me soumettre à volonté : il me fallait un déclencheur. Quand j'étais plus jeune, il y avait eu mon professeur de violon, M. Van der Vliet. Bien qu'il n'ait jamais posé la main sur moi autrement que comme un enseignant sur son élève, il avait inexplicablement déclenché en moi la volonté de lui faire plaisir, qui m'avait poussée à m'entraîner bien au-delà de la norme. Dominik avait le même pouvoir sur moi, pouvoir dont je l'avais volontairement investi.

Il s'est penché sans me quitter des yeux et a fait alternativement courir sa main le long de mes jambes, de la cheville à la cuisse, s'immobilisant chaque fois le long de la ligne imaginaire où se serait trouvée ma culotte si j'en avais porté une. Son regard s'était fait dur, comme toujours lorsqu'il empruntait le chemin de ses propres désirs, un endroit au-delà de toute pensée consciente, où seul le corps s'exprime pour peu qu'on le laisse faire.

J'ai senti ma respiration s'accélérer. J'adorais qu'il m'excite ainsi, vraiment, mais chaque fois que sa main se rapprochait, j'espérais qu'il glisserait un doigt en moi. La patience n'a jamais été l'une de mes vertus.

Il s'est redressé et m'a contournée, puis, se servant des bas comme d'une poignée, il m'a tirée jusqu'à la chambre, où je l'ai suivi en marchant maladroitement à reculons, les talons de mes escarpins claquant sur le plancher.

Il m'a poussée à plat ventre sur le lit, toujours attachée. J'ai tourné la tête sur le côté afin de pouvoir respirer et je l'ai vu, du coin de l'œil, s'agenouiller près de l'oreiller. Il a tout de suite trouvé, avec un sourire satisfait, le lubrifiant et les préservatifs que je gardais sous le lit. Après tout, ce n'était pas un endroit si inhabituel, ai-je songé. Peut-être toutes les femmes agissaient-elles ainsi.

Ou peut-être Dominik couchait-il toujours avec le même genre de femmes.

Il a remonté ma robe jusqu'à ma taille, exposant mes fesses nues. Je l'ai entendu reprendre son souffle : il avait à présent la certitude que j'étais sortie sans culotte.

J'ai cillé en entendant le bruit de sa ceinture. Allait-il me frapper avec elle ou se contenter de me baiser ? Les deux m'allaient à condition que j'obtienne l'autre ensuite. Je suis restée parfaitement immobile, attendant la suite en espérant qu'elle vienne rapidement, car je me sentais au bord de l'implosion.

Il était hors de question que je m'abaisse à le supplier, mais j'avais tellement envie de lui que j'avais l'impression que le temps s'était arrêté. Tant qu'il ne me touchait pas, chaque seconde qui passait me paraissait une heure.

J'étais sur la corde raide, coincée entre le désir et la plénitude. J'avais beau apprécier ce sentiment, je le détestais tout autant. Chaque fois qu'il s'éloignait, mon désir pour lui se décuplait, mais, chaque fois qu'il me touchait, il me menait plus près de la jouissance.

Il savait tout cela. Par orgueil, j'avais toujours essayé de dissimuler mes réactions, mais il avait évidemment remarqué bien des choses au cours de nos multiples rencontres et il jouait de moi comme d'un instrument. Je ne lui appartenais pas, et je ne lui appartiendrais jamais, mais, quand nous étions au lit, il possédait entièrement mon corps, que je le veuille ou non.

J'étais totalement à sa merci.

J'ai sursauté en entendant se déchirer l'emballage d'un préservatif et le bruit du bouchon de la bouteille de lubrifiant.

Puis j'ai enfin senti en moi un doigt qui me sondait et m'explorait, puis un deuxième, un troisième et un quatrième. J'ai essayé de me frotter contre lui, de plier les genoux afin de prendre appui sur le matelas et de pouvoir mieux sentir sa paume, mais, comme j'avais les mains liées, je ne pouvais guère faire mieux que de me tortiller, impuissante, comme une chenille sur la table de l'entomologiste ou un papillon épinglé sur un panneau en liège.

Il était étonnamment immobile derrière moi, prenant certainement plaisir à me voir me débattre en vain. Je me sentais plus exposée à moitié nue que s'il m'avait entièrement déshabillée. Il y avait quelque chose de quasiment pornographique à avoir le buste couvert et les fesses à l'air, comme si leur nudité était aggravée par le fait que mes seins soient cachés. La semi-nudité était le champ des pervers, des vieillards exhibitionnistes aux arrêts de bus, pantalon sur les chevilles et imperméable ouvert. Imposée par quelqu'un, la semi-nudité avait des relents d'humiliation et de soumission.

— Écarte les jambes, a ordonné Dominik.

J'ai obéi.

— Encore.

Les muscles de mes cuisses m'élançaient douloureusement. J'avais réussi à plier un peu les genoux, toujours à plat ventre, dangereusement déséquilibrée. Il s'est agenouillé derrière moi et a fait courir sa langue le long de mes jambes, s'arrêtant chaque fois à quelques centimètres de mon sexe, sur lequel j'ai senti son souffle chaud.

J'ai reculé un peu, dans l'espoir de sentir sa langue.

— Oh non, pas de ça. Interdiction de bouger.

En dépit de mes efforts pour paraître indifférente, j'ai commencé à gémir en ondulant légèrement.

— Tu as envie de moi, pas vrai ? a-t-il demandé, moqueur.

À un tout autre moment, j'aurais eu envie de le gifler, mais j'avais l'impression que tout mon corps était en feu et j'aurais fait n'importe quoi pour qu'il me touche enfin, même s'il avait fallu pour cela que je traverse la pièce en rampant et en le suppliant.

— Oui, ai-je répondu.

— Oui ? Tu n'as pas l'air très sûre de toi. Je vais te laisser réfléchir toute seule, a-t-il dit en se levant et en s'éloignant.

— Non ! Non, ne pars pas ! J'ai envie de toi plus que tout !

— Plus que tout ? Voilà qui est mieux. Si je te donne ce que tu veux, que feras-tu pour moi en échange ?

— N'importe quoi. Tout ce que tu veux. S'il te plaît, prends-moi. Je n'en peux plus.

— Tout ce que je veux, vraiment ? Tu devrais faire plus attention à ce que tu dis. Je pourrais te prendre au mot.

— Je m'en fiche. Caresse-moi. S'il te plaît, ai-je supplié en gémissant, tout orgueil disparu sous l'effet dévorant du désir.

Il s'est rapproché, m'a pénétrée de quelques centimètres seulement puis s'est immobilisé.

J'en ai mordu le couvre-lit de frustration.

— Supplie-moi, a-t-il ordonné. Dis-moi ce que tu veux.

— Baise-moi, putain, baise-moi.

Il m'a enfin prise tout entière, et la chaleur de son sexe m'a fait jouir dès le premier coup de reins.

Il m'a saisie fermement par les poignets liés et m'a chevauchée jusqu'à ce que j'en aie mal, puis il a joui à son tour.

Nous nous sommes immobilisés, haletants. Il a gentiment dénoué mes liens, et j'ai étiré les bras avec précaution, afin de rétablir la circulation sanguine.

— Ne bouge pas, a-t-il dit, comme si je pouvais aller où que ce soit alors qu'il était encore en moi.

Il s'est retiré et s'est allongé à mes côtés. Il a commencé à me caresser les cheveux d'une main, le clitoris de l'autre. J'ai gémi de nouveau, même s'il était peu probable que j'arrive à jouir dans cette position, à plat ventre, mais j'étais prête à le laisser essayer.

— Retourne-toi, a-t-il murmuré, peut-être conscient de mon incertitude.

Il a continué à me caresser et s'est légèrement redressé pour voir ce qu'il faisait. Je le regardais me regarder, concentré sur ses doigts. Il s'est rendu compte que je le dévisageais et m'a souri, en voyeur qui reconnaît son semblable. Il a alors caressé mes seins de son autre main avant de la poser doucement sur ma gorge.

— Ferme les yeux.

Il apprenait vite. Les yeux clos, toute distraction éloignée, j'ai joui rapidement, de manière presque douloureuse, balayée par une vague de plaisir qui m'a submergée de la tête aux pieds avant de s'évanouir brutalement.

J'ai ouvert les yeux : Dominik me contemplait, très content de lui. Je n'ai pas l'orgasme facile et, à l'exception de Dominik, je n'ai eu qu'un ou deux amants capables de me faire jouir sans mon aide.

— Bonne petite.

Cette expression avait beau être mièvre, elle me faisait rougir chaque fois.

Nous avons décidé de finir la nuit dans la chambre d'hôtel de Dominik. Son lit était plus spacieux, et la fenêtre donnait sur le parc de Washington Square.

Nous avons de nouveau fait l'amour au petit matin, en cuillère, encore un peu assoupis. J'avais frotté mon dos contre son érection, pressée contre mes fesses, et il m'avait prise sans tarder, un de ses bras m'enlaçant jalousement, la main sur mon sein, pendant que je bougeais doucement. Notre étreinte a été tendre, presque nostalgique. L'amère réalité de notre imminente séparation avait apaisé la flamme de la nuit précédente, ne laissant dans son sillage que le désir et le regret.

Devant la fenêtre, nue, j'ai joué une dernière fois pour lui. J'ai choisi *Message To My Girl*, ma chanson favorite de la collaboration de Split Enz et de l'Orchestre symphonique de Nouvelle-Zélande, même si c'était différent sans le reste de l'orchestre, notamment la flûte et le piano, et la voix de Neil Finn. C'était la première fois que j'interprétais pour lui autre chose qu'un morceau classique.

Il ne connaissait pas les paroles et ne pouvait pas savoir à quel point cette chanson me rappelait Aotearoa, mon pays, dont les paysages défilaient dans ma mémoire. J'espérais cependant que la musique parviendrait à lui communiquer un peu de la magie néo-zélandaise et de ma nostalgie.

J'ai reposé le Bailly et me suis assise sur le lit à ses côtés.

— On va prendre le petit déjeuner ?

Le temps que nous descendions, c'était l'heure du déjeuner. Je l'ai emmené au *Café Vivaldi* sur Jones Street, à quelques rues de son hôtel. Cet endroit était l'une des raisons qui m'avaient poussée à habiter dans le Village. J'ai toujours été sentimentale, et le nom du café était un bon signe, surtout quand j'ai appris qu'ils acceptaient les chanteurs une soirée par semaine et qu'ils appréciaient les musiciens. Je n'avais pas encore demandé aux patrons si je pouvais me produire chez eux, mais j'aimais m'y installer et m'imprégner de l'atmosphère. Le quartier avait beau avoir changé – les artistes avaient été remplacés par des cadres, qui appréciaient l'ambiance conviviale, les cafés un peu bobos et les espaces verts, ce qui expliquait pourquoi je payais fort cher le loyer de ma minuscule chambre –, il restait un peu de sa magie d'antan, et je ne pouvais m'empêcher de croire que je pouvais absorber un peu du talent et de l'énergie des musiciens qui m'avaient précédée.

On y mangeait bien, et ils préparaient des bloody mary parfaits. J'en ai commandé un, désormais habituée à boire de l'alcool toute seule, Dominik se contentant de son éternel café ou Pepsi.

Peut-être l'alcool m'a-t-il donné du courage. Je ne suis pas du genre à m'épancher, surtout avec mes amants, mais chaque minute nous rapprochait du moment où Dominik devrait partir, et la rapidité avec laquelle les aiguilles faisaient le tour de l'horloge murale m'a fait oublier toute prudence.

— Tu vas me manquer, ai-je dit.

Il a posé sa fourchette et m'a dévisagée.

— Toi aussi.

Je n'ai pas poursuivi tout de suite, pour me donner le temps de réfléchir à ce que je voulais dire.

— Merci d'être venu. Ça me touche beaucoup. J'ai vraiment apprécié le temps que nous avons passé ensemble ici, même si ça a été court. Les choses vont s'arranger pour moi, mais je ne peux pas quitter New York. Ma musique… J'ai eu du mal à m'intégrer, mais je suis bien dans l'orchestre à présent.

— J'en suis ravi. Tu ne dois pas partir. Reste ici et profites-en au maximum. Mais je ne peux pas quitter Londres. J'ai beau avoir quelques projets de mon côté, je suis lié à l'université jusqu'à la fin de l'année.

J'ai acquiescé.

— Ce n'est pas si loin, cela dit, a-t-il poursuivi. Sept heures de vol. Entre les week-ends et les vacances qui approchent... Pour être tout à fait honnête...

— Je ne suis pas certaine qu'une relation exclusive fonctionne, ai-je fini à sa place.

— Non. Il y a encore beaucoup de choses dont nous n'avons pas parlé. Je sais que tu n'es pas restée chaste à New York, et moi non plus. Je ne pense pas que nous devions nous empêcher de fréquenter d'autres personnes. Nous ne sommes pas...

— Un couple ?

Il s'est mis à rire.

— Absolument pas. Notre relation est plus compliquée que ça.

— Mais je ne ressens pas la même chose avec les autres hommes. Tu es le seul avec qui j'ai l'impression de m'abandonner tout entière.

Je n'avais rien dit à Dominik de ce qui s'était passé avec Victor. C'était différent cependant. J'avais beau m'être soumise à Victor, je ne l'avais pas fait comme je le faisais avec Dominik.

J'aurais dit naguère que l'expression de Dominik était indéchiffrable mais je le connaissais assez bien à présent pour savoir ce que signifiait son regard. Désir. Passion. Accord tacite.

— C'est bien, a-t-il répondu. Moi non plus, je ne fais pas ça avec toutes les femmes.

Ça a été mon tour de rire. Sa réplique semblait tout droit sortie de la bouche d'une actrice de sitcom après une aventure sans lendemain.

— Je suis sincère, a-t-il repris en me prenant la main par-dessus la table. Je ne comprends pas très bien pourquoi, mais tu me donnes envie… de te faire des choses.

— Tu me donnes envie de te demander de me faire des choses.

— Nous sommes donc sur la même longueur d'onde, a-t-il rétorqué en souriant.

— C'est décidé, alors ?

— Tu veux dire qu'on ne sait pas ce qui est décidé ?

— Oui.

— Je reviendrai te voir. Joue et profite de ton séjour. Dans tous les sens du terme. Mais n'oublie pas de me tenir au courant.

Il a commandé un autre café et moi un autre bloody mary. Je ne voulais pas me soûler devant lui, mais le mélange des épices et de la vodka atténuait la souffrance causée par son départ imminent.

Nous avons passé l'après-midi au *Café Vivaldi*, à boire du café en bavardant et en riant, tout en prêtant une oreille distraite au pianiste qui jouait du Billy Joel. Dominik avait déjà rendu la clé de sa chambre d'hôtel et il avait avec lui son sac de week-end. Il voyageait léger, comme moi.

Quand l'heure a été venue de nous séparer, je l'ai raccompagné à l'hôtel où l'attendait la limousine qu'il avait louée pour regagner l'aéroport.

Il m'a embrassée pour me dire au revoir. Un baiser léger, rapide et tendre.

Un baiser d'amant.

2

Après l'été, l'automne

Le taxi déposa Dominik devant le perron de sa maison du nord de Londres. Il n'avait guère dormi durant le vol de nuit qui l'avait ramené de New York : trop de pensées le tourmentaient, trop de souvenirs tourbillonnaient dans un maelstrom d'émotions.

Il était très tôt. Une légère bruine tombait, portée par le vent, sur les arbres frémissants du parc.

Il ouvrit la porte, pénétra dans l'entrée et débrancha l'alarme.

Il déposa son sac de voyage et son ordinateur sur le sol, enleva ses chaussures, puis s'immobilisa, impressionné par le silence environnant. La porte close faisait barrage aux bruits extérieurs – les cris des oiseaux, le bruissement des feuilles sous la pluie, les rares voitures qui circulaient sur la colline et toutes les traces de la vie quotidienne.

Il eut la sensation qu'un poids terrible pesait sur ses épaules.

Dominik comprit soudain que c'était le poids de la solitude. Seul dans sa grande maison, protégé par les étagères remplies de livres, il se sentait endeuillé. À partir du moment où ils s'étaient séparés à Manhattan, quand il était monté dans la limousine qui devait le conduire à l'aéroport, où il avait été pris dans l'agitation de l'embarquement et des mesures de sécurité, la présence des autres l'avait empêché de penser à elle. Summer. Qu'il avait laissée seule dans une autre ville. Elle n'était pas sans défense, mais il l'avait abandonnée. Avec ses démons, ses contradictions et ses désirs extravagants dont il se nourrissait mais qui l'effrayaient.

L'aurait-il autant désirée, l'aurait-elle autant troublé si elle n'avait pas été si différente des autres, si imparfaite, si dangereuse ?

Serait-il tombé amoureux d'elle si elle avait été docile et responsable, comme tant de femmes qui avaient croisé sa route ?

S'il éprouvait vraiment de l'amour pour elle, ce dernier devait être inconditionnel. Il devait accepter son entêtement. Pour être tout à fait honnête, il voulait qu'elle soit libre et libérée.

Pour la première fois en cinq jours, il avait tout loisir de réfléchir.

Ce qui ne simplifiait pas la situation ni n'en résolvait aucun paradoxe.

Il consulta son agenda. Il devait donner un cours le lendemain. Il n'avait manqué que deux TD en partant à New York sur un coup de tête. Il savait qu'ils seraient faciles à rattraper avant les derniers examens.

Il fallait qu'il se douche. En montant l'escalier pour gagner la salle de bains, il se débarrassa des vêtements dans lesquels il avait voyagé et tenta de mettre de l'ordre dans ses pensées.

Il resta immobile sous l'eau ruisselante. Il se débarrassa de la fatigue et de ses péchés, effaçant volontairement le reste du monde. Il se concentra sur le souvenir de la marque rose laissée par les bas sur les poignets de Summer, quand il l'avait détachée, trente-six heures auparavant. Il avait pensé l'attacher pendant qu'ils rentraient de Grand Central, mais c'était la vision de ses bas, dont la couleur beige tranchait sur la blancheur laiteuse de ses cuisses, qui avait déclenché la suite, bien avant qu'il découvre, un peu surpris, ses fesses nues.

Il tenta de se souvenir de la façon dont elle retenait parfois son souffle quand il la prenait, comme si elle essayait d'accorder le rythme de ses coups de reins avec la montée de son propre désir. Il l'avait déjà remarqué à Londres, mais comprenait à présent qu'il s'agissait chez elle d'un réflexe inconscient afin de se mettre sur la même longueur d'onde que son compagnon. Nul doute qu'elle faisait de même avec tous ses partenaires.

Il contempla son propre corps sous le jet tiède de la douche. Il bandait à moitié, en hommage à Summer et aux délicieux souvenirs qu'elle évoquait en lui. La crête sous le gland était plus rouge que d'habitude, un souvenir de la frénésie de leurs récents ébats.

Il lui avait dit la vérité : elle lui donnait envie de lui faire des choses. Des choses tendres et cruelles, osées et perverses, sexy et câlines, des choses que la plupart des femmes refuseraient. Mais Summer n'était pas la plupart des femmes. Son pénis durcit, rompant le flot de l'eau.

L'avant-veille, alors qu'ils se promenaient main dans la main le long de la 42e Rue, ils avaient dépassé un sex-shop sur Broadway, un des rares qui restaient dans cette partie de la ville. Summer n'y avait pas prêté attention, mais Dominik avait eu l'envie soudain irrésistible d'y rentrer pour acheter quelque chose qu'il puisse utiliser sur elle : des menottes ou autre chose pour l'attacher. Ce n'était qu'une impulsion, mais l'aspect miteux de la vitrine sale et les objets douteux qui y étaient exposés le retinrent, sans compter qu'il trouvait que les menottes étaient trop ordinaires. Il avait donc refréné son élan et s'était abstenu de rentrer dans la boutique, mais l'idée de l'attacher avait fait son chemin dans son esprit. Quand il avait découvert qu'elle portait des bas, il avait eu l'impression qu'elle avait lu dans ses pensées et qu'elle s'offrait à lui, prête à se livrer à tous ses fantasmes les plus sombres.

Il avait vécu exactement la même chose avec Kathryn, la jeune mariée avec qui il avait eu une liaison des années auparavant et qui l'avait conduit sur le chemin de la domination.

Summer, comme Kathryn, avait le pouvoir de révéler ses plus noirs désirs. Elle lui murmurait à l'oreille de scandaleuses propositions en lui assurant qu'elle ne serait ni choquée ni dégoûtée. Elle réveillait son côté dominateur et l'invitait à le laisser s'exprimer, tout en sachant qu'elle pourrait le contrôler. Il lui arrivait même de se demander si ce n'était pas elle qui menait la danse.

Ses pensées lui échappèrent.

Il ne voulait pas se contenter de sortir avec Summer – quel curieux euphémisme – ou de la baiser. Il désirait qu'elle lui soit tout entière dévouée, corps et âme, mais il ne voulait pas qu'elle lui appartienne, en dépit de la jalousie qu'il avait ressentie quand il avait assisté à ses ébats avec Jasper ou quand il l'avait imaginée dans d'autres bras que les siens. Il n'était pas question de possession. Une force puissante le poussait à expérimenter leurs limites respectives : jusqu'où pouvaient-ils aller ? Quelles émotions, quelles souffrances découvriraient-ils ? Elle brûlait de se soumettre à lui, il n'y avait aucun doute à ce sujet.

Il devait donc continuer dans cette voie avec elle. Il serait celui qui la dominerait et la mènerait sur les chemins de la soumission. Et cela n'empêchait pas d'éprouver des sentiments pour elle.

Inutile de se voiler la face : il aimait Summer, d'une manière aussi totale que terrible. Et cet amour lui disait qu'il apprécierait peut-être de la voir de nouveau dans les bras d'un autre, mais quand il l'aurait décidé et selon ses conditions ; ce ne serait ni une tocade ni un hasard.

Cette pensée le dérangea.

Il avait tout d'un coup envie de sortir de la douche, de se précipiter sur son téléphone et de l'appeler. Il souhaitait énumérer tous les fantasmes qu'il voulait réaliser avec elle et être apaisé par son consentement. Mais c'était encore la nuit à Manhattan, et elle dormait probablement du sommeil du juste, épuisée par les quelques jours qu'ils avaient passés ensemble. Et Dominik n'avait jamais vraiment apprécié de faire l'amour par téléphone. Par déformation professionnelle, les mots lui venaient toujours très facilement, et étaient par là même dénués de toute charge émotionnelle.

Il saisit le savon et commença à se frictionner.

Les jours suivants passèrent à toute allure.

Il avait mis sa vie en pilote automatique. Cours, TD, correction des copies, recherches, préparation des cours, rédaction d'articles… Il ne voyait pas le temps passer, volontairement noyé dans le quotidien de sa vie professionnelle.

Il avait peu de contacts avec Summer. Tout comme lui, elle n'aimait pas les longues conversations téléphoniques ; ils communiquaient donc quasi exclusivement par textos et par mails, qu'ils rédigeaient de manière impersonnelle.

Il se livrait à un jeu cruel. Quand elle attendait de la tendresse de sa part, il était distant ou exigeant. Quand elle le suppliait de lui donner des ordres, il devenait imprécis. Il voulait qu'elle ne sache jamais à quoi s'en tenir, la contrôler. Il prenait plaisir à jouer son rôle de dominateur.

Quelques jours plus tard, alors qu'il quittait l'université en direction du métro, perdu dans de vagues pensées, il entendit quelqu'un l'appeler par son nom.

— Dominik ?

C'était Lauralynn, la violoncelliste blonde qu'il avait engagée pour jouer avec Summer il y avait de cela plusieurs mois. Il avait oublié son existence depuis la courte conversation téléphonique qu'ils avaient eue pendant qu'il était à New York.

Il eut l'impression qu'elle avait attendu la fin du cours pour lui parler. Elle se tenait sur le trottoir, en face du grand bâtiment de briques grises ; dans sa jupe noire à taille haute, qui mettait en valeur ses courbes voluptueuses, ses hauts talons et son chemisier blanc sous lequel un soutien-gorge rouge se dessinait de manière presque agressive, elle était l'incarnation même du péché. Ses boucles blondes, qui retombaient sur ses épaules, encadraient son visage ovale, qui n'était pas sans rappeler celui de Veronica Lake.

Dominik fut ennuyé par cette interruption de sa routine : il était déjà concentré sur l'article qu'il envisageait d'écrire sitôt arrivé chez lui.

— Tu es rentré de New York à ce que je vois, le salua Lauralynn.

— Oui, répondit-il.

Il ne se souvenait pas de lui avoir dit qu'il s'y trouvait, mais ça n'avait aucune importance.

— Tu m'as raccroché au nez la dernière fois. Ce n'est pas très poli.

Il la dévisagea et lut dans son regard une malice de prédatrice. Il décida d'improviser et de voir où elle le mènerait.

— Tu l'as vue à New York, n'est-ce pas ? demanda-t-elle.

— Qui ?

— Notre amie la violoniste, pardi. C'est toujours ton jouet ?

— Je ne dirais pas ça comme ça, répliqua Dominik, légèrement déconcerté.

— Je suis impatiente de savoir comment tu dirais ça, rétorqua Lauralynn.

Dominik était sur le point de tourner les talons, irrité par la familiarité déplacée et les suppositions erronées de la jeune femme. Comment pouvait-elle savoir ce qu'il y avait entre Summer et lui ? C'est alors qu'il se souvint qu'elle connaissait Victor et qu'elle avait, à la demande de ce dernier, participé avec un enthousiasme suspect au concert qu'il avait orchestré dans la crypte. Il n'avait pas abordé le sujet avec Summer à Manhattan, mais il devinait qu'elle lui avait dissimulé certaines choses. La présence de Victor à New York en même temps que Summer ne pouvait pas être fortuite. Mais Victor était fourbe et retors : il ne voyait pas comment Summer aurait pu succomber à ses charmes.

Il fit taire son impatience.

— Qu'est-ce que tu veux ? demanda-t-il.

— Discuter, c'est tout, répondit-elle avec un sourire espiègle. Tu n'as rien à craindre, je préfère les femmes.

Dominik accepta, et ils se dirigèrent vers un bar à vins non loin de l'université ; il possédait une salle à l'étage, où, à cette heure de la journée, ils pourraient parler sans craindre d'être entendus par d'éventuels importuns.

— Pourquoi es-tu là, Lauralynn ?

— Ton style m'a plu, dans la crypte.

— Tu as tout vu ?

— Pas tout à fait. Mais le tissu de mon foulard était suffisamment transparent.

— Je vois.

— Je connais Victor. Il avait compris les grandes lignes de ton plan et il m'a demandé de me rendre disponible, avec les autres membres du quartet.

— Vous étiez tous au courant ?

— Non, juste moi. Victor m'avait demandé de lui faire un rapport détaillé, avoua Lauralynn avec un sourire gêné.

— Quelle ordure !

— Non, c'est juste un joueur, le défendit Lauralynn. Comme toi et moi.

— Je suis flatté d'être inclus dans votre petit cercle.

Lauralynn but une gorgée de son beaujolais, qui laissa une trace brillante sur ses lèvres pulpeuses.

— Oh, mais tu en fais partie, Dominik, évidemment. Plus que tu ne le crois. Certains savent depuis toujours, d'autres le découvrent par hasard. On ne s'en rend pas toujours compte tout de suite. Domination, soumission..., les choses se mettent en place graduellement, insidieusement. Jusqu'à ce qu'on finisse par l'assumer et l'accepter sans l'ombre d'un doute. C'est inné, pas acquis.

— C'est une théorie intéressante, admit Dominik, qui se demandait toujours où elle voulait en venir. C'est Victor qui t'a suggéré de me contacter cette fois-ci aussi ?

— Non, pas du tout. J'ai décidé de tâter le terrain, si tu me passes l'expression. À vrai dire, je suis sans nouvelles de lui depuis une éternité. Je suis en mission toute seule.

— Je t'écoute.

Lauralynn se renfonça légèrement sur la banquette en cuir sombre et le dévisagea. D'un geste décidé, elle ramena une mèche de cheveux blonds derrière son oreille, et son joli visage prit une expression mutine.

— Non, c'est moi qui t'écoute. Qu'est-ce que tu ressens quand tu donnes des ordres à une femme ? Quand tu l'obliges à faire des choses que le commun des mortels réprouve ? Est-ce que ça t'excite ? Est-ce que ça te donne du plaisir ? Ou est-ce que tu regardes ça avec du recul, comme un spectateur ? Je veux comprendre qui tu es. Ou qui tu pourrais être.

— Il faut que je réfléchisse, répondit-il en se levant pour aller commander une autre tournée.

— J'aime utiliser les gens, avait avoué Lauralynn un peu plus tard, alors qu'ils dînaient dans un restaurant de Chinatown. Je me sens vivante.

Elle n'avait pas essayé de se justifier. Elle s'était contentée de constater, sans orgueil ni satisfaction particuliers. C'était une simple explication.

La première réaction de Dominik avait été le déni. Il ne se sentait pas concerné. Il aimait les femmes et n'était pas un homme cruel. Le jeu de la séduction ne concernait pas seulement l'acte sexuel ni la recherche du plaisir. Il s'agissait aussi d'un profond désir d'intimité, d'empathie, la volonté farouche de comprendre ce qui excitait chaque femme. Voire le désir de savoir ce qu'elle ressentait.

Plus tard cette nuit, il se tourna et se retourna dans son lit, à la fois excité et fasciné par la boîte de Pandore ouverte par Lauralynn. Il ne put s'empêcher de penser à Kathryn et aux pulsions qu'elle avait éveillées en lui.

Pour la première fois, il songea que cela avait été réciproque. Après leur rupture, elle était non seulement restée avec son mari, mais elle avait complètement changé de vie ; elle avait quitté la ville et, deux ans plus tard, avait donné naissance à des jumeaux nés par FIV, elle qui avait toujours été horrifiée par l'idée de la maternité. Était-ce la découverte de son penchant pour la soumission, avec tous les dangers que cela impliquait, qui avait fait d'elle une autre femme ? Était-ce pour cela qu'elle l'avait fui, pour se sortir de ses griffes ?

Peut-être bien, songea-t-il en soupirant.

Ce n'était pas sa faute, cependant. Les graines de la soumission et de la domination étaient déjà profondément inscrites en eux, depuis bien avant leur rencontre. C'étaient des braises qui n'attendaient que le souffle léger d'un dieu pour flamber de nouveau.

Si leurs chemins ne s'étaient pas croisés, ils auraient, selon toute probabilité, poursuivi leur voyage tranquille le long de routes… normales. Traditionnelles.

Dominik savait qu'une fois le couvercle de la boîte soulevé il était impossible de le refermer. Du moins, dans son cas. Il supposait qu'il avait fallu à Kathryn une discipline de fer et beaucoup de chagrin pour tourner le dos à sa nature de manière aussi nette et retrouver une vie normale. Quelle abnégation…

Impossible de dormir. Le chant des oiseaux lui parvenait, amplifié, assourdissant. Avec le recul, il admirait la détermination et le sacrifice de Kathryn. Hélas pour lui, il se savait incapable d'autant de force d'âme. Il avait été mordu, contaminé à jamais par une espèce de forme sexuelle de vampirisme, et il s'était abandonné de son plein gré aux fantômes de la luxure sans un regard en arrière. Et ces fantômes s'étaient de nouveau manifestés quand il avait rencontré Summer.

Mais, cette fois-ci, Dominik voulait faire les choses correctement. Si Summer rêvait vraiment de se soumettre, il la satisferait.

Il apprendrait comment le faire avec tendresse et ferait avec elle un voyage dont ils sortiraient différents. Endurcis mais tendres, sur la corde raide et merveilleusement vivants.

Les souvenirs des années qui s'étaient écoulées entre Kathryn et Summer l'assaillirent. Cela avait été une époque d'assouvissement et de cruauté, et il sentit son estomac se nouer à l'évocation de la folie qui s'était emparée de lui.

Il avait surfé sur ce qu'Internet propose de plus sombre et de plus glauque, allant de forums en sites de rencontres spécialisés, et il avait fait la connaissance d'un grand nombre de femmes dont les désirs s'accordaient aux siens. Il avait appris tout un lexique de termes nouveaux, un répertoire entier de rencontres clandestines et les curieux usages d'une sexualité alternative. Certains rendez-vous avaient été libérateurs, d'autres maladroits, voire parfois comiques, surtout pour un homme aussi ironique que Dominik.

En tant que lecteur compulsif, il avait déjà croisé les pratiques sadomasochistes, mais il avait été surpris de constater qu'elles étaient très répandues, cachées sous le masque de la respectabilité. Le monde entier lui semblait concerné, vivant dans un monde parallèle dont il avait jusque-là naïvement ignoré l'existence. La fiction n'était pas à la hauteur de ce qu'il avait découvert.

Ses années folles. Dominik ferma les yeux.

L'homme qu'il avait rencontré au *Groucho Club* était l'ami d'un ami d'un ami. Quelqu'un s'était en quelque sorte porté garant de Dominik.

— Il faut que les autres vous approuvent aussi.

— Je comprends tout à fait, avait acquiescé Dominik.

L'étranger avait passé un coup de fil, et, une heure plus tard, ils avaient été rejoints par deux autres hommes, habillés comme des cadres, en costume et cravate. Il avait été formellement accepté dans leur groupe au bout de quelques verres.

— Par quels moyens les trouvez-vous ? avait demandé Dominik.

— Forums, petites annonces, recommandation personnelle…

— Recommandation ?

— C'est fréquent.

— Si je m'attendais…

— Ce sont des femmes tout à fait normales. Et on ne paie jamais.

Le leader de leur groupe avait une petite cinquantaine d'années. Il avait dit un peu plus tôt qu'il rentrait de vacances : il avait fait une croisière sur son yacht le long de la côte turque. Le deuxième, un Noir à la carrure imposante d'origine ghanéenne, était chirurgien ; le troisième avait un job important dans la City.

Ils proposèrent à Dominik de se joindre à eux lors de leur prochaine rencontre.

Ils se retrouvèrent dans le bar en sous-sol d'un hôtel sans âme près de la gare Victoria. Deux autres hommes, une bière à la main, étaient déjà là quand Dominik arriva, et personne ne les présenta.

La jeune femme fit son apparition une dizaine de minutes plus tard, accompagnée de l'homme de cinquante ans. Elle avait une silhouette d'adolescente, mais quand on la dévisageait de plus près, malgré la pénombre savamment calculée du bar, on devinait des cernes sous ses yeux gris pâle et des rides sur son cou. Elle était hésitante, voire timide, mais quelques verres eurent tôt fait de la détendre. Elle leur apprit qu'elle faisait des études d'infirmière. Plus tard, leur groupe serait étoffé par un banquier beaucoup plus âgé qui avait quitté le sud de l'Angleterre et par une mère célibataire qui voulait devenir écrivain. Quand elle découvrit que Dominik n'avait pas que des publications universitaires à son actif, elle lui avait envoyé des manuscrits qu'il avait trouvés étonnamment bons. Leur groupe se réunissait parfois dans l'hôtel près de la gare Victoria, parfois dans un hôtel près de Old Street et une fois, grâce aux connexions professionnelles de l'un d'entre eux, dans le sous-sol d'une boutique vide sur Old Compton Street. Ils choisissaient toujours des endroits qui accueillaient des hommes d'affaires et où un groupe de cinq ou six hommes prenant l'ascenseur avec une seule femme n'attirerait pas l'attention.

— C'est votre première fois ? demanda Dominik à l'étudiante.

Ils étaient toujours au bar. Deux hommes s'étaient levés pour commander une nouvelle tournée.

— Oui.

— Moi aussi, reprit-il avec un sourire incertain.

— Chouette.

— Pourquoi faites-vous ça ?

Ce n'était pas exactement ce que Dominik voulait lui demander mais il n'avait pas osé formuler directement sa question. Elle avait l'air si jeune et paradoxalement épuisée.

— C'est un fantasme. Toutes les femmes en ont. Je veux savoir à quoi ça ressemble. C'est idiot, non ?

— Non, au contraire.

Leur tête-à-tête fut interrompu par le retour des deux autres.

Une fois dans la chambre d'hôtel, la jeune infirmière fut rapidement déshabillée. Elle avait de beaux seins ronds, fermes et haut perchés. On lui avait ordonné de s'épiler intégralement, et elle avait suivi les instructions à la lettre. Elle ne portait pas de culotte, juste des bas noirs autofixants.

Leur leader défit sa braguette, la força à se mettre à genoux et lui présenta sa queue, qu'elle se mit à sucer. Ce fut le signal qu'attendaient les autres pour se dévêtir. Dominik contempla l'océan de chairs nues qui l'entourait. Les autres hommes étaient de taille et de corpulence diverses, et il fut satisfait de constater que son sexe n'était ni le plus petit ni le plus gros. Il avait beau être à l'aise dans son corps et assez sûr de lui, il ne pouvait s'empêcher de comparer : certaines choses ne changent jamais.

Pendant que l'étudiante suçait avidement sa première bite de la soirée, les autres commencèrent à la caresser, à l'explorer, à la forcer, à la soupeser comme un morceau de viande de première qualité. Les sexes se durcirent et se tendirent. Dominik regarda autour de lui, détaillant la scène du crime. La fenêtre s'ouvrait sur une multitude de toits ternes. Des préservatifs et des tubes de lubrifiant et de crème garnissaient la table de nuit. Sur le bureau à côté du réfrigérateur, quelqu'un avait posé deux bouteilles de vin rouge, trois verres et une tasse. Des sex-toys étaient éparpillés dans la pièce, dont un gode double pénétration d'une taille démesurée qui ne pouvait assurément pas rentrer dans une femme sans la déchirer, songea-t-il.

Il découvrit que si. Une heure plus tard, alors qu'elle avait été prise de toutes les manières possibles par tous les hommes présents, les uns après les autres et parfois en même temps, deux hommes s'affairèrent, après avoir enfoncé l'énorme gode noir dans son vagin, à faire pénétrer l'autre partie, centimètre par centimètre, dans son anus. La jeune infirmière respirait de manière saccadée, à quatre pattes sur le lit, la bouche emplie par la queue épaisse d'un rouquin corpulent.

— Bonne petite, approuva quelqu'un.

À ce moment-là, Dominik n'en pouvait plus. Il l'avait baisée de toutes les façons qui lui étaient venues à l'esprit et il l'avait même sentie s'étouffer sur son sexe, quand le médecin noir qui la prenait en même temps par-derrière l'avait poussée un peu plus violemment que ce à quoi elle s'attendait.

Les autres ne s'arrêtaient pas. Entre deux baises, ils lui tendaient du vin, puis, quand elle le demanda, de l'eau, et ils essuyaient gentiment la sueur sur son front enfiévré. Elle ne se plaignit jamais et n'exigea jamais de pause. Il contempla la scène, tâchant de se glisser dans la peau d'un observateur objectif. L'un de ses bas était déchiré, l'autre roulé en boule sur sa cheville. Elle était ravagée mais toujours belle, encerclée par tous ces hommes qui jouaient avec elle chacun leur tour.

Il regarda les autres hommes et se demanda quel effet cela faisait d'avoir un pénis dans la bouche. Quel pouvait en être le goût ? Comment cela le remplirait-il ? Quel effet ça faisait d'être une femme ? Son esprit était transporté par la beauté pure de la soumission et les courants dissimulés de grâce et de discipline qu'elle faisait frémir sous la surface de la peau et de l'âme d'une femme.

À ce moment précis, en plein milieu de son premier gang bang, Dominik comprit ce qu'était la soumission et il sut avec une absolue certitude que, s'il était né femme, il se serait donné ainsi, à des étrangers.

Il découvrit, sidéré, qu'une femme soumise exerçait, par le pouvoir que lui conférait la sexualité, une forme de contrôle sur une situation aussi hallucinante.

La jeune infirmière poussa un cri. Quelqu'un était allé trop loin.

— Ça suffit, protesta-t-elle.

Son visage rougissant était cependant rayonnant, presque extatique.

Les hommes reculèrent immédiatement, respectueux. Elle se glissa hors du lit et des corps enchevêtrés.

Des préservatifs usagés jonchaient la moquette de la chambre.

— J'ai besoin de prendre une douche, annonça-t-elle.

Elle regarda les hommes qui encerclaient le lit.

— Eh ben ! Sacrée fête ! s'exclama-t-elle en riant, avant de se diriger vers la salle de bains.

Ils se rhabillèrent et quittèrent la chambre les uns après les autres, laissant la jeune femme avec leur leader, qui avait pris contact avec elle et la ramènerait.

Dominik participa à cinq gangs bangs organisés par le groupe hétéroclite. Ils ne connaissaient pas leurs noms respectifs et il comprit rapidement les autres règles tacites du jeu. Car il s'agissait bien d'un jeu, consenti, lubrique et sexuel. Le groupe répondait à un besoin, et, de manière surprenante, certaines femmes revinrent.

Chaque fois, il se disait qu'il n'irait pas à la prochaine rencontre. Il se sentait honteux et coupable, en colère contre lui-même. Mais, comme tous les hommes, il était parfois contrôlé par son sexe et, même s'il attendait le dernier moment pour confirmer sa présence, il était toujours là, fidèle au poste, au pub ou au bar d'hôtel, où leur était présentée une nouvelle femme chaque fois.

Lors du dernier gang bang auquel il participa, de nouveau dans l'hôtel près de la gare Victoria, après quelques sessions à l'hôtel de Old Street et dans le sous-sol de la boutique de Old Compton Street, Dominik fut le premier surpris de voir son côté obscur refaire surface.

Cette fois-ci, la jeune femme était une bibliothécaire originaire de High Wycombe, à l'ouest de Londres, et ils n'en avaient pas encore terminé avec elle quand l'un des participants descendit chercher de l'alcool au bar de l'hôtel et en revint accompagné d'une autre femme. Il l'avait apparemment séduite en un temps record, ou l'avait en tout cas convaincue de se joindre à eux. Elle n'eut pas l'air le moins du monde étonnée de voir six hommes nus se presser lascivement autour du corps pâle d'une femme plus jeune qu'eux, sexes dressés et cheveux en bataille. Elle leur annonça qu'elle souhaitait se contenter d'observer sans participer.

La jeune bibliothécaire était à genoux sur le bord du lit en train de sucer Dominik, qui se tenait devant elle, cuisses largement écartées. Il commençait à fatiguer, et son érection s'en ressentait. La nouvelle venue ne perdait pas une miette du spectacle et s'humectait les lèvres, tout en sirotant son verre de gin. Dominik détourna le regard et força la bibliothécaire à se détacher de lui en la tirant par les cheveux.

— Lèche-moi, ordonna-t-il d'un ton qui le surprit lui-même.

Il attrapa une ceinture qui traînait non loin, vestige d'une variation sexuelle qui avait eu lieu plus tôt dans la soirée, et la lui passa autour du cou comme une laisse.

La jeune femme obtempéra, et, pendant un instant, Dominik sembla quitter son corps et contempler la scène de haut, complètement détaché.

C'était du sexe à l'état pur.

Nul besoin de latex ni d'accessoires, nul besoin de mots ni de titres.

Il en avait retiré un plaisir inouï.

Une femme agenouillée devant lui. Une autre spectatrice.

Dix minutes plus tard, tout habillé, il avait traversé à toute allure la réception et hélé un taxi.

— Hampstead, avait-il dit au chauffeur.

— Où, exactement ? C'est grand, Hampstead.

— Je vous le dirai quand on y sera.

Il y avait peu de circulation la nuit, et ils eurent tôt fait de laisser derrière eux Marylebone Road, de traverser Regent's Park, d'atteindre Camden Town puis Belsize Park.

— Tournez à droite après l'hôpital, ordonna Dominik.

— Pas de problème.

Il demanda au chauffeur de s'arrêter devant le plan d'eau non loin du pub *Jack Straw's Castle.*

Il était en proie à la plus grande confusion.

D'un côté, il était profondément choqué par son propre comportement : le sexe pour le sexe, l'indifférence, le vide. Les femmes, les hommes, tous ces sexes, les échos triviaux de ces accouplements dénués de tous sentiments. De l'autre, il ressentait encore la puissance du plaisir causé par la domination, comme une drogue courant dans les veines d'un junkie.

Il fut tenté un bref instant d'aller faire un tour dans les bois derrière le parking du pub, réputés pour être un lieu de rencontres gay. Il éprouvait le désir irrationnel de découvrir ce que ça faisait d'être pénétré, pris, comme si cela pouvait lui permettre de mieux comprendre les femmes qu'il sautait. N'importe quoi. Il fit un pas en avant, un en arrière, puis se décida à rentrer tranquillement chez lui.

Il ne regagna son domicile que bien après minuit. Il aurait pu héler un autre taxi, mais la marche l'avait apaisé.

Une semaine plus tard, il commença à sortir avec l'une de ses anciennes étudiantes, Claudia, et rompit tout contact avec le groupe. À bien y réfléchir, peut-être étaient-ce eux qui avaient cessé de l'inviter à leurs petites sauteries.

Avec Claudia, le sexe était simple, bon, vigoureux et sain. Elle acceptait ses besoins, la nécessité qu'il avait de la dominer, et elle appréciait les variations et les bizarreries sans jamais poser de questions. Il crut même pendant un temps avoir dompté son côté obscur et être maître de ses sombres désirs insatiables. Mais il savait qu'il lui manquait quelque chose... jusqu'à ce qu'il rencontre Summer et son violon rapiécé dans les couloirs du métro et qu'elle fasse s'embraser de nouveau le feu qui le consumait.

— Tu connais bien Summer ? Et Victor ? demanda Dominik à Lauralynn, tandis que cette dernière prenait place sur la couverture qu'elle avait apportée avec elle et étalée sur la pelouse de Regent's Park.

La jeune femme avait proposé d'aller pique-niquer, et les prévisions météo annonçaient un temps clément pour le week-end, avant les premiers frimas de l'automne. Dominik songea que les saisons s'enchaînaient à toute allure, et le cours de ses pensées dériva vers Vivaldi. Il y avait presque un an qu'il avait entendu pour la première fois l'enivrante musique de Summer à Tottenham Court Road et qu'il s'était senti envoûté par la jeune femme emportée par sa musique.

— Je connais Victor depuis des années. Nous sommes complices, si tu vois ce que je veux dire. Je l'ai rencontré à une fête, et il m'a proposé de m'aider à percer dans le milieu. Il a compris qu'il y avait en moi une envie de domination, je pense. C'est un homme dangereux. Il aime utiliser les autres, et j'ai l'impression qu'il est animé par une espèce de volonté de vengeance. Mais il connaît beaucoup de monde. Et il a beaucoup d'expérience.

— Et Summer ?

— Je ne l'ai vue qu'une fois après le concert dans la crypte où tu lui as demandé de jouer nue. Je la trouve, comment dire… intéressante.

— Il s'est passé quelque chose entre vous ? demanda Dominik.

— Malheureusement non, avoua Lauralynn. Je ne pense pas qu'elle soit attirée par les femmes. Ou alors de manière très éphémère. Je connais bien ce genre de femmes, ce sont des papillons de nuit charmés par la lumière. Elles sont dangereuses. Summer croit qu'elle contrôle tout, mais elle se trompe. Elle ne voit pas plus loin que le bout de son nez et ne comprend pas ses propres motivations. Et elle ne s'assume pas complètement. Elle se trouve moderne et sûre d'elle, mais c'est tellement facile de se mentir ! Tu es bien placé pour le savoir, n'est-ce pas ?

Elle le regardait avec une expression de malice non dissimulée.

Elle sortit le Thermos de café du panier en osier qu'elle avait apporté avec elle et remplit deux tasses en plastique. Dominik s'était chargé des sandwichs. Non loin de l'endroit où ils s'étaient assis, le long du chemin qui coupait le parc en deux, ils voyaient des files d'enfants bruyants se diriger vers le zoo.

— Qu'est-ce qui s'est passé ? Quand tu l'as retrouvée ?

— On a joué. J'ai fait venir un de mes soumis. Je pense que ça lui a plu de découvrir de nouvelles possibilités.

— Je vois.

— Mais, comme je te le disais, je connais bien ce genre de femmes. Ce n'est pas la première que je croise. Elles sont leur pire ennemie. Si on les laisse se débrouiller seules, elles cèdent à toutes les tentations. Leur orgueil leur brouille la vue.

— Vraiment ?

Dominik était légèrement agacé par les remarques de Lauralynn sur le profil psychologique de Summer, certainement parce qu'il avait encore du mal à cerner ses propres motivations.

La jeune femme mordit dans un sandwich œuf mayonnaise et cresson.

— Si tu es vraiment attaché à elle, poursuivit-elle, tu ne devrais pas la laisser seule à New York ou ailleurs. Tu vas la perdre.

— À cause de Victor ?

— Peut-être. Mais il y a d'autres loups dans la meute. Elle est du genre à attirer les dominateurs qui n'auront qu'une idée en tête, la briser.

— La briser ?

— Elle a du caractère, c'est vrai, mais elle ne pourra pas résister à certaines pressions. J'ai l'impression qu'elle donne son corps sans problème, ce qui fait qu'un mâle dominateur aura envie de lui faire abandonner son esprit. Ils chercheront à tout prix à la faire plier, à la soumettre à leur volonté. Et, une fois brisée, une soumise ne guérit pas. Je pense qu'elle n'a pas compris qu'il y a un point de non-retour.

— C'est un peu exagéré, non ?

— Peut-être... Mais il y a toutes sortes de dominateurs. Pour certains, c'est un pouvoir ; pour d'autres, c'est juste un jeu...

— Je ne suis pas intéressé par le pouvoir, l'interrompit-il, désireux de se faire comprendre, mais je sais bien qu'avec Summer c'est plus qu'un jeu. Je veux qu'elle soit forte, et je n'ai aucune envie de la briser. Je veux la voir assumer ses désirs, parce que c'est ça qui me donne du plaisir, et non la domination. Accepter ses sentiments…

— Terrain dangereux, Dominik. Ce que tu décris ressemble beaucoup à un ennuyeux mot de cinq lettres…

— Et toi ? contra-t-il. Qu'est-ce que tu cherches avec tes jouets ? Le contrôle ?

— C'est un jeu de volontés, parfois cruel certes, mais toujours un jeu. Je pensais que nous nous ressemblions, tous les deux, mais il y a en toi une certaine douceur. C'est assez impressionnant. Tu ne penses pas uniquement avec ta queue.

— J'espère bien. Même si, évidemment, je n'entends pas la négliger non plus, répondit-il en souriant.

— Quoi qu'il arrive, j'aimerais qu'on devienne amis.

— Moi aussi.

— Victor ne pensait jamais qu'à la prochaine cible : il était implacable. Ça m'amusait au début, mais j'ai vite trouvé qu'il y avait en lui une noirceur, une volonté profondément enracinée de faire plier ses soumises, d'en faire des esclaves. Fais attention.

— C'est noté.

Il avait tenté à plusieurs reprises de contacter Summer ces derniers jours, mais ses appels tombaient directement sur messagerie, quelle que soit l'heure à laquelle il téléphonait, et il commençait à s'inquiéter un peu. Elle avait promis de le tenir au courant de ses aventures là-bas, mais elle ne lui avait pour l'instant fourni que des bribes d'informations sans conséquences. Lui racontait-elle vraiment tout ?

— J'organise une petite sauterie demain soir, avec deux de mes jouets, et je me disais que tu aimerais peut-être venir, proposa Lauralynn. Tu n'es pas obligé de participer, tu peux juste observer.

— Tu crois qu'ils seraient d'accord ?

— Absolument. Ils savent qu'ils n'ont pas leur mot à dire : ils me doivent obéissance en tout. Quoi qu'il en soit, je pense que tu n'es pas attiré par les hommes, si ? C'est aller un peu trop loin pour toi ?

— Oui, acquiesça Dominik, qui se garda bien de révéler à Lauralynn qu'il avait déjà songé à essayer, afin de mieux comprendre les rouages de la soumission.

Si l'on en croyait les usages du sadomasochisme, de nombreux dominateurs avaient servi un moment en tant que soumis, afin de mieux comprendre les rapports entre les deux positions. Mais Dominik n'était absolument pas attiré par les hommes. Il avait beau éprouver une intense fascination pour leurs sexes, il n'était intéressé ni par leurs visages ni par leurs personnalités. Assister à une telle scène aurait été fort instructif, mais il savait qu'il n'était pas encore prêt.

— Pas cette fois-ci, répondit-il, en songeant qu'il accepterait peut-être un autre jour.

Mais, à cet instant, ses pensées étaient tout entières tournées vers Summer et le tourbillon d'évocations lascives qu'elle faisait naître dans son imagination.

— Dommage, reprit Lauralynn. J'aurais bien aimé avoir de nouveaux compagnons de jeu. Je pourrais t'apprendre beaucoup de choses, tu sais.

— Je n'en doute pas.

— Mon instinct me dit que tu n'apprécies pas vraiment les accessoires.

— Il ne te trompe pas, répondit Dominik.

— C'est tout l'inverse avec Victor. Il ne peut pas se passer de ses barres d'écartement. Elles marchent bien avec les femmes, mais les hommes ont plus facilement des crampes. Enfin, la plupart. J'ai remarqué que les gays ont un seuil de tolérance plus élevé à la douleur. Non pas que j'en croise beaucoup, remarque : je suppose qu'ils préfèrent rester entre eux, ajouta-t-elle après un silence.

Il y avait comme une note de regret dans sa voix, songea Dominik.

Le soleil, à son zénith, brillait au-dessus d'eux, et une très légère brise agitait les frondaisons des arbres qui les environnaient. Lauralynn essuya une miette au coin de ses lèvres.

— C'est beau, hein ? dit-elle à Dominik, qui avait ôté sa veste en lin. C'est certainement le dernier jour de beau temps de la saison. Ah, Londres… J'adore le soleil.

Il lui sourit.

Ses cheveux blonds se déployaient sur ses épaules. Elle s'étira, se redressa et enleva son chemisier d'un geste vif. Elle ne portait pas de soutien-gorge, et les yeux de Dominik s'attardèrent sur ses délicieux tétons roses ornés d'un piercing et sur le tatouage bleu, représentant un idéogramme chinois, qu'elle avait sur l'épaule gauche. Elle s'allongea à plat ventre, se débarrassa de son short en jean et s'exposa, uniquement vêtue de son string, à la caresse du soleil. Ses fesses formaient deux collines, dont la perfection géométrique délimitait les courbes avec une précision toute mathématique. L'élastique de son sous-vêtement, légèrement de travers, mettait en relief son bronzage intégral.

Afin de profiter du spectacle qu'elle offrait, les hommes commencèrent à ralentir en passant devant elle, au contraire des familles, qui accéléraient en la voyant, furieuses. Il y avait quelque chose de profondément provocant dans sa façon de s'exposer ainsi aux regards, les fesses nues sous le soleil.

Elle n'avait aucune pudeur et elle en jouait.

Étalée ainsi, jambes très écartées, dans un parc public, elle donnait l'impression à ceux qui la voyaient de loin qu'elle était entièrement nue.

Avant qu'elle se retourne, Dominik avait remarqué la façon dont le fin tissu de son string se tendait sur sa peau, sa fente bien visible.

Il aimait bien Lauralynn et pensait vraiment qu'ils pourraient devenir amis.

Il ôta sa chemise, histoire de profiter lui aussi du dernier soleil de l'année.

Ils s'endormirent dans la chaleur du paresseux soleil automnal.

Mais Dominik rêva de Summer, pas de Lauralynn.

3

L'idylle des cordes

L'obscurité avait commencé à tomber sur le petit jardin que je voyais de la minuscule fenêtre de mon appartement dans East Village, et le peu de lumière éclairait à peine mon corps corseté : j'avais l'impression, en me contemplant dans le miroir, de voir une momie. Je ressemblais à une femme étrange dans un spectacle victorien.

Le vêtement me cisaillait la peau, avec tout le confort rigide d'une étreinte de fer.

J'ai défait les lacets dans le dos et me suis penchée pour déboutonner les pressions qui fermaient le corset devant. Les baleines avaient imprimé un intéressant lacis de marques sur mon buste, de ma taille à mes seins ; des sillons parallèles, très Art déco, qui se détachaient, rouge vif, sur la pâleur de ma peau.

Mes colocataires et moi venions juste de rentrer d'un concert en plein air que nous avions donné à Union Square : nous avions prévu une série de récitals de compositeurs américains, sur un mois, afin de célébrer Thanksgiving par anticipation. On était au début novembre, et le soleil se couchait plus tôt, entraînant avec sa disparition l'arrivée d'un froid glacial. Nous avions pris un verre dans l'un des bars en terrasse de Midtown, histoire de profiter de la relative douceur de l'air, avant que le froid étende ses doigts glacés sur la ville et en chasse tous les clients, à l'exception des fumeurs invétérés, à l'intérieur.

Pour jouer ce soir-là, j'avais décidé de porter le corset offert par Dominik pour la soirée chez Charlotte : il me tenait bien chaud, sous la petite robe en tricot noire qui le dissimulait.

J'avais l'impression que cet événement s'était déroulé une éternité auparavant. C'était l'une de mes toutes premières expériences non conventionnelles ; je m'étais déguisée en soubrette et j'avais servi les invités de Charlotte, afin de découvrir si j'appréciais de me soumettre à d'autres que Dominik.

L'expérience n'avait pas été concluante : habillée par ses soins, répondant à la clochette qu'il avait ajoutée au costume, j'avais eu l'impression d'obéir aux ordres de Dominik plutôt qu'à ceux qui me demandaient de remplir de nouveau leur assiette ou leur verre.

Il me manquait terriblement, plus que je ne voulais bien l'admettre et bien plus que je ne le lui avouerais jamais. Depuis son départ, nous n'avions échangé que de courts messages irréguliers. Le son de sa voix m'emplissait d'un tel désir de le voir que j'avais pris l'habitude de laisser mon portable éteint afin de ne pas être tentée de lui parler.

Dominik ne m'avait pas demandé de porter ce corset pour le concert de ce soir. C'était mon idée ; j'avais tenté de recréer la sensation de domination qui me manquait tant.

Son absence provoquait en moi un excès d'émotion que j'essayais de sublimer dans la musique, faisant de mon violon le dépositaire de mon chagrin et de ma frustration. Mais ma solitude persistante faisait immanquablement resurgir les souvenirs des scènes que Dominik avait créées pour moi à Londres, et je ne pouvais m'empêcher de fantasmer sur tout ce que j'aurais aimé qu'il me fasse. J'étais devenue irascible et renfermée, agacée par l'intensité de mes sentiments.

J'avais écrit à Charlotte pour lui demander conseil, mais elle semblait avoir mystérieusement disparu, à moins qu'elle n'ait choisi de m'ignorer. Chris avait achevé sa courte tournée américaine et avait regagné Londres. Il n'avait pas prévu de revenir à New York de sitôt, et, comme il n'appréciait pas vraiment Dominik, je ne lui avais rien raconté. Via Skype, j'avais bavardé avec de vieux amis restés en Nouvelle-Zélande, mais ils étaient tous rangés à présent, avec des jobs sérieux et des partenaires durables. Ma vie à New York, entre l'orchestre et Dominik, me paraissait aux antipodes des leurs.

Si ma vie sociale était presque inexistante, en revanche mes efforts professionnels n'étaient pas passés inaperçus.

Simón, le chef d'orchestre vénézuélien invité lors de la saison précédente, nous dirigeait à présent définitivement et il avait manifestement un faible pour moi : il me faisait des clins d'œil pendant les concerts afin de saluer ma performance et me regardait parfois avec insistance par-dessus son pupitre. Je n'ai remarqué ses attentions que tardivement, au moment où nous avons commencé à répéter pour les concerts de Thanksgiving, peut-être parce que j'avais des affinités avec la musique américaine. Une musique influencée par les tonalités de lointaines contrées et colorée par l'infinie diversité culturelle de compositeurs venus aux États-Unis pour entamer une nouvelle vie, pleins d'espoir, ouverts aux rythmes de toutes les villes croisées sur leur chemin, et mêlant jazz et folk aux vieilles traditions européennes.

Je ne regrettais pas notre ancien chef d'orchestre. Son approche, trop académique, manquait de nuances, et sous sa direction les cordes étaient trop guindées. Simón était plus jeune et ses méthodes radicalement différentes. Nous ne discutions plus que de ça au sein de l'orchestre.

Il avait un look un peu bohème et en répétition, dans son jean et son tee-shirt ample, il aurait facilement pu passer pour le guitariste d'un groupe de rock. Il respirait le dynamisme du bout de ses chaussures – parfois de simples Converse confortables, parfois des bottines pointues en croco cirées à la perfection – jusqu'à ses épaisses boucles sombres, perpétuellement en bataille, qui s'agitaient au rythme de ses mouvements frénétiques. Il dirigeait l'orchestre en battant la mesure avec ses mains, qu'il ouvrait et fermait comme les mâchoires d'un crocodile, possédé par la musique. Son visage, très expressif, était inconsciemment au diapason de sa direction d'orchestre : un haussement de sourcils ou une légère moue annonçaient un infime changement de tempo ou de tonalité.

J'espérais que sous sa baguette les cordes seraient autorisées à déployer plus d'ardeur. Si l'on en jugeait par nos derniers concerts, il avait une influence très bénéfique sur nous.

Baldo et Marija, mes colocataires croates, qui jouaient respectivement de la trompette et du saxophone, se moquaient bien du changement. Ils venaient de se fiancer, et leur bonheur était tel que seul un coup de tonnerre du destin aurait pu l'entamer.

Forte de son succès sentimental, Marija avait décidé de s'occuper de moi, et elle m'interrogeait souvent sur l'état de ma relation avec Dominik, avec une patience et une astuce dignes d'un détective privé.

Ce matin-là, je lui avais raconté toute l'histoire, ne serait-ce que pour lui expliquer pourquoi j'étais d'aussi mauvaise humeur.

— Tu sais que la meilleure façon de se sortir quelqu'un de la tête est d'en faire entrer un autre ailleurs, a-t-elle dit prosaïquement, comme nous partagions un déjeuner tardif dans la cuisine, avant d'aller travailler.

Elle avait récemment opté pour une frange, et la ligne sombre au-dessus de ses sourcils rendait ses paroles encore plus autoritaires.

— Je n'ai pas besoin de l'oublier. On sort encore ensemble.

— Pas vraiment. Tu es ici, et il est là-bas.

— On n'a pas une relation traditionnelle. On est amis. Des amis qui couchent ensemble.

— Mais vous ne couchez pas, là.

J'avais volontairement omis de raconter à Marija la nature de nos ébats sexuels, mais je lui avais dit qu'étant donné les circonstances et la distance nous avions décidé de ne pas être exclusifs.

— C'est bien normal, avait-elle répondu. Une femme a des besoins, tant pis pour lui s'il n'est pas là pour les satisfaire.

Elle m'avait invitée à aller boire un verre avec Baldo et elle au *230 Fifth*, un banal repaire de drague pour les jeunes de Manhattan, qui ne désemplissait pas pendant le week-end. Je n'en avais pas vraiment envie, mais j'avais quand même accepté. Je ne pouvais guère continuer à passer mes soirées enfermée dans ma chambre, sanglée dans le corset offert par Dominik, même si je ne supportais la compagnie des deux tourtereaux qu'à petites doses et si ce bar était exactement le genre d'endroit que je fuyais comme la peste.

J'ai découvert en arrivant qu'ils avaient invité un autre musicien de l'orchestre, Alex, un joueur de trombone. Il avait rejoint le Gramercy Symphonia l'année précédente après avoir laissé tomber son job d'avocat spécialisé dans les divorces et avait quitté le Wisconsin pour New York afin de réaliser son rêve de toujours : vivre de la musique. Marija avait organisé un rendez-vous dans mon dos, et je n'ai guère apprécié.

Alex était relativement sympa mais très ennuyeux. Il portait en plus une chemise violette, qui aurait eu de l'allure sur un homme plus grand et plus mince, mais qui le faisait ressembler, calé qu'il était dans l'un des canapés mauves du restaurant, à une tartelette à la myrtille.

Je les ai tous abandonnés à leur sort, Marija et ses longues jambes entortillées autour de celles, plus courtes, de Baldo, Alex et ses coups d'œil pleins d'espoir, et j'ai gagné le bar sur le toit.

Le cocktail était moyen et la musique pas à mon goût, mais la vue était sublime. L'Empire State Building était si près que j'avais l'impression que j'aurais pu le toucher en tendant la main, le rejoindre d'un seul bond et l'escalader, comme King Kong ou Jack et son haricot magique.

— C'est magnifique, n'est-ce pas ? a demandé une voix mâtinée d'accent du sud à ma gauche.

La voix appartenait à un homme blond, qui portait un costume bleu marine rayé, une fine cravate, un verre dans une main et un cigare dans l'autre. Il avait traîné l'une des tables contre la rambarde et s'était perché dessus. La tête penchée, il contemplait la nuit avec l'assurance de celui qui se croit immunisé contre les accidents (après tout, il y a bien des gens qui meurent parce qu'ils se sont trop penchés par la fenêtre) ou qui pense que la gravité ne s'applique pas à lui.

— Absolument, ai-je répondu, en inspirant la légère fumée de cigare qui flottait autour de lui.

Il a sauté de son perchoir avec une étonnante élégance et s'est installé à mes côtés.

— D'où venez-vous ? a-t-il demandé.

— De Nouvelle-Zélande. Mais je suis passée par l'Australie et Londres.

— Vous avez pas mal roulé votre bosse, apparemment.

— Je ne roule pas que ça.

J'ai surpris une étincelle en réponse à mes paroles, et je me suis rapprochée de lui, au cas où il n'aurait pas compris mon sous-entendu.

— Puis-je vous offrir un verre ?

J'ai baissé les yeux sur les restes de mon mauvais mojito.

— Oui, mais pas ici. On va ailleurs ?

Il n'a pas eu besoin de se le faire dire deux fois. Trois quarts d'heure plus tard, nous étions dans son appartement dans l'Upper East Side, exactement l'endroit chic, meublé de manière spartiate, que je m'étais attendue à découvrir la première fois que j'étais allée chez Dominik. C'était avant que j'apprenne à le connaître et que je comprenne que la richesse n'allait pas forcément de pair avec la sophistication, même si je ne savais toujours pas si Dominik était riche ou pas. Il avait peut-être dépensé les économies de toute une vie pour m'acheter le Bailly et vivait à présent de son salaire de prof de fac.

L'homme que j'avais dragué s'appelait Derek, était né à New York et travaillait dans les assurances. Je lui ai dit que je me nommais Helen et que j'étais secrétaire dans un cabinet d'avocats. L'expérience m'avait appris que les hommes aimaient les secrétaires et les infirmières, et je ne voulais pas prendre le risque de le voir se pointer un jour à l'un de mes concerts.

Derek, en revanche, s'appelait vraiment Derek, ai-je constaté en voyant une pile de courrier sur le comptoir.

Son appartement avait beau puer le fric, il sentait aussi le saumon frit et le tabac. J'ai remarqué que la plupart des fenêtres ne s'ouvraient pas ; il devait certainement fumer à l'intérieur pour s'épargner la peine de sortir sur le balcon.

— Qu'est-ce que tu aimes ? a-t-il demandé.

J'ai d'abord cru qu'il me proposait à boire, mais, comme il n'avait ni mis en route la bouilloire, ni ouvert le frigo, j'ai compris qu'il parlait de sexe. La franchise de la question m'a prise au dépourvu.

— Euh…

Il s'est approché et a brisé la glace en m'embrassant. Il n'était pas si mauvais mais il avait un goût de poisson.

J'ai envisagé un instant de décliner l'offre, mais, en éternelle optimiste, je me suis dit que ça allait peut-être s'arranger une fois qu'on serait passés aux choses sérieuses. De plus, j'avais décidé d'arrêter de prendre le taxi : je voulais faire des économies pour m'offrir un voyage et, si je passais la nuit chez lui, je pourrais prendre le métro ou rentrer à pied.

J'ai réprimé une grimace quand Derek a commencé à explorer ma bouche avec sa langue, en utilisant une technique qui aurait été plus efficace à un autre endroit de mon anatomie.

Je n'ai pas pu m'empêcher de penser à Dominik, qui embrasse divinement bien, et je me suis demandé s'il avait décidé de ne plus utiliser ce talent ou s'il était au contraire en train d'en faire profiter une autre au même moment, à Londres. En imaginant Dominik avec une autre femme, je me suis sentie stimulée, et j'ai poussé Derek hors de la cuisine, vers le salon, où l'air était moins vicié.

— Oh, a-t-il commenté, une femme qui prend les choses en main. J'adore ça.

Ça commençait mal.

Derek a fait délicatement glisser les bretelles de ma robe et a fait courir ses doigts sur ma peau nue comme s'il caressait un chaton. Délicatement. Doucement. Il avait certainement lu une tonne de bouquins qui serinaient que les femmes aiment les longs préliminaires, si possible enrobés de chocolat et suivis par un bain chaud, le genre d'idioties reprises par tous les médias et qui étaient aussi ridicules que leur pendant, à savoir croire que tous les hommes voulaient se faire tailler une pipe en matant un film porno, avant de manger épicé.

J'avais espéré que Derek m'arracherait ma robe, me plaquerait contre la fenêtre et me prendrait par-derrière, comme dans un film américain, mais la réalité a été, hélas, beaucoup moins excitante. Je me suis un peu débattue avec sa ceinture, que j'ai fini par défaire, et son pantalon est tombé sur ses chevilles de manière peu élégante. J'aurais dû lui ôter ses chaussures avant; il était entravé, virtuellement immobile.

On a gagné sa chambre à reculons, et il m'a allongée gentiment sur le lit. Il a ensuite déposé une pluie de baisers légers le long de mon cou jusqu'à mon nombril, puis m'a souri avant d'enfouir sa tête entre mes jambes. Le cunnilingus était manifestement le numéro qu'il réservait aux femmes qu'il voulait impressionner. Il était enthousiaste mais doux. J'ai essayé d'invoquer l'image de Dominik en train de me faire la même chose, mais il aurait déjà mis quatre doigts en plus de sa langue, et il explorerait brutalement mon intimité en me promettant sur un ton ironiquement poli que sa queue ne tarderait pas à suivre le même chemin. Dominik et moi n'avions toujours pas pratiqué la sodomie, et je me demandais pourquoi, même si l'attente me plaisait bien. Il semblait penser que c'était la pratique la plus perverse disponible sur le menu, alors que, pour moi, c'était juste un truc qu'on ne faisait pas la première fois. Je le trouvais délicieusement démodé sur le sujet et j'attendais avec impatience qu'il se décide enfin.

J'ai chassé Dominik de mes pensées et, par politesse, je me suis concentrée sur Derek. Il avait fini de me prodiguer ses bons soins et je me suis redressée, afin de lui tailler une pipe, mais il m'a arrêtée et m'a rallongée.

— Non, ma puce, c'est tout pour toi.

J'ai soupiré. Il a cru que c'était de plaisir.

Son sexe était enfin dur, et son torse agréablement ferme contre ma poitrine, mais j'aurais préféré qu'il cesse ses éternelles caresses trop légères et qu'il me pince les tétons ou qu'il m'étrangle un peu. Peut-être avait-il juste besoin de quelques encouragements.

J'ai saisi sa main et l'ai placée sur mon cou.

— Houla. Ne me dis pas que tu aimes ça. C'est vraiment pas mon truc.

J'ai senti qu'il débandait.

Je l'ai embrassé, ce qui au lit revient à changer de sujet, mais le cœur n'y était plus. Il s'est retiré et a disparu dans la salle de bains. J'ai entendu l'eau couler, et il est revenu avec deux tasses de chocolat chaud.

— Il se fait tard, a-t-il dit en m'en tendant une. Tu peux rester dormir, si tu veux.

Il était gentil et maîtrisait les codes de l'étiquette sexuelle, même s'il n'était définitivement pas mon genre.

Je suis restée allongée à ses côtés, un peu gênée, toute la nuit, puis je me suis éclipsée à l'aube, même si je doutais fort que Derek me demande mon numéro de téléphone.

Près de Central Park, les échoppes étaient toutes ouvertes, et les vendeurs houspillaient les touristes qui ne choisissaient pas assez vite entre le ketchup et la sauce tomate. Je me suis acheté un bagel et un café à l'angle de la 78e Rue et de la Ve Avenue, et j'ai décidé de profiter de ma matinée de liberté pour faire un tour au Met qui se dressait non loin.

J'étais trop agitée pour apprécier l'art et, incapable de me décider, j'ai fini par échouer dans le département asiatique, où j'ai passé une heure à contempler une tête de bouddha afghane vieille de cinquante siècles. J'espérais qu'elle me communique un peu de la sérénité évidente de ses traits de pierre, de ses longues oreilles et de ses yeux mi-clos. J'ai contemplé les sourcils symétriques et le nez aquilin surmontant une bouche pulpeuse et sensuelle, qui donnait à cette tête divine une touche d'humanité.

J'ai repensé à la nuit que je venais de passer avec Derek, à mon dernier week-end avec Dominik, aux semaines qui l'avaient précédé et que j'avais passées avec Victor, et à mon expérience dans le donjon londonien, où je m'étais fait fesser par un inconnu. J'ai réfléchi au fait que ces choses, que la moitié de l'humanité considérait comme perverses, m'excitaient terriblement, alors qu'une nuit avec Derek, un type gentil, bon parti de surcroît, me laissait de marbre.

En étais-je arrivée là ? Avais-je besoin d'être attachée, brusquée, voire malmenée, pour prendre mon pied ? Les sentiments que j'éprouvais pour Dominik étaient-ils liés à sa personnalité ou à ses talents au lit ?

J'ai préféré rentrer à pied, même si la balade était longue, plutôt que de subir la crasse poisseuse du métro ; la ville qui hier encore me paraissait majestueuse et excitante me rappelait aujourd'hui que j'étais prisonnière, séquestrée et oppressée par les avenues rectilignes et les immeubles carrés. J'étais entourée de verre sans fin et de structures en béton qui s'élançaient vers le ciel comme autant de sentinelles, et les traînées de ciel bleu que j'apercevais entre deux édifices me menaçaient comme la lame d'une guillotine.

Londres me manquait. J'aimais ses cachettes souterraines, ses ruelles étroites et tordues, ses venelles sombres, ses rues pavées dont les noms anciens, comme Cock ou Clitterhouse[1], témoignaient d'un temps où l'obscénité se cachait à tous les coins de rue et où les maisons closes voyaient défiler courtisanes en jupons, catins grivoises, politiciens pervers, dames et seigneurs de la nuit qui mettaient toute leur énergie dans une quête effrénée de plaisirs.

Des temps plus puritains leur avaient succédé, et certains des noms les plus crus avaient été remplacés pour refléter la tendance au politiquement correct de notre monde moderne, mais Londres demeurait malgré tout une ville tout entière baignée dans le désir. J'étais persuadée que, si ses pierres pouvaient parler, elles applaudiraient en

1. Termes argotiques. « *Cock* » désigne le sexe masculin, et « *clitterhouse* » se rapporte au clitoris *(« clit »)*.

voyant passer les âmes corrompues. Londres me comprenait.

Ce jour-là, j'avais l'impression que New York était une grande sœur réprobatrice.

Je suis arrivée en retard de quelques minutes à la répétition du soir et j'ai senti le regard inquisiteur de Simón se poser sur moi quand je me suis glissée sur mon siège. J'ai joué en pilote automatique, sans mes habituelles fioritures, en espérant que la torpeur qui s'était emparée de mon archet n'était pas trop évidente.

Cette nuit-là, j'ai dormi le cœur lourd.

Je me suis réveillée vers 3 heures du matin, cette heure propice à toutes les angoisses, et j'ai envoyé un texto à Dominik.

« Tu me manques. »

Je me suis rendormie, bercée par une vague culpabilité ; je n'étais pas certaine qu'il me manque vraiment.

Le lendemain matin, j'ai décidé de me secouer et de rechercher des divertissements à la hauteur de mes désirs pervers. Il n'y avait pas de raison pour que New York ne m'offre rien de ce genre. En dépit de ma brève déprime de la veille, je savais d'expérience que de nombreuses personnes avaient les mêmes goûts que moi. Il fallait juste que je les trouve.

Une rapide recherche Google ne m'a pas beaucoup appris. J'avais l'impression que les choses étaient moins évidentes ici qu'à Londres pour les amateurs de fétichisme. J'avais entendu dire que la police voyait d'un œil sévère la nudité publique et la violence consentie. Mais ce pouvait être tout simplement une particularité new-yorkaise : les gens étaient sans doute moins enclins à exhiber leurs inclinations et peut-être fallait-il être introduit dans un certain cercle. J'ai trouvé quelques annonces pour des événements mais rien ne m'a attirée : des soirées à thème dans un cabaret, une soirée réservée aux fétichistes des pieds, une société d'amateurs de fessées.

J'ai fini par dénicher une annonce pour un cours d'introduction au bondage avec des cordes, qui se tenait à midi le samedi suivant. Je n'avais guère eu d'expériences dans ce domaine, mais l'idée m'excitait. Si j'en croyais ma réaction au corset très serré ou aux bas avec lesquels Dominik m'avait lié les poignets, les cordes étaient faites pour moi. De plus, en choisissant un atelier pour grands débutants, j'étais certaine d'éviter de tomber sur Victor ou l'un de ses acolytes, ce qui arriverait à coup sûr dans un club.

Pour des raisons évidentes, aucune adresse ne figurait sur l'annonce. J'ai donc envoyé un mail, en précisant que je venais d'arriver à New York et que j'aimerais bien assister au cours.

J'ai reçu une réponse quasi immédiatement, signée par une certaine Cherry Bangs, ce qui devait être un nom de scène. Elle m'a expliqué qu'elle se contentait de permettre à l'atelier d'avoir lieu et que j'étais la bienvenue en tant que « modèle de corde », c'est-à-dire une jeune femme consentante qui permettait aux inscrits de se perfectionner dans l'art du *shibari*[1]. Elle a précisé que rien ne me serait imposé et, comme je n'étais pas encore introduite dans le milieu new-yorkais, elle a proposé que nous prenions un café ensemble le samedi suivant, juste avant le cours.

La perspective de pouvoir donner libre cours à mes penchants pendant le week-end m'a ragaillardie et je me suis rendue à la répétition le cœur léger. Ma bonne humeur a déteint sur mon jeu et, à la fin de la session, je me sentais revigorée. Dominik me manquait toujours, mais j'apprenais à me passer de lui. Les choses se mettaient enfin en place.

— Vous avez très bien joué ce soir, m'a dit Simón.

Ce n'était pas un compliment, plutôt un constat, mais je n'en ai pas moins rougi de fierté. Ses yeux sombres brillaient sous la lumière, pleins de l'adrénaline provoquée par la répétition.

— Merci, ai-je répondu. Vous avez été super vous aussi.

— Ça me fait plaisir d'entendre ça. C'est difficile de diriger un orchestre après quelqu'un de plus expérimenté : j'ai toujours peur d'être trop laxiste

---

1. Le *shibari*, qui signifie littéralement « attacher », est un type de bondage sexuel japonais, qui se pratique à l'aide d'une cordelette avec laquelle on entrave quelqu'un en créant des motifs géométriques qui mettent en valeur les courbes du corps. Il a été inventé au XVe siècle par les samouraïs pour entraver les prisonniers.

ou trop exigeant, et de ne pas réussir à inspirer le respect sans passer pour un grand méchant loup.

— Eh bien, moi, j'apprécie votre façon de faire.

Ce qui a suivi est certainement imputable à l'excitation née de la répétition.

— Ça vous dit de prendre un verre avec moi ?

Il a réfléchi sans me quitter des yeux. Je n'avais jamais eu envie de sortir avec mes précédents chefs d'orchestre (ils étaient bien trop âgés), et je ne savais donc pas quelle était la conduite à tenir. Et ce ne serait pas un vrai rendez-vous, mais juste deux voyageurs partageant un verre : après tout, il venait d'arriver lui aussi.

— Avec plaisir, a-t-il répondu en souriant.

Nous nous sommes rendus dans un café italien sur Lexington. J'ai commandé un *affogato* : une boule de glace vanille noyée sous le café avec une lichette de Cointreau. Le serveur, un Américain d'origine italienne à la voix de stentor, qui portait un tablier bleu électrique, est arrivé avec les trois ingrédients alignés sur un plateau : à côté d'une serviette rouge et d'une longue cuillère en argent se tenaient la crème glacée dans un verre à Martini sans pied qui reposait sur une soucoupe blanche ainsi que l'expresso brûlant et la liqueur dans deux petits verres. Il a versé le café et l'alcool sur la glace avec un moulinet ostentatoire puis m'a apporté deux *biscotti* sur une assiette.

Simón a contemplé mon breuvage, puis son banal verre de vin rouge.

— Je suis jaloux, a-t-il dit.

— Je vous en prie, goûtez, ai-je répondu en lui tendant la cuillère.

Il a hésité un instant devant l'intimité de la proposition, puis a obéi.

— En effet, c'est bon.

J'ai repris ma cuillère, dont il avait réchauffé le manche, alors que le reste était glacé.

— Au Venezuela, nous faisons souvent un dessert à base de noix de coco et de caramel.

Il avait une façon de s'attarder sur les « c » qui me faisait penser qu'il imaginait quelque chose de plus sexy que la noix de coco ou le caramel, mais son regard n'exprimait rien d'autre qu'une amicale attention. Impossible d'affirmer avec certitude qu'il me draguait.

— Un excellent mélange. Ça fait longtemps que vous êtes à New York ?

— Je suis né ici. Ma mère travaillait à Wall Street. Elle a rencontré mon père en vacances. Il jouait dans un groupe. Il a suivi ma mère ici mais n'a jamais réussi à s'intégrer, on est donc partis pour l'Amérique du Sud quand j'étais petit. Mes parents y sont toujours. J'ai passé toute mon enfance entre Caracas et New York. J'ai appris la musique au Venezuela. J'ai commencé par le violon…

— Oh ! Pourquoi avez-vous arrêté ?

— Je n'étais pas très bon. Quand je jouais, j'étais sans cesse déconcentré par le reste de l'orchestre. Je voulais tout contrôler.

— Un chef d'orchestre-né, ai-je remarqué en riant.

— Il faut croire. Vous jouez très bien, vous savez. Vous exprimez une passion toute latine.

— Merci, ai-je répondu, incrédule.

— Je ne dis pas ça pour vous flatter. Mais je pense que vous êtes prisonnière de l'orchestre. Vous êtes faite pour être soliste.

— C'est très gentil, mais je ne suis pas sûre d'en avoir la trempe. Je serais terrifiée d'être seule sur scène.

— Vous vous y habitueriez. Et vous finiriez par aimer ça.

Il a tendu la main vers moi, et j'ai cru pendant une fraction de seconde qu'il allait saisir la mienne, mais il s'est emparé de la cuillère et a repris de la glace.

Le pense-t-il vraiment ? ai-je songé. Je n'étais pas si modeste que ce que je voulais bien faire croire. L'idée de jouer seule devant un public m'enthousiasmait autant qu'elle me terrorisait.

Un silence un peu gêné s'est installé. J'ai récupéré les dernières gouttes de mon dessert avec le doigt, concentrée sur la glace, pour ne pas ajouter à l'embarras qui semblait s'être glissé entre nous.

— J'ai beaucoup apprécié ces dernières semaines, ai-je fini par dire pour rompre le silence. J'aime les compositeurs américains, surtout Philip Glass.

— Tant mieux, a-t-il répondu en riant. Mais je ne suis pas sûr que tout le monde partage votre avis. Certains le trouvent trop répétitif.

— Est-ce que votre famille fête Thanksgiving ?

— Pas vraiment. Ma mère le faisait, avant, mais elle a adopté toutes les coutumes vénézuéliennes. Je fais une fête jeudi prochain : j'ai invité quelques « orphelins », comme moi, qui sont sans famille ce jour-là. Ça me ferait vraiment plaisir que vous veniez. Je voudrais vous présenter quelqu'un.

— J'en serais ravie, ai-je répondu en ignorant la petite voix qui me disait qu'encourager les attentions de Simón n'était juste ni pour lui ni pour Dominik.

Quelques jours plus tard, c'est dans le même café que j'ai retrouvé Cherry Bangs, la femme qui avait répondu à mon mail sur le bondage.

Son apparence était en tout point conforme à son nom. Petite et plantureuse, elle avait les cheveux teints en rose vif et parfaitement coupés au carré. Elle était vêtue de rose des pieds à la tête, à l'exception d'un blouson d'aviateur en cuir noir, donnant du caractère à un look qui aurait pu être mièvre. Ses lèvres pulpeuses étaient généreusement maquillées, et elle portait de grosses bagues à tous les doigts, qui accrochaient la lumière au rythme de ses gesticulations. Elle parlait avec ses mains presque autant que Simón.

— Vous venez d'arriver à New York ? a-t-elle demandé avec un accent qui suggérait qu'elle était originaire du Canada.

Elle m'a raconté qu'elle venait d'une petite ville près de Calgary, dans l'Alberta, et j'en ai déduit que c'était pour cette raison qu'elle se mettait en quatre pour moi : elle aussi n'était pas du coin.

— Pas tout à fait. Je suis là depuis quelques mois. Mais je ne connais personne… dans le milieu.

— Ne vous faites aucun souci : tout le monde est très gentil. Vous avez déjà été attachée ?

— Pas avec des cordes.

— Il vaut mieux commencer comme modèle dans un cours plutôt que de tomber sur un amateur dans une soirée, qui fait n'importe quoi ou vous attache et vous laisse en plan. Je serai là pour veiller sur vous.

J'ai regardé ses mains, qui caressaient sa tasse de café glacé, servi avec les habituels accompagnements. J'ai remarqué que l'une de ses bagues était une araignée : une longue pierre noire en formait le corps, et huit pattes en argent enserraient son doigt comme les barreaux d'une cage. Elle en avait une autre en forme de crâne, dont les orbites étaient serties de deux strass brillants. Je n'avais pas l'impression que c'était une femme particulièrement douce, mais les apparences pouvaient être trompeuses. Si tout le monde agissait en public comme au lit, j'aurais certainement eu moins de mauvaises surprises.

Le cours avait lieu dans un loft situé entre Midtown et le bien nommé Meatpacking District[1]. Le salon mis à notre disposition et transformé en terrain de jeux appartenait à un appartement

1. Quartier de Manhattan, dont le nom qui signifie littéralement « conditionnement de la viande » vient des deux cent cinquante abattoirs qui s'y trouvaient au début du XXe siècle.

plus grand, dont le couloir menant aux chambres avait été fermé par un paravent. La pièce était lumineuse et spacieuse, et elle ressemblait plus à un studio de yoga qu'à un donjon. Des coussins avaient été disposés tout autour de la pièce, et les participants des deux sexes, dont les âges étaient très variables, y avaient pris place.

Un jeune couple était recroquevillé sur un pouf en faux cuir ; leur nervosité prouvait que c'était leur première fois. Les autres bavardaient joyeusement, détendus. Le sifflement d'une bouilloire donnait à la pièce une atmosphère chaleureuse, et la cuisine était remplie de gens en train de se faire du thé et du café. Une table, poussée sur le côté, était couverte de sachets de tisane, de fruits et de chocolat bio. Un homme aux cheveux longs, portant une veste en cuir élimée, mangeait des chips juste à côté avec un air de défi.

Cherry m'a présentée à quelques participants, et je me suis installée devant, près d'elle et de Tabitha qui donnait le cours. Cette dernière ressemblait à une déesse païenne : ses longs cheveux bruns coulaient sur ses épaules comme une eau vive, et sa robe rouge parsemée de petites fleurs bleu vif balayait le sol. Elle était pieds nus et, malgré sa taille modeste, elle semblait dominer toute la pièce.

Tabitha a commencé par énoncer les précautions à prendre afin d'éviter les lésions nerveuses et l'asphyxie. (Ne jamais faire un nœud autour du cou.)

Elle a brandi une paire de ciseaux à larges lames.

— Il faut toujours en avoir sous la main, a-t-elle recommandé, afin de pouvoir libérer rapidement votre partenaire en cas de danger, comme un incendie, une blessure, ou l'arrivée imprévue de votre belle-mère.

Tout le monde a gloussé.

Elle a expliqué les nœuds les plus simples, à l'aide d'une corde étendue sur le sol.

J'ai appliqué ses conseils et j'ai été agréablement surprise par la satisfaction qui a été la mienne quand j'ai réussi à faire correctement un nœud simple autour du poignet de Cherry.

— C'est cool, hein ? a dit cette dernière avec un grand sourire.

La deuxième partie du cours était d'un niveau plus avancé, et j'étais ravie de rentrer enfin dans le vif du sujet.

Tabitha m'a demandé d'être son « modèle », comme elle disait, afin de pouvoir faire la démonstration de certains nœuds. Elle a commencé par un simple *box tie*, le nœud de base pour la plupart des combinaisons.

— Mets les mains derrière le dos.

Sa voix, basse mais ferme, a, comme je m'y attendais, provoqué une certaine faiblesse au niveau de mes genoux.

Elle a placé mes bras dans la bonne position, pas raides comme l'avait fait Dominik, mais pliés au niveau des coudes, afin que mes deux avant-bras se superposent et que mes doigts effleurent la saignée du coude opposé. Elle a commencé par me lier les bras, en plaçant la corde au milieu de mes avant-bras, puis elle l'a enroulée autour du haut et du bas de mon buste de manière qu'elle entoure mes seins et qu'elle immobilise mes bras. Elle a passé un doigt expert le long de la corde, avant de la resserrer, histoire de vérifier qu'elle était bien mise et qu'elle ne comprimait aucun nerf.

L'assemblée était silencieuse, concentrée sur les instructions de Tabitha. Elle avait cessé de me donner des ordres, se contentant de me faire tourner à sa guise, comme une poupée, ne me parlant que pour me demander si les entraves n'étaient pas trop serrées. Je me suis détendue entre ses mains, mes membres se sont alourdis, et j'ai carré mes épaules en arrière, afin de lui laisser plus de latitude pour m'attacher. J'ai fermé les yeux, consciente d'être le point de mire de tous les regards.

Tabitha en a fini avec moi et m'a laissée seule au centre de la pièce afin de passer de groupe en groupe pour prodiguer ses conseils aux couples, qui appliquaient ses conseils sur leurs partenaires. Elle est revenue vers moi à plusieurs reprises et m'a serré les mains pour vérifier que mon sang continuait à circuler à peu près normalement et que je ne m'ankylosais pas. Je me balançais doucement sur mes pieds, comme si je m'étais levée brusquement après un massage.

Quand Tabitha a commencé à me délier, j'étais dans un état proche de l'hébétude. La corde a caressé ma peau avec un doux bruissement, et j'ai presque autant apprécié d'être détachée qu'attachée. Libérée des entraves, j'ai étiré mes bras et agité mes doigts afin de faire repartir la circulation correctement.

J'ai contemplé mes bras : la corde avait laissé un lacis de marques légèrement en creux, blanches là où la circulation avait été ralentie et rouges sur les bords. Le résultat faisait étrangement penser au motif familial d'une nappe à carreaux italienne.

Cherry m'a promis que les marques disparaîtraient en quelques heures, ce qui était heureux puisque j'avais encore une répétition ce soir-là. Nous nous sommes séparées en nous promettant de nous revoir bientôt afin que je poursuive mon exploration du milieu fétichiste new-yorkais.

J'ai bien joué ce soir-là, ravie de m'être fait de nouvelles amies.

Les traces ont rapidement disparu, si rapidement à vrai dire que j'ai presque souhaité leur réapparition : je n'avais plus que des souvenirs impalpables de cet agréable après-midi. J'étais restée habillée lors de la séance, ce qui était nécessaire pour que les élèves ne soient pas distraits de leur apprentissage par la nudité du modèle. J'ai songé que, la fois suivante, j'aimerais bien essayer nue afin de sentir le contact de la corde sur toute ma peau et pas uniquement sur mes bras.

— Bon travail, ce soir, m'a dit Simón de loin, pendant que je rangeais le Bailly dans son étui.

Il était en pleine conversation avec Alex, le joueur de trombone.

Nous avions de nouveau pris un café ensemble dans la semaine et nous étions en train de devenir des amis. Le connaître un peu mieux avait amélioré mon jeu : je parvenais à déchiffrer ses subtils mouvements, quasi inconscients, et je ressentais la musique à sa manière. Ses compliments m'allaient droit au cœur.

— À jeudi ! ai-je répondu en sortant.

Je n'étais cependant pas complètement à l'aise. J'avais laissé passer le moment où j'aurais pu glisser l'air de rien le nom de Dominik dans la conversation afin de faire comprendre à Simón que je n'étais pas entièrement libre. Il ne m'avait fait aucune avance, mais je ne pouvais me débarrasser du sentiment que je le menais un peu en bateau.

C'est un peu tard pour penser à ça, ai-je songé, une tarte à la citrouille encore fumante à la main, en sonnant à la porte de son appartement dans un immeuble très coté de l'Upper West Side, à deux pas du Lincoln Center. En dépit de mes protestations, Marija l'avait faite pour moi en découvrant que j'avais un « rendez-vous galant » avec le chef d'orchestre.

Simón m'a ouvert la porte et m'a pris la tarte des mains. Il portait un gilet doré sans manches, assorti à ses boutons de manchette, et ses bottines en croco : ainsi vêtu, il semblait sortir tout droit d'un film de gangsters des années 1930. La comparaison n'était pas si idiote, quand on savait qu'il lui arrivait de brandir sa baguette comme un fusil mitrailleur. Je m'en suis voulu de ne pas avoir fait un effort vestimentaire. J'avais longtemps hésité avant d'opter pour une tenue peu habillée, des leggings noirs, un long gilet en cachemire et des nu-pieds à petits talons : je ne voulais pas qu'il croie que je considérais son invitation comme un rendez-vous. Je me suis glissée dans la salle de bains dès que j'ai pu pour ajouter à ma tenue une paire de boucles d'oreilles et un collier de perles, que j'avais emportés au cas où la soirée se révélerait plus chic que prévu.

Les invités formaient une clique hétéroclite. Comme tous les Américains célébraient Thanksgiving en famille, Simón avait réuni tous ceux qui n'étaient invités nulle part : Al, un architecte d'une boîte du Moyen-Orient, actuellement détaché sur un projet de luxueux complexe hôtelier sur Madison Avenue ; Steve, un poète britannique qui s'était produit juste avant nous lors du concert à Union Square ; Alice et Diane, en couple, qui tenaient une galerie d'art à Nolita, et enfin Susan, une femme au regard acéré et au rire facile, à côté de qui Simón m'a placée à table et qui, comme je l'ai rapidement découvert, était agent de musiciens. Elle avait de nombreux solistes dans son carnet d'adresses.

Simón a passé le plus clair de la soirée à discuter avec Steve, et j'ai donc été libre de discuter avec Susan.

Elle m'a glissé sa carte en partant.

— N'hésitez pas à m'appeler. Simón a une très haute opinion de vous, et il a un excellent jugement.

J'ai été la dernière à partir. Simón m'a raccompagnée à la porte, amical mais professionnel.

— Merci encore pour l'invitation, ai-je dit poliment.

— Ce fut un plaisir, a-t-il répondu en inclinant la tête. Je suis ravi que vous ayez pu discuter avec Susan.

Il m'a regardée avec intensité.

— Elle a l'air très sympa.

— Elle l'est. Mais elle est surtout très bonne dans son domaine.

Une fois rentrée à la maison j'ai découvert Marija et Baldo enchevêtrés sur le canapé du salon, ravis de fêter Thanksgiving tous les deux.

— Raconte ! s'est exclamée Marija. Je veux tout savoir !

— Ta tarte a eu beaucoup de succès.

— J'espère que ce n'est pas la seule chose qui a eu beaucoup de succès, a-t-elle rétorqué avec un sourire entendu.

— Il n'est pas question de ça entre nous. On bosse ensemble.

— Mais bien sûr. J'en connais d'autres qui ont dit ça.

Je lui ai lancé un regard noir avant de pousser la porte de ma chambre.

Pour être honnête, elle a certainement raison, ai-je songé en me laissant tomber sur le lit en soupirant.

Mon corset était suspendu à mon portant, abandonné, et, dans la lumière de ma lampe de chevet, ses boutons argentés brillaient comme autant de lunes minuscules.

4

Bourbon Street

Quand Dominik ouvrit le *New Yorker* et découvrit que la critique d'un recueil d'articles auquel il avait participé figurait à côté d'une annonce proposant une dizaine de bourses pour des chercheurs ou des écrivains à la grande bibliothèque publique de New York, financées par une fondation dont il n'avait jamais entendu parler, il prit ça pour un signe du destin. S'il en croyait le formulaire qu'il dénicha sur le site Internet, il répondait à tous les critères, du moins en matière de publications et de diplômes.

Une idée d'ouvrage lui trottait en tête depuis quelque temps, avant que l'arrivée de Summer perturbe sa vie, idée pour laquelle il lui fallait faire de sérieuses recherches à la bibliothèque publique de Londres. Il songea aussitôt qu'un bureau à la bibliothèque de New York serait l'endroit idéal pour mener à bien ce projet et l'excuse parfaite pour se rapprocher de Summer pendant neuf mois. Les obligations de conférences inhérentes à la bourse lui parurent à la fois minimes et faciles à assurer, et le salaire généreux, même si l'argent n'était pas un problème pour lui, malgré le coût des loyers à New York.

Il postula et fut présélectionné immédiatement.

Les entretiens auraient lieu la semaine précédant Noël.

Parfait.

Summer lui avait raconté qu'elle avait eu une aventure d'un soir peu de temps auparavant, ce qui n'avait suscité aucune jalousie chez lui. Il avait lu entre les lignes de sa confession amusée : elle avait détaillé l'ameublement et la décoration choisis par son amant éphémère et gloussé en lui disant qu'il ne possédait pas un seul livre. Cette escapade n'avait rien de sérieux, et il ne pouvait décemment pas lui demander de jouer les nonnes chastes dans un endroit comme New York. À dire vrai, il était soulagé qu'elle se sente suffisamment bien avec lui pour le tenir au courant de ses coucheries sans conséquence.

Elle lui avait aussi annoncé qu'elle comptait se rendre à un cours de bondage la semaine suivante, et elle avait l'air très enthousiasmée par cette perspective. Il lui tardait qu'elle lui fasse le compte-rendu de cette expérience et il avait salué sa soif de découvertes.

Il savait cependant qu'il ne pouvait pas la laisser trop longtemps seule aux États-Unis.

Ils s'étaient rapprochés de nouveau, mais le lien qui les unissait était encore fragile et soumis aux aléas de la distance et aux caprices du hasard.

Dominik voulait la voir, passer du temps avec elle. Il savait qu'elle ressentait la même chose pour lui et que l'inconnu dont elle avait manifestement oublié le nom n'était qu'un substitut, un pis-aller destiné à la faire patienter jusqu'à ce qu'ils se retrouvent enfin. Tout ça faisait partie de ce qu'ils étaient prêts à accepter pour que leur relation fonctionne.

Il lui téléphona et, pour une fois, n'eut pas à passer par l'ennuyeuse routine qui consistait à lui laisser un message en lui proposant de la rappeler à une heure et une date précises.

— C'est moi.

— Salut, toi, répondit-elle, manifestement ravie de l'entendre. J'avais le pressentiment que tu allais m'appeler.

— Vraiment ?

— Oui. Je l'ai senti dans mes os.

— Seulement dans tes os ?

— Dans une autre partie de mon anatomie aussi, répliqua-t-elle, mutine.

— Écoute, je me suis arrangé pour venir à New York dans trois semaines.

— Génial !

— Je viens pour un entretien. J'espère décrocher une bourse de recherche à la grande bibliothèque de New York. Si ça se fait, je resterai neuf mois. Qu'est-ce que tu en penses ?

Elle ne répondit pas tout de suite, comprenant que ce serait probablement une étape décisive dans leur relation.

— Eh bien…, ça serait super.

— Je t'en dirai plus de vive voix, mais cette idée m'enthousiasme.

— Je vois.

Il sentait que Summer devenait plus froide à l'autre bout de la ligne.

Dominik avait été sur le point de lui proposer, s'il obtenait le poste, de prendre un appartement ensemble le temps que dureraient ses travaux de recherche ; mais l'hésitation de la jeune femme le retint. Ce serait une étape importante pour tous les deux. Une expérience, rien de moins. Et ils n'étaient peut-être pas prêts.

— Et puis…

— Oui ?

— Une idée me vient. Je n'ai pas besoin de rentrer tout de suite à Londres après l'entretien. Je n'ai pas de cours à donner avant la mi-janvier. On pourrait passer les fêtes ensemble. Faire un voyage. Tu m'as bien dit que tu adorais ça et qu'il y avait de nombreuses villes des États-Unis que tu voulais visiter, non ?

— J'ai un concert le soir de Noël.

— Pas de problème. On peut partir le lendemain. Au soleil, ça te dit ?

Comme il s'y attendait, elle éluda la question.

— On doit toujours se coltiner des concerts de dernière minute pendant les fêtes. Je déteste ce répertoire, ce ne sont que des compositeurs de seconde zone que les gens adorent. Pour couronner le tout, on doit se farcir un chef d'orchestre spécialement invité pour l'occasion, un Autrichien. On va devoir jouer les valses de Strauss, c'est d'un pompeux ! Simón est bien content d'être débarrassé de la corvée.

— Qui est Simón ? demanda Dominik.

— Notre chef d'orchestre. Enfin, celui qui est permanent.

— Ah. Je ne savais pas qu'il dirigeait le Symphonia maintenant. Il vient d'Amérique du Sud, c'est ça ?

— Oui. Il est génial. Il vit la musique avec intensité.

— Comme toi ?

— Je suppose. C'est pour ça que j'aime autant travailler avec lui.

— Bien.

Il y eut un silence. Dominik sentait l'impatience gagner Summer. Elle détestait les longues conversations téléphoniques.

— Tu es libre pendant combien de temps après Noël ? demanda-t-il.

Il l'entendit se déplacer dans sa minuscule chambre pour consulter son agenda.

— Les répétitions reprennent le 4 janvier, répondit-elle.

— Parfait. Ces jours sont pour moi.

Elle soupira.

— Je m'occupe de tout, reprit-il.

Il savait qu'elle aimait qu'il prenne les choses en main. Il fallait qu'il redevienne celui qu'il avait été à Londres et il comptait bien le faire.

Ils passèrent trois jours dans la chambre d'hôtel de Dominik à New York, dont Summer ne sortit que pour deux répétitions de quatre heures chacune, en vue du concert de Noël. Summer avait craint que, comme dans les concerts londoniens, on n'impose aux musiciens de porter des chapeaux ridicules, des barbes de Père Noël ou autres accoutrements humiliants, mais on ne leur demanda rien. Tout au plus leur suggéra-t-on, par une note affichée sur le tableau, d'accrocher, s'ils le souhaitaient, un brin de houx sur le revers de leur veste ou la bretelle de leur robe. C'était déjà bien assez embarrassant de devoir jouer de la musique d'ascenseur pour un public composé exclusivement de banlieusards de Long Island et du New Jersey, qui venaient à Manhattan une fois par an et allaient au concert après avoir passé la journée à faire du shopping chez *Macy's* ou *Toys 'R' Us*.

Ils firent l'amour sous les portraits d'Ingrid Bergman et de Marlene Dietrich, suspendus au-dessus du lit. Dominik avait réservé trop tard pour avoir une chambre spacieuse avec un lit *king size*, et celui-ci était un peu étroit, ce qui les obligeait à dormir serrés l'un contre l'autre. Summer se fit la réflexion que ce lit n'était pas fait pour une personne en surpoids.

Elle aurait pu lui proposer de venir chez elle, même si elle avait encore moins de place, mais cette idée la rendait nerveuse, comme si l'intimité qu'elle suggérait était plus importante que de baiser durant des heures avec lui jusqu'à épuisement.

Elle se laissa dériver pendant les répétitions, sans penser, indifférente à la musique, en pilote automatique, impatiente de se débarrasser de la corvée et de regagner la chaleur réconfortante du lit de Dominik.

Il était à l'hôtel de Washington Square : sa chambre n'était pas au même étage que la dernière fois, mais elle avait la même configuration. Elle l'avait baptisée « la chambre rose », même si elle remarqua qu'elle était plutôt mauve pâle quand les rideaux n'étaient pas tirés. Curieux comme la mémoire pouvait modifier de manière aléatoire une couleur selon les émotions ressenties. La chambre était devenue un cocon familier et tendre, dans lequel elle capitulait avec plaisir sous les caresses et les paroles apaisantes de Dominik.

Son propre corps était une carte qu'elle avait explorée à maintes reprises, mais dont elle découvrait certains endroits qui lui restaient encore inconnus, pendant que les battements de son cœur se faisaient délicieusement désordonnés. Elle était particulièrement attentive à son souffle sur sa peau et à la caresse de ses doigts. Elle avait l'impression – et la pensée s'imposait souvent à elle quand ils baisaient – qu'il y avait deux Summer bien distinctes dans cette histoire. Celle qu'elle connaissait parfaitement et qui se demandait pourquoi il lui en fallait toujours plus, pourquoi elle entretenait cette obsession, pendant que son alter ego diabolique et provocant lui murmurait traîtreusement à l'oreille que ce n'était pas assez.

La pensée, fugace, ne résistait jamais à l'étreinte puissante de Dominik.

Il était son amant. Pour le moment. Il la maintenait sur le lit comme elle aimait que les hommes le fassent, son sexe l'emplissait avec une impérieuse brutalité, et les sons qu'il émettait quand il la prenait exprimaient un juste mélange d'affection et de désir brut. C'était suffisant. Summer savait qu'elle devait profiter de l'instant présent : ces moments précieux ne duraient jamais longtemps.

— Dis-moi tout ce que tu veux me faire, supplia-t-elle d'une voix rauque comme un nouveau coup de reins l'embrasait un peu plus et lui tournait la tête.

— Je veux te faire tant de choses, Summer, tant de choses. Des choses perverses. Des choses merveilleuses. Des choses sales. Des choses dangereuses.

Ses paroles étaient saccadées. Il pesait de tout son poids sur elle, lui comprimant la cage thoracique.

Il la contempla : elle avait les yeux clos, et il lisait son désir dévorant sur sa peau douce et souple. Dominik se sentit submergé par une vague de générosité, qui prit le pas sur les besoins tyranniques de son sexe, pour l'heure profondément enfoui dans le corps de Summer. Il aurait été heureux de mourir dans un moment pareil, dans cette chambre d'hôtel faiblement éclairée par les illuminations de l'arche qui s'infiltraient par les stores.

Il leva les yeux, incapable de la regarder en cet instant, et Ingrid et Marlene lui sourirent, énigmatiques.

Il ralentit le rythme, s'arrêtant presque, et Summer entrouvrit les paupières, se demandant la raison de ce changement. Il ne voulait pas jouir tout de suite. Il voulait être en elle, être une partie d'elle et sentir pour l'éternité la force de sa reddition. Ou était-ce de son amour ?

Il caressa délicatement, du bout des doigts, sa peau tiède. Les draps étaient froissés et humides de leur transpiration. Il se retira brièvement afin de changer de position et la pénétra de nouveau. Elle fit glisser ses mains le long de son dos, et ses ongles l'égratignèrent légèrement, dans une parodie de massage.

Oh, il y avait tant de choses qu'il voulait lui faire. Mais pas maintenant. Un jour. Il observerait la gêne causée par le premier accès de douleur, puis l'acceptation de la sensation pénible se changerait en plaisir, quand il finirait par parer ses tétons sombres de pinces en métal ou de pinces à linge. Il prendrait la mesure de l'intensité de son souffle quand il presserait la main sur son cou délicat et que son corps se convulserait sauvagement sous son contrôle. *Oh, Dominik, ce sont des pensées dangereuses*, songea-t-il. Il aurait plaisir à lui prendre le cul avec des sex-toys puis avec sa queue, quand le moment serait venu : encore un tabou majeur qui se dressait entre eux... *Arrête, Dominik, arrête...*

Ses pensées suivaient le cours de ses violents coups de reins : il sentait le plaisir de Summer augmenter au même rythme que le sien. Il ralentit pour ne pas la devancer, et c'est alors que la jeune femme lui mit un doigt entre les fesses… Il jouit instantanément, avec une violence telle qu'il craignit un instant que le préservatif ne se soit rompu.

Son geste inattendu l'avait pris par surprise, définitivement.

Le souffle court, il déposa un baiser affectueux sur ses lèvres et essuya la sueur qui lui maculait le front.

Il avait encore beaucoup à apprendre sur Summer Zahova.

Et il le ferait.

L'entretien avec les administrateurs de la fondation s'était fort bien déroulé, et il était certain d'obtenir le poste. Il était ravi de passer neuf mois à Manhattan avec elle. Il contempla son corps nu, étendu sur le lit, pâle et offert. Ils avaient dorénavant du temps devant eux, et tant de choses à faire.

Il aurait une réponse officielle au début du mois de janvier et il prendrait son poste juste après Pâques.

Il s'apprêtait à dire quelque chose à Summer quand il s'aperçut qu'elle s'était endormie.

Dominik profita du silence pour réfléchir.

— J'ai envie de t'exhiber, l'avait prévenue Dominik.

Le concert de Noël était enfin passé, et il n'avait pas été si atroce que ça en fin de compte, malgré sa gaieté un peu forcée. Dominik avait dit à Summer de préparer sa valise avec des vêtements pour une semaine. Quand elle lui avait demandé où ils allaient, il s'était contenté de répondre que le temps serait clément.

— Inutile d'emporter un maillot de bain, avait-il ajouté.

Quand ils furent arrivés à l'aéroport, Dominik ne put plus lui dissimuler leur destination. La Guardia grouillait de monde qui courait en tous sens, les vacances de Noël battant leur plein. On aurait pu penser que le jour de Noël tous les vacanciers seraient déjà parvenus à destination, au lieu d'errer dans l'aéroport comme des poulets sans tête, mais il n'en était rien. Dominik et Summer, qui voyageaient pour le plaisir et n'étaient attendus par personne, ressentaient le désespoir et la panique qui habitaient la plupart de leurs compagnons de voyage : impossible de ne pas remarquer les coups d'œil incessants vers les panneaux d'affichage et les grimaces chaque fois qu'un message vocal annonçait un retard à cause du mauvais temps ou d'autre chose.

Summer aurait préféré ignorer la destination de leur voyage magique, mais, une fois les bagages enregistrés, elle sut que leur vol (et, avec un peu de chance, leurs bagages) avait pour destination La Nouvelle-Orléans.

Elle avait lu tant de romans et vu tant de films qui s'y déroulaient, qu'elle avait l'impression qu'elle la connaissait déjà, un peu comme New York. Mais, quand elle avait découvert cette dernière pour la première fois, elle avait compris que Manhattan et les autres quartiers étaient beaucoup plus que la somme de leurs parties, et qu'entre la réalité et la représentation il manquait un élément essentiel : les sons, les odeurs et les couleurs de la vie. Sans parler des gens. Elle s'attendait à éprouver la même chose à La Nouvelle-Orléans.

Dominik avait visité la ville avant le passage de l'ouragan et il en gardait des souvenirs doux-amers. Comme le taxi qui les conduisait à l'hôtel avançait au ralenti dans le quartier français, sous une pluie battante, la vue qui s'offrait à eux derrière les vitres lui parut familière, avec ses lumières, ses balcons en fer forgé, ses terrasses croulant sous les magnolias et le capiteux mélange de musique et de rires qui emplissait l'air.

Ils se douchèrent et se changèrent, et ce ne fut que quand ils sortirent pour aller dîner qu'il découvrit les minuscules changements. Il y avait moins de monde dans les rues, comme si une restriction budgétaire ne permettait plus d'embaucher de figurants, et des petites annonces pour embaucher du personnel en tout genre, serveurs, ouvreurs d'huîtres..., fleurissaient sur les vitrines des bars et des restaurants.

— Je n'ai plus l'impression d'être aux États-Unis, remarqua Summer, qui ne perdait pas une miette du spectacle, un peu décontenancée.

— Je sais, répondit Dominik. C'est une ville unique en son genre.

— Je n'ai jamais mis les pieds sur le continent européen, mis à part un long week-end à Paris, mais je n'ai pas non plus l'impression que ce soit une ville européenne, non ?

Summer avait enfilé une robe blanche longue et légère, à petites manches, resserrée à la taille par une large ceinture rouge, et des nu-pieds à petits talons. La pluie avait cessé, et l'air était lourd et un peu oppressant, gros d'orages à venir.

— C'est un mélange d'univers variés, confirma Dominik. Français, espagnol, créole, anglais colonial. Les premiers habitants étaient pour la plupart des Acadiens qui ont fui le Canada pour des raisons religieuses. Le tout forme un curieux melting-pot historique.

— Ça me plaît beaucoup, décida Summer.

— Dommage qu'il fasse aussi mauvais aujourd'hui. Ce n'est pas la meilleure manière de découvrir la ville.

— Pas grave.

— Si on en croit la météo, il ne devrait pas pleuvoir dans les jours à venir.

— Tant mieux.

Comme Dominik ne lui avait pas dit où ils allaient, Summer craignait de ne pas avoir choisi les bons vêtements.

— Tu te souviens de l'*Oyster Bar*, dans Grand Central ? demanda Dominik, le sourire aux lèvres.

— Évidemment. Tu sais bien que j'adore les huîtres.

— Nous sommes dans la capitale de l'huître. Et de la langoustine. Et de la crevette. Du gombo. On va se régaler.

Dominik et Summer ayant sauté le petit déjeuner avant de quitter New York et refusé le plateau-repas offert par la compagnie aérienne, ils étaient trop affamés pour patienter dans l'impressionnante queue formée devant l'*Acme Oyster Bar*, au coin d'Iberville et de Bourbon. Ils poursuivirent donc leur chemin et, dix minutes plus tard, ils étaient assis à une table près de la fenêtre au *Desire*, le bar à huîtres ultrachic de l'hôtel *Sonesta*.

La serveuse, plus toute jeune, leur apporta du pain chaud et du beurre avec les menus.

— Ici, ils servent les huîtres avec une sauce qui est un mélange de ketchup et de raifort, expliqua Dominik. J'étais un peu sceptique sur les valeurs gustatives du ketchup, mais le résultat est délicieux. Si tu veux que ça soit plus épicé, tu peux rajouter du raifort. Le goût est très corsé mais il se marie divinement avec celui de l'huître. Je rajoute une larme de citron et un tour de poivrier.

Quand la serveuse revint avec un plateau d'huîtres de belle taille, il lui montra comment associer le tout, et ne fit qu'une seule bouchée de la première.

Summer qui l'avait regardé faire avec attention l'imita.

Les huîtres furent rapidement dévorées, leurs coquilles vides se retrouvant seules rescapées du champ de bataille sur lit de glace.

Summer avait ajouté un peu de Tabasco à ses trois dernières huîtres et elle tenta vainement d'apaiser le feu qui brûlait dans sa gorge avec un grand verre d'eau glacé.

Elle leva les yeux vers Dominik ; ce dernier s'essuyait la bouche avec sa serviette en la dévorant du regard. Elle retint un sourire.

— Je pourrais presque croire que les huîtres n'étaient que l'entrée et que tu t'apprêtes à me manger toute crue, constata-t-elle d'un ton badin. Je sais bien que c'est censé être un aphrodisiaque, mais je te rappelle qu'on couche déjà ensemble, tu n'as plus besoin de me séduire.

— Comme si je ne le savais pas, rétorqua Dominik.

Pendant les jours qui suivirent, ils jouèrent les touristes : ils prirent le tramway jusqu'au Garden District et visitèrent le parc Audubon ; firent quelques balades en bateau sur le Mississippi, espérant apercevoir un alligator dans les marais ; allèrent en pèlerinage dans un grand nombre de cimetières et les différents musées vaudous disséminés çà et là ; mangèrent des beignets arrosés de café au beau milieu de la nuit au *Café du Monde* sur Jackson Square, après des heures paisibles passées à faire l'amour dans leur chambre d'hôtel, corps et âmes fatigués ; achetèrent des babioles au Marché français ; mangèrent sans arrêt ; déambulèrent sans but le long de Bourbon Street, attentifs aux différentes musiques qui s'échappaient des bars, curieux mélange de jazz, de rock, de folk, de zydeco et de soul, aux infinies variations.

Au coin de la rue Royale, les petits cireurs de chaussures faisaient des claquettes jusqu'à tomber raide, et, au carrefour des rues Magazine et Toulouse, un musicien aveugle jouait de l'accordéon, accompagné d'une violoniste au look hippie et aux bras entièrement tatoués. Elle n'arrivait pas à la cheville de Summer, physiquement ou professionnellement, mais cette dernière insista quand même pour lui laisser une généreuse aumône, et Dominik, pour lui faire plaisir, se débarrassa ainsi de toute sa petite monnaie.

Dominik piaffait visiblement. Il était déjà venu et connaissait bien la ville, et son impatience grandissante ne pouvait échapper à Summer.

Il restait un peu plus de vingt-quatre heures à occuper avant le réveillon du Nouvel An. Dominik avait réussi à réserver une table au premier étage d'un restaurant très couru, le *Tujague*, situé à un jet de pierre de Jackson Square et du centre commercial *Jax Brewery*, au-dessus duquel la traditionnelle boule lumineuse s'élèverait à minuit de la rue jusqu'au toit afin de célébrer la nouvelle année. Obtenir une place dans ce restaurant le soir du réveillon relevait de l'exploit, la salle étant habituellement réservée aux habitués et aux membres les plus huppés du Rotary club.

Summer sortit de la salle de bains, où elle venait de prendre une douche, enveloppée dans une serviette de toilette blanche moelleuse qui couvrait à peine le haut de ses cuisses et dévoilait un peu son sexe. Dominik, qui lisait, assis sur le lit, leva la tête vers elle. Summer baissa les yeux et remarqua alors à quel point la serviette était courte. Elle tira dessus, et découvrit ainsi ses seins. Dominik sourit.

— Un accès de timidité ? s'enquit-il.

— C'est un peu tard pour ça, tu ne crois pas ? rétorqua-t-elle.

Il la dévisagea, perdu dans ses pensées, une expression indéchiffrable sur le visage.

Summer jeta un coup d'œil par la fenêtre afin de voir le temps qu'il faisait. Le ciel était couvert, mais elle savait qu'il ferait suffisamment chaud pour qu'elle se promène en manches courtes pendant la journée.

— Qu'est-ce que tu veux que je mette aujourd'hui ? demanda-t-elle.

— Rien, répondit-il, une lueur coquine dans le regard.

Summer laissa tomber la serviette de toilette.

— Comme ça ?

— Parfait.

Dominik rejeta le couvre-lit, révélant son sexe à moitié dressé et commença à se caresser.

Summer fit mine de se rapprocher du lit.

— Reste où tu es.

— Tu ne veux pas que je t'aide ? suggéra-t-elle.

— Non. Ne bouge pas.

Il écarta davantage les jambes et continua à se masturber, sa queue imposante bien en main, le pouce sur son gland violacé. Il ne la quittait pas des yeux, et ses testicules semblaient grossir peu à peu. Summer se souvint de leur première fois, à Londres, quand il l'avait regardée se caresser. Elle frissonna.

Le souffle de Dominik s'accéléra.

Summer tendit la main vers son propre sexe, mais il lui ordonna de nouveau de ne pas bouger. Il ne voulait pas qu'elle se caresse. Elle devait le regarder se branler en silence.

Il y eut un moment, comme suspendu, où la lumière qui pénétrait par les interstices entre les lattes du store dessina une ligne de feu sur l'extrémité de son sexe, dont les testicules semblaient prêts à exploser. L'instant passa, et Dominik jouit.

Il soupira bruyamment.

— Viens ici, ordonna-t-il.

Elle obéit.

— Nettoie-moi avec la langue.

Il avait un goût d'huîtres, de raifort et de péché. Elle se sentit de nouveau affamée. Ce voyage allait sonner le glas de sa taille de guêpe.

Ils sortirent de la *House of Blues*[1], sur Decatur, un peu avant minuit. Ils avaient apprécié le concert, et Summer avait imaginé qu'elle était sur scène avec le groupe, improvisant sur leurs riffs. Cela faisait des mois qu'elle n'avait pas joué autre chose que de la musique classique. Les improvisations, les variations, la spontanéité..., toute cette liberté lui manquait.

1. Nom d'une chaîne de salles de concerts.

La foule s'était déversée sur le trottoir devant la salle de concerts. Summer vit du coin de l'œil Dominik en train de converser avec un badaud, un homme de haute taille qui portait une veste en coton, un jean troué et des chaussures en cuir à bout pointu. Comme Dominik n'était pas du genre à consommer de la drogue, elle se demanda ce qu'il pouvait bien trafiquer.

Les deux hommes se séparèrent non sans se serrer la main, et Summer remarqua que quelques billets avaient changé de propriétaire.

— C'était qui ? demanda-t-elle quand Dominik la rejoignit.

— Un type d'ici. J'avais besoin d'informations.

Pour l'avoir déjà vue, elle reconnut la lueur dans ses yeux.

Ils trouvèrent un taxi sur Canal Street, et Dominik chuchota une adresse au chauffeur. Summer était un peu pompette à cause des cocktails traîtreusement corsés qu'elle avait bus pendant le concert. Au bout de quelques centaines de mètres, elle ferma les yeux. Quand elle les rouvrit, elle découvrit qu'ils avaient suivi Bourbon Street bien au-delà de la limite qu'ils avaient atteinte en se promenant les jours précédents. Ils pénétraient à présent dans une zone relativement peu éclairée, surtout si on la comparait aux quartiers puissamment illuminés auxquels elle était habituée.

Le taxi finit par s'arrêter devant un immeuble banal fermé par une grille en acier. Dominik régla la course, et Summer regarda le taxi disparaître, dans un silence presque pesant. Elle avait l'impression d'avoir quitté La Nouvelle-Orléans. Dominik pressa le bouton faiblement éclairé qui commandait l'ouverture de la porte. Cette dernière s'ouvrit avec un cliquetis, et il la poussa.

Ils pénétrèrent dans une grande cour, entourée de petits baraquements.

— C'est là que vivaient les esclaves, expliqua Dominik en désignant les maisonnettes. Il y a longtemps de ça, évidemment.

Il prit Summer par la main et la guida vers un édifice de deux étages, qui se découpait dans l'ombre, plus grand que les autres.

Ils montèrent les quelques marches blanches menant à la véranda, et la porte s'ouvrit instantanément. Ils furent accueillis par un Noir large d'épaules, au crâne rasé et au smoking impeccable, qui les dévisagea attentivement. Ce qu'il vit dut lui plaire, puisqu'il les fit entrer. Près de l'escalier se trouvait une table basse sur laquelle étaient posés un plateau et des flûtes à champagne. Leur impressionnant hôte en remplit deux et leur demanda d'attendre là, avant de disparaître par une porte latérale.

— On est où ? demanda Summer en sirotant son excellent champagne.

Comme à son habitude, Dominik ne buvait pas.

— Un club de striptease très privé.

— Un club de striptease ?

— Très fermé, poursuivit Dominik. Il fut un temps où tout était permis à La Nouvelle-Orléans, mais les choses sont devenues à la fois plus commerciales et plus sages. Avant, sur Bourbon Street, les stripteaseuses proposaient du nu intégral, mais ce n'est plus le cas maintenant, elles gardent leur string ou leur culotte. Et tout ça est devenu une course au profit sordide. Il paraît qu'ici en revanche c'est parfait.

— Un endroit où tout est permis ? suggéra Summer, qui sentait sa peau frissonner sous l'effet familier du désir.

— Exactement.

— J'ai déjà vu des spectacles de *burlesque*, annonça Summer, et j'ai beaucoup aimé. J'espère juste que ce ne sera pas de mauvais goût.

— On m'a promis que non.

Une femme fit son apparition. Elle arborait un masque de carnaval à bec blanc, et ses cheveux couleur de jais qui tombaient sur ses épaules formaient comme un manteau de soie. Sa robe de velours rouge à manches longues, manifestement vintage, ne dévoilait que son cou et des chevilles étonnamment fines. Elle portait une paire d'escarpins à plate-forme dangereusement hauts.

— Je suis votre hôtesse pour la soirée. Par ici, je vous prie, dit-elle avec un geste vers l'escalier.

S'il y avait bien une chose que Dominik avait en horreur, c'était la vulgarité. Il espérait que la soirée ne le plongerait pas dans l'embarras.

Les tables avaient été placées en demi-cercle face à une scène improvisée pas plus grande qu'un ring de boxe. Il n'y avait qu'une cinquantaine de personnes, et Dominik ne compta que trois couples en dehors de celui qu'il formait avec Summer. Personne ne bavardait ni ne regardait son voisin.

L'obscurité se fit, bientôt suivie par une vive lumière blanche qui illumina le milieu de la scène improvisée avant de s'éteindre une fraction de seconde. Quand le projecteur éclaira de nouveau la scène, une jeune femme se tenait au centre de ce soleil tout neuf, comme une apparition.

Elle était majestueusement grande. Ses cheveux formaient une auréole de boucles blondes, un peu à la manière de Méduse, et sa peau était blanche comme l'albâtre. Elle ne portait qu'un peignoir en coton incroyablement fin, presque transparent sous la clarté du projecteur, et qui soulignait la fragilité de sa taille de poupée et la longueur sans fin de ses jambes. Elle était pieds nus.

Elle resta immobile, comme une statue. Les spectateurs retenaient leur souffle.

La sono se mit en route avec un léger bourdonnement et un vague bruit blanc.

— Je m'appelle Luba.

Elle avait l'accent russe et une voix langoureuse. Le son semblait venir de partout, et chacun eut l'impression que le murmure préenregistré ne s'adressait qu'à lui, comme un cadeau. Summer lâcha son verre et saisit la cuisse de Dominik sous la table. La femme était éblouissante, de même que l'était la pure théâtralité de l'instant.

Puis la musique commença.

Du classique. Une cascade impressionniste de notes douces et délicates, qui évoquaient la mer et le miroitement de sa surface sur des eaux troubles.

— Debussy, commenta Summer à voix basse.

Luba s'anima. Un battement de cils ; un très léger haussement d'épaule ; un pied qui décolle du sol ; une main qui glisse ; des doigts qui se déplient comme une fleur qui s'ouvre.

Elle dansait avec la grâce d'une ballerine accomplie et la provocation calculée d'une prostituée, totalement oublieuse de son public, comme si l'art de l'effeuillage était une chose privée qu'elle ne faisait que pour elle, un voyage personnel au cœur de son propre plaisir.

— Elle est dans sa bulle, murmura Summer à Dominik.

Ils étaient tous deux transportés par la jeune femme.

Luba ôta rapidement le fragile vêtement qui la recouvrait. Elle restait prisonnière de la lumière crue, sous laquelle elle paraissait plus blanche que blanche. Ses tétons, d'une délicate teinte rosée, attachés à deux petits seins fermes, étaient la seule touche de couleur, avec l'imperceptible démarcation de son sexe entièrement épilé. Son corps laiteux bougeait au rythme des accords tremblotants du compositeur français. Dominik ne put s'empêcher de remarquer qu'elle avait un minuscule tatouage juste au-dessus de son sexe, une petite fleur bleue ou peut-être un revolver miniature. Difficile à dire parce que l'image bougeait à chacun de ses mouvements. Pourquoi diable porter un revolver à cet endroit secret, profondément gravé dans sa chair ?

Il ne savait rien des vies des autres.

Mais il brûlait d'envie de les découvrir.

Quelle pouvait bien être l'histoire de Luba ?

Les doigts de Summer caressant l'érection qui tendait son pantalon le ramenèrent brusquement à la réalité. Elle aussi était excitée par le spectacle.

La danseuse russe se contorsionnait dans d'impossibles positions avec la grâce d'une colombe en plein vol, insensible à l'intimité qu'elle dévoilait avec tant d'abandon, que ce soit le cercle beige plissé de son anus comme le rose nacré de son sexe quand elle faisait le grand écart ou levait la jambe.

Son visage demeurait impassible, majestueusement détaché, supérieur.

Dominik reconnut la fin du morceau et soupira ; il aurait voulu que ce spectacle ne s'arrête jamais. Les mains de Summer s'attardèrent ; Dominik sentait les battements du cœur de la jeune femme dans la chaleur de ses doigts. Il se pencha vers elle, la bouche tout près de son oreille.

— Je te demanderai peut-être un jour de monter sur une scène et de t'exhiber de cette manière, aussi sublime que licencieuse, Summer. Ça te plairait ?

Elle rougit et ouvrit la bouche, mais aucun son n'en sortit ; elle était visiblement en proie à un maelstrom d'émotions. Dominik avait sa réponse.

Les dernières notes de musique se firent entendre, et les mouvements de Luba ralentirent, en rythme. Elle se redressa, serra les fesses et les jambes. Du coin de l'œil, Dominik vit leur hôtesse s'approcher de la scène et rejoindre la danseuse juste au moment où cette dernière s'immobilisait et reprenait sa pose de statue.

Le projecteur s'éteignit brusquement, plongeant la scène dans l'obscurité.

Nul ne bougea. Le spectacle n'était peut-être pas terminé.

La sono se fit de nouveau entendre.

— Qu'avez-vous pensé de Luba ? Montrez-le, intima une voix féminine, brisant ainsi le charme.

Les spectateurs commencèrent alors à applaudir, doucement puis plus fort quand une silhouette revint sur scène sur la pointe des pieds.

C'était Luba. La danseuse.

Elle portait un peignoir imprimé léopard, qui dissimulait complètement son corps, et elle était beaucoup plus petite que quand elle dansait sous la vive lumière.

— Elle a l'air toute menue, commenta Summer.

— Tu danses comment ? demanda Dominik.

— Je ne lui arrive pas à la cheville.

— J'aimerais te voir danser.

— Je ne suis pas gracieuse. Je n'ai pas le sens du rythme.

— Je suis certain que ce n'est pas vrai. Tu es musicienne, tu dois avoir le rythme dans le sang, non ?

— Pas vraiment.

Dominik but une gorgée. Le *Boléro* de Ravel jouait en sourdine. Il se demandait s'il y aurait une autre danseuse ou si la mystérieuse Luba allait se produire de nouveau.

Il regarda Summer droit dans les yeux et il sut. On y était.

Il sentit un élan familier dans son cœur. Celui que lui conférait le pouvoir.

— C'était sublime, finit par dire sa compagne. Pas du tout ce à quoi je m'attendais. J'avais peur que ça ne soit sordide, et en fait pas du tout.

Elle saisit sa flûte de champagne.

L'hôtesse s'arrêta près de leur table.

— J'espère que le spectacle vous a plu.

— Absolument, assura Dominik.

Il ne savait pas quoi dire d'autre, à court de mots.

— Nous n'employons que des étrangères, poursuivit-elle. Surtout des Russes. Elles sont très belles et bien élevées. Les filles d'ici n'ont pas la même élégance. Luba par exemple est extrêmement à l'aise avec la nudité.

— Comme l'est ma compagne, déclara Dominik avec un léger hochement de tête en direction de Summer. Incroyablement à l'aise.

Il eut l'impression que le diable en personne l'avait poussé à dire ça, matérialisant les pensées qu'il avait eues un peu plus tôt.

— Elle est très belle aussi, constata la femme en rouge en dévisageant Summer avec un intérêt nouveau.

C'était trop tentant.

— Vous embauchez des danseuses pour des événements privés ?

— Ça peut se faire.

— Demain peut-être ? Après les festivités du réveillon ?

Summer s'agitait sur sa chaise, embarrassée. La plupart des spectateurs quittaient déjà la salle.

— Nous avons prévu de sortir dîner pour le réveillon, mais on pourrait peut-être faire ça vers 1 heure du matin ? suggéra Dominik.

— C'est une bonne idée, répondit l'hôtesse. Vous souhaitez un public de quelle taille ?

— Comme ce soir. Pas trop de monde. Je veux quelque chose d'intime et de discret, évidemment.

La femme en rouge se tourna vers Summer.

— Êtes-vous consentante, madame ? Vous avez bien conscience que vous êtes entièrement libre, n'est-ce pas ?

Summer se cramponnait au rebord de la table.

— Oui, répondit-elle d'un ton aussi ferme que possible, en évitant de croiser le regard de Dominik.

— Une danse… ou plus ? demanda l'hôtesse à Dominik.

— En quoi consiste le « plus » ?

— Vous êtes un homme plein d'imagination. Je laisse donc ça à votre appréciation, répondit-elle avec un sourire coquin.

— Ce sera juste une danse, finit par dire Dominik après avoir réfléchi un instant, en jetant un regard vers le visage pâle de Summer.

Cette dernière retint son souffle.

— Nos artistes font aussi des spectacles privés, ajouta la femme en rouge. Cela vous intéresse-t-il ?

Le cœur de Summer battait la chamade ; elle avait toujours le trac, mâtiné à présent d'une certaine nervosité.

— Je veux juste voir danser ma compagne, répondit Dominik. Sur cette scène.

— Bien. Pouvons-nous discuter des modalités ?

Elle fit signe à Dominik de s'éloigner de quelques pas, afin qu'ils puissent parler finances loin des oreilles de Summer.

La négociation fut rapide, et elle vit Dominik dégainer une de ses cartes bleues, que l'hôtesse passa dans un terminal.

Une fois la transaction achevée, la femme en rouge les raccompagna en bas.

— Nous fournirons le costume, dit-elle. Nous en avons plusieurs qui lui iront à merveille. Nous aurons une heure complète avant la représentation, ce qui nous permettra de faire une retouche si nécessaire.

— Parfait, répondit Dominik.

Elle ouvrit la porte qui donnait sur Bourbon Street. Il faisait beaucoup plus froid.

— Ah, j'oubliais...

— Oui ?

— Une préférence pour le morceau de musique ?

Dominik vit que Summer le regardait avec une étrange lueur dans les yeux, un mélange d'anticipation et de crainte, comme si elle le suppliait de donner la bonne réponse.

— *Les Quatre Saisons* de Vivaldi.

— Excellent choix. Il me tarde d'être à demain.

À minuit, après l'ascension de la boule, Dominik et Summer, à l'abri de la foule avinée, sur le balcon du *Tujague*, contemplèrent les feux d'artifice tirés des barges stationnées sur le Mississippi.

Au douzième coup de minuit, il la prit dans ses bras et l'embrassa. C'était un geste simple, mais il alla droit au cœur de Summer.

Si seulement les choses pouvaient être aussi faciles. Si seulement c'était suffisant, pensa Dominik.

Mais, pour le moment, ils avaient une mission à remplir.

5

Danser dans le noir

Je voulais danser nue, mais la directrice du spectacle ne l'entendait pas de cette oreille.

C'était une femme imposante, toujours parée de sa robe rouge et de son masque au bec d'oiseau, qui me filait la chair de poule. Elle semblait sortir tout droit d'un livre d'histoire et ressemblait aux médecins qui soignaient les riches pestiférés, mais je l'ai quand même suivie dans la pièce en coulisses où étaient rangés tous les costumes.

Cette pièce était peinte en rouge sombre et avait tout d'un utérus. Elle était vaste et haute de plafond, et les murs étaient couverts de robes de soirée de toutes les couleurs. Certaines étaient en soie, ornées de perles, avec les chaussures assorties. Des escarpins d'une hauteur vertigineuse et d'élégantes ballerines côtoyaient des accessoires de danse, des éventails en plumes et une grande cage à oiseau dorée était suspendue au plafond. Une femme, tout de blanc vêtue telle une colombe, y était assise, examinant avec curiosité ce qui se passait en dessous d'elle.

Je l'ai dévisagée à mon tour.

— Ne faites pas attention à elle, a dit la femme masquée avec impatience. Elle répète pour le spectacle de demain soir.

Elle a fait un geste vers l'incroyable choix de tenues qui s'offrait à moi.

— Il faut bien que vous portiez quelque chose, a-t-elle repris.

— Je préfère danser nue.

Je voulais monter sur scène comme je l'entendais : il n'était pas question que je me déshabille pour satisfaire un public voyeur, surtout quand on savait combien je trouvais difficile d'ôter une robe gracieusement. Si je devais danser nue, je voulais commencer nue. Pas question d'enlever quoi que ce soit pour faire plaisir à quiconque. Pas même à Dominik.

Nous étions face à face, dans une confrontation silencieuse. J'ai soutenu ce que je pensais être son regard, même si avec le masque il était difficile de savoir dans quelle direction elle regardait.

— Vous porterez ça, a-t-elle fini par dire.

J'ai souri de satisfaction à l'idée que j'avais gagné. Elle a ignoré ma réaction et m'a présenté une boîte en bois doublée de velours noir dans laquelle se trouvait nombre de décorations : des anneaux de tétons, avec les attaches assorties pour mes grandes lèvres et un petit plug anal. Chacun était décoré d'une pierre rouge sombre, presque de la couleur de mes cheveux. Elle a agité un anneau de téton afin que je voie comment la lumière jouait sur la pierre.

J'ai refusé de mettre le plug anal, mais elle a insisté.

— Votre bienfaiteur préférerait que vous le portiez.

Cela voulait-il dire que Dominik lui avait demandé de me le suggérer ou était-ce son idée ?

Elle a fixé tous les accessoires, et elle a inséré le plug avec plus de force que nécessaire, peut-être pour me punir de mon insolence et de mon obstination à refuser un de ses costumes.

Si la femme encagée avait suivi notre échange, elle n'en montra rien, mais j'étais particulièrement consciente de son regard sur moi.

Les anneaux me faisaient un peu mal, surtout ceux des tétons, mais c'était une douleur sourde, très proche du plaisir.

J'ai suivi la femme masquée le long d'un autre couloir menant à un rideau de velours qui me séparait de la scène. J'ai retenu mon souffle : peut-être que si je restais immobile suffisamment longtemps, tout ça ne serait plus qu'un mauvais souvenir ou que Dominik changerait d'avis. Je ne savais toujours pas ce que je ferais une fois que la musique aurait commencé.

La directrice du spectacle a mis la main sur mon dos et m'a poussée en avant.

Je n'ai d'abord rien vu d'autre que les ténèbres.

Puis un projecteur a percé l'obscurité, tel un éclair illuminant mon corps comme le rayon d'un soleil artificiel.

J'ai été éblouie par l'éclat aveuglant.

J'ai cherché des yeux Dominik à la table qui nous avait été attribuée à droite, mais je ne voyais rien d'autre que la vive lumière du projecteur.

Puis la musique a commencé.

J'ai levé les bras, instinctivement, comme si je tenais un violon.

Je me suis immobilisée. Je suis une musicienne, pas une danseuse. Cependant, j'étais figée, prisonnière des instructions de Dominik, comme s'il avait fait de moi une marionnette. Tandis que je pensais à lui, les fils ont commencé à s'agiter. Un bras, puis l'autre. J'ai commencé à me balancer, à danser, rapidement pendant *Le Printemps*, plus lentement sur *L'Automne*.

La musique s'est arrêtée avant que je sois à bout de souffle, et la scène a de nouveau été plongée dans l'obscurité. Une main froide a saisi la mienne et m'a guidée vers le dressing.

— Vous avez été très bonne, a constaté la femme toujours masquée.

J'étais navrée de devoir lui rendre les bijoux et j'ai décidé de m'acheter des pinces à tétons dès que je le pourrais. Elles seraient plus faciles à porter sous mes vêtements que mon corset, et je perdrais moins de temps le matin.

Dominik était légèrement cramoisi quand j'ai regagné notre table, et ses yeux noisette brillaient autant que le projecteur.

J'ai songé qu'il allait me prendre sur la banquette arrière du taxi qui nous ramenait à l'hôtel, sous le regard du chauffeur, mais Dominik était un homme étrangement réservé, malgré son désir de m'exhiber en public. Il préférait me baiser comme il l'entendait, et ce n'était manifestement pas dans un taxi qui roulait lentement dans la foule de noceurs qui fêtaient encore le Nouvel An dans le Vieux Carré.

Dominik contemplait La Nouvelle-Orléans par sa fenêtre, le cou tordu pour apercevoir les derniers feux d'artifice, fontaines de couleur illuminant le ciel. J'en ai profité pour consulter les textos de bonne année envoyés par mes proches. L'une de mes meilleures amies était née le 31 décembre, et, tant que je vivais en Nouvelle-Zélande, j'avais passé une dizaine de réveillons avec elle, la plupart du temps à des fêtes où nous nous grisions avec du mauvais vin pétillant quand nous étions mineures, puis, une fois nos études terminées, avec des cocktails et des liqueurs plus chers, que nous avalions sans discernement. J'avais oublié de lui souhaiter son anniversaire cette année, pour la première fois, et je me sentais coupable. J'évitais mes amis néo-zélandais : j'avais peur qu'ils ne me trouvent changée et qu'ils n'apprécient pas la nouvelle Summer.

J'avais un message de Simón : « Bonne année ! J'espère que 2013 vous apportera tout ce que vous souhaitez. »

Si seulement je savais ce que je souhaitais.

Dominik s'est rapproché de moi et a posé la main sur mon genou. J'ai éteint mon portable et l'ai rangé dans mon sac. Je répondrais plus tard.

— Tu as été parfaite, a-t-il dit une fois devant la porte de la chambre. Ma pute parée de bijoux. Ça t'a plu ?

— C'était étrange. J'avais l'impression que nous étions seuls dans la pièce, mais je ne pouvais pas te voir. Je ne voyais personne à cause des projecteurs.

Il m'a enlacée, a glissé une main sous ma robe et a passé le doigt entre mes fesses.

— J'ai remarqué que tu portais un plug anal. Ça ne faisait pas partie de mes instructions. C'est ton idée ou celle de la femme masquée ?

— La sienne.

— Tu as aimé ça ?

— Oui. Au début, j'avais peur qu'il ne tombe, mais, en fait, c'est impossible.

— J'ai bien envie de t'en offrir un et de te demander de le porter pendant les répétitions.

— Ça m'empêcherait de me concentrer.

— Je suis certain que tu surmonterais ce détail. Ça t'obligerait à penser à moi quand je ne suis pas là.

Dominik m'a prise dans ses bras et m'a portée jusqu'à la chambre, où il m'a balancée sans ménagement à plat ventre sur le lit. La pièce sentait le sexe, même si la femme de chambre avait changé les draps en notre absence : nous faisions tant l'amour que l'air était imprégné d'humidité et de moiteur, comme l'énergie humide d'un jour d'été, juste avant la pluie.

Il a relevé le bas de ma robe jusqu'à ma taille et s'est placé entre mes jambes. Il s'est ensuite agenouillé, a écarté mes fesses et a fait courir sa langue entre elles, tout le long de la raie et sur mon périnée. Il avait le souffle chaud et la langue insistante. J'ai gigoté, ma façon à moi de protester faiblement contre son exploration inquisitrice, mais il a placé la main sur mes reins et m'a maintenue fermement en place.

Il a ajouté un doigt puis deux, emplissant mon anus plus que ne l'avait fait le petit plug inséré par la femme en rouge. Ce soir, il était silencieux et cruel, et son mutisme était le résultat d'une intense concentration. J'avais le visage enfoui dans les couvertures, mais je pouvais sans peine l'imaginer en train de me regarder de haut, cherchant avec détachement les endroits qui me procuraient le plus de plaisir. Il n'avait pas utilisé de lubrifiant autre que sa langue, qu'il avait à présent déplacée sur mon sexe ; j'étais parcourue par des vagues de plaisir. Comme mon souffle se faisait plus court et plus saccadé, il a retiré ses doigts, m'a saisie par les hanches et m'a prise violemment. Il s'est effondré sur mon dos sans se préoccuper de me faire jouir.

C'était ainsi que je le préférais, dur, brutal, ne se souciant que de son plaisir.

Nous avons fêté notre dernière nuit à La Nouvelle-Orléans avec des huîtres. Si j'en avais assez mangé pour patienter jusqu'à son retour, je doutais fort en revanche que tout l'amour que nous pourrions faire entre ce dîner et notre embarquement me suffise.

Nous avions baisé sauvagement, mais ça ne l'a pas empêché de me sauter une dernière fois. Il a refermé la porte de la chambre d'hôtel que j'avais ouverte, et, tout en me maintenant les poignets au-dessus de la tête d'une main, a fait glisser ma culotte de l'autre avant de me prendre par-derrière.

Pendant le vol de retour, je sentais encore les élancements douloureux de mon sexe, qui me rappelaient Dominik de manière intensément physique et m'empêchaient de draguer le bel homme assis à côté de moi.

Nous nous étions séparés à l'aéroport : il avait pris un vol pour Londres, via Chicago ; c'était plus simple que de me raccompagner à New York.

Nous n'avions plus qu'à attendre le résultat de son entretien.

L'idée que Dominik vienne vivre à New York me remplissait à la fois de plaisir et d'inquiétude. J'étais bien habituée à être indépendante et j'aimais utiliser mon temps à ma guise, et être entièrement libre de répéter, de faire de nouvelles rencontres, sans avoir de comptes à rendre à personne.

Marija s'est jetée sur moi à peine la porte franchie : elle voulait tout savoir de ces quelques jours passés avec Dominik. Elle a été très directe, mais si l'on considérait qu'elle n'avait jamais fait aucun effort pour baiser discrètement, ce n'était guère surprenant.

— Alors, il est comment au lit ?

— Marija ! a protesté Baldo, du fond du canapé sur lequel il était nonchalamment allongé, les pieds sur l'accoudoir.

Il ne portait pour tout vêtement qu'un caleçon moulant et il était tellement poilu qu'on aurait pu le confondre avec une couverture, ce qui expliquait certainement pourquoi il était si peu couvert alors que nous étions à New York en janvier.

— Il est très bon, ai-je répondu.

— Est-ce qu'il en a une grosse ?

Elle a mis la main entre ses jambes et a mimé ce qui ressemblait à une trompe d'éléphant.

Pour toute réponse, j'ai écarté mes mains de soixante centimètres.

Baldo a sauté du canapé, en colère, et s'est précipité vers leur chambre, dont il a violemment claqué la porte derrière lui.

Il l'a rouverte aussitôt et a crié à l'intention de Marija :

— Tu viendras me rejoindre quand vous aurez fini de commérer comme des perruches !

Elle m'a fait un clin d'œil et l'a rejoint d'un pas tranquille. Dix minutes plus tard, la tête de lit cognait contre le mur.

J'ai gagné ma chambre et je me suis couchée à peine ma valise posée. Je me suis endormie instantanément, comme si l'épuisement que je gardais à distance depuis des jours tenait enfin sa chance de s'abattre sur moi à présent que j'étais seule.

J'ai rêvé que je dansais dans une cage dorée suspendue au plafond. Dominik me regardait d'en bas. Sauf que, dans mon rêve, ce n'était pas Dominik, mais un autre homme, dissimulé sous un masque à bec.

Quand je me suis réveillée, j'ai eu l'impression de n'avoir pas dormi du tout.

Les répétitions reprenaient quelques heures plus tard. Si j'en croyais l'emploi du temps concocté par Simón, je n'étais pas près d'avoir du temps libre.

Mais il fallait voir le bon côté des choses : nous en avions enfin terminé avec la musique ringarde de Noël. J'étais certaine que, si l'on m'avait forcée à jouer encore un cantique, j'aurais balancé mon violon par la fenêtre. Simón avait choisi pour tout le mois de janvier des compositeurs sud-américains. Ce soir, nous travaillions Villa-Lobos. J'adore apprendre des morceaux nouveaux, et il y avait un accent folk dans celui-là, et si le violoncelle avait plus d'importance que le violon, ça ne me dérangeait pas. Simón m'accordait beaucoup d'attention, et ce n'était pas forcément une bonne chose : il ne laissait rien passer dans mes interprétations.

Ce soir-là, j'étais fatiguée par le voyage et j'avais un coup de blues. Dominik m'avait épuisée, et, même si la découverte de chaque nouvelle douleur me faisait sourire, cela ne rendait pas la répétition plus facile.

Simón s'est approché alors que je rangeais le Bailly dans son étui. Il s'était détendu aussitôt la dernière note de musique envolée, et son corps avait perdu cette rigidité qu'il a quand il est derrière son pupitre. Je me demandais quelle part de son autorité relevait du spectacle pour tenir l'orchestre et quelle part était vraiment innée.

— Vous êtes hâlée, Summer, ce qui est plutôt inhabituel en cette saison à New York. Vous avez réussi à partir quelques jours ?

— Oui. À La Nouvelle-Orléans. J'ai pris le soleil en faisant une balade en bateau sur le Mississippi… Sur le *Creole Queen*.

— Vous êtes partie avec un petit ami ?

— Un ami. De Londres.

— D'accord. Vous avez bien fait de vous reposer. Les mois qui viennent vont être chargés.

— Pas de vacances possibles, alors…

— Oh, ce n'est pas si terrible, si ? Je ne voudrais pas vous épuiser.

La pièce s'était vidée, les autres membres de l'orchestre s'étaient dispersés dans les entrailles de la nuit pour profiter du reste de la soirée. Marija et Baldo avaient pris l'habitude de me voir bavarder avec Simón après les répétitions et ils ne m'attendaient pas.

Simón s'était rapproché de moi, suffisamment pour m'embrasser.

Son parfum, mélange de musc et d'épices, si différent de l'odeur de savon de Dominik, l'environnait comme un nuage. Je n'avais jamais vu Dominik mettre de l'after-shave.

Ses cheveux sombres, encore plus épais que les miens, étaient en bataille et auréolaient son visage. J'ai songé un instant que, si nous avions des enfants, ils seraient frisés comme des caniches, mais j'ai bien vite chassé cette pensée ridicule. Je ne voulais même pas avoir d'enfants.

J'ai déplacé mon violon afin qu'il me serve de bouclier au cas où Simón aurait décidé de s'approcher plus près et ai fait un mouvement vers la sortie. Il a empoigné son sac et m'a emboîté le pas.

La bouffée d'air glacé qui nous a assaillis m'a brûlé la gorge. J'ai fourragé dans mon sac à la recherche de mes moufles.

— Zut, j'ai oublié mes gants, ai-je soupiré.

Mon appartement n'était qu'à quelques centaines de mètres. J'aurais plus vite fait de marcher que de chercher à héler un taxi.

Simón a ôté son écharpe, m'a pris les mains et les a enveloppées avec le tissu encore tiède.

— Non, ai-je protesté, vous allez vous geler !

— J'insiste, a-t-il rétorqué en me pressant les doigts. Vos mains sont beaucoup plus importantes que les miennes.

— Merci, ai-je répondu de mon ton le plus poli et le plus professionnel.

J'ai fait un pas en arrière, augmentant la distance qui nous séparait et lui ai adressé un signe de tête pour lui dire au revoir.

— À demain.

Il a tourné ses talons chaussés de croco avec la grâce d'un danseur et a disparu dans la nuit.

J'ai pressé mes mains, étroitement enveloppées dans son écharpe, contre mon visage pour le réchauffer. Son odeur m'a suivie jusqu'à la maison, et je n'ai pas pu m'empêcher de me demander ce que pouvait bien sentir sa peau. Peut-être qu'en fait il ne portait pas de parfum. Peut-être qu'une fois nu Simón sentait les épices, la cannelle, la noix de muscade et la sueur.

Cette nuit-là, j'ai rêvé de deux hommes. Chaque fois que je tentais de faire naître dans mon esprit le son de la voix et la complexité des désirs de Dominik, l'image de Simón se superposait à la sienne. J'imaginais la texture de ses cheveux sous mes doigts, la chaleur de ses mains, la riche matité de sa peau, si différente de la pâleur britannique de Dominik. Je me demandais s'il était aussi poilu que Baldo. J'ai toujours aimé les hommes poilus ; j'associe le poil à la chaleur, à la testostérone et à la virilité. Dominik avait un fin duvet sur la poitrine, quasiment inexistant sur le ventre, qui redémarrait au niveau de son aine : le tout formait comme une flèche qui pointait vers son sexe.

J'ai fini par cesser de tenter de les séparer et j'ai imaginé que je couchais avec les deux à la fois, Dominik dans ma bouche, les mains dans mes cheveux ; Simón dans ma chatte.

Je doutais cependant qu'ils soient tous deux du genre à partager.

J'avais abandonné l'espoir de recevoir des conseils utiles de la part de Marija. Elle avait beau n'avoir jamais rencontré Dominik, elle ne lui faisait pas confiance. Elle était clairement du côté de Simón et passait des heures à me supplier de le draguer.

— Tu es folle, ma fille. Tu pourrais avoir le monde à tes pieds avec cet homme. Ou à tout le moins le Lincoln Center. Il fait quoi pour toi, l'Anglais, hein ?

Elle avait adopté l'habitude de Baldo et se promenait dans l'appartement en sous-vêtements, le chauffage à fond ; ils payaient heureusement le supplément de la facture d'électricité. Elle ne portait que des ensembles en coton de couleur vive, toujours assortis. Elle en avait de toutes les couleurs de l'arc-en-ciel. Jamais de dentelle ni de satin. Elle avait de longues jambes qui lui donnaient un air d'échassier, et des cuisses de la taille de mes bras, même si elle mangeait pour quatre. Baldo était perpétuellement au régime, mais sans parvenir à modeler son corps épais. Marija l'appelait « mon singe rondouillard » et gloussait quand il lui lançait un regard noir.

— Là n'est pas la question, ai-je répondu.

— Ne fais pas l'idiote. Bien sûr que là est la question. Si tu veux te ridiculiser et sortir avec l'Anglais, au moins sois discrète. Le chef d'orchestre ne sera plus aussi sympa s'il sait qu'il n'a aucune chance de t'attirer dans son lit.

— Et moi qui pensais qu'elle s'était mise avec moi parce qu'elle était amoureuse, est intervenu Baldo.

— Je ne suis avec toi que pour ton corps, a-t-elle rétorqué en l'enlaçant et en frottant son visage contre son cou.

J'ai pris mon sac à main et je suis partie à toute allure, avant que leur démonstration d'affection devienne plus embarrassante.

J'avais rendez-vous avec Cherry ce soir-là. Elle se produisait dans un numéro de *burlesque* pour un spectacle de cabaret dans un bar d'Alphabet City. C'était un show de qualité, et elle en constituait l'une des têtes d'affiche. Il commençait à 20 heures, mais elle ne dansait pas avant 23 heures, ce qui nous laissait du temps pour bavarder.

Elle était déjà là quand je suis arrivée. Même sous la lumière tamisée du club, ses cheveux roses brillaient comme un phare. Elle m'a vue franchir la porte, m'a fait signe de la rejoindre à une table et m'a tendu un Cosmopolitan.

— Je n'en ai pas bu depuis des années, ai-je commenté.

— Tu veux dire, depuis la fin de la diffusion de *Sex and the City* ?

— Quelque chose comme ça, ai-je répondu en riant.

— Il faut que tu me rattrapes : j'en suis déjà à mon deuxième. Tu vois, quand on est artiste, il faut être ivre mais pas trop, c'est l'astuce qui permet de se donner en spectacle.

— Ça ne marche pas comme ça dans un orchestre. Si je buvais ne serait-ce qu'une bière avant de jouer, je serais virée.

— Tu devrais jouer du rock, plutôt.

— Trop tard. Vivaldi paie les factures.

— C'était comment alors, le Nouvel An à La Nouvelle-Orléans ? Ton mec est venu te rendre visite ?

— C'était génial, mais j'aurais bien besoin d'autres vacances pour récupérer. Il m'a épuisée.

— Tu ne te rends pas compte de la chance que tu as. Mes deux petits amis sont en déplacement en ce moment.

— Attends, tu as bien dit « deux » ?

— Ouais, a confirmé Cherry avec un sourire jusqu'aux oreilles. J'ai de la chance, hein, d'en avoir deux ?

— Et ils savent tous les deux que l'autre existe ?

— Bien sûr. Pete a une autre petite amie. Il est avec elle en ce moment. Tony fait une tournée avec son groupe. Il a des aventures avec ses groupies. C'est un garçon très occupé.

Je l'ai observée, un peu interloquée.

— Tu n'es pas jalouse ?

— C'est la première question que tout le monde me pose, a-t-elle soupiré.

— Il faut croire que c'est une bonne question. Alors ?

— Ça m'arrive. Comme tout le monde. Mais je suis avec Pete depuis cinq ans, et ça fonctionne. Tony est mon en-cas. Je ne crois pas que je pourrais me contenter d'un seul mec. Je m'ennuierais.

— C'était l'idée de qui au départ ? La tienne ou la sienne ?

— La mienne, je suppose. On a commencé par les clubs échangistes, pour pimenter un peu les choses, tu vois. Tout est parti de là. Et toi ? C'est quoi ton histoire ? C'est sérieux avec ton Anglais ? a-t-elle demandé en levant son verre vers la lumière. Ils ne mettent jamais assez de

Cointreau dans ce cocktail. Rappelle-moi de le dire au barman.

Ses faux cils brillaient dans le reflet du verre. Il y avait un minuscule strass collé au bout de chaque cil ; on aurait dit les pattes d'une araignée marchant dans la neige.

— On n'est pas vraiment exclusifs.

— Comment ça, « pas vraiment » ? Soit tu es exclusif, soit tu ne l'es pas. Tout ce qui est entre les deux est une pente savonneuse. Vous en avez parlé ? Vous avez décidé de ce que vous vous permettiez et de ce que vous vous interdisiez ?

— C'est compliqué…

— C'est là que tu fais fausse route. Ça n'est jamais compliqué ; c'est au contraire très simple. Enfin, ça devrait l'être.

— Il se peut qu'il vienne vivre ici. Il a postulé pour un job.

— Tu as intérêt à mettre tout ça au clair rapidement alors, a-t-elle répondu en terminant son verre.

— Un autre ? ai-je demandé.

Elle a consulté l'heure à sa montre, une espèce de boule disco, de la taille d'une balle de golf entièrement couverte de faux diamants, qui cachait sous son couvercle un écran digital.

— Pourquoi pas ? J'ai encore deux heures devant moi.

Je suis descendue de mon tabouret pour aller faire la queue au bar. La lumière s'est estompée : le spectacle commençait. La première danseuse est apparue sur scène, sur la version de *Goldfinger* par Shirley Bassey. Elle était grande, mince, et vêtue d'un Bikini à imprimé léopard et à taille haute très années 1950, et de chaussures assorties à talons vertigineux. C'était une métisse, à la peau de bronze et aux cheveux épais et sombres, coiffés en afro. Elle dansait et chantait en même temps, avec une présence étonnante ; elle ressemblait à un jeune lion qui aurait dévoré deux gazelles pour le dîner.

— Merci, a dit Cherry comme je lui tendais le Cosmopolitan avec double ration de Cointreau. On ne dirait pas que c'est un homme, hein ? a-t-elle ajouté dans un murmure avec un hochement de tête vers la scène.

J'ai regardé plus attentivement la danseuse. Elle avait effectivement un immanquable renflement comprimé entre les jambes, mais elle bougeait avec une grâce toute féminine, presque féline. Même quand elle était détendue, elle paraissait prête à bondir sur quelqu'un. *Moi*, espérais-je en mon for intérieur, même si c'était peu probable.

En comparaison, le numéro suivant, le striptease d'une assez jolie fille habillée en homme, était sans intérêt. Elle manquait d'assurance et se prit maladroitement les pieds dans son costume en quittant la scène. J'ai eu un peu pitié d'elle.

— C'est bientôt à moi. Je ferais mieux d'aller m'habiller !

Cherry a disparu par une porte latérale, près de la scène. Elle portait un sac si grand qu'elle aurait aisément pu vivre à l'intérieur, comme une tortue qui transporte sa maison partout avec elle.

Je l'ai à peine reconnue quand elle est apparue sur scène. Elle venait après le striptease d'un homme déguisé en ours déguisé en homme, dont le numéro, très réussi, était à la fois comique et absurde.

Cherry était entièrement vêtue de rose ; elle portait une robe longue avec un volant en mousseline et tenait deux immenses éventails en plumes roses, aussi hauts qu'elle. Elle était chaussée des plus hauts escarpins que j'aie jamais vus, rose vif et recouverts de minuscules strass qui brillaient à chacun de ses pas. En dehors de ses pieds, l'intégralité de son corps était dissimulée par les éventails.

Je m'attendais à un numéro classique de femme fatale s'effeuillant langoureusement au rythme sensuel d'une chanson lente, mais celui de Cherry était beaucoup plus rapide, et elle dansait sur *Super Freak*, de Rick James.

Le public a applaudi avec enthousiasme quand elle s'est extraite en se dandinant de sa robe et a agité ses seins lourds, les pompons fixés sur ses tétons tournant comme des moulins à vent frénétiques. Elle a terminé son numéro allongée sur le dos, les jambes sur la tête, prouvant ainsi quelle était suffisamment souple pour se lécher la chatte si elle en avait eu envie.

— Ouah, ai-je commenté quand elle est revenue s'asseoir. C'était vraiment impressionnant ! Je comprends mieux pourquoi tu as deux petits amis…

Elle a gloussé.

— Tu devrais venir un de ces quatre, pour que je t'apprenne quelques mouvements.

Elle n'avait pas ôté le rouge à lèvres rose vif, sur lequel, pour faire bonne mesure, elle avait ajouté des paillettes et du gloss.

Je l'ai raccompagnée jusqu'au métro.

— Oh, j'ai failli oublier ! a-t-elle dit en fourrageant soudain dans son énorme sac. J'ai un cadeau pour toi.

— Ce n'est pas mon anniversaire...

Elle a fini par extirper des profondeurs de son sac une corde d'un peu plus d'un mètre et me l'a tendue.

— C'est pour que tu puisses t'entraîner. Si tu t'attaches à un pied de table, n'oublie pas d'avoir toujours une paire de ciseaux sous la main ou de faire des nœuds suffisamment lâches pour pouvoir te détacher rapidement s'il y a le feu. Sinon, tu aurais des explications embarrassantes à fournir aux pompiers...

— Merci. Mais tu sais, je ne suis pas du genre à ligoter, je préfère l'être.

— Entraîne-toi quand même. Tu n'en apprécieras que plus le travail de celui qui t'attachera.

Une fois rentrée chez moi, je me suis rendu compte que j'avais une traînée de paillettes sur la joue, même si je ne me souvenais pas d'avoir fait la bise à Cherry pour lui dire au revoir.

Le reste de la semaine est passé à toute allure. En dehors des répétitions, je n'avais que le temps de manger et de dormir. Aucune nouvelle de Dominik.

— Vous avez l'air fatiguée, a remarqué Simón quand je lui ai rendu son écharpe.

— Merci, ai-je rétorqué, un peu agressive.

— Vous devriez vous détendre. Quand j'ai pris la direction de l'orchestre, vous jouiez avec tout votre corps. J'ai l'impression que récemment vous avez laissé votre cerveau prendre la direction des opérations. Il faut que vous lâchiez prise de nouveau. C'était quand la dernière fois que vous êtes sortie ? Et je ne parle pas des répétitions.

— La semaine dernière. Je suis allée voir un spectacle *burlesque.*

— Ça ne suffit pas. Vous ne pouvez pas interpréter le monde contenu dans la musique si vous ne le connaissez pas.

J'étais trop fatiguée pour protester. J'ai acquiescé en silence et j'ai empoigné mon étui à violon pour quitter la pièce.

— J'ai deux billets pour le rodéo de vendredi à Madison Square Garden. Ça vous dit ? Je devais y aller avec mon père, mais il a retardé son séjour, et j'ai une place en trop.

— Un rodéo ?

Voilà qui était pour le moins inattendu.

— Ne faites pas cette tête. C'est un rodéo, pas une corrida. Ce n'est pas tout à fait comme ça qu'on le pratique au Venezuela, mais on ne trouvera pas mieux à New York. Ça commence à 16 heures. Je vous inviterai à dîner ensuite, pour vous récompenser d'avoir survécu à deux heures de sport.

— D'accord, ai-je répondu en riant. Ça peut être sympa.

Quand je suis rentrée à la maison, j'ai découvert Marija et Baldo pelotonnés sur le canapé, en train de regarder un vieux film d'horreur. Marija avait mis une main sur ses yeux et elle écartait régulièrement les doigts pour jeter un coup d'œil à l'écran et pousser un cri perçant. Baldo tenait la jeune femme enlacée contre lui et, de sa main libre, il trempait des biscuits à apéritif dans du fromage blanc allégé. Chaque bouchée lui arrachait une grimace.

— Vous saviez qu'il y avait des spectacles de rodéo à Manhattan ?

— Tu as déniché des billets pour vendredi ? a demandé Baldo. Tu as bien de la chance. C'est complet depuis des mois.

— Ah ! s'est exclamée Marija en ôtant la main de devant ses yeux. Tu as un rencard avec Simón ?

— C'est pas un rencard.

— Si tu le dis, a-t-elle rétorqué en se concentrant de nouveau sur l'écran.

L'actrice a poussé un hurlement strident, et Marija s'est réfugiée dans les bras de Baldo.

Vendredi est arrivé si vite que je n'ai pas eu le temps d'éprouver de la nervosité à l'idée de passer un après-midi et une soirée avec Simón. Chaque fois que je le regardais, je craignais qu'il ne puisse lire dans mes pensées et découvrir que, quelques jours plus tôt, je m'étais caressée en respirant l'odeur de son écharpe.

Un seul homme m'avait emmenée voir une compétition sportive jusqu'à présent : un petit ami que j'avais eu en Nouvelle-Zélande avait pris des billets pour voir un match de rugby à sept entre les Kiwis et les Samoa, au Westpac Stadium de Wellington. Le jeu était très rapide, et, à ma grande surprise et alors que je ne m'intéresse absolument pas au sport, je m'étais beaucoup amusée. Je dois cependant bien avouer que j'avais passé presque tout le match à fantasmer sur une troisième mi-temps imaginaire mettant en scène tous les joueurs de l'équipe et moi-même dans le vestiaire. Ils étaient incroyablement musclés, avec des corps d'apollon et des shorts si courts que j'étais étonnée que personne n'ait crié à l'indécence. Nous avions baisé après le match, et, les yeux fermés, j'avais imaginé que je faisais l'amour avec un joueur d'une équipe puis un de l'autre, même si, à choisir, j'aurais préféré coucher avec les Samoans, qui étaient plus mignons.

Simón s'était habillé comme un cow-boy : il portait une chemise blanche, un jean et un Stetson en cuir marron posé sur ses boucles sombres. Une large ceinture en cuir avec une boucle en forme de crâne et une paire de santiags marron foncé avec un crâne gravé sur chaque cheville complétaient le tout. On avait l'impression qu'il avait tenté d'assortir ses chaussures à son incroyable chevelure flamboyante. Cette tenue aurait été ridicule sur n'importe quel autre homme, mais Simón s'habillait avec tant d'aplomb et d'assurance que personne n'aurait eu l'idée de remettre ses goûts en question.

Il m'a prise par la main et s'est frayé un chemin vers le centre du stade ; nous avons descendu les escaliers et avons pris nos sièges, qui étaient tout près de l'arène et nous offraient une vue imprenable sur l'action. La moitié du public portait des chapeaux de cow-boy et la plupart des femmes des jeans et des chemises bleu et rouge. J'avais l'impression d'être la seule en robe. Il faisait chaud, à cause de la moiteur de la foule, de la lumière des projecteurs et de l'excitation pleine d'anticipation du public. Je sentais l'odeur de terre battue que les cavaliers et les taureaux ne tarderaient pas à fouler ; elle avait une fragrance de rouille et de poussière, qui me rappela brièvement le nord de l'Australie, où j'avais bossé un peu avant de partir pour la Grande-Bretagne.

— Il faut que vous m'expliquiez les règles, ai-je dit à Simón. Je ne connais rien au rodéo.

— Oubliez les règles et contentez-vous de regarder. Chaque cavalier ne tiendra pas plus de huit secondes, et encore, s'il est doué. Ça ne laisse pas vraiment le temps d'expliquer quoi que ce soit.

Il avait raison : certains ne tenaient pas plus de trois ou quatre secondes. D'un autre côté, sur le dos de ce genre d'animal, trois secondes devaient durer une éternité. Les taureaux n'avaient jamais les quatre pattes sur le sol en même temps, et l'un d'eux décolla de plus d'un mètre, emmenant son cavalier avec lui, avant de retoucher le sol et de ruer de nouveau sans s'arrêter un instant. Ils s'agitaient comme si le sol avait été électrifié ; ils sautaient, bondissaient et tanguaient comme si on les avait gavés de Ritalin.

Les cavaliers ne ressemblaient pas à ce que j'avais imaginé. La plupart étaient petits et bâtis comme des gymnastes. Chaque fois que le taureau s'agitait, ils faisaient exactement le mouvement inverse, et bougeaient d'avant en arrière ou de droite à gauche avec une vitesse et une précision parfaites ; ils ressemblaient plus à des poupées mécaniques qu'à des hommes. Lorsqu'ils étaient désarçonnés, on les tirait en un éclair hors de portée des sabots mortels.

Simón assistait au spectacle, les yeux brillants. Chaque fois qu'un cavalier tenait plus de trois secondes, il se levait en hurlant.

— Imaginez avoir un animal comme ça entre les cuisses, a-t-il commenté avec un soupir.

— Mmmmh, ai-je répondu en aspirant les dernières gouttes de mon Coca avec ma paille.

— Au Venezuela, on chasse les taureaux à cheval et on fait la course à qui sera le premier à en capturer un en lui attrapant la queue. On appelle ça le *« coléo »*.

— Ça a l'air plus facile que le rodéo.

— C'est dangereux de dire ça à un Vénézuélien !

— Je n'ai rien contre un peu de danger, sinon je ne serais pas ici.

— Je le savais. Il n'y a pas beaucoup de femmes qu'on peut inviter à un rodéo, a-t-il affirmé en baissant la tête vers moi.

J'ai remis la paille dans ma bouche.

— Ça vous ennuie de me donner un peu de Coca ?

— Je l'ai terminé. Désolée.

— Pas grave. Le spectacle est presque fini. On va aller prendre un verre ailleurs.

On est allés au *Caracas Arepa Bar* sur la 7e dans l'East Village. Il était tôt mais il y avait déjà la queue sur le trottoir.

— Ça vaut la peine d'attendre, je vous le promets.

— Ne vous inquiétez pas. Je peux être très patiente si le jeu en vaut la chandelle.

— Je n'en doute pas. Vous savez, j'ai pensé…

— Une habitude dangereuse.

— Je sais que je vous ai fait beaucoup travailler ces derniers temps, mais je crois que vous devriez accepter de jouer en solo. Vous en avez les compétences. Je peux glisser un mot à quelques producteurs. Je pense qu'on pourrait sans problème remplir une salle.

— Je croyais que vous trouviez que j'avais un jeu trop cérébral ?

— Ne le prenez pas mal. On peut toujours s'améliorer. Qu'en pensez-vous ? L'endroit où on répète n'est pas génial. Vous pouvez utiliser mon sous-sol, il est bien isolé. Je l'ai fait rénover quand j'ai emménagé, et il est très confortable. Je peux vous donner des cours en plus.

— C'est très gentil de votre part, mais…

— Pas de « mais ». Vous avez du talent. Il est temps que vous preniez confiance en vous. Ça pourrait être le lancement de votre carrière. Je m'arrangerai pour que des agents soient sur la liste des invités.

— D'accord.

— D'accord ?

— Oui. D'accord.

Il m'a prise dans ses bras, m'a soulevée de terre et a planté un baiser humide sur chacune de mes joues. Son Stetson est tombé par terre.

— Je ferais mieux de ne pas le remettre, a-t-il dit en souriant, tout en le ramassant.

On a obtenu deux places au bout d'une table déjà occupée par quatre personnes. Ils en étaient à la moitié de leur repas et, à en juger par l'expression d'extase sur leurs visages, la nourriture devait être divine.

— Des tortillas et du guacamole pour commencer, a commandé Simón. Et deux margaritas. Nous avons quelque chose à fêter.

— Vous pouvez choisir pour moi, ai-je dit. Je n'ai aucune idée de ce à quoi ressemblent tous ces plats et je vous fais confiance.

— Vous pourriez le regretter.

— Ça m'étonnerait.

On a tant mangé que j'ai pensé que j'allais devoir rouler pour rentrer chez moi.

— Est-ce que vous avez commandé tout ce qu'il y a sur le menu ? ai-je demandé en contemplant les restes de *tajadas*, ces tranches frites de plantain servies avec du fromage salé.

J'ai tapoté mon estomac avec déplaisir : pas de doute, les hommes sont mauvais pour la ligne.

— Pas tout à fait, a-t-il répondu en riant.

Il m'a raccompagnée chez moi. Nous avions bu quatre ou cinq margaritas chacun et nous étions incontestablement éméchés. Pour dire la vérité, j'étais presque ivre. Et j'appréciais de ne pas être la seule à avoir bu.

J'ai fourragé dans mon sac, à la recherche de mes clés, et je me suis adossée au mur, les jambes un peu flageolantes.

— Je ne peux pas être enfermée dehors, ai-je dit. La porte d'entrée ne ferme que de l'extérieur.

— Puis-je ? a-t-il proposé. Je pense que je suis moins pompette que vous.

J'ai tenu le sac ouvert pendant qu'il fouillait timidement dedans.

— Vous avez vraiment besoin de trimballer tout ça ?

— On ne sait jamais quand on aura besoin de changer de chaussures.

Il a extirpé la corde que Cherry m'avait offerte et que j'avais laissée au fond de mon sac.

— Vous aviez l'intention de me kidnapper ? a-t-il demandé en agitant la corde sous mes yeux.

— Je suis scout, ai-je répondu sans me démonter.

— Vous êtes une femme pleine de surprises.

Il a entouré ma taille avec la corde et m'a rapprochée de lui, les mains sur les deux extrémités.

— Vous êtes ma prisonnière, a-t-il dit.

Et il m'a embrassée.

Son baiser était tiède et un peu brutal, plus que ceux de Dominik, certainement parce qu'il était un peu ivre. Il avait un goût de téquila et son parfum une odeur d'épices, comme la cuisine quand on fait cuire des gâteaux de Noël.

Il a laissé tomber la corde et a mis ses mains dans mes cheveux pour tenir mon visage fermement.

J'ai retenu mon souffle et j'ai espéré qu'il me tirerait les cheveux, comme le faisait Dominik, et m'embrasserait de nouveau. J'ai senti une chaleur familière se répandre dans mes veines et j'ai été tentée de l'inviter à entrer.

Mais il a reculé, les mains le long de son corps.

— Je suis désolé. Je n'aurais pas dû.

— Je comprends. On travaille ensemble.

— Je sais. C'était une mauvaise idée.

— Absolument.

J'ai ramassé la corde et l'ai rangée dans mon sac. Mes clés étincelaient dans la poche avant, où je les mets toujours.

— Je suis quasiment certaine de vous avoir vu regarder dans cette poche, ai-je remarqué d'un ton accusateur.

— Je l'ai fait. Je voulais vous garder encore un peu avec moi.

— Merci pour le dîner et le rodéo.

— Merci de m'avoir accompagné.

Il était de nouveau lui-même : amical, professionnel, un peu badin mais comme si ça ne portait pas à conséquence. Pourtant la façon dont il m'avait embrassée était lourde de sens, elle.

— Je vais rentrer, à présent.

— Il faut que je dorme pour être en forme. Répétition demain. On pourra commencer à planifier votre solo.

— Bonne nuit.

— Bonne nuit.

J'ai fermé la porte sur sa silhouette immobile.

J'étais toujours sans nouvelles de Dominik, mais je pouvais sentir le poids de sa désapprobation depuis l'autre côté de l'océan.

6

Une île sur Spring Street

La nouvelle officielle parvint à Dominik par courrier une quinzaine de jours après son retour de New York. Comme on lui avait laissé entendre qu'il aurait une réponse plus tôt, il avait passé une semaine dans un état oscillant entre l'excitation et une étrange forme de déprime.

La réponse était positive, comme il l'avait fortement espéré ; on lui accordait le poste et le salaire qui allait avec lui. Il devait prendre ses fonctions après les vacances de Pâques. Il disposerait d'un petit bureau dans la bibliothèque de New York et d'un accès illimité, aussi bien numérique que physique à toutes les collections ; en échange de quoi, on attendait de lui qu'il fasse une conférence mensuelle sur un sujet de son choix. Et nul ne vérifierait combien de temps il passait à travailler dans l'imposant bâtiment gardé par des lions en pierre, qui se dressait entre la Ve Avenue et la 42e Rue.

Dominik avait trois mois pour s'organiser. Il lui fallait remplir les papiers pour obtenir un congé sabbatique de l'université de Londres, aider le département à le remplacer et, plus important, trouver un appartement à New York, la bibliothèque ne pouvant lui être d'aucun secours en la matière.

Il appela Summer.

— J'ai enfin reçu une réponse. J'ai décroché la bourse.

— C'est génial ! Vraiment.

— J'arriverai juste après Pâques.

— Oh…

— Quel est le problème ?

— Je serai en plein dans les répétitions pour mon concert en solo.

— Ce n'est pas un problème. Je chercherai un endroit où tu puisses répéter jour et nuit sans craindre de déranger les voisins.

— Ça serait chouette, répondit Summer. Pour l'instant, je répète dans une pièce minuscule dans les locaux de l'orchestre. Ce n'est pas vraiment un refuge qui favorise l'inspiration. Sans compter qu'il faut le réserver des semaines à l'avance, parce que tout le monde a besoin d'un endroit où s'entraîner. Simón m'a proposé de répéter dans son appartement de l'Upper West Side, mais j'ai refusé. Je ne voudrais pas qu'il croie que je profite de lui.

— Tu as bien fait.

— Et puis, de toute façon, j'aime répéter seule, ajouta Summer.

— Ça veut dire que je n'aurai plus droit à mes concerts privés ?

— Ah, ça, ça n'a rien à voir.

Trouver un appartement à Manhattan, même quand on dispose d'un budget plus que confortable, est toujours une tâche ardue, surtout quand on est loin. Les recherches sur Internet s'étant rapidement révélées être une perte de temps, Dominik fit appel aux services d'un agent immobilier qui lui dénicha un loft à SoHo, au quatrième étage d'un immeuble sur Spring Street, non loin de l'intersection avec West Broadway.

Summer visita le loft à sa place et déclara qu'il était absolument parfait, spacieux, très lumineux et doté d'une acoustique fabuleuse. Il était meublé de manière spartiate, mais elle était certaine que les livres que Dominik semblait acheter sans jamais s'arrêter, apporteraient immédiatement de la chaleur et une âme à l'appartement.

Le bail fut signé pour une année complète, et il fut décidé que Summer emménagerait un mois avant l'arrivée de Dominik. Elle hésita un instant à quitter la compagnie de ses amis croates, mais elle était soulagée de ne plus avoir à subir les bruits de leurs ébats nocturnes qui l'empêchaient souvent de dormir.

Elle décrivait leurs exploits à Dominik avec force détails, ce qui ne manquait jamais de le faire rire de bon cœur. Elle se demandait parfois pourquoi il ne riait qu'au téléphone : elle ne l'avait quasiment jamais entendu rire quand il était avec elle.

Dominik n'avait vu que des photos du loft, aussi Summer décida-t-elle de le lui décrire une fois qu'elle eut emménagé.

— À part la chambre à coucher, qui a été fermée sur un côté, c'est une seule pièce avec un parquet brillant. On dirait une salle de bal.

— Vraiment ?

— La cuisine est très high-tech. Je n'en ai jamais vu de semblable ! Il y a des plans de travail en granit et les derniers gadgets à la mode. On dirait des trucs venus de l'espace ! Je ne suis pas sûre de me faire une omelette ou des haricots avec des toasts : ce serait une insulte à toute cette technologie culinaire.

— On mangera dehors, proposa Dominik.

— Non, rétorqua Summer. Je veux cuisiner pour toi. Je ne l'ai presque jamais fait pour un amant.

— J'en prends note. Ne plus t'offrir de corsets ou de violons, mais des livres de cuisine pleins de recettes compliquées.

Elle gloussa.

— Les baies vitrées sont immenses. La lumière est incroyable. Mais la vue est moche : on donne sur la façade grise et aveugle de l'immeuble d'en face. C'est très laid. Du coup, la nuit, c'est complètement silencieux, malgré les nombreux restaurants ouverts très tard. C'est tellement tranquille que ça fait un peu peur.

— On est à l'abri des regards indiscrets ?

— Complètement, confirma-t-elle.

— Merveilleux. Quand je serai là, tu répéteras nue, évidemment.

— Je me disais bien que c'était pour cette raison que tu avais choisi cet endroit…

— Tu as tout compris, confirma Dominik.

Sans qu'il le sache et tout à fait spontanément, Summer avait pris l'habitude de se promener nue dans l'appartement, que ce soit pour répéter ou juste pour aller et venir. Ça lui paraissait naturel, un peu excitant; le loft était un nouveau jardin d'Éden, une aire de jeux innocente.

Elle aimait l'atmosphère dépouillée du lieu, ses lignes minimales et ses murs blancs, ainsi que les briques apparentes artistiquement disposées entre les poutres métalliques du plafond et çà et là sur les murs, comme des taches de peinture sombre sur un paysage plus clair.

Elle acheta quelques orchidées qu'elle éparpilla dans la pièce afin d'ajouter une timide touche de couleur. Elle hésita à en mettre une dans la chambre, mais elle n'était pas certaine que Dominik apprécie les fleurs. Elle avait encore beaucoup à apprendre sur lui.

A quoi ça ressemblera de vivre avec lui ?

En se débrouillant pour venir vivre à New York, il l'avait placée face à une situation entièrement nouvelle pour elle. Accepter de vivre avec lui avait été une décision très importante, que Summer ne se souvenait pas d'avoir prise. C'était arrivé parce qu'elle n'avait pas réagi, comme si son corps avait pris la décision sans consulter son cerveau.

Elle n'avait pas partagé un appartement avec un amant depuis des années. Certes, elle avait beaucoup vécu en colocation au cours de ses voyages : l'Australie, Londres, New York...

Cela fonctionnerait-il ?

Cela pourrait-il fonctionner ?

— Ce sera génial de vivre avec toi, reprit-elle.

— Il me tarde d'être là.

Une pensée traversa l'esprit de Summer.

— Tu déménages des bouquins pour tes recherches ? Je peux acheter des étagères chez Ikea. Ça me ferait plaisir.

— Ce n'est pas la peine. J'aurai accès à tous les livres dont j'ai besoin et bien plus à la bibliothèque.

— D'accord.

— On se voit dans un mois, dit Dominik.

— Oui.

— Ah, encore une chose. À propos de notre accord. Si tu veux coucher avec quelqu'un d'autre pendant ces quelques semaines…

— Oui ?

Le cœur de Summer s'accéléra.

— Va chez lui ou ailleurs, mais pas dans le loft.

— Bien sûr.

Elle n'était pas certaine de comprendre cette dernière instruction : était-ce une simple consigne ou un encouragement ?

Les meilleures intentions sont souvent contrecarrées par le hasard. La femme assise près du hublot à côté de Dominik durant le vol Londres-New York lisait *Gatsby le Magnifique*, ce qui lui donna une occasion parfaite pour engager la conversation. Il avait travaillé sur ce roman tant de fois qu'il le connaissait quasiment par cœur et pouvait le réciter du début à la fin. Sa voisine s'appelait Miranda.

La conversation serait-elle devenue rapidement si badine si elle avait lu un autre roman ou si Dominik n'avait pas gardé un souvenir si vif du récit amusé du coup d'un soir de Summer, survenu des mois plus tôt ?

Dominik n'était pas un homme jaloux ; c'était un homme réaliste.

C'était pour cette raison qu'il avait énoncé très clairement les termes du contrat à Summer et qu'il avait accepté cette forme de non-exclusivité, mais le cœur a parfois des raisons que la raison ignore.

Contrairement à Summer, il ne provoquait rien (alors que c'était elle qui avait dragué ce… comment s'appelait-il déjà ? Gary ? Greg ?) et laissait faire le flot de la vie et les filets des relations humaines. Bien longtemps auparavant, quand il avait une vingtaine d'années et qu'il n'avait pas les moyens de se payer l'avion pour Paris, il avait pris un bus peu cher qui reliait la gare de Waterloo à la place de la République et s'était retrouvé à côté d'une jeune Française aux cheveux sombres qui s'appelait Danielle. Elle lisait peut-être un livre qu'il connaissait bien ; il ne se rappelait pas. Mais la conversation avait été facile.

Elle rentrait de Londres où elle avait passé du temps en compagnie d'un étudiant en médecine d'origine indienne avec qui elle entretenait une liaison à distance qui s'essoufflait. Dominik était momentanément célibataire. Ils avaient apprécié le voyage et échangé adresses et numéros de téléphone avant de se séparer à l'arrivée. Il était évident qu'elle était insouciante et de mœurs plutôt légères. Il l'avait appelée avant la fin de la semaine : ils avaient terminé au lit et étaient restés amants durant dix-huit mois. Ou, pour être plus précis, Dominik avait rejoint la longue cohorte de ses amants, Danielle prodiguant ses faveurs avec une libéralité hors du commun. Elle avait d'ailleurs facilement reconnu qu'il n'était pas le seul à avoir accès à son lit. Une nuit, alors qu'ils reprenaient leur souffle, un de ses autres amants avait frappé à la porte du petit appartement qu'elle occupait près de la prison de la Santé. Elle l'avait joyeusement invité à se joindre à eux, et ils l'avaient prise tour à tour.

Quand il était revenu vivre à Londres, il l'avait perdue de vue, jusqu'à cet après-midi où elle lui avait téléphoné, paniquée. Elle avait été jetée à la rue par un homme avec qui elle couchait, parce qu'elle avait tenté de lui dérober son portefeuille. Elle était sans argent et avait besoin d'aide. Seule à Londres, sans argent, sans même sa valise, que l'homme avait gardée, elle en était réduite à la pire extrémité et avait même tenté de se prostituer sans succès dans les ruelles de SoHo. Il lui avait trouvé une chambre d'hôtel à Bloomsbury à 2 heures du matin et lui avait prêté de l'argent pour qu'elle puisse regagner Paris. Il était trop tard pour qu'il rentre chez lui en métro et il n'avait pas assez de monnaie pour prendre un taxi : il était resté avec elle dans la petite chambre d'hôtel, et ils avaient baisé toute la nuit. Danielle avait pleuré quasiment tout le temps. Une chose en entraînant une autre et comme ils savaient que ce serait la dernière fois qu'ils se verraient, il avait fini par l'enculer. C'était la première fois pour lui. Il était parti tôt pour aller travailler et avait laissé Danielle profondément endormie, le maquillage dégoulinant, l'aréole sombre d'un sein pointant sous le drap. C'était une femme extrêmement exigeante au lit, et sa témérité lui faisait parfois peur. Il ne lui avait même pas dit au revoir, ce qu'il devait regretter pendant des années.

Il avait toujours pensé qu'elle finirait mal et, une dizaine d'années plus tard, il l'avait googlisée par curiosité. Il avait alors découvert qu'elle enseignait la sociologie à l'université de Bordeaux et qu'elle était l'auteure d'une thèse sur un sujet hautement intellectuel qui ne l'intéressait pas du tout.

Leur rencontre dans un bus était entièrement due au hasard : des numéros de billets avaient fait d'eux des amants et lui avaient, de manière complètement fortuite, fait découvrir la sodomie. Depuis cette aventure, Dominik s'en remettait au hasard et saisissait les opportunités que la vie lui tendait.

Ses rencontres étaient souvent en rapport avec ses activités universitaires : peut-être son amour des livres attirait-il les femmes ? Miranda, sa voisine, était assistante administrative au Hunter College, l'une des annexes de l'université de New

York. Dominik avait toujours été un prof brillant mais pas frimeur. C'était l'un de ses talents, qui faisait de lui un bon conférencier. Si le sujet lui plaisait, il pouvait improviser à l'envi, jouant avec les théories, liant avec aplomb des idées originales qui chez les autres auraient été incohérentes, le tout sans pédanterie ni forfanterie. Avec *Gatsby*, il était plus qu'à l'aise, et le badinage léger auquel il se livra avec Miranda permit aux sept heures de vol de s'écouler rapidement. C'était toujours autant de temps qu'il n'avait pas passé à penser à Summer et à s'inquiéter de leur prochaine vie commune.

Miranda portait un tailleur gris. La jupe lui arrivait aux genoux, mais, au fur et à mesure qu'elle bougeait sur son siège, elle remonta jusqu'à mi-cuisse. Les boutons de son chemisier blanc moulant tiraient un peu, laissant deviner le soutien-gorge noir qu'elle portait en dessous. Elle avait un cou merveilleusement délicat, gagné peu à peu par une délicieuse rougeur, tandis que la température montait dans l'avion.

Elle était divorcée, apprit-elle à Dominik, et vivait seule dans l'Upper East Side. Absorbée par leur conversation, elle posait souvent la main sur son avant-bras quand elle voulait lui prouver quelque chose et, à une ou deux reprises, elle lui toucha le genou. Dominik n'était pas expert en analyse de langage corporel, mais c'était quelque chose qu'il faisait souvent lui-même, de manière à la fois inconsciente et innocente, mais uniquement avec les femmes qui l'attiraient.

En arrivant à l'aéroport de New York, ils échangèrent leurs numéros et se promirent de rester en contact. Dominik inscrivit le numéro de Miranda au dos d'une de ses cartes professionnelles. Il avait l'intention de changer de portable, son numéro londonien ne lui étant d'aucune utilité ici. La balle était donc dans son camp. Il avait volontairement omis de lui préciser qu'il rejoignait une femme avec laquelle il comptait vivre.

Hasard supplémentaire, leurs valises arrivèrent sur le tapis roulant au même moment. Le sourire de Miranda valait à lui seul un millier de mots : elle croyait manifestement elle aussi aux coïncidences.

Mais Dominik, prétextant la distance géographique, refusa de prendre un taxi avec elle. Il est si facile de tromper quelqu'un.

Cette fois-ci, le chauffeur était vietnamien, et il eut beaucoup de mal à comprendre l'accent britannique de Dominik quand ce dernier donna l'adresse de Spring Street. La route se déroulait sous ses yeux, comme une litanie familière : les banlieues, l'autoroute qui menait vers la ville, le détour obligé par Atlantic Avenue, suivi par la route Van Wyck et son cortège de piliers en béton soutenant le métro aérien, puis enfin Jamaica Hospital, et pour finir le tunnel qui menait à Manhattan. Combien de fois avait-il emprunté ce trajet dans les deux sens et survécu aux embouteillages infernaux ?

Il inspira profondément. Cette fois-ci, c'était différent.

Car Summer était sa destination.

Le temps qu'il parvienne à SoHo, il pleuvait, une averse printanière qui le saisit en sortant du taxi. Il sonna à l'interphone.

— C'est moi.

Comme prévu, Summer l'attendait à la maison et elle lui ouvrit la porte.

L'ascenseur, d'aspect industriel, était déjà au rez-de-chaussée, portes ouvertes. Il avait appris que, bien des années plus tôt, l'immeuble était rempli d'ateliers de confection dans lesquels travaillaient des immigrants, jusqu'à ce qu'ils se déplacent vers ce qui allait devenir le Garment District, le « quartier de l'habillement ». Les lofts avaient alors été occupés par des artistes, attirés par la luminosité et les faibles loyers. De nos jours, aucun artiste ne pouvait plus se permettre d'habiter SoHo, et les appartements avaient été pris d'assaut par des banquiers, des spéculateurs et des hommes d'affaires.

Le quatrième étage était divisé en trois appartements : le sien se trouvait au bout du couloir.

La porte était entrouverte.

La main sur la poignée de sa valise, il la poussa du pied. Le parquet vernis menait à une légère montée, parallèle au couloir extérieur. Sur la droite se trouvait le coin cuisine. Au-delà se dressait le vaste espace du loft, jusqu'aux baies vitrées, derrière lesquelles la pluie dissimulait le ciel gris.

À cause du temps, Summer avait allumé la lumière. Une rangée de spots lumineux au plafond divisait le loft en deux.

Summer se tenait au centre de la pièce, baignée dans un halo de lumière.

Nue.

Son précieux violon à la main, le long de sa cuisse.

Un sourire entendu aux lèvres.

Le regard de Dominik erra de ses lèvres écarlates à l'explosion de boucles sauvages qui auréolaient son visage, puis au rouge violent de ses tétons. Elle avait utilisé du rouge à lèvres pour se parer, comme il l'avait fait des mois auparavant.

Ses yeux se portèrent alors plus bas ; ses poils pubiens avaient repoussé, mais il vit qu'elle avait peint aussi son sexe.

Son cœur s'accéléra, et il posa sa valise sur le sol.

Summer porta cérémonieusement le violon à son menton, esclave du rituel qui était le leur, et commença à jouer.

Le deuxième mouvement des *Quatre Saisons* de Vivaldi.

Une vague d'émotion submergea Dominik.

Il resta immobile, en proie à un tourbillon de sentiments.

Stupéfait par son offrande. Son accueil. Cette façon de débuter leur vie commune à Manhattan.

Chaque note était à la fois familière et nouvelle, évoquant des souvenirs, des événements passés, des images de Summer dans toute sa gloire. Oh, comme ce printemps s'annonçait doux !

La musique tournoya entre les murs de l'appartement, et Summer ferma les yeux et se retira dans son monde. Elle n'avait nul besoin de partition. Le morceau de Vivaldi faisait partie d'elle. D'eux, peut-être.

Dominik ôta ses chaussures. Il portait des chaussettes noires, comme toujours, et il les enleva aussi. Ce parquet était fait pour être arpenté pieds nus. Il s'approcha de Summer et sentit la tiédeur qui émanait de son corps, la subtile fragrance boisée de son parfum, la très légère odeur de transpiration, née de ses mouvements pour jouer.

Il inspira profondément.

Et la contourna. Son dos était d'une blancheur d'albâtre, mais Dominik ne pouvait s'empêcher d'imaginer les marques pâles désormais effacées sur ses reins et ses fesses, comme un lacis depuis longtemps disparu de petits tatouages formant un grillage sur l'ivoire de sa peau, souvenirs des cordes dont elle lui avait parlé.

Il se rapprocha encore. Parvenu à quelques centimètres d'elle, il déposa un baiser sur son oreille.

Summer n'ouvrit pas les yeux mais frissonna. Le mouvement involontaire causa un léger frémissement dans le flot de la mélodie. Elle se raidit.

Dominik recula et la contourna de nouveau, afin de lui faire face.

Sans déranger le mouvement de ses bras, il fit courir un doigt le long de son flanc en partant de l'épaule, puis déplaça la main pour tracer la ligne du maillot et caressa les contours de son sexe peint. Il s'agenouilla devant elle et, des deux mains, écarta ses jambes. Il se rapprocha sans la toucher. Il savait qu'à cause du violon elle ne pouvait pas voir sa langue s'approcher de ses lèvres humides et accueillantes.

Summer continua de jouer, même s'il était parfaitement conscient que tout son corps lui criait de jeter son violon et d'obliger Dominik à explorer son intimité plus vite, plus fort. Elle savait qu'il s'amusait avec elle, provocant. Il la tentait pour qu'elle arrête de jouer, qu'elle devienne plus active. Elle savait que sa musique était devenue hésitante, moins professionnelle. La musicienne en elle était effarée par la pauvreté de sa musique, mais la femme qu'elle était ne pouvait pas résister.

Dominik arrêta un instant, savourant le moment et la saveur de Summer. Le goût un peu cireux du rouge à lèvres était doux et mielleux, et s'était sans aucun doute déposé sur ses lèvres. S'il se regardait dans un miroir, il découvrirait certainement qu'il ressemblait un peu à un clown, se dit-il avec insouciance. Summer était terriblement humide, et il sentait qu'elle réagissait à tous les coups de langue, sans toutefois cesser de jouer. Il enfouit son visage plus profondément en elle, lécha de la pointe de sa langue son clitoris, qu'il sentit durcir, puis le prit entre les lèvres et le pressa, le massa, résistant au désir irrépressible de le mordre. Summer ajusta l'angle de ses jambes pour l'inviter à aller plus profondément en elle, sans perdre une seule note. Il se plia volontiers à son désir, buvant ses fluides intimes, et ses cheveux caressèrent l'intérieur de la cuisse de la jeune femme.

Summer jouit avec un violent frisson juste au moment où elle parvenait à la fin du morceau.

La pluie avait cessé, et il y eut un long moment de silence absolu, Summer immobile comme une statue de sel au milieu du loft, les yeux toujours clos, et Dominik face à elle, à genoux. Aucun des deux n'osait prendre la parole en premier, comme si ce qui se dirait à cet instant allait être lourd de conséquences.

Le silence fut finalement rompu par les halètements de Summer, qui reprenait son souffle.

Dominik se leva et jeta un coup d'œil autour de lui. Il remarqua alors la corde posée sur le plan de travail en granit, à côté du sac à main de Summer, de son téléphone portable et de ses clés. Un souvenir de son cours de bondage ?

— Ne bouge pas. Garde les yeux fermés, ordonna-t-il.

Il se dirigea vers le comptoir et saisit la corde, qu'il soupesa. Elle avait juste la bonne longueur. *Parfait.*

Il revint vers Summer.

Il se plaça à ses côtés et ajusta délicatement la corde autour de son cou, avant de la fixer avec un nœud lâche.

Il sentit qu'elle tentait de contrôler sa nervosité en respirant moins vite.

— Viens, exigea-t-il.

Il tira doucement sur la laisse improvisée. Summer serra les jambes, puis mit un pied devant l'autre, hésitante, et le suivit.

Dominik la mena vers la chambre.

Au bout de quinze jours, ils s'étaient installés sans effort dans une agréable routine.

Il faisait ses recherches en bibliothèque pendant qu'elle répétait, et jusqu'à présent il n'y avait eu aucun conflit, même si les choses risquaient de se compliquer au fur et à mesure que son concert en solo approchait. Elle aurait besoin de s'entraîner davantage et avait accepté de prendre des cours avec Simón, le chef d'orchestre. Dominik avait suggéré de l'inviter à dîner, mais Summer avait refusé, sous prétexte qu'elle ne voulait pas mélanger sa vie professionnelle et sa vie privée.

— On ne peut fréquenter personne, remarqua Dominik.

— Ah bon ?

— J'ai l'impression qu'on est prisonniers du loft. Toi et moi contre le monde entier.

— Ce n'est pas ça, être en couple ? rétorqua Summer, légèrement agacée.

Elle ne savait pas vraiment à quoi s'attendre quand elle avait accepté d'emménager avec lui. Elle n'était pas certaine d'être prête pour cette vie à deux. En toute franchise, il y avait des moments où il parvenait à la surprendre : il savait être imprévisible et assouvir les désirs inavoués qu'il lisait en elle. Et Summer n'était pas naïve : elle savait que cela ne pouvait se passer de cette manière tous les jours. D'un côté, elle se sentait prisonnière de la nécessaire routine de leur relation ; de l'autre, elle brûlait d'envie de se voir mise au défi. Tout ça était trop compliqué.

Le cours qu'elle avait pris avec Cherry le remplissait de curiosité. Elle pouvait peut-être les présenter. Il n'y avait pas de mal à ça.

— Je me suis fait une amie quand j'ai essayé le bondage. Elle s'appelle Cherry. On pourrait peut-être prendre un verre tous les trois. Je pense qu'elle te plaira.

— Pourquoi pas ?

Summer lui téléphona tout de suite : ils se retrouveraient à 16 heures dans un bar qu'elle connaissait sur Bleecker Street. Ils avaient quelques heures devant eux, puisque Cherry se produisait ce soir-là dans un boui-boui dans le Bowery.

À cette heure, Bleecker Street était comme à son habitude envahie par les hippies chics, les aspirants artistes et les touristes. Ils s'y rendirent à pied, traversèrent Houston et croisèrent des centaines de bars sur leur route.

— Pourquoi avoir choisi le *Red Lion*, entre tous les bars ? demanda Dominik.

— Parce qu'il est anglais. On s'est dit que ça te rappellerait ton pays.

Dominik ne buvait pas et ne fréquentait donc jamais les pubs, ce que Summer ne semblait pas avoir remarqué, même s'ils s'étaient toujours retrouvés dans de petits cafés, souvent italiens.

Il se trouva que le pub était plein à craquer : il diffusait en direct un match de football opposant deux clubs européens, et les Britanniques expatriés et les Américains curieux formaient une foule bruyante. Ils furent donc contraints de se déplacer et trouvèrent refuge un peu plus bas dans la rue au *Kenny's Castaways*, un club de folk qui avait survécu à l'âge d'or des chanteurs qui se produisaient à Greenwich Village, Baez, Dylan et les autres. Le bar était presque désert, et ils trouvèrent facilement une table un peu à l'écart.

Dominik trouva Cherry étonnamment petite, ce qui ne coïncidait pas avec l'idée qu'il se faisait d'une danseuse de *burlesque.*

Sous ses cheveux rose vif coupés au bol, elle était vraiment ronde, et l'énorme sac en toile qu'elle portait sur une épaule la tassait encore plus.

— C'est mon attirail, expliqua-t-elle en le posant sur le sol. Je trimballe toujours trop de trucs. Une tenue de rechange, des accessoires, six paires de chaussures... C'est le job qui veut ça, on ne sait jamais de quoi on peut avoir besoin, ajouta-t-elle avec un sourire d'excuse tout en lissant ses cheveux de ses doigts ornés de bagues.

Dominik avait oublié de dire au barman d'avoir la main légère sur les glaçons, et son Coca lui fut servi à l'américaine, avec plus de glace que de liquide. Les deux femmes avaient commandé un cocktail rose, en hommage aux cheveux de Cherry. Summer ne buvait pas ce genre de choses d'habitude, songea Dominik, surtout quand, comme ici, la carte proposait un large choix de bières japonaises.

— C'est donc toi, Dominik, commenta la plantureuse amie de Summer en le jaugeant des pieds à la tête.

Sa veste en cuir était effilochée sur les bords et rapiécée par endroits. Elle portait des leggings à imprimé léopard et des chaussures à talons vertigineux qui brillaient de mille feux : sa tenue aurait été plus appropriée sur une scène de cabaret que dans un pub.

Dominik avait oublié de demander à Summer ce qu'elle avait révélé de leur relation à sa nouvelle amie.

— Le seul et l'unique, répondit-il.

— Très anglais, remarqua-t-elle.

— Et toi, tu es Cherry, la femme des cordes.

Summer écoutait leur échange en souriant.

— Aux nouveaux amis, proposa Cherry en levant son verre.

Ils trinquèrent.

— Je ne suis pas très doué en accents américains, reprit Dominik. Tu viens d'où, Cherry ?

— Du Canada, répondit-elle en exagérant son accent.

— Oups. Toutes mes excuses.

— Je viens de Turner Valley, dans l'Alberta. C'est une petite ville au sud-ouest de Calgary. Tu n'en as certainement jamais entendu parler, et je suppose que ça ne te surprend pas outre mesure. C'est une région sauvage, pas un gratte-ciel à des centaines de kilomètres à la ronde, et certainement pas de cabaret. J'ai fui dès que j'en ai eu l'occasion. J'ai commencé par bosser comme serveuse topless, et j'ai rencontré des filles qui m'ont appris à danser. J'ai fait des économies et, dès que j'ai pu, j'ai décollé pour New York. Je ne suis pas près de revenir.

— Un trou perdu de la Nouvelle-Zélande, l'Alberta et Londres. Nous sommes tous les trois des exilés, remarqua Summer, étrangers en terre inconnue.

Elle se sentait vaguement embarrassée et se raccrochait aux clichés pour maintenir la conversation. Elle se demandait si cette rencontre était une bonne idée, finalement.

— Je bois à ça, répondit Cherry.

— Tu es toute seule ici ? demanda Dominik. Ta famille est dans l'Alberta ?

Summer qui appréciait peu le tour que cette conversation prenait, s'agita sur son siège.

— Je ne suis pas vraiment seule. Mes petits amis me tiennent chaud la nuit, mais ils ne sont pas là en ce moment. L'un est en tournée avec son groupe, l'autre en déplacement. Il est commercial et il est souvent sur la route.

— Tu as deux petits amis ? s'enquit Dominik en souriant et en haussant un sourcil, étonné.

— Et pourtant je suis souvent seule. Peut-être que je devrais en chercher un troisième…

— On reprend un verre ? interrompit Summer.

Tout pour éviter que Cherry ne raconte sa vie amoureuse.

— C'est ma tournée, dit celle-ci en s'appuyant de tout son poids sur la table afin de descendre du tabouret sur lequel elle était perchée, loin du sol.

Elle s'immobilisa un instant pour trouver son équilibre puis vacilla vers le bar.

— Ton amie est une femme intéressante.

— Oui. Elle n'est pas vraiment dans la norme, mais je l'aime bien. Elle est honnête.

— Ça fonctionne, tu crois, son histoire de deux petits amis ?

— On dirait. Je n'ai rencontré ni l'un ni l'autre, mais elle a l'air heureuse. Je ne sais pas comment elle arrive à gérer ça, cela dit. Avec les répétitions, j'ai à peine le temps d'avoir un amant. Elle dit que c'est une question d'organisation.

— Je sais que tu es très occupée, mais j'espère que tu trouveras du temps pour moi.

— Oh, ce n'est pas ce que je voulais dire. Évidemment que j'ai du temps pour toi.

— Je ne dérange pas, j'espère, les interrompit Cherry en les rejoignant.

Elle posa sur la table un plateau sur lequel étaient posés deux verres à cocktail pleins à ras bord d'un liquide rose et un verre de Coca.

— J'ai remarqué que tu n'étais pas un amateur de glaçons, Dominik, reprit-elle. J'ai surveillé le barman de près. J'espère que ça te va.

— C'est parfait. Merci à toi.

Il fallut d'abord trouver une robe pour le concert en solo de Summer. Dominik tenait absolument à ce qu'elle porte une tenue neuve pour l'occasion, et pas une de ses vieilleries. *Pas question de regarder à la dépense*, avait-il ajouté. Il avait suggéré de consacrer un week-end à faire les boutiques à la mode, disséminées dans le bas de la Ve Avenue au-delà de Houston et de Broadway, mais Summer avait rapidement écarté cette proposition. Elle savait qu'elle ne trouverait jamais rien dans ce genre d'endroits. L'après-midi qu'elle passa dans les boutiques de créateurs de SoHo ne donna pas plus de résultats. Rien ne correspondait à ses goûts, sans compter les prix exorbitants de la plupart des robes, même si Dominik faisait preuve, quand il s'agissait d'argent, d'une véritable insouciance. Elle se sentait déjà suffisamment débitrice ; ce concert était censé être son heure de gloire, et elle éprouvait des sentiments contradictoires concernant l'implication de Dominik. Il avait dépensé Dieu seul savait combien pour le Bailly, et le loyer du loft était délirant. Elle avait insisté pour payer sa part, mais elle savait pertinemment que la somme qu'elle lui donnait n'en couvrait pas la moitié. Elle ne voulait pas accepter plus de lui. C'était de l'orgueil peut-être mal placé, mais elle était comme ça, et elle n'avait absolument pas l'intention de changer et de devenir une femme entretenue.

Il ne restait plus qu'une semaine avant le concert, et Summer était épuisée par les répétitions, la persévérance insistante de Simón et les silences désapprobateurs de Dominik quand elle rentrait le soir, bien plus tard que prévu, éreintée par la pression et ses propres doutes. Était-elle vraiment à la hauteur du défi ? Elle savait qu'elle n'était pas facile à vivre en ce moment.

Ils mangeaient en silence puis allaient se coucher et faisaient l'amour sans imagination. Dominik était réservé et ne parlait jamais des recherches qu'il faisait à la bibliothèque. Il maniait Summer avec des pincettes. Il ne lui avait pas dit que ses vieux démons avaient refait surface et qu'il avait prévu de déjeuner avec Miranda, l'assistante administrative de l'université Columbia quelques jours plus tard.

Comme la fin du mois de juin approchait, la température se fit plus clémente. Un dimanche après-midi, ils décidèrent d'aller se promener et de pousser peut-être jusqu'à la fontaine de Washington Square pour écouter les musiciens, manger une glace, et échapper aux silences gênants. Une fête foraine battait son plein sur le côté nord du parc, le long de Waverly Place. Une odeur de nourriture flottait dans l'air – un mélange de kebabs, d'oignons frits, de hamburgers et de fajitas mexicaines –, et de nombreux stands proposaient des babioles, des étoles, des articles en cuir et des tee-shirts, sans compter les inévitables vendeurs de limonades et de smoothies, et une enfilade de tables couvertes de livres d'occasion cornés. Dominik fut automatiquement attiré par les bouquins, mais Summer remarqua une tente en forme de chapiteau sur laquelle étaient accrochés de manière désordonnée des vêtements vintage. Dans ce méli-mélo de tissus et de couleurs, son regard fut rapidement attiré par une robe légèrement froissée, suspendue de guingois à une tringle dans le fond de l'auvent improvisé.

Une robe noire.

Summer s'approcha, frémissante.

Était-ce possible ?

Elle était faite de deux épaisseurs de mousseline, pas tout à fait transparentes. Elle était osée mais résisterait au regard aiguisé des organisateurs du concert. Le dos était largement décolleté et les bretelles fines. Une bande de perles turquoise serpentait sur le devant, couvrant les endroits les plus intimes de l'anatomie féminine tout en mettant en valeur les courbes de celle qui la porterait. Le bas de la robe était souligné par les mêmes perles, qui la lestaient et la faisaient bruisser à chaque mouvement. Elle était vendue avec une paire de longues mitaines, sur lesquelles serpentaient les perles, depuis l'index jusqu'au coude.

Le vendeur, ayant flairé une possible vente, se matérialisa à ses côtés.

— Elle appartenait à une danseuse de *burlesque* anglaise, qui l'avait fait faire sur mesure. Elle ne s'habillait que comme ça et elle avait un corps dans le genre du vôtre.

— Elle est sublime. Le tissu est si doux, touche, dit-elle à Dominik, qu'elle avait appelé et à qui elle tendit la robe.

— C'est vrai, acquiesça-t-il.

Summer mit la robe à l'envers, à la recherche d'une étiquette avec la taille. En vain.

— Ce serait trop beau si c'était ma taille, constata-t-elle avec un soupir de résignation.

— Pourquoi pas ?

— Il y a peu de chances.

— Tu n'as qu'à l'essayer, suggéra-t-il.

— Il n'y a pas de cabine, constata Summer, avec un geste vers les nombreux badauds qui se pressaient dans l'ombre de l'Arche et l'aire de jeux d'où montaient des rires et des cris d'enfants.

— Je sais. Et alors ?

— Je ne peux pas, bafouilla-t-elle.

— Bien sûr que si.

Elle portait une ample robe d'été à fleurs, dont le haut, un peu moulant, lui avait permis de se dispenser de soutien-gorge.

— Dominik…

— D'où vient ce soudain accès de pudeur ?

— C'était différent les autres fois, protesta Summer.

— Je sais bien. C'était sexuel. Aujourd'hui, pas du tout. Je ne vois pas ce qui t'arrête. Fais-le, ordonna-t-il, impérieux.

Elle le regarda droit dans les yeux et reconnut la lueur familière de malice et d'autorité qui le transformait parfois en un autre homme, exigeant et dur, qu'elle avait appris à bien connaître.

Elle tenta de battre en retraite dans l'ombre de l'auvent improvisé pour se déshabiller, mais Dominik secoua la tête.

— Non. Reste où tu es.

Summer saisit les bretelles de sa robe et, sans regarder autour d'elle, fit glisser le fin coton pardessus sa tête. Elle ne portait plus qu'un boxer noir.

Elle était en plein milieu d'une rue de New York, quasiment nue, environnée d'étrangers. Du coin de l'œil, elle vit qu'on la regardait avec surprise. Certains s'arrêtèrent pour l'observer de plus près, d'autres tournèrent la tête. Elle retint son souffle et, les joues en feu, attrapa la robe noire et l'enfila. Elle lui allait comme un gant, et était même adaptée à sa taille étonnamment fine. Le tissu était doux comme de la soie, et sa fraîcheur apaisait la chaleur cuisante qui s'était emparée de son corps à l'idée que des étrangers l'avaient vue se déshabiller et exposer sa nudité. C'était à la fois excitant et gênant, et cela lui rappela la première fois qu'elle s'était dévêtue et avait été sexuellement excitée, dans le club fétichiste londonien, il y avait de cela de longs mois.

La robe était un peu trop longue, mais elle pourrait y remédier rapidement avec du fil et une aiguille.

— Tu vois qu'elle te va, commenta Dominik.

Elle acquiesça en souriant.

Il régla la somme au vendeur.

Summer allait suggérer qu'elle pouvait garder la robe pour rentrer, mais Dominik avait déjà demandé au commerçant un sac en plastique pour l'emballer et lui avait ordonné de remettre sa robe à fleurs. Summer se déshabilla de nouveau sous le regard lubrique des passants qui s'étaient massés autour du stand.

— Ça t'a plu, n'est-ce pas ? demanda Dominik.

— Ce qui m'a plu, c'est la robe, rétorqua Summer d'un ton de défi.

Pas question de mordre à l'hameçon.

La robe avait été nettoyée, raccourcie, et Summer était prête pour son concert en solo. À la demande insistante de Dominik, elle ne portait rien en dessous. C'était assez excitant. Elle se demanda ce qu'en penserait Simón s'il le découvrait.

C'était lui qui dirigeait, comme d'habitude.

Le concert, qui avait lieu au Webster Hall sur la 11e Rue, entre la 3e et la 4e, débuterait avec *Une nuit sur le mont Chauve* de Moussorgski, dans l'orchestration de Rimski-Korsakov. Summer interpréterait ensuite le *Concerto pour violon en ré majeur* de Korngold, puis l'orchestre jouerait pour finir la *Symphonie n° 5 en ré mineur* de Chostakovitch.

Simón avait choisi les morceaux pour présenter la nouvelle direction qu'il entendait donner au Gramercy Symphonia et il était persuadé que Korngold convenait parfaitement au tempérament et au talent de Summer.

Dominik avait réservé un taxi pour Summer, qui devait être au Webster Hall bien avant le concert. Il la rejoindrait plus tard. Il connaissait l'endroit pour y avoir vu un concert de Patti Smith et il avait demandé à la jeune femme de lui réserver une place au balcon, où il était certain d'avoir une vue imprenable sur la scène.

Quand Simón – véritable pile électrique dont les cheveux bouclés semblaient animés d'une vie propre – et ses musiciens saluèrent à la fin du court morceau endiablé de Moussorgski, l'air était électrique : le public attendait impatiemment l'arrivée de la violoniste soliste, vedette de ce concert qui avait bénéficié d'une intense publicité. Dominik avait insisté pour que l'affiche ne dévoile pas son identité : on ne voyait pas sa tête, son violon cachait sa poitrine dénudée, et seules quelques mèches rousses balayaient ses épaules. Cette photo avait été prise à Londres par un ami de Summer, et elle tenait une place particulière dans le cœur de Dominik à cause des souvenirs intimes qu'elle évoquait. Les producteurs du concert et les administrateurs de l'orchestre avaient accueilli cette idée avec un enthousiasme étonnant. *Village Voice* et *Time Out* avaient relayé l'affiche, et, en conséquence, le concert se jouait à guichets fermés.

La lumière diminua, et Summer fit son apparition.

Les murmures se turent.

Elle prit place, leva son archet et entama l'envolée lyrique du solo du morceau de Korngold, le *Moderato nobile*, qui couvrait deux octaves et cinq notes.

Sa robe noire la moulait comme une seconde peau.

Dominik, de sa position élevée, sentit un nœud se former dans sa gorge.

Il était subjugué par la beauté de Summer et celle de la musique. Ses abondantes boucles folles, échevelées et sensuelles, se détachaient sous la lumière artificielle, et la pâleur de ses bras nus formait un contraste saisissant avec la noirceur de sa robe et les costumes sombres des autres musiciens.

Il ferma les yeux et l'imagina nue, jouant pour lui, dévergondée et sublime ; quand il la voyait se perdre ainsi dans la musique, son sexe frémissait, et il manquait de jouir, victime consentante du désir.

Le temps suspendit son vol tout en continuant à couler, bercé par les sublimes notes que le reste de l'orchestre tirait de ses instruments. La section des cuivres était particulièrement sollicitée, et les amis croates de Summer attaquaient leur partition avec précision et des sourires d'ogre.

Bien trop tôt – le concerto de Korngold ne durait que vingt-cinq minutes – la *Romanze* s'acheva, et Summer entama le staccato sautillant du dernier mouvement, l'*allegro assai vivace.* C'était la partie la plus difficile du morceau, qui lui avait demandé de longues heures de répétition, mais elle semblait infiniment facile à présent, son corps, le violon et la musique ne faisant plus qu'un.

Quand Dominik rouvrit les yeux, l'écho des dernières notes s'évanouissait sous les applaudissements frénétiques du public, qui s'était levé. Simón, derrière son pupitre, souriait comme un fou à Summer, qui s'inclina une première fois.

Dominik, ignorant les autres spectateurs, qui le bousculaient dans leur manifestation enthousiaste, n'avait d'yeux que pour Summer. Elle souriait faiblement et saluait sans ostentation. Les autres musiciens se levèrent à leur tour et se joignirent aux applaudissements. Dominik lisait une tranquille satisfaction dans ce sourire, et une pointe de tristesse, comme si elle savait que cette soirée marquait un tournant dans sa vie, qui ne serait plus jamais la même.

Un ouvreur apparut sur le côté de la scène, un énorme bouquet à la main. Pendant un instant, elle ne sut que faire et ne bougea pas, un peu confuse, nerveusement cramponnée à son violon. Simón s'approcha, lui murmura quelque chose à l'oreille et lui ôta gentiment le Bailly des mains. Le bouquet dans les bras, elle fut conduite vers les coulisses, sa disparition retardée par les applaudissements sans fin.

C'était sa nuit, son triomphe. Elle voudrait sans aucun doute fêter ça avec ses collègues musiciens, songea Dominik. Peu après que le tumulte se fut apaisé et que l'orchestre eut attaqué les premières notes du dernier morceau, celui de Chostakovitch, il se leva, quitta le balcon et le théâtre, afin de rentrer au loft.

7

Prélude à la route

Tout ce que je voulais, c'était être au calme et qu'on me laisse tranquille ; je voulais rester assise et sentir le reste de l'adrénaline me quitter enfin, mais les coulisses étaient un concert à elles toutes seules, une véritable cacophonie de compliments et de félicitations.

Marija m'a enlacée, et je lui ai rendu son embrassade avec raideur ; elle me serrait tellement fort que j'ai cru qu'elle allait me briser une côte.

— Tu as été incroyaaaaaable ! s'est-elle écriée.

Baldo se tenait juste derrière elle. Il m'a applaudie.

— Tu as intérêt à venir récupérer sans tarder ce que tu as laissé dans l'appart. Marija a l'intention de tout vendre maintenant que tu es célèbre.

Cette dernière m'a enfin libérée et s'est tournée pour donner une tape sur les fesses de Baldo.

J'ai entendu le bruit d'une bouteille de champagne qu'on débouche, et l'une des percussionnistes a couiné, craignant que sa robe ne soit éclaboussée. Quelqu'un m'a mis un verre dans la main.

J'ai eu un soudain instant de panique quand je me suis demandé où était mon violon. Il me fallait absolument l'avoir entre les mains à cet instant de ma vie.

— Pas de panique, a murmuré Simón dans le creux de mon oreille, ton Bailly est en sécurité. Je l'ai rangé avec mes affaires.

Il a remplacé la coupe de champagne que je tenais par une bouteille de bière.

— J'ai pensé que tu préférerais ça.

— Oh, merci, c'est très gentil.

— Tu as été hallucinante, Summer. Vraiment.

— Merci. Je voudrais juste…

— Quoi ?

— Je ne voudrais pas paraître ingrate, mais j'ai l'impression que ma tête va exploser. J'aimerais juste m'asseoir.

— Je sais exactement ce que tu ressens. Viens.

Il m'a prise par la main et m'a fait sortir par une porte latérale qui s'ouvrait sur une autre pièce. De là, nous avons emprunté un autre couloir, poussé une autre porte donnant sur une volée de marches qui descendaient et au bout desquelles se trouvait une troisième porte, à demi dissimulée dans l'obscurité. J'ai hésité. Les marches n'étaient pas en pierre mais en bois, et n'avaient pas l'odeur des endroits anciens, mais, à ces quelques détails près, elles me rappelaient la crypte où Dominik m'avait donné rendez-vous et où nous avions fait l'amour pour la première fois.

Dominik. C'est avec lui que j'aurais dû être en train de fêter mon succès, pas avec Simón. Si son chemin n'avait pas croisé le mien un an auparavant à la station Tottenham Court Road, rien ne serait certainement arrivé. La plupart des choses qui étaient survenues dans ma vie depuis lui étaient certainement imputables ; notre rencontre fortuite était le courant qui avait changé le cours de ma vie.

J'ai hésité.

— Ne crains rien, il n'y a pas de fantômes en bas, juste un vieux cagibi. C'est le seul endroit où nous pouvons nous cacher quelques instants.

Je l'ai suivi. Nous ne disparaîtrions pas longtemps, et j'espérais que Dominik m'attendrait quelques minutes de plus.

La pièce n'avait strictement rien à voir avec la crypte londonienne. C'était juste un placard contenant des produits ménagers rangés sur les étagères, des cartons, quelques seaux et des serpillères.

Simón a retourné un seau jaune et s'est assis dessus, les jambes maladroitement étendues devant lui.

— Tiens, tu as mis des chaussures normales, ce soir ?

J'étais amusée par le contraste formé entre la solennité de son costume, la poussière de notre environnement et les couleurs enfantines de nos sièges improvisés.

J'ai retourné un seau à mon tour et me suis assise dessus après l'avoir épousseté, histoire de ne pas salir ma robe.

— Oui, a-t-il répondu. Il y aura toujours des aspects de moi qu'il vaut mieux que je cache quand je travaille. Je ne pense pas que tout le monde approuverait de voir que le chef d'orchestre porte des bottines en croco. Mais je vois que toi en revanche, tu as choisi une robe pour le moins osée...

Il était suffisamment près à présent pour se rendre compte que je ne portais pas de soutien-gorge.

— Le sexe fait vendre, ai-je répondu en haussant les épaules. Le temps des musiciennes mal fagotées est derrière nous. Elles sont toutes sexy maintenant.

— La musique classique est sexy, pas que les musiciennes.

— Il y a une horde de groupies qui t'attend à la sortie ?

— C'est un peu exagéré mais pas si loin de la réalité. Je me méfie un peu des femmes à présent : je ne sais pas si elles sont vraiment intéressées par moi ou si elles sont seulement excitées à l'idée de sortir avec un chef d'orchestre. Et toi ? Ton Anglais est venu te voir jouer ?

— Oui. En fait, il est à New York pour quelques mois. Nous vivons ensemble.

— Il a fait vite. Je ne peux pas lui en vouloir.

J'ai contemplé mes chaussures pour éviter de regarder Simón.

— Il va falloir que j'y retourne. Il va se demander avec qui je fête ça.

— Pourquoi ne lui as-tu pas proposé de se joindre à nous ? Ce soir, tu aurais pu inviter qui tu voulais, même un troupeau d'éléphants.

— Je ne sais pas, ai-je murmuré. J'ai pensé qu'il valait mieux ne pas tout mélanger. Travail et plaisir ne font pas bon ménage.

— J'avais bien compris ton point de vue sur la question. Mais avant que tu disparaisses, il y a quelque chose dont je veux te parler.

Il s'était levé et m'a tendu la main pour m'aider à faire de même. Je l'ai saisie et me suis laissé faire ; il avait eu la main lourde sur le parfum ce soir et mis du gel dans ses cheveux, qui étaient plus disciplinés que d'habitude et plus brillants. Entre sa coiffure, sa veste queue-de-pie et sa chemise blanche empesée, il avait l'air d'un magicien tout droit sorti d'une fête foraine itinérante.

Il a ouvert la porte et l'a tenue ouverte pour moi, m'invitant à le précéder dans l'escalier. Je soupçonnai son geste d'être davantage motivé par le voyeurisme que par la galanterie : Dominik m'avait dit avant que je quitte l'appartement que, selon la lumière, le dos de ma robe, qui n'était pas décoré par des perles, était complètement transparent et permettait à celui qui regardait de voir mes fesses.

Dans la faible lumière du couloir, j'ai aperçu un éclair de rose.

— On dirait que j'avais tort : quelqu'un nous a retrouvés, a remarqué Simón. Tu as déjà une fan, apparemment. Elle a l'air folle.

— Simón, ai-je dit, je te présente Cherry. Cherry, Simón.

Cherry a poliment tendu la main. Elle avait beau être perchée sur des talons vertigineux,

Simón a dû se pencher pour la serrer. Cherry portait une robe de cocktail jaune vif et des chaussures assorties. Avec ses cheveux roses, elle avait l'air tout droit échappée d'une centrale nucléaire.

— Ne me dis pas que tu fuis tes fans, Summer ? a-t-elle demandé. Tu as été fabuleuse. Tu devrais être sur le devant de la scène et te repaître de ta gloire !

— Nous étions seulement en train de mettre son violon en sécurité, est intervenu Simón.

— Bien sûr, a répondu Cherry en nous lançant un regard soupçonneux.

— Et je suis navré, mais je vais devoir kidnapper votre amie de nouveau : elle doit rencontrer ses admirateurs.

Il m'a prise par la main encore une fois et m'a conduite, par un dédale de couloirs, jusqu'à l'un des bars, heureusement assez calme. Je me suis sentie un peu gênée : la lumière était beaucoup plus vive que dans les loges, et j'ai soudain pris conscience de ma quasi-nudité. La robe faisait partie du spectacle, mais, une fois sortie de son contexte, elle était plutôt choquante, et j'ai regretté de ne pas m'être changée. Une erreur de débutante que je ne referais plus.

— Tu te souviens de l'agent qui était chez moi pour Thanksgiving, Summer ? a chuchoté Simón au creux de mon oreille. Va lui parler. Saisis ta chance.

J'ai acquiescé. D'une main au creux de mes reins, il m'a poussée en avant.

Je me suis nonchalamment accoudée au bar près d'elle, comme si je souhaitais juste boire un verre. Elle était vêtue très élégamment mais sans ostentation : elle portait une robe fourreau prune de créateur et était parfaitement coiffée. Elle avait le look de celle qui est à la fois là pour le plaisir et pour les affaires. Susan était une vraie rousse ; un point de plus en sa faveur. Elle tapotait furieusement les touches de son BlackBerry, imperméable à ce qui l'entourait, mais son regard s'est illuminé à ma vue.

— Summer ! Je suis contente de vous croiser de nouveau ! Vous avez été merveilleuse ce soir. Quel triomphe !

— Merci. Euh… j'aime beaucoup vos chaussures.

Je m'en suis voulu de ne pas avoir réfléchi à l'avance à ce que je pourrais lui dire : je ne me sentais pas maligne.

— Oh, merci ! Ce sont des mocassins à talons. Je n'en ai pas encore vu à New York. Je les ai achetés à Londres.

J'ai acquiescé.

— Écoutez, je vais aller droit au but. Je sais qu'une cohorte d'admirateurs vous attend et que vous ne rêvez que d'une chose : leur échapper et rentrer chez vous. Je pense que vous êtes douée. Je voudrais vous faire faire une tournée.

— Une tournée ? ai-je dégluti.

— Oui. Vous et quelques musiciens à cordes. Je pense que vous possédez un juste mélange de sensualité et de talent, ce qui est parfait pour une carrière soliste. Et je ne veux pas me contenter des États-Unis. Vous avez un accent. Australie ?

— Je suis originaire de Nouvelle-Zélande, mais j'ai vécu un peu en Australie.

— Parfait. Les producteurs de l'hémisphère Sud vont en faire des gorges chaudes. Ils adorent quand leurs locaux font carrière aux États-Unis, puis reviennent faire une visite de courtoisie.

— Je serais ravie de retourner dans mon pays ! me suis-je exclamée. Et d'aller partout ailleurs, bien entendu, ai-je ajouté en manifestant plus d'enthousiasme que je n'en ressentais réellement.

— Bien. C'est décidé, donc. Ne parlez à aucun autre producteur. Je vous attends dans mon bureau lundi matin, afin que nous nous occupions des contrats.

Elle a sorti une carte de visite de sa poche et me l'a glissée dans la main.

— C'est le début de la fortune, Summer. Vous pourrez vous acheter une maison à Long Island sous peu.

— On partirait quand ? ai-je demandé, tout en ayant peur de la réponse.

— Tout de suite, évidemment. Le temps est le facteur essentiel dans ce genre d'affaires. Vous avez vu la foule ? Il faut battre le fer tant qu'il est chaud : le public est très imprévisible. On ne sait jamais ce qui va marcher. Pour l'instant, c'est vous, et il faut que nous en profitions tant que ça dure.

— D'accord. Merci, ai-je répondu en affichant un sourire de commande.

Je me sentais incroyablement épuisée. Je voulais juste rentrer retrouver Dominik.

Il était 1 heure du matin quand j'ai enfin retrouvé le loft, et Dominik dormait déjà. Il avait repoussé les couvertures, et je me suis promis de le lui dire le lendemain matin, puisqu'il se plaignait toujours que je le découvrais pendant la nuit.

Sa peau pâle de Britannique contrastait avec la noirceur des draps. Il aimait les parures de lit noires, comme Lauralynn, et je me souvins de lui avoir dit quand il avait acheté celle-ci que la couleur serait difficile à entretenir et les draps rapidement couverts de taches. Il ne m'avait évidemment pas écoutée mais n'avait pas protesté lorsque j'avais acheté une autre parure crème. Nous avions un accord tacite et les mettions en alternance. Je remerciais le ciel qu'il n'ait pas eu un penchant pour les rayures et les fleurs.

Il dormait nu, comme moi, et il avait l'air étrangement vulnérable ainsi, sans la protection des couvertures. Il était roulé en chien de fusil, une jambe repliée, l'autre étendue, son sexe mou bien visible, petit et ridé, mais étrangement beau. Je me suis penchée et je l'ai caressé doucement, surprise par la douceur de sa peau : j'avais toujours imaginé son sexe dressé comme une arme, comme le siège de son pouvoir. À vrai dire, je n'avais jamais pris la peine de regarder un sexe masculin au repos. Je me suis soudain demandé s'il y avait d'autres choses que j'avais considérées comme allant de soi chez les hommes et chez Dominik.

Depuis que nous habitions ensemble, j'avais décidé de le réveiller avec une pipe tous les matins, mais il se levait invariablement avant moi et déposait une, voire deux ou trois tasses de café fumant sur ma table de nuit avant que j'ouvre enfin les yeux.

Il était moins pâle quand nous nous étions rencontrés. Ce hâle devait être le résultat de vacances et non pas d'une ascendance méditerranéenne, comme je l'avais d'abord pensé. J'ai laissé ma robe sur le sol et me suis glissée sous les couvertures qu'il avait repoussées.

Je ne savais pratiquement rien de lui ; j'avais posé si peu de questions.

J'ai décidé de devenir une meilleure petite amie. Enfin, dans le peu de temps qui m'était imparti avant de quitter New York, ce qui, si j'en croyais Susan, allait se produire sous peu.

Pour finir, ce fut Dominik qui me réveilla avec un cunnilingus le lendemain matin. Je ne m'étais pas douchée en rentrant et j'ai essayé de l'arrêter gentiment en l'attrapant par les cheveux, histoire de retarder ses attentions jusqu'à ce que je sois propre. Il a repoussé ma main sans s'interrompre. Il était inutile de tenter de discuter avec Dominik, même silencieusement. J'avais parfois l'impression qu'il préférait que je ne me sois pas lavée, comme si le pouvoir qu'il avait sur moi était décuplé du fait qu'il arrivait à m'exciter même quand je ne me sentais pas désirable.

Je commençais juste à me détendre sous la caresse ferme de sa langue quand il s'est redressé pour m'embrasser.

— Mon petit déjeuner préféré, a-t-il murmuré au creux de mon oreille. Tu as encore meilleur goût maintenant que tu es célèbre.

— Ne sois pas ridicule, ai-je dit en riant.

— J'ai raison. Tu aurais dû voir les hommes hier au théâtre. Ils bandaient tous quand tu as entamé le final, surtout ton cher Simón.

— N'importe quoi, ai-je répliqué, un peu irritée.

— J'aime les voir comme ça. Je ne peux décemment pas leur en vouloir, et, de toute manière, tu es à moi, là, maintenant.

Sur ce, il a bougé le bassin et m'a pénétrée. Le sentir en moi, au même endroit que sa langue quelques instants plus tôt, a suffi à me faire oublier toute pensée complète. J'ai commencé à gémir de plaisir, la peur du lendemain momentanément oubliée. Il a immobilisé mes poignets au-dessus de ma tête et m'a chevauchée, sans se soucier du bruit de la tête de lit contre le mur.

— Je suppose qu'il faut que je fasse attention à tes mains, maintenant, a-t-il remarqué. Tu comptes les assurer ?

Il a fait taire mon rire par un baiser.

— La position du missionnaire est sous-estimée, ai-je dit en me pelotonnant sous son bras, une fois qu'il a eu joui en moi.

Nous avions eu la nécessaire mais peu romantique discussion sur la contraception. Je dois bien avouer que j'avais fini par apprécier la réaction embarrassée des gynécos quand je déroulais mon passé sexuel. Et, pour sentir le sperme de Dominik couler sur mes cuisses sans l'éventuelle culpabilité d'une grossesse non désirée, j'étais prête à subir une petite humiliation.

J'ai attendu une journée avant de lui parler de la tournée. Nous déjeunions chez *Toto*, le restau japonais sur Thompson Street qui était devenu notre cantine. Je pensais que lui annoncer la nouvelle en public et devant un plat de poisson cru adoucirait les choses.

J'avais tort.

— Tu t'en vas ? a-t-il répondu, incrédule. Mais je viens juste d'arriver. Nous n'avons pas passé beaucoup de temps ensemble. La tournée ne peut pas attendre ?

— Mon agent dit que le temps est un facteur essentiel.

— Oh, je n'ai pas de doute à ce sujet : il doit vouloir faire vite.

— C'est une femme, ai-je rectifié.

— Et je suis censé faire quoi en ton absence ? a-t-il demandé en pliant violemment sa serviette en papier.

Sa voix était calme, mais il serrait son verre un peu trop fort.

— Continuer tes recherches. Les premiers mois, je ne serai pas si loin. Je reviendrai à la maison, ne serait-ce que pour laver mes vêtements…

— Et ça ne t'est pas venu à l'esprit de m'en parler avant d'accepter ? Je ne suis pas venu à New York pour te servir de laverie.

— Ce n'est pas ce que j'ai voulu dire. Tu vas me manquer, mais tu vois bien que je ne peux pas refuser une chance pareille. Elle risque de ne jamais se présenter de nouveau.

— Je sais, a-t-il soupiré. Je sais bien. C'est juste que venir ici n'a pas été facile à organiser, a-t-il poursuivi en transperçant une tranche de poisson avec une violence inquiétante, et je voulais qu'on passe du temps ensemble. La recherche ne me passionne pas des masses, tu sais. Enfin, tu le saurais si tu t'y intéressais, mais tu ne m'as posé aucune question.

— Je suis désolée…

— C'est bon. Inutile de nous disputer et de gâcher les jours qui viennent.

Le reste du repas s'est déroulé en silence. Les tranches de sashimi, pourtant l'un de mes plats préférés, sont restées coincées dans ma gorge, et une bouteille d'Asahi n'a pas réussi à y remédier.

Le bureau de Susan était à quelques centaines de mètres de Central Park. Il était petit mais élégant, avec quelques accessoires très colorés et des plantes disséminées çà et là : typiquement le genre de décor à la fois rassurant et professionnel recommandé par un expert en *feng shui* pour mettre à l'aise le client innocent. Elle avait un chien, un vieux basset hound, qui me dévisageait sous ses paupières lourdes, depuis le coussin rouge élimé sur lequel il était posté, dans le canapé en face de moi.

J'ai trouvé la présence de ce chien rassurante. J'ai tendance à faire confiance aux gens qui possèdent des animaux, surtout ceux qui ont des chiens. Si j'avais su que Dominik n'avait pas d'animal avant de découvrir sa maison de Hampstead, je lui en aurais tenu grief. Mais, de toute façon, nous avions déjà couché ensemble avant que je découvre son intérieur, et je ne pouvais plus lui tenir rigueur de ce défaut.

Je me suis dit que si Susan était suffisamment sympa pour permettre à un vieux chien de rester dans son bureau, ce n'était pas la peine que je lise la tonne de paperasse qu'elle m'avait donnée : j'ai survolé les premières pages puis j'ai tout signé en bloc. Le contrat était bourré de mots incompréhensibles et de pourcentages, et, de toute façon, ce n'était pas comme si j'avais vraiment mon mot à dire. J'étais déjà assez chanceuse de me retrouver dans ce bureau, et je n'étais absolument pas en position de négocier quoi que ce soit. Les choses seraient différentes lors de la tournée suivante, s'il y en avait une. Enfin, même s'il n'y avait pas eu le chien, j'avais confiance en Susan : elle était calculatrice mais ne s'en cachait pas.

J'avais rendez-vous avec Cherry juste après la signature, puisqu'elle travaillait non loin. J'ai découvert quelle était institutrice.

— Que pense l'administration de ta vie privée ? ai-je demandé.

Nous étions attablées devant un café chez *Lenny* sur la IIe Avenue.

— Ils n'en savent rien, Dieu merci ! C'est pour ça que j'utilise mon nom de scène tout le temps. Seuls ma famille et mes collègues connaissent mon vrai nom. J'ai deux vies. On s'y fait. Et tu devrais penser à faire la même chose si tu deviens célèbre et que tu veux continuer tes petits jeux.

— Je ne pense pas que je pourrais prendre un autre nom. Je trouverais ça malhonnête.

— Tu n'es pas si honnête que ça, pourtant...

— Comment ça ? ai-je rétorqué, un peu offensée.

Je m'étais toujours targuée d'être franche. Je n'aimais pas les gens dissimulateurs ; je prenais ça pour un signe de faiblesse, un manque de courage de leur part.

— Tes deux hommes ne savent rien l'un de l'autre, n'est-ce pas ?

— Je n'ai pas deux hommes. Je ne sors pas avec Simón.

— À mon avis, ça y ressemble fort.

— Ton avis est faux.

J'étais furieuse. Ces derniers jours avaient été difficiles ; Dominik avait été dur et blessant, et je n'avais pas besoin d'entendre le même genre de choses dans la bouche de Cherry.

— Écoute, je ne veux pas me mêler de ce qui ne me regarde pas, mais je trouve que tu n'es pas honnête avec Dominik.

— Mais je n'ai pas touché Simón!

— Vraiment?

Je ne savais pas quoi répondre. Je l'avais embrassé, mais c'était tout.

— La relation que j'ai avec Dominik n'a rien à voir avec celle que tu as avec tes deux... petits amis. Qui ne sont jamais là, d'ailleurs, ai-je ajouté, un brin sournoise.

— Je comprends pourquoi tu agis comme ça avec Simón : il fait des merveilles pour ta carrière. Mais ne sacrifie pas Dominik, c'est un chouette type. Tu risques de le regretter.

— Tu crois vraiment que j'utilise Simón pour percer?

— Non, non, pas du tout. Je suis certaine que sans un riche bienfaiteur pour t'offrir un violon hors de prix et sans un jeune chef d'orchestre célèbre qui te présente les bons agents, tu t'en tirerais aussi bien.

Je lui avais raconté comment Dominik et moi nous étions rencontrés, et j'ai soudain souhaité ne l'avoir jamais fait. Elle ne comprenait rien.

J'ai saisi mon sac à main et balancé un billet sur la table, suffisant pour régler les consommations et le pourboire, mais je me suis sentie un peu minable en sortant : j'étais bien consciente que Cherry n'avait pas tout à fait tort, et je n'avais pas le droit de faire étalage de ma soudaine bonne fortune. *C'est trop tard, de toute façon*, ai-je songé en ralentissant l'allure. J'étais maintenant à Central Park et je ne savais ni par où j'y étais entrée ni vers où je me dirigeais; j'étais dans une telle colère que je n'avais guère prêté attention à ce qui m'entourait.

Le parc, loin d'être le havre de paix et de solitude dont j'avais besoin, était rempli d'enfants criards. Je me trouvais à présent à côté de la statue d'Alice au pays des merveilles, non loin de la 74e Rue ; au moins, je n'étais plus perdue.

Parents et nounous étaient nombreux. Leurs progénitures grimpaient et faisaient des cabrioles sur le champignon en bronze géant où Alice était assise, et dont la surface était polie comme du marbre : c'était peut-être le cas dès sa création, mais des générations d'enfants qui cherchaient le bouton magique permettant de tomber dans le terrier du lapin avaient bien aidé.

Je voulais leur dire d'oublier les contes de fées, car des choses bien plus étranges se produisent dans la vraie vie, mais je doutais fort que leurs parents épuisés apprécient mon geste. Une petite fille qui portait une veste rouge et des chaussures assorties à lacets jaunes essayait d'enlever le chapeau du Chapelier fou. Sa mère l'a fait descendre, et elle s'est mise à pleurer.

Je me suis assise sur l'herbe et j'ai essayé d'imaginer ce que serait ma vie si j'avais choisi une voie plus traditionnelle, si j'étais la mère de cette petite fille en rouge et la propriétaire d'un basset ainsi que d'une maison avec un bout de jardin, et si j'avais un métier qui ne me demandait pas de me produire la nuit et à présent de passer de longs mois en autocar.

Je pouvais avoir tout ça si je le désirais. Pas avec Dominik, mais avec Simón ou n'importe lequel des hommes prévisibles dont je ferais semblant de tomber amoureuse avant de finir par me lasser, un homme que je présenterais à ma famille et à mes amis, avec qui je sortirais, partirais en vacances et même vieillirais, si nous avions de la chance.

Cette pensée m'a remplie d'effroi.

La vie que je menais avec Dominik dans le loft de SoHo était certainement éloignée de la norme pour la plupart des gens, et choisir celle de musicienne momentanément itinérante m'éloignait encore davantage de la possibilité d'une vie ordinaire, mais c'était celle que j'avais choisie, et elle me convenait.

J'avais toujours été du genre à nager à contre-courant, même si c'était plus difficile.

Mais cet optimisme a été de courte durée. Les deux semaines qui ont suivi sont passées à toute allure. Susan avait monté la tournée en un temps record, et j'avais l'impression que la vie prenait un malin plaisir à accélérer le temps afin de me conduire plus vite vers le but qu'elle avait fixé pour moi.

Seuls quelques musiciens de l'orchestre partaient avec moi, et je n'en connaissais vraiment aucun. J'ai pris conscience pendant les auditions que je m'étais renfermée sur moi-même durant ces quelques mois à New York et que je n'avais frayé avec personne, en dehors de Marija et de Baldo. Je n'avais finalement fréquenté que

Simón. Susan et lui ont recruté des musiciens ailleurs, recommandés ou qui figuraient dans le carnet d'adresses de Susan. C'étaient des habitués des tournées, et ils étaient accoutumés à travailler avec d'autres musiciens sans beaucoup de préparation.

Nous avons passé beaucoup de temps à répéter tous ensemble. Cette fois-ci, nous avons accepté la proposition de Simón et avons investi le sous-sol de sa maison. C'était un endroit beaucoup plus agréable que l'immeuble miteux que nous avions utilisé précédemment. Il était plus près de mon ancien appartement, mais sombre, défraîchi et plein de courants d'air, même si nous calfeutrions les fenêtres comme si les murs étaient asthmatiques.

La tournée débutait par Calgary, où nous passions quelques jours, puis Toronto et enfin Québec. Nous reviendrions ensuite sur la côte Est des États-Unis, ce qui me permettrait de passer un peu de temps avec Dominik.

Je ne l'avais quasiment pas vu depuis dix jours. Il m'évitait, prétextant ses recherches et ses conférences à préparer, et il passait beaucoup de temps à la bibliothèque. Nous n'avions pas fait l'amour depuis le lendemain du concert, et tous mes efforts pour y remédier avaient été vains.

Un après-midi, alors qu'il donnait sa conférence, je suis rentrée de répétition plus tôt pour lui faire une surprise. Il a ouvert la porte et m'a trouvée dans la cuisine, où je préparais une tarte aux pommes, habillée comme une écolière.

J'avais commandé la tenue complète sur Internet : des socquettes, une minijupe écossaise et des bretelles. J'avais attaché mes très longs cheveux en deux couettes. C'était une blague, mais j'espérais évidemment que me voir ainsi attifée l'exciterait.

— Je me demande parfois si tu me connais vraiment, a-t-il dit après m'avoir lancé un regard blessant, avant de disparaître dans la chambre en claquant la porte derrière lui.

J'ai jeté la tarte et j'ai mis la hotte en route pour en faire disparaître l'odeur.

Après ça, j'ai arrêté de faire des efforts et je l'ai laissé bouder dans son coin. Mais toutes les nuits, quand je me glissais à ses côtés et qu'il me tournait ostensiblement le dos, j'avais l'impression étrange que nous avions été cryogénisés séparément et qu'un mur de glace se dressait entre nous.

Je voulais tendre la main vers lui et réparer les choses en l'enlaçant, mais mes bras étaient de plomb.

Simón était au contraire extrêmement désireux de passer le plus de temps possible avec moi. Il m'arrivait de me demander s'il ne s'arrangeait pas volontairement pour que les autres musiciens soient contraints de partir le plus vite possible à d'autres répétitions après les nôtres, afin de rester seul avec moi le temps que je range mes partitions et mon instrument. Il voulait que je lui donne les moindres détails de la tournée et le programme de tous les concerts. Pour l'organisation, je m'en étais entièrement remise aux soins du destin et de mon agent qui avait planifié le moindre détail avec l'efficacité d'un agent de la CIA ; je n'avais donc aucune idée de l'endroit où nous allions dormir et du nombre de nuits que nous passerions dans chaque ville.

Ses attentions me fatiguaient. Son parfum me donnait mal à la tête. Quand je voyais ses frisottis, j'avais envie de lui laisser un tube du gel que j'utilisais pour façonner mes boucles. La longue rangée de ses chaussures près de la porte d'entrée, que j'avais jadis trouvée charmante et élégante, me tapait sur les nerfs.

Après chaque répétition, je rentrais à la maison le plus vite possible, espérant que Dominik m'aurait pardonnée et serait redevenu comme avant, au moins pour les derniers jours que nous devions passer ensemble, mais le loft était toujours vide, et plus j'y restais seule, plus je me sentais abandonnée.

Quand je n'ai pas pu faire autrement, j'ai fait mes valises. J'ai emporté le minimum, histoire de rassurer Dominik et de lui prouver que j'avais l'intention de revenir rapidement. J'ai pris mes robes de scène, la longue robe noire qu'il m'avait offerte pour mon concert solo et quelques robes de cocktail plus courtes, pour les concerts plus intimes ou ceux, plus formels, où je ne pourrais pas porter ma robe transparente.

La nuit qui a précédé mon départ, Dominik a travaillé à la bibliothèque.

Simón m'a appelée pour me souhaiter bonne chance alors que je quittais l'appartement tôt le matin ; je l'ai laissé parler à la messagerie.

Dans un ultime effort pour me rabibocher avec Dominik, j'avais enfilé le corset noir, que j'avais lacé aussi serré que possible, puis j'avais peint mes tétons et mon sexe avec le rouge sombre qu'il préférait, celui que j'avais utilisé pour notre première nuit dans le loft et dont il s'était servi quand j'avais joué pour lui et son mystérieux public.

J'ai éteint toutes les lampes de l'appartement, sauf le spot qui illuminait le centre du salon.

Puis, le violon à la main, j'ai attendu.

Attendu et attendu.

L'horloge a sonné minuit, et il n'était toujours pas là.

S'il avait été un autre homme, je me serais préparée à le voir rentrer ivre, mais Dominik ne buvait pas, ce qui signifiait qu'où qu'il soit il savait parfaitement quelle heure il était et que c'était ma dernière nuit à New York avant mon départ pour la tournée.

Était-il avec une autre femme ? Il y avait peu de risques. Il devait être seul, entouré de livres, noyant sa colère dans un flot de mots.

Je me suis couchée sans prendre la peine de me déshabiller ou de me démaquiller.

Il m'a réveillée avant l'aube, à cette heure où seuls les oiseaux, les éboueurs et les adolescents de retour de boîte sont debout.

— Je t'ai attendu, ai-je fait remarquer, toute somnolente.

— Je sais.

Il a saisi les lacets dans le dos de mon corset et a tiré dessus pour me mettre à genoux. Il avait le souffle court et saccadé.

J'ai senti l'imperceptible déplacement d'air quand il a levé le bras, avant d'abattre lourdement sa main sur une fesse puis l'autre.

J'ai sursauté, surprise, puis je me suis penchée pour lui fournir un meilleur accès à mon cul, comme une chienne attendant d'être saillie.

La fermeté de ses mains sur mon corps, qui me permettait de ne plus penser à rien, m'avait terriblement manqué. J'aimais lui montrer qu'il n'était rien que je ne ferais pour lui, la délicieuse anticipation de ses exigences et l'excitation qu'elles me procuraient. Quand il était dans cet état, j'avais l'impression qu'il s'abandonnait tout entier au désir qu'il avait de moi et qu'il permettait à la passion de prendre le contrôle de lui, quelles que soient les réserves émises par son cerveau. La capacité que j'avais de le pousser à se soumettre à son propre désir me donnait l'impression de le dominer, même si j'étais à genoux.

Il m'a caressée gentiment pour atténuer la morsure de la fessée, puis m'a donné un petit coup sur les jambes.

— Écarte-les.

Il a fait courir un doigt sur mon sexe et a répandu ma moiteur jusqu'à mon anus.

— Je t'ai manqué, apparemment.

— Beaucoup.

— Mets les mains derrière le dos.

J'ai repositionné mes hanches afin de ne pas perdre l'équilibre et j'ai obéi. J'ai regretté d'avoir dû abandonner le yoga à cause des répétitions ; j'avais mal aux épaules, mais la douleur augmentait mon excitation. Je voulais que Dominik me mène plus loin que ce qu'il avait jamais fait, histoire d'effacer ces derniers jours.

J'ai entendu le bruissement de la corde avant de la sentir, rêche, contre la peau de mes poignets. Il a lié étroitement mes bras ensemble, se servant de la corde comme de menottes.

— Rapproche tes genoux de ta poitrine.

Son ton était tranquille, posé et ferme, et je savais d'expérience qu'il annonçait toujours de la brutalité.

Il a fait passer la corde autour de mes chevilles et les a liées à mes poignets : j'étais à quatre pattes, le visage dans l'oreiller, complètement entravée.

Il a de nouveau levé la main et a recommencé à me fesser, sans s'arrêter, jusqu'à ce que j'en aie les larmes aux yeux et que le temps semble suspendre son vol. La sensation cuisante s'est transformée, et mes cris de douleur sont rapidement devenus des cris de plaisir.

Pendant un instant, j'ai eu l'impression de ne faire plus qu'un avec lui, comme si, quand sa main touchait mes fesses, nous nous retrouvions unis d'une façon certes sexuelle, mais plus intense que le sexe ne le serait jamais : nous cheminions tous deux dans les ténèbres de notre psyché par cet acte d'une intimité aussi bien mentale que physique.

Je l'ai entendu déboutonner et enlever sa ceinture, qui a légèrement craqué quand il l'a pliée en deux. J'ai ensuite senti le souffle d'air quand il a levé ce *paddle*[1] improvisé avant de l'abattre sur mes fesses. La sensation était incroyablement semblable à celle de sa main, et j'ai vite cessé de tenter de faire la différence entre les deux.

De temps en temps, le tissu de ses vêtements m'effleurait les pieds, puisqu'il était toujours entièrement habillé, et j'imaginerais plus tard ce qu'auraient pensé de nous un voisin curieux ou une mouche sur le mur. Certains nous auraient trouvés sublimes, d'autres immoraux, d'autres encore ridicules. Un homme fatigué, vêtu d'un costume froissé, et une jeune femme à quatre pattes attachée devant lui. Je porterais les marques de sa main et de sa ceinture pendant la plus grande partie de la semaine et, chaque fois que je m'assiérais, j'aurais un souvenir cuisant de la dernière heure que nous avions passée ensemble au lit.

Mais, pour l'instant, je me laissais porter par la sensation de sa main sur mon cul, et l'humidité qui coulait entre mes jambes me rappelait à quel point j'aimais cette étrange forme d'amour

1. Sorte de battoir plus long que large, fréquemment utilisé dans les pratiques sadomasochistes.

qui nous liait aussi étroitement que la corde qui entravait mes chevilles.

Il s'est arrêté pour reprendre son souffle et s'est penché pour vérifier que mes doigts ne devenaient pas bleus. Je les ai agités pour confirmer que j'allais bien, absolument incapable de quoi que ce soit d'autre, la fessée m'ayant plongée dans un état proche de la transe.

Il a fait courir ses mains le long de mon corps, a caressé mes jambes puis a glissé de nouveau ses doigts en moi, conscient de mon humidité, conséquence de ses actes, puis il s'est mis à genoux derrière moi. Il a enfoui son visage entre mes cuisses et m'a baisée avec la langue.

J'ai entendu le bruit du tiroir de la table de nuit, un son qui, quand nous couchions ensemble, me donnait toujours le même frisson d'anticipation que le « pschitt » de l'ouverture d'une canette de Coca un jour de canicule ; il était annonciateur de plaisirs à venir.

Le lubrifiant était glacé contre mon anus, mais il se réchauffa vite quand Dominik me mit un doigt puis deux dans le cul. N'importe quel autre homme aurait fait un commentaire sur mon étroitesse, mais Dominik était toujours silencieux, même si son souffle se faisait de plus en plus court. Je ne pouvais entendre le battement de son cœur ni voir son visage, mais je savais qu'il était lui aussi perdu dans les affres de la passion, les yeux clos et un sourire satisfait aux lèvres en voyant mes réactions.

Il a fait courir son sexe le long de ma raie ; le gland était doux et soyeux, glissant à cause des lubrifiants naturel et artificiel. Il l'a placé à l'entrée de mon cul et a pressé un peu, puis a semblé changer d'avis. Il s'est penché rapidement et m'a déliée, sa queue dure battant mes cuisses dans le processus.

Le sang a recommencé à circuler normalement dans mes mains et mes pieds, et je les ai remués pour faire passer les inévitables fourmis.

— Est-ce que ça va ? a-t-il demandé en me frictionnant les membres pour me réchauffer.

— Oui. Ne t'arrête pas, s'il te plaît.

Il y a une sensation avec la sodomie, que je n'ai éprouvée que quelques fois : celle d'être possédée, de se donner tout entière à un homme.

Dominik s'est de nouveau concentré sur mon cul. J'ai retenu mon souffle quand il a de nouveau exercé une pression contre mon anus, doucement d'abord, puis plus fort. Il s'enfonçait davantage avec chaque coup de reins, et je me suis détendue et ouverte. J'ai saisi les couvertures pendant qu'il me chevauchait. Il n'était plus silencieux, et son plaisir était à présent audible.

Il m'a tirée par les cheveux, s'en servant comme des rênes pour l'aider à pousser plus avant, et ses mouvements sont devenus plus rapides et moins contrôlés, jusqu'à se faire frénétiques avant qu'il jouisse en moi. Il s'est écroulé sur mon dos, et son sperme chaud a coulé le long de ma cuisse.

Il n'a pas bougé jusqu'à ce que je sente son sexe débander. Son souffle était tiède près de mon oreille.

Le jour s'était levé.

J'ai bougé, je voulais me redresser pour aller me laver.

— Ne bouge pas, a-t-il ordonné. Je veux que tu me sentes en toi comme ça.

On est restés immobiles, en cuillère, sa main sur mon sein, jusqu'à ce que le réveil sonne. Il était temps que je me prépare ; la limousine réservée par Susan serait là d'un instant à l'autre.

Dominik était dans la cuisine en train de me préparer un café. J'ai découvert que j'avais des bleus sur tout le corps et que les draps étaient tachés de rouge, comme du sang.

Mon rouge à lèvres sombre, celui que j'utilisais pour devenir une autre la nuit, s'était répandu partout, et, à la lumière du jour, sa couleur était cruelle.

Minuit à Calgary, la ville où tous les hommes portent des chapeaux de cow-boy. Ma chambre d'hôtel semblait tout droit sortie des années 1950. Fonctionnelle, terne, déprimante. Les doubles-vitrages empêchaient le bruit de rentrer. Une chambre vide pour une fille vide.

De nouveau sans Dominik.

Les marques imaginaires de ses mains sur mon corps comme la carte de notre relation.

Comme j'allais partir, j'avais, sur une folle impulsion, emporté la corde.

Je l'ai nouée autour de mon cou tout en errant, nue, dans cette chambre déserte.

J'ai glissé les doigts sur mon ventre, puis plus bas, et j'ai commencé à me caresser en pensant à lui ; j'espérais qu'il se matérialiserait à mes côtés et tirerait sur la corde jusqu'à ce que je jouisse, que je m'évanouisse ou que je meure.

La Nouvelle-Zélande, l'Australie, Londres, New York, et maintenant Calgary. Sur la route. Encore.

8

Infidélités

En théorie, Dominik avait décroché une bourse pour rédiger un mémoire, voire peut-être un livre, sur les auteurs et les musiciens américains expatriés à Paris juste après la Seconde Guerre mondiale. Ce sujet lui plaisait et, comme il avait été peu exploité, il offrait des perspectives de publication intéressantes. Mais plus il travaillait dessus, plus il lui paraissait creux.

Il soupçonnait que le matériau le plus important se trouvait dans les bibliothèques de la capitale française et, les quelques fois où sa mauvaise humeur avait pris le dessus en l'absence de Summer, partie en tournée, il avait envisagé d'aller passer une semaine à Paris.

Il finit par retrouver le dossier qui lui avait été donné après avoir été accepté à New York et en relut les clauses. Il se souvenait que la petite annonce qu'il avait trouvée dans le *New Yorker* spécifiait que l'offre ne concernait pas uniquement les chercheurs et les enseignants mais aussi les romanciers qui avaient besoin d'argent pour achever un projet. La bibliothèque avait proposé une dizaine de bourses. Il n'avait rencontré les autres bénéficiaires que brièvement lors du cocktail de bienvenue. Deux d'entre eux, un blond grand et mince originaire de Portland dans l'Oregon, et une femme trapue aux cheveux courts et à l'accent finnois très prononcé, étaient romanciers.

Il pouvait peut-être se servir de ses découvertes pour écrire un roman. Ce serait un défi passionnant et exaltant. Inventer des personnages de toutes pièces et les faire évoluer au milieu de la foule des gens réels qui avaient animé les années d'or du Saint-Germain-des-Prés et de l'existentialisme : Miles Davis et les autres jazzmans, Juliette Gréco, Boris Vian et Jean-Paul Sartre. Mélanger la fiction et la réalité, et ajouter une touche de romance.

Ça pouvait marcher. Il caressait l'idée d'écrire un roman depuis longtemps et avait souvent fantasmé sur une éventuelle publication.

Il se sentit ragaillardi. Il espérait que Summer lui téléphonerait ce matin. Elle était dans le Maine, où elle avait joué la veille, et elle avait pris l'habitude de lui téléphoner le lendemain de chaque concert, quand elle avait rechargé ses batteries, pour lui raconter comment ça s'était passé. Il avait attendu toute la matinée près du téléphone, tel un adolescent énamouré. En vain. C'était la deuxième fois cette semaine qu'elle oubliait d'appeler. Après le concert dans le New Hampshire, elle avait laissé s'écouler quelques jours avant de le contacter. Une partie de Dominik se sentait négligée et triste, l'autre imaginait toute une série de punitions, qui leur permettrait à tous deux de prendre leur pied. Mais il avait l'impression que son imagination s'épuisait.

Quand il était rentré du concert de Summer au Webster Hall, il avait annulé son rendez-vous avec Miranda, en inventant un déplacement ; il sentait intuitivement que ce n'était pas le moment d'être infidèle.

C'est ta faute, Summer, songea-t-il en saisissant la carte de visite au dos de laquelle il avait griffonné le numéro de Miranda.

— Le mystérieux homme de lettres, le salua cette dernière.

— Lui-même. Vous voulez toujours qu'on se voie ?

— Absolument, répondit-elle.

Il lui proposa de prendre un verre en fin d'après-midi chez *Balthazar*, sur Spring Street. Depuis le départ de Summer, il avait pris l'habitude de petit-déjeuner de manière substantielle tous les matins dans ce restaurant non loin de chez lui, ce qui lui évitait de déjeuner.

Il venait juste de reposer le téléphone sur le comptoir de la cuisine en granit, où il le laissait souvent, quand celui-ci sonna. Summer, enfin ? Peut-être avait-elle senti son malaise et avait-elle deviné qu'il avait prévu de voir une autre femme ? *Tombe-t-elle à pic ou pas ?* se demanda-t-il.

— Allô ?

— Salut, étranger.

Ce n'était pas Summer mais une voix quand même familière.

— Salut, Lauralynn.

— Je suis à New York.

— Ah bon ? De passage ou pour quelque temps ?

— Je ne sais pas encore. Mais je ne veux pas t'ennuyer avec mes histoires. J'aimerais bien te voir, échanger les derniers potins avec toi et savoir comment tu t'acclimates à la vie américaine. J'ai vu que notre Miss Summer avait créé l'événement et qu'elle était devenue célèbre. Je suis un peu jalouse, je dois le dire. Je regrette de ne pas avoir choisi le violon quand on m'a donné le choix à huit ans, mais à cet âge vénérable on ne sait pas vraiment ce qui est sexy et ce qui ne l'est pas, n'est-ce pas ?

Dominik sourit.

— Alors, qu'est-ce que tu en dis ? Tu es libre ce soir ? poursuivit-elle.

— Non.

— Summer te surveille de près, je vois.

— Pas du tout. Elle est en tournée au Canada. Elle était à Toronto hier, je crois, à moins qu'elle ne soit à Québec. Tu es libre demain ?

— Non. Je passe une audition pour remplacer une musicienne en congé maternité dans un orchestre de chambre du Connecticut. Il est à New Haven, mais il dépend de l'université Yale. Je suppose que c'est à une heure de train de la capitale de l'État. C'est Victor qui m'a refilé le tuyau.

— Victor ?

— Oui. Il est toujours au courant de tout. Il a été très sympa de me rencarder. Tu ne l'as pas vu depuis que tu es à New York ?

— Non, répondit Dominik.

Il ne savait pas exactement quel rôle avait joué Victor dans la vie de Summer lorsque cette dernière s'était retrouvée seule à New York. Quand il lui avait demandé si elle l'avait revu, elle s'était montrée évasive, voire fuyante. Il se doutait qu'il s'était passé quelque chose, mais une partie de lui ne voulait pas en savoir plus. De toute façon, il savait pertinemment qu'on ne pouvait pas revenir en arrière.

— Quoi qu'il en soit, je prends le train demain après-midi pour New Haven, où je vais auditionner et jouer avec les autres musiciens pendant trois jours. Après je n'aurai plus qu'à attendre la réponse. C'est pour ça que je me disais que ce soir, on aurait pu…

Dominik avait vraiment envie de voir Lauralynn. Elle l'intriguait et lui plaisait, même s'il savait qu'il n'était pas son genre : elle préférait les femmes. C'était une fille qui savait s'amuser. Il réfléchit un instant puis suggéra :

— Écoute, j'ai un rendez-vous, mais tu pourrais peut-être te joindre à nous ? On verra ce que ça donne. Si ça marche, on ira dîner tous les trois. Si ça ne marche pas, on finira la soirée ensemble, toi et moi. C'est juste une femme que j'ai rencontrée dans l'avion et que j'ai trouvée intéressante.

— Quel coquin ! gloussa Lauralynn à l'autre bout du fil. J'aime ça. Ne me dis pas que c'est une violoniste ?

— Non. Et puis qui te dit que j'ai une obsession pour les cordes ? S'il le faut, j'ai aussi un penchant pour les cuivres.

— Espèce de pervers. Si j'étais toi, je me méfierais des percussionnistes, il paraît que ce sont de sacrées allumeuses.

Ils décidèrent que, pour ne pas gêner Miranda, il valait mieux que Lauralynn ne fasse son apparition qu'au bout d'un quart d'heure et fasse semblant de tomber sur Dominik par hasard. Il savait qu'elle était suffisamment bonne comédienne pour rendre leurs retrouvailles fortuites tout à fait vraisemblables.

Miranda s'excusa et se dirigea vers les toilettes après la troisième tournée.

— Je lui plais, annonça Lauralynn.

— Vraiment ? s'enquit Dominik.

— Oui. Nous autres filles, nous avons un radar.

— Comme nous ?

— Absolument, murmura Lauralynn à l'oreille de Dominik en se penchant par-dessus la table en verre. Tu lui plais aussi. Tu n'as qu'à voir la façon dont elle ne nous quitte pas des yeux quand elle parle avec enthousiasme, dont elle touche ton bras ou ma jambe en se passant la main dans les cheveux. C'est une dragueuse.

— Peut-être qu'elle ne fait rien d'autre…

Miranda revenait des toilettes, légèrement mal assurée sur ses talons hauts, un sourire éclatant aux lèvres. Sa volumineuse jupe blanche contrastait avec son chemisier noir. Elle se rassit sur la banquette entre Dominik et Lauralynn. Cette dernière portait sa tenue de drague : un tee-shirt blanc, un jean et des bottes en cuir noir. Elle ressemblait à tout sauf à une modeste violoncelliste.

— Vous êtes tellement sympas tous les deux ! s'exclama Miranda.

Elle avait posé une main sur la cuisse de Lauralynn et l'autre sur celle de Dominik, manquant presque de caresser son sexe en passant. Dominik savait qu'elle l'avait fait exprès.

Lauralynn avait raison. Et l'alcool n'était pas à mettre en cause : il servait juste à la pousser un peu.

Dominik et Lauralynn échangèrent un regard pendant que Miranda terminait son verre de beaujolais nouveau.

Les yeux de la violoncelliste pétillaient de malice.

Elle se déplaça légèrement pour se rapprocher de Miranda.

— Miranda ?

— Oui ? demanda la jeune femme en tournant la tête.

Lauralynn saisit le menton de Miranda d'une main, le maintint brièvement puis se pencha langoureusement et l'embrassa. L'Américaine rougit mais ne recula pas sous le baiser inattendu. Elle croisa le regard de Dominik et jeta un coup d'œil autour d'elle pour vérifier qui prêtait attention à ce qui se passait, clients ou serveurs. Elle affermit sa prise sur la cuisse de Dominik sans cesser d'embrasser Lauralynn. Dominik n'était qu'à quelques centimètres des deux femmes et il pouvait deviner, aux frissons qui parcouraient leurs joues, qu'elles activaient frénétiquement leurs langues. Il se sentit traversé par une vague familière d'anticipation, qui naissait dans son sexe et remontait lentement.

Tout s'immobilisa autour de lui.

Le charme finit par se rompre, et les jeunes femmes se séparèrent à regret pour respirer. Dominik se rendit compte que Lauralynn avait glissé la main sous la jupe de Miranda pour la caresser, orchestrant la montée de son désir.

Il y eut un silence. Ils saisirent leurs verres sans réfléchir, même si deux d'entre eux étaient vides.

Lauralynn sourit, l'air triomphant, manifestement satisfaite de voir sa théorie confirmée.

— On y va ? proposa-t-elle.

— Pourquoi pas ? répondit Dominik.

Miranda se contenta d'acquiescer.

— Où ?

Miranda se tortilla pour se dégager, coincée qu'elle était entre Lauralynn et Dominik, et se leva.

— Pourquoi pas chez moi ? suggéra-t-elle.

Ils trouvèrent un taxi jaune juste devant chez *Balthazar*, qui remonta Park Avenue vers le nord, puis se dirigea vers East Village par Central Park.

Pour une fois, il y avait peu de circulation, et ils arrivèrent chez Miranda, dans l'Upper East Side, en moins de vingt minutes.

Elle habitait dans un petit studio élégamment meublé. Un paravent d'inspiration japonaise séparait sa chambre du bureau.

Quand Miranda se retourna pour fermer la porte et mettre la chaîne de sécurité, Lauralynn se colla contre son dos, glissa les doigts dans l'élastique de sa jupe à volants et la fit tomber.

Miranda portait un string en dentelle rouge.

Dominik s'approcha et caressa distraitement d'une main les fesses voluptueuses de la jeune femme tout en ôtant sa veste en lin beige. Elle avait des marques de bronzage autour de la taille : son maillot de bain était bien plus grand que le minuscule string rouge.

Miranda leva les bras. Lauralynn avait défait les deux premiers boutons de son chemisier et le lui ôta en le faisant passer par-dessus sa tête, ce qui décoiffa un peu ses longs cheveux châtains. Elle portait un soutien-gorge aussi noir que son chemisier, et, pendant un instant, Dominik contempla, surpris, le contraste des couleurs de ses sous-vêtements. La plupart des femmes avec lesquelles il avait couché prenaient soin de toujours assortir leurs dessous.

Les deux femmes se pressèrent l'une contre l'autre et s'embrassèrent.

Debout à côté d'elles, Dominik était un peu déconcerté. Qu'était-il censé faire ?

Coucher avec deux femmes à la fois ou juste regarder deux femmes faire l'amour avaient beau faire partie des fantasmes masculins les plus courants, comme en témoignaient les nombreuses photographies que l'on trouvait sur le sujet, cela n'avait jamais vraiment tenté Dominik. Et comme il n'avait jamais cherché à pratiquer, cela ne lui était donc jamais arrivé. Jusqu'à aujourd'hui.

Il s'approcha et déposa un baiser dans le cou de Miranda, là où battait son pouls. Il se déplaça un peu et lui mordilla le lobe de l'oreille. Il ne savait pas vraiment que faire avec Lauralynn, sachant qu'elle n'aimait pas les hommes.

Cette dernière, qui était toujours entièrement vêtue, sentit son hésitation. Elle lui saisit la main et la plaça contre le dos nu de Miranda, l'encourageant d'un geste à lui ôter son soutien-gorge. Dominik se retint de rire en se souvenant de la première fois qu'il avait déshabillé une femme, enfin, plutôt une fille, il y avait de cela une éternité. Elle avait dix-sept ans, il en avait seize, et il avait trouvé que dégrafer un soutien-gorge était tout un art. Il en riait maintenant, mais sur le coup il avait jugé ça plutôt embarrassant.

Les fabricants de lingerie avaient fait de fulgurants progrès depuis ou son QI s'était mystérieusement développé ; quoi qu'il en soit, il lui suffit d'une légère pression, et le soutien-gorge en dentelle noire céda, libérant les seins lourds de Miranda.

D'un hochement de tête, Lauralynn lui fit signe de se dévêtir, et le trio se dirigea maladroitement vers la chambre. De nombreux ours en peluche étaient étalés sur le couvre-lit rose. Lauralynn se pencha, les balaya d'un geste impatient du bras et les fit tomber sur le plancher vernis.

Ils basculèrent tous trois sur le lit.

Et Lauralynn prit les choses en main.

Premier trio pour Dominik.

Plus tard, il réfléchirait à la curieuse nature de cet acte et aux nombreuses frustrations qu'il avait engendrées, et surtout au fait qu'à aucun moment il n'avait été capable de profiter pleinement de l'expérience. Il avait été trop embarrassé. Il se souvenait d'avoir chevauché en missionnaire une Miranda fort complaisante pendant que Lauralynn, placée derrière lui, lui caressait doucement les couilles et titillait la base de son sexe qui entrait et sortait du vagin de l'Américaine. Les gémissements affectés de Miranda et les encouragements rauques de la violoncelliste l'avaient distrait, et en imaginant comment ils devaient avoir l'air tous deux ridicules, voire bestiaux, aux yeux de Lauralynn, il avait été incapable de se concentrer. Il savait que Lauralynn l'avait sucé, mais était-ce avant qu'il prenne Miranda, afin qu'il bande plus dur, ou juste après, ou à un autre moment ? Il avait léché Lauralynn pendant qu'elle faisait la même chose à Miranda, et la symétrie lui avait paru curieusement appropriée. Lauralynn avait un goût âpre, nouveau, mais si fort qu'il lui en avait paru insaisissable.

Il avait regardé les deux femmes se frotter l'une contre l'autre, puis, alors que Miranda avait posé la tête sur ses cuisses largement ouvertes, la bouche près de sa queue, sur laquelle il sentait son souffle court, il avait observé la façon dont les doigts agiles de musicienne de Lauralynn étaient entrés dans la chatte de Miranda, presque assez profondément pour la fister, et avait regardé Miranda combattre la vague de plaisir qui s'était emparée d'elle. Il avait fini par jouir sur les seins de Miranda, et Lauralynn en avait été ravie.

Il était alors devenu un simple spectateur. Son érection avait cessé, et il avait sombré dans l'impuissance et l'indifférence qui suivaient toujours l'acte sexuel. Il avait continué à regarder les deux femmes qui se frottaient et se caressaient comme s'il n'était pas là. À dire la vérité, elles étaient belles, chacune à leur manière. Miranda était un modèle de courbes douces alors que les jambes de Lauralynn semblaient sans fin. Sa stature d'Amazone, tandis qu'elles s'étalaient sur le lit, était un délice pour les yeux, de même que l'avidité non feinte avec laquelle elle léchait Miranda encore et encore, à quatre pattes, les fesses offertes. Si son érection avait été de retour, il aurait été tenté de la prendre en levrette. Il ne voulait cependant pas briser le charme et il se contenta de regarder les deux femmes s'agiter et gémir. Elles s'étaient servies de lui et avaient à présent d'autres chats à fouetter. Non pas qu'il s'en plaigne.

Il finit par sortir de la pièce, se lava rapidement, se rhabilla et quitta l'appartement.

Aucune des deux ne le rappela ni ne lui suggéra de les rejoindre.

La nuit était douce et il contourna le parc jusqu'à la Ve Avenue ; le *Plaza Hôtel* déployait sa haute silhouette à sa droite. Il décida de continuer à marcher pour rentrer. Il jeta un coup d'œil à son téléphone. Pas de message. *Que fait-on de ses nuits dans le Maine ?* se demanda-t-il.

— J'ai couché avec une autre femme.

— Et alors ?

— Ça te dérange ?

— Non.

La ligne était si claire que Summer aurait pu être à l'autre bout de l'appartement; ses lèvres semblaient être à un souffle de son oreille. Sa voix était si proche et pourtant si indifférente.

— Tu ne veux pas savoir avec qui et comment ?

— Pourquoi faire ? Ce qui est fait est fait.

Il voulait désespérément qu'elle soit jalouse et qu'elle se mette en colère.

— Il y avait deux femmes.

— Tu n'as pas besoin de me donner les détails.

— D'accord. Comment s'est passé le concert ?

— Très bien. Le public était assez provincial. Un peu froid au début. J'ai eu l'impression qu'il leur fallait beaucoup de temps pour se dégeler. Mais j'avais été prévenue par l'impresario, et on avait changé le programme en conséquence. On fait toujours ça; on s'adapte en fonction de la taille de la ville. Ils ont fini par se réchauffer, cela dit. Et j'ai évidemment joué *Les Quatre Saisons.*

— Bien.

Lors de la première partie de la tournée, au Canada, Summer jouait avec un petit ensemble à cordes. Déplacer l'orchestre aurait coûté trop cher, sans compter les problèmes de logistique.

— Je vais faire un saut à New York dans quelques jours. Je ne serai là que quelques heures, juste le temps de laisser mon linge sale et de prendre du change, reprit Summer. Jeudi, en fin d'après-midi. J'aimerais bien te voir, parce qu'après je repars pour deux semaines.

Quelques heures, avec une voiture de location qui attend en bas ? Pour quoi faire, bordel ? songea Dominik. *Je suis venu à New York pour passer du temps avec toi ! On a passé plus de temps séparés qu'ensemble*... D'un autre côté, il savait bien que Summer sacrifiait beaucoup de choses elle aussi ; c'était sa carrière, et elle avait raison de capitaliser sur le concert de Webster Hall et les critiques formidables qui avaient suivi.

— Je vais essayer d'être là, répondit-il. Summer ?

— Oui ?

— Si tu te sens seule, tu sais que...

— ... je peux coucher avec qui je veux, je sais. Tu me l'as déjà dit.

— Et tu l'as déjà fait ? demanda-t-il.

Il avait un étrange nœud dans la gorge.

— Non. Le soir je suis trop fatiguée.

— Je veux que tu le fasses.

— Vraiment ?

— Oui.

— Et tu veux que je te raconte tout après ?

— Oui.

Il y eut un silence. Dominik n'arrivait pas à imaginer quel pouvait bien être le paysage qui se déroulait derrière la fenêtre de son hôtel dans le Maine. Des champs ? Des collines ? La mer ?

— Je dois y aller, reprit Summer. Les autres m'attendent en bas pour le petit déjeuner. Il paraît qu'ils font des pancakes géniaux ici. Avec du sirop d'érable.

— *Bon appétit*[1], répondit-il, essayant de toutes ses forces de garder un ton léger.

— À jeudi.

Dominik savait déjà qu'il ne la verrait pas jeudi : il devait donner une conférence cet après-midi-là. Il n'en avait pas encore choisi le sujet. Il n'y avait jamais plus d'une dizaine de personnes qui y assistaient de toute façon. Il était passé maître dans l'art de l'improvisation. Ces conférences avaient beau être l'une des conditions pour l'obtention de la bourse, la bibliothèque ne leur faisait jamais aucune publicité, à l'exception de deux affiches hâtivement imprimées à l'ordinateur et accrochées à des endroits où personne ne les voyait. Sa seule consolation était que les autres, parmi lesquels figuraient quand même un nominé au Booker Prize et un lauréat d'un Book Award, bien plus célèbres que lui et avec une liste

1. En français dans le texte.

de publications beaucoup plus importante, ne suscitaient pas plus d'enthousiasme que lui.

Il achevait sa conférence, des réflexions qui ne menaient nulle part mais plaisamment énoncées, sur les différentes adaptations de *Gatsby le Magnifique* et les acteurs qui avaient interprété Jay, Daisy et Nick, quand un retardataire fit son entrée dans la petite pièce et s'installa au fond. Dominik le reconnut tout de suite. C'était Victor.

Il savait qu'il était à New York mais n'avait fait aucun effort pour le contacter.

Comment était-il au courant de la conférence ? Dominik se souvint alors d'en avoir brièvement touché deux mots à Lauralynn. C'était elle qui avait dû le lui dire. Était-elle toujours à New Haven ? Ses auditions s'étaient-elles bien déroulées ?

— Tu m'évites, mon cher ? s'enquit Victor en le rejoignant alors que les autres membres du public regagnaient rapidement la sortie.

Ils ne s'étaient pas vus depuis plusieurs mois, mais Victor n'avait pas changé d'un iota. Petit, grisonnant, coquet, une barbe poivre et sel parfaitement entretenue, courtois, à l'aise. Il plaisait aux femmes, même si Dominik ne comprenait toujours pas pourquoi. C'était peut-être à cause de son air supérieur et de son regard d'acier.

— Peut-être bien, répondit-il, d'un ton poli mais froid.

— Je croyais que nous étions amis.

— Je le croyais aussi.

— Quel est le problème, alors ?

Victor portait une veste en coton blanche à rayures bleues, un pantalon noir et une chemise avec un col aux pointes boutonnées. Malgré la chaleur, il avait une cravate d'une curieuse couleur marron avec un nœud démesuré. Son style étrange laissait transparaître son héritage d'Europe de l'Est : il ressemblait plus à un apparatchik endimanché qu'à un universitaire élégant. Mais peut-être était-ce tout simplement un reste de son éducation. Chacun est plus ou moins tributaire de celle qu'il a reçue.

Amusé par l'absence de réponse de Dominik, Victor reprit :

— C'est à cause de la fille ? La violoniste ?

— Oui.

Victor parut deviner que Summer ne lui avait pas tout dit sur leurs relations à New York.

— Lauralynn t'a tout raconté ?

— Elle m'a dit que la crypte était ton idée et que tu avais tout orchestré. J'ai trouvé ça très sournois de ta part.

— Ce n'était qu'un jeu, Dominik. Nous aimons bien jouer tous les deux, avoue-le. Nous nous comprenons.

— Tu as couché avec elle quand elle est arrivée ici ? demanda Dominik.

Victor songea que, s'il éprouvait le besoin de poser la question, c'est qu'il n'était au courant de rien.

— Bien sûr que non, répondit-il avec un sourire tranquille. Je l'ai croisée, évidemment. Nous fréquentons les mêmes cercles et nous évoluons dans le même milieu après tout. Et il est si petit, presque incestueux, pourrait-on dire. Mais je savais que c'était ta chose… J'ai regardé, pas touché.

— « Ma chose » ?

— Ton jouet.

— Tu as une étrange façon de voir la vie, Victor.

— Elle est très jolie. Et c'est une violoniste hors pair. Une vraie célébrité maintenant, non ?

— Oui.

— Vous vous êtes remis ensemble ? s'enquit Victor. C'est pour ça que tu es à New York ?

— Nous ne sommes pas vraiment ensemble, mentit Dominik, mais nous nous fréquentons, oui.

— Merveilleux. Tu sais, quand tu m'as gentiment autorisé à la regarder jouer…

Victor hésita. Il revivait sans doute la scène : Summer nue et les yeux bandés, qui jouait du violon pour un étranger, lui. Dominik se souvint de la façon dont une chose en avait amené une autre et comment il l'avait baisée devant cet homme.

— Quoi ? fit-il.

— Elle est trop orgueilleuse. Elle a beau avoir l'air de se laisser aller à ses instincts, elle combat ses propres pulsions en permanence. On le voit dans son regard, dans son attitude.

— Vraiment ?

Dominik savait que Victor avait raison.

— C'est un cheval sauvage, poursuivit ce dernier. Certaines femmes doivent être brisées, ça fait partie du rituel. Il faut qu'elles acceptent ce qu'elles sont au fond d'elles, et ensuite seulement tu peux les reconstruire morceau par morceau. Et c'est ainsi qu'on les domine.

— Mmmmh…, je connais bien Summer, répliqua Dominik d'un ton dédaigneux. Je n'ai pas besoin d'aide, je te remercie.

— Ce n'était pas une suggestion. Juste une remarque. Quoi qu'il en soit, ça me fait plaisir de te voir. Tu as quelque chose de prévu maintenant ? Je connais un merveilleux restaurant ukrainien sur la IIe Avenue, près de St Mark's Place. Leur *pierogi* et leur chou farci sont aussi bons qu'au pays. Je t'invite. Je veux que nous redevenions amis.

Dominik le dévisagea : son sourire de loup carnassier sous sa barbe bien taillée acheva de le convaincre qu'il avait une idée derrière la tête. Mais Dominik n'en avait cure. Il pouvait bien jouer encore.

— Pourquoi pas ? répondit-il.

Summer était passée, avait pris presque tous les vêtements suspendus sur la tringle qui lui était dévolue dans le dressing et rempli une machine de vêtements qui finissait de sécher quand Dominik rentra. Elle n'avait pas laissé de mot, ni pour se plaindre de son absence ni même pour le saluer.

Elle s'était allongée sur le lit : il subsistait des traces de son parfum.

Cette nuit-là, il rêva d'elle.

Et de chevaux sauvages.

Était-ce sa façon de le torturer et de le punir pour son escapade avec Lauralynn et Miranda ?

Elle n'aurait pas pu mieux s'y prendre.

Curieux, il chercha son corset dans le dressing : il n'était plus là. Elle ne l'avait pas pris avec elle pour la partie canadienne de la tournée, mais il l'accompagnait manifestement sur la côte Est.

Il en déduisit qu'elle lui obéirait et se trouverait un amant l'espace d'une nuit ou deux. Mais porter ce corset pour un autre homme était un avertissement, une façon de remuer le couteau dans la plaie. *Et merde.*

Ils avaient divisé le dressing en deux : une moitié pour elle, l'autre pour lui. La garde-robe de Dominik était fonctionnelle et monochrome : des pantalons noirs, quelques costumes, tous noirs sauf un, une tonne de tee-shirts, une vingtaine de chemises blanches, noires et bleues, quelques pulls en cachemire noir et l'inévitable smoking, qu'il ne portait que pour les occasions ennuyeuses. Il le sortit.

Victor l'avait invité à une petite soirée qu'il donnait à Brooklyn.

— Un peu formelle, mon cher, avait-il précisé, mais je pense que tu apprécieras.

L'immeuble en grès brun était à cinq minutes de marche d'un arrêt de la ligne de métro F, dans une rue ombragée. Il se dressait, imposant, après une succession de minuscules restaurants ethniques, et comportait un étage et une véranda faussement coloniale à laquelle on accédait par une volée de marches.

Dominik fut accueilli par une femme d'un certain âge au carré chic et sombre. Elle portait une longue robe de soirée, bleue et fluide, et chacun de ses doigts était orné d'une lourde bague. Elle avait un collier de perles autour du cou. Elle était sublime, malgré les rides – ou peut-être grâce à elles – qui trahissaient son âge.

— Je suis Clarissa, se présenta-t-elle. Vous devez être l'ami de Victor.

— Oui. Je suis ravi de faire votre connaissance. C'est votre maison ?

— Absolument, répondit-elle. Nous habitons ici depuis des années. Cette demeure est dans la famille depuis des générations, poursuivit-elle en s'effaçant pour le laisser entrer.

— Ça a l'air grand, commenta Dominik.

— Nous ne sommes plus que deux à vivre ici, dit Clarissa. Nous avons trop de place, mais il est impensable pour nous de déménager.

Un délicieux fumet flottait dans l'entrée. Il semblait provenir du sous-sol, et Dominik en déduisit que la cuisine devait s'y trouver.

Clarissa précéda Dominik au premier étage et le fit entrer dans un grand salon dont les hautes baies vitrées surplombaient un vaste jardin sauvage. Une dizaine d'invités étaient déjà présents, des couples pour la plupart, qui sirotaient du champagne dans de longues flûtes en discutant à mi-voix.

— Victor n'est pas encore là ? s'enquit Dominik.

— Il devrait arriver avec ses invitées d'une minute à l'autre, répondit Clarissa. Viens, poursuivit-elle à l'intention d'un homme à la chevelure poivre et sel, qui se tenait près du piano. Dominik, je vous présente Edward, mon mari.

Ce dernier portait un gilet pied-de-poule marron sous une veste de smoking d'un brun profond. Le tout était complété par une large ceinture de smoking en soie. Il avait une petite moustache soigneusement taillée, qui lui donnait l'air d'un vétéran dans un film des années 1940, et un diamant à l'oreille droite. *Un vrai dandy*, songea Dominik. Il dégageait une certaine énergie, même immobile.

Et sa poignée de main était ferme et assurée.

— Victor nous a longuement parlé de vous, dit-il.

— Vraiment ? Vous avez donc un sérieux avantage sur moi.

La sonnette de la porte d'entrée retentit, et Edward s'excusa. Clarissa et lui descendaient accueillir leurs invités à tour de rôle.

Dominik se dirigea vers la table et se servit un verre d'eau minérale. Il contempla ensuite le jardin, où les roses poussaient sans ordre dans les parterres et perdaient leurs pétales, qui voletaient comme des papillons rouges, roses et blancs. La végétation était interrompue à intervalles réguliers par des dalles de pierre, semblables à des autels ou à de petites stèles.

Pendant un instant l'imagination de Dominik s'emballa, alimentée par ce qu'il savait de Victor et de ses fréquentations.

C'était tout à fait le genre de jardin dans lequel on pouvait, protégé par les hautes palissades, se livrer en toute impunité à certains actes.

Au moment où ses pensées allaient prendre un tour des plus déplaisants, quelqu'un lui tapota gentiment l'épaule.

— Salut, étranger.

Dominik se retourna.

C'était Lauralynn. À ses côtés, un sourire timide aux lèvres, se tenait Miranda. Les deux femmes portaient de sublimes robes de soirée qui dénudaient leurs épaules. Les bras bronzés et sculpturaux de Lauralynn émergeaient d'une robe fourreau d'un blanc chatoyant. Avec ses talons hauts, elle dominait d'une tête et demie l'Américaine, qui arborait une robe rouge évasée à partir de la taille. Aucune des deux ne portait de soutien-gorge, et Dominik ne put s'empêcher de regarder leurs tétons durcis qui tendaient le tissu de leurs robes.

Il se ressaisit.

— Tu as réussi à fuir New Haven ?

— Comme tu le vois. Et j'ai convaincu Miranda de nous rejoindre…

Elle s'apprêtait à ajouter quelque chose quand Dominik découvrit que Victor se tenait à leurs côtés, bien droit, en smoking.

— Bonsoir, Dominik. Merci d'être venu.

— Bonsoir, Victor. Je vois que tu connais déjà ces deux femmes remarquables.

— Lauralynn est une amie de longue date, répondit Victor. Quant à Miranda, elle l'accompagne et elle a très gentiment accepté de nous divertir ce soir, n'est-ce pas, ma chère ?

Miranda baissa les yeux.

— Je ne savais pas que tu connaissais Miranda, reprit Victor.

Bien sûr que si, songea Dominik. Lauralynn lui racontait manifestement tout. Victor avait apparemment recommencé ses manigances. Cette soirée était-elle un guet-apens ?

Les deux femmes allèrent se chercher un verre.

— Je pense que Lauralynn s'est trouvé un nouveau jouet, murmura Victor à l'oreille de Dominik. Elle passe sans problème des hommes aux femmes.

Dominik avait beaucoup de questions à poser à Victor sur le déroulement de la soirée, mais il en fut empêché par l'arrivée d'autres invités à qui il fut présenté et par l'inévitable conversation qui s'ensuivit sur qui il était et ce qu'il faisait à New York. L'un des hommes présents ce soir-là était un membre de l'administration de la fondation qui finançait la bourse de Dominik et savait beaucoup de choses sur lui. Encore une coïncidence ? Le sourire figé de Victor ne livra aucune information alors qu'il orchestrait savamment la conversation. Un vrai Monsieur Loyal.

Les femmes les rejoignirent. Lauralynn tenait la main de Miranda.

Le dîner étant servi, on leur demanda de bien vouloir rejoindre la salle à manger.

Leurs hôtes avaient certainement embauché un chef professionnel, tant l'un et l'autre semblaient peu investis dans la préparation de ce repas. Un majordome en livrée qui semblait tout droit sorti d'un roman de P.G. Wodehouse assurait le service.

En entrée, on servit des coquilles Saint-Jacques, baignant dans une onctueuse béchamel aux champignons. Elles furent suivies par une sole aérienne, parfaitement préparée et à peine poêlée avec un soupçon de beurre et de persil. D'après les autres convives, les vins choisis pour accompagner les plats étaient divins, et, encore une fois, Dominik fut légèrement gêné par sa propre abstinence. Il était placé entre Victor et Lauralynn. Miranda était à droite de la violoncelliste, et il ne put s'empêcher de remarquer que les mains de la jeune blonde disparaissaient avec régularité sous la table pour caresser une Miranda dont les tortillements ne faisaient que croître.

Le repas s'acheva sur un important plateau de fromages européens, mélange de saveurs crémeuses et d'autres plus corsées, qui furent suivis par des fraises à la crème. Des plats simples mais présentés avec élégance.

Les deux femmes s'excusèrent quand on servit le café, et Victor manifesta son approbation par un hochement de tête muet. Le membre du conseil d'administration pressait Dominik de questions à propos de l'avancée de ses recherches, et il fut bien obligé d'avouer qu'au vu de ses dernières découvertes il envisageait d'écrire plutôt un roman.

— Ah ! répondit son interlocuteur. Les romans doivent tellement à la réalité, n'est-ce pas ?

— C'est surtout un nouvel exercice pour moi.

— Je suis certain que vous écrirez quelque chose de formidable.

— Je l'espère, mais je n'ai encore rien décidé.

Les convives regagnèrent le salon.

Lauralynn était déjà là, assise au piano. Elle jouait en sourdine une mélodie que Dominik reconnut sans pouvoir mettre un nom dessus. Miranda était assise à ses côtés ; elle avait ôté sa robe rouge et ne portait plus qu'un caraco opaque qui lui arrivait à mi-cuisse. Elle était attachée à Lauralynn par une laisse qui allait du poignet de la violoncelliste à un collier de chien attaché autour de son cou.

— Aaah…, commenta Victor en conduisant Dominik vers les sièges qui avaient été disposés de manière à avoir une vue imprenable sur les deux femmes.

Tous les invités s'installèrent à leur tour.

— Le divertissement de notre soirée. Lauralynn va mettre cette débutante à l'épreuve.

— À l'épreuve ? répéta Dominik.

— Rien de bien extrême, répondit Victor. C'est trop tôt. C'est juste pour vérifier qu'elle a bien envie de faire partie de notre petit groupe.

Une fois que Dominik se fut assis, Victor se dirigea vers le piano. Lauralynn cessa de jouer, ferma le couvercle de l'instrument et se leva avec grâce. Victor mit la main sur l'épaule de Miranda et lui demanda de s'agenouiller près du tabouret que Lauralynn venait de libérer et de poser la tête dessus. Un peu hésitante, Miranda obéit avec lenteur, manifestement consciente de ce qui allait suivre. Une fois la jeune femme agenouillée, Victor, avec un moulinet théâtral à destination du public, remonta son caraco, dévoilant le haut de ses cuisses et ses fesses nues. Lauralynn tira sur la laisse, ce qui contraignit Miranda à garder la tête droite et à regarder de l'autre côté pendant que la violoncelliste lui attachait les cheveux. Tout le monde pouvait admirer ainsi la nuque vulnérable de Miranda.

Soudain, Victor se plaça entre les jambes de la jeune femme et les écarta. Miranda fut obligée d'ajuster la position de ses genoux sur le plancher et exposa son anus à la vue de tous.

Lauralynn saisit un petit *paddle* posé sur le piano et le tendit à Victor.

Ce dernier le leva haut et l'abattit avec un mouvement triomphant sur les fesses de Miranda.

Elle poussa un cri de surprise et de douleur. Lui avait-on vraiment expliqué ce à quoi elle s'exposait ce soir ? Elle était certainement consentante. Dominik n'était pas un expert en sadomasochisme, il n'en connaissait que ce qu'il avait lu çà et là, mais, d'après ce que lui avait dit Lauralynn, tous les participants devaient être dûment informés et consentants.

À la fin de la soirée, les fesses de Miranda étaient presque aussi rouges que la robe qu'elle portait en arrivant. Après la fessée, Lauralynn l'aida à se relever, et elle se tint debout, vacillante, le mascara dégoulinant. Elle saisit instinctivement son caraco, roulé au niveau de sa taille, et tira dessus pour couvrir son sexe. Les yeux baissés, elle fut conduite hors de la pièce.

Edward et Clarissa proposèrent un digestif.

— Alors ? Qu'en penses-tu ? demanda Victor à Dominik.

— Fascinant.

— Une expérience inédite ?

Dominik hésita un instant.

— Pas tout à fait. Summer, la violoniste, a fréquenté quelques clubs et a été fessée ou fouettée, je ne sais pas vraiment…

— Ah oui ?

— Je n'y ai pas assisté, mais je sais qu'elle y a pris beaucoup de plaisir. Ça m'a intrigué. Je dois avouer que je n'ai jamais été tenté par l'expérience. Je suis certain que, si on me frappait, je débanderais aussi sec.

— Amusant, reprit Victor. Mais c'est plaisant à observer, n'est-ce pas ? Comme tu peux le voir, il n'y a pas toujours d'acte sexuel dans nos petits jeux. Ça arrive, évidemment, mais c'est juste une des nombreuses facettes de nos pratiques.

— Je comprends.

— Aimerais-tu en voir plus ? Participer, peut-être ? demanda Victor.

— Peut-être.

— Mon contrat à New York prend fin dans trois mois. Je partirai ensuite vers l'inconnu ; j'envisage même peut-être de rentrer chez moi quelques mois. J'ai envie de faire une grande fête d'adieu. J'ai une pièce maîtresse en réserve, une véritable star. Elle n'est pas encore tout à fait prête, mais je sais qu'elle le sera. Je suis certain qu'elle te plaira beaucoup. Tu aimeras ce jouet. Tu devrais venir. Je veux vraiment que cette fête soit inoubliable.

Il se faisait tard. Peut-être Summer lui avait-elle laissé un message. Dominik voulait regagner Manhattan.

— Je viendrai peut-être, Victor.

Mais il savait que, quand ce dernier le sifflerait, il accourrait et participerait. La façon dont Victor devinait toujours quel genre de femmes plairait à Dominik était troublante. Il était déjà fasciné par la mystérieuse star dont avait parlé Victor.

Dans le Maine, Summer avait abandonné les autres musiciens à leurs libations et les avait laissés célébrer seuls dans la loge le concert très réussi qu'ils venaient de donner. Elle n'avait pas envie de boire et voulait être seule. Elle avait pris un taxi et regagné sa chambre d'hôtel, dont elle avait violemment claqué la porte.

Elle se déshabilla, prit une douche brûlante, se sécha et erra nue dans la pièce. Elle avait mis sa valise sous le lit. Elle la saisit et en sortit le corset hâtivement fourré dans un sac en plastique quand elle l'avait emporté, sur une impulsion. Quand elle eut fini de le lacer du mieux qu'elle pouvait, elle découvrit qu'il était déjà 1 heure du matin. De la fenêtre de sa chambre au quinzième étage du luxueux hôtel, elle pouvait distinguer les lumières de la gare de l'autre côté de la route et, plus loin, le frémissement tranquille des eaux d'un immense lac.

Elle avait fait tout cela dans le noir. Elle alluma la lumière et se contempla dans le miroir placé à l'intérieur de l'armoire. Le corset noir emprisonnait sa taille déjà fine, ses baleines pressaient fortement sa peau pâle, soulignant ses seins, les mettant en avant comme des offrandes, les tétons sombres durcis comme des cerises de pierre. Elle ne portait rien d'autre, et ses poils formaient un buisson ardent de boucles désordonnées. *Voilà qui je suis*, songea-t-elle. Le corset, en mettant en valeur ses seins, son sexe et ses fesses, dévoilait la salope en elle. *La pute ?* se demanda-t-elle.

Elle fut balayée par une incompréhensible vague de culpabilité.

Elle avait l'impression qu'elle méritait d'être punie, d'être fessée jusqu'à ce que son cul la brûle, puis baisée violemment. Elle savait que ce sentiment de culpabilité était idiot : elle n'avait rien à se reprocher. Les pulsions sexuelles n'étaient rien d'autre que des pulsions. On avait le choix de s'y abandonner de son propre chef et d'apprendre à vivre avec ou de les refouler. Dans tous les cas, il n'y avait aucune honte à avoir.

Elle envisagea brièvement d'appeler Dominik, mais une partie d'elle ne pouvait s'y résoudre.

Elle attrapa le trench suspendu à la patère derrière la porte ; il était long et ample, et elle le portait toujours pour se rendre à ses concerts parce qu'il lui permettait de dissimuler ses robes de soirée et de ne pas attirer l'attention. Elle enfila la première paire de talons hauts qu'elle dénicha dans le désordre de chaussures et de vêtements qui jonchaient le sol de la chambre.

Elle ferma l'imperméable. Le tissu rêche frottait contre ses seins et caressait les poils de son sexe. Elle se précipita ensuite vers l'ascenseur, qui se trouvait au bout du long couloir. Une fois sortie, elle tourna à gauche et gagna la rue principale.

Elle était très longue, d'abord pleine de monde et bien éclairée, puis un peu plus sombre, un peu miteuse, parfois carrément sordide, comme les restaurants huppés cédaient la place à des bars, des bouges douteux et des boutiques discount, pour la plupart fermés à cette heure de la nuit. Après avoir marché pendant une demi-heure, Summer s'arrêta et se tint immobile dans l'ombre.

Elle retint son souffle.

Elle défit la ceinture de son trench beige, le déboutonna et s'exposa à la caresse de la nuit.

Elle s'était adossée contre le volet métallique d'une boutique, exposée à la vue de tous sous la lumière vacillante d'un réverbère ; à quelques mètres d'elle, des voitures passaient à toute allure.

Aucune ne ralentit, comme si elle n'était pas là. Comme si elle ne méritait pas un regard.

Son esprit était vide, sa chatte en feu. À moins que ce ne soit son visage. Ou son cœur.

Une silhouette se découpa lentement : un homme venait vers elle. Il vacillait, ivre, avec à la main un sac en papier marron d'où dépassait un goulot. Parvenu à la hauteur de Summer, il ralentit. La dévisagea. S'arrêta.

— Baise-moi, supplia Summer, désespérée, toute dignité envolée.

L'homme se contentait de la regarder, hébété.

— S'il te plaît.

Que devait-elle faire de plus ? Se mettre à quatre pattes, lever les fesses et les écarter ?

L'homme eut un hoquet, toujours fasciné par le spectacle provocant qu'elle lui offrait ; il lorgnait avec concupiscence ses seins et sa chatte. Il fit un pas un avant, puis un autre, et continua sa route.

Sans un regard en arrière.

Dix minutes plus tard, Summer, qui n'avait pas bougé, comprit qu'elle était devenue une espèce de parodie du vieil homme qui joue les exhibitionnistes. Elle frissonna.

Elle ramena les deux pans de son imperméable devant elle, le reboutonna et noua la ceinture. Il y avait quelques billets froissés dans une des poches. Elle se rapprocha de la route, héla un taxi et rentra à l'hôtel.

Elle prit une deuxième douche pour se débarrasser à la fois de la saleté et du souvenir de son désespoir. Elle résolut de ne plus jamais porter le corset.

Elle dormit d'un sommeil sans rêves.

Elle fut réveillée par un coup de fil de son agent. Était-elle prête à rallonger la tournée, qui devait s'achever dans quelques semaines, par quinze jours en Australie et en Nouvelle-Zélande ?

9
Bienvenue à la maison

Peu d'autres expériences me rendaient aussi heureuse que de remonter le long couloir des arrivées et de déboucher sous l'arche en bois de l'aéroport d'Auckland, qui marquait l'entrée en Nouvelle-Zélande.

C'était le bruit qui faisait battre mon cœur en premier, l'enregistrement du chant d'un oiseau Tui diffusé au niveau de la vérification des passeports sous l'arche, entrée rituelle sur laquelle étaient sculptées des silhouettes maori qui séparaient mon univers du reste du monde.

Quand je suis arrivée à cet endroit, j'ai dû me retenir pour ne pas courir comme une folle vers la sortie et embrasser le sol tel le pape, action qui m'aurait valu d'être poursuivie par les douaniers et leurs chiens surentraînés, à la recherche de fruits et de légumes introduits illégalement dans le pays.

J'ai toujours trouvé mon attachement à la Nouvelle-Zélande un peu idiot : j'en suis partie de mon plein gré, j'y retournais très rarement, et je n'étais pas certaine de revenir y vivre un jour. Ce qui me manquait, c'était la terre. Rien ne gonflait autant mon cœur de joie que la vue d'Aotearoa par le hublot.

Aotearoa ou le « pays du nuage blanc »; un nom pour le moins étrange pour un pays sans nuages, mais parsemé de collines qui bourgeonnent sur la terre plate comme des ventres de femmes enceintes, d'océans clairs et brillants comme un œil de poisson et de rivières serpentant paresseusement d'un bout à l'autre du pays – et dont l'eau douce est remplie d'anguilles et de truites, qui me rappellent les chauds après-midi et les week-ends passés à flotter sur le dos dans la rivière Waihou.

J'avais obtenu la permission de passer quelques jours avec ma famille avant d'entamer la tournée, dans ma petite ville natale de Te Aroha, à quelques heures de route au sud d'Auckland.

J'avais été contactée par mon ancienne école, pour faire un petit discours à l'assemblée du matin ; c'était assez ironique compte tenu du fait que je n'avais jamais été une élève exceptionnelle et que j'avais rapidement abandonné mes études supérieures après une année de musicologie à l'université. On m'avait également demandé de faire un petit concert dans le hall de l'école, et ma mère m'avait annoncé, très fière, que le journal local avait publié une photo de moi. Fort heureusement, ce n'était pas la photo qui figurait sur l'affiche new-yorkaise, et sur laquelle j'étais nue.

J'ai récupéré mes bagages et gagné rapidement le hall d'entrée de l'aéroport. J'ai cherché des yeux mon frère, Ben, qui avait promis de venir me chercher. Il travaillait à l'aciérie près de Pukekohe, mais il avait pris une semaine de congé pour la passer avec moi à Te Aroha.

Aucune trace de lui.

Mon téléphone a vibré dans ma poche.

— C'est moi ! Il faut que tu sortes ; je tourne en rond pour ne pas payer le parking.

Évidemment.

Je lui ai fait signe de s'arrêter alors qu'il achevait son cinquième tour.

— Salut ! ai-je dit.

— Salut !

Ben a sauté de sa voiture et m'a enlacée. Il sentait la sueur et le cambouis, et n'avait quasiment pas changé depuis la dernière fois que je l'avais vu : ses épaules s'étaient peut-être un peu élargies depuis qu'il travaillait à l'aciérie, et quelques cheveux gris striaient sa chevelure brune.

— Monte vite avant qu'on se fasse choper, a-t-il dit avec un signe de la tête en direction des panneaux qui promettaient pis que pendre à ceux qui traînaient dans la zone de dépose-minute.

Il a posé mon étui à violon sur la banquette arrière avec toutes les attentions dues à un nouveau-né.

D'aussi loin que je me souvienne, j'ai toujours vu mon frère avec la même voiture, un break rouge Toyota qu'il avait acheté d'occasion et qui lui avait coûté moins cher qu'une bicyclette. Il l'avait patiemment restauré jusqu'à ce que le moteur tourne avec une efficacité qui rendrait jaloux un pilote de F1.

— Zéro à quatre-vingt-quinze kilomètres-heure en quinze minutes, m'avait-il fièrement annoncé la première fois qu'il avait essayé de la faire démarrer.

Je me suis installée sur le siège passager avec l'habitude qui vient d'un retour agréable à quelque chose qui n'a pas changé malgré une longue absence. Mon frère et son break étaient des choses aussi fixes que le coucher du soleil.

Il s'était mis à pleuvoir légèrement, et les essuie-glaces bruissaient doucement contre le pare-brise.

C'était l'hiver en Nouvelle-Zélande, mais le temps restait clément ; rien à voir avec l'hiver new-yorkais. Tout était bien plus tropical que dans mon souvenir, malgré le ciel gris.

J'ai contemplé la rangée de palmiers qui bordaient la route menant à l'aéroport.

— Ouah ! Je ne me souvenais pas que c'était comme ça, ai-je dit. On dirait une île.

— C'est vraiment une île, a répondu Ben avec bon sens.

— Je veux dire une vraie île, une île du Pacifique.

— Tu es sûre d'être allée à l'école ? J'ai l'impression que la grande ville n'a pas amélioré ton QI. C'est la pollution qui t'a fait cet effet-là ?

Je me suis penchée et lui ai donné une claque sur la jambe.

Ben n'avait quitté la Nouvelle-Zélande qu'une seule fois, pour une semaine de surf à Brisbane. Il ne voyait aucune raison de partir.

— Tu veux mettre une cassette ?

Il avait toujours un lecteur de cassettes dans son Toyota, et l'espace devant le siège passager en était jonché.

— Sade ? ai-je proposé, taquine.

— Elle est meilleure que Beethoven.

J'ai de nouveau regardé par la fenêtre, émerveillée par l'absence de voitures et les champs qui se déroulaient à perte de vue. La dernière fois que j'étais venue à Auckland, j'avais eu l'impression d'assister à une course folle, véhicules et humains se mêlant dans un gigantesque embouteillage. À présent, même les quartiers les plus fréquentés me paraissaient provinciaux.

— Maman t'a dit que j'allais me marier ?

— Non ! Je ne savais même pas que tu avais une petite amie ! Vous avez décidé ça quand ?

— Il y a un mois. Elle s'appelle Rebecca. Bex. Elle a vécu un peu à Londres, ça vous fera un sujet de conversation.

— Eh ben. Félicitations !

— Et elle est enceinte.

— Hein ? Mais pourquoi est-ce que personne ne me dit jamais rien ?

— Parce que tu ne réponds jamais au téléphone !

— Tu peux m'envoyer des mails.

— Pas question de t'annoncer que je vais être père par mail ! Tu la verras à ton concert. Elle est allée voir sa famille à Tauranga.

Le silence s'est installé. La pluie a redoublé d'intensité, et le trafic a ralenti : tout le monde quittait la ville pour le week-end.

Quand est-ce que j'avais pris de leurs nouvelles pour la dernière fois ? Je pensais souvent à eux, ma famille, mes amis, la Nouvelle-Zélande en général, mais je n'avais pas téléphoné depuis Noël, où j'avais brièvement appelé mes parents. Je n'avais pas parlé à mon frère depuis un an.

— Je suis contente de te voir, ai-je dit.

Je me suis soudain sentie submergée par une vague de tristesse : mon humeur était devenue aussi morose que le ciel.

— Moi aussi. Tu nous as manqué.

Nous avons passé le reste du trajet à parler de vieux amis et de connaissances. Rien n'avait vraiment changé, si l'on exceptait les inévitables mariages et naissances chez les plus jeunes et divorces chez les plus vieux. J'étais toujours surprise d'apprendre que certains arrivaient à rester ensemble.

Mes parents avaient réussi cet exploit : ils étaient mariés depuis trente ans. Ils semblaient avoir de l'affection l'un pour l'autre, mais j'avais toujours pensé qu'ils ne s'aimaient pas réellement. Mon frère et ma sœur n'étaient pas de mon avis : pour eux, mes parents étaient un exemple de romantisme, la preuve qu'un couple pouvait tout surmonter. Je pensais pour ma part qu'ils étaient toujours ensemble parce qu'il est plus facile de rester mariés que d'affronter une rupture et la solitude qui en découle. J'ai toujours été très cynique.

J'ai su que nous arrivions à Te Aroha avant même d'avoir dépassé le panneau « Bienvenue ».

La ville m'avait toujours paru nimbée d'une lumière légèrement plus tamisée que celle des alentours. J'avais toujours eu l'impression de vivre dans l'ombre de la montagne proche, la Te Aroha, qui s'étalait sur toute la ville, bien au-delà de ce à quoi on pouvait s'attendre. Les autres membres de ma famille me trouvaient folle : ils disaient que la lumière était la même que partout. Pour ma part, je la trouvais oppressante, comme quand on est bordé trop étroitement dans un lit.

La montagne se dressait dans le lointain, une éternelle tache sombre, quelle que soit la saison. Elle était à la fois la raison d'être de la ville et la possibilité d'en sortir.

Quand j'étais enfant, je l'avais escaladée avec mon père. J'avais abandonné la marche assez vite ; le sol était trop boueux, et le chemin à gravir me paraissait insurmontable. Comme mes pieds ne trouvaient pas de prise, mon père m'avait juchée sur ses épaules, et c'est ainsi que nous étions parvenus au sommet.

Lorsque j'ai contemplé la vue qui s'offrait à nous, ce que j'imaginais être le reste du monde, j'ai eu l'impression d'être enfin délivrée de l'ombre de la montagne et, à partir de ce jour, j'ai considéré que tout ce qui était hors des limites de la ville était la Terre promise. J'ai quitté la ville sans un regard après mon dernier jour de lycée et je n'y suis que rarement revenue.

J'étais la plus jeune des trois, celle qui ne rentrait pas dans le moule. Ma sœur aînée, Fran, travaillait dans la succursale locale de la Banque de Nouvelle-Zélande. Elle y occupait un poste depuis dix ans et n'avait aucune intention d'en partir. Mon frère avait suivi des cours de mécanique par correspondance et décroché son diplôme, mais j'avais été la seule à aller à l'université, même si j'avais rapidement abandonné.

Je n'avais jamais compris pourquoi j'avais à ce point la bougeotte. C'était finalement à New York que j'avais mené la vie la plus stable, et l'aisance avec laquelle je m'étais adaptée, un peu comme à Londres, tenait certainement au fait que c'étaient deux villes en perpétuelle mutation, dans lesquelles on est environné d'un mouvement permanent. Je pouvais ainsi apprécier le calme dans l'œil du cyclone, au lieu de me déplacer sans cesse pour créer mon propre tourbillon, afin de fuir l'ennui infini d'une petite ville de province.

Ma mère racontait toujours que, quand j'étais enfant, j'avais été fascinée par une troupe de gitans qui était passée chez nous pendant une tournée dans la péninsule de Coromandel. Ils vendaient des babioles sculptées, tiraient les tarots, proposaient des spectacles de danse autour du feu, et il était possible de visiter leurs roulottes colorées.

Je mourais d'envie de m'enfuir avec eux, de jouer du violon au son duquel leurs danseuses évolueraient. Je les trouvais si exotiques, avec leurs pieds nus sur l'herbe, le balancement délicat de leurs hanches et leur façon de jongler avec des *bolas* enflammées qui semblaient embraser le ciel.

La nuit tombait quand nous nous sommes arrêtés devant la maison de mes parents, où j'avais vécu pendant dix-sept ans. Nous n'avions jamais été riches ni matérialistes, et la maison avait peu changé.

Il y avait à présent un auvent pour voiture, le jardin avait été modifié et la barrière repeinte. Le citronnier était toujours là, ce que j'ai trouvé étrangement réconfortant, peut-être parce que ses fruits ont orné mes pancakes dès que j'ai su tenir un couteau et une fourchette.

La chatière battait en bas de la porte, et les deux bouledogues de ma mère, Rufus et Shilo, grognaient ; postés sur leurs courtes pattes, ils étaient en équilibre sur la marche inférieure. Ma mère se tenait juste derrière eux. Elle était sortie en courant pour nous accueillir dès qu'elle avait entendu le ronronnement du break au bout de la rue.

Mon père et ma sœur étaient à la fenêtre de la cuisine, un grand sourire aux lèvres. Fran vivait à quelques rues de chez mes parents, dans un petit cottage qu'elle avait acheté avec une amie.

Ma sœur était célibataire depuis des années, et il n'y avait apparemment toujours aucun homme dans le paysage. D'un autre côté, après les nouvelles assenées par Ben, je n'aurais pas été surprise plus que ça de la voir apparaître sur le perron avec un homme et deux bébés. Ma mère devait être ravie d'être bientôt grand-mère. Ma sœur et moi avions toujours dit que l'amour ne nous intéressait pas, et elle avait toujours craint de ne jamais avoir de petits-enfants.

— Bonjour, ma chérie !

Elle m'a serrée étroitement contre elle. Elle portait un tablier blanc usé et couvert de taches de nourriture, sur un jean et un pull rose pâle. Elle s'était maquillée en mon honneur : un peu de mascara et un soupçon de blush. Elle avait arrêté de se teindre les cheveux, même s'ils étaient toujours longs et épais. Elle n'avait jamais été coquette. Elle était un peu plus ronde que la dernière fois que je l'avais vue, mais, comme les cheveux gris, ça lui allait bien. J'avais toujours pensé que ma mère était un arbre, qui poussait tranquillement selon le bon vouloir de la nature. Je ne l'avais jamais entendue se dévaloriser et je ne l'avais jamais vue faire un régime, ce qui était sans doute la raison pour laquelle ma sœur et moi avions une estime de nous-mêmes assez inébranlable.

Fran était la seule de nous trois à avoir les cheveux courts. Elle les avait fait couper quand elle était adolescente, puis décolorer en blond platine ; cet acte de rébellion avait été le premier de la famille, avant que j'abandonne mes études et ne parte pour l'Australie. Elle ne les avait jamais eus longs depuis. Nous ne nous ressemblions pas du tout physiquement, mais, d'après les gens, nous avions les mêmes façons d'être. Même quand nous ne nous étions pas vues pendant plusieurs années, nous savions ce que l'autre allait dire et pouvions lui choisir des vêtements.

Fran ressemblait à un lutin malicieux ; petite et agile, elle avait un nez aquilin et un grand sourire. Elle se déplaçait à bicyclette et portait des lunettes à large monture en plastique alors qu'elle n'avait aucun problème de vue. Elle avait tout à fait le look d'une fille que l'on verrait se balader en vélo à Shoreditch, et je ne comprenais toujours pas pourquoi elle n'avait jamais quitté Te Aroha. J'avais longtemps pensé qu'elle n'y était pas à sa place, mais elle y vivait depuis si longtemps que la ville semblait l'avoir intégrée, un peu comme une moule sur son rocher.

Fran m'a brièvement enlacée, légèrement embarrassée. Elle n'aimait pas les démonstrations d'affection. On disait si souvent que les Britanniques étaient froids que j'avais été très surprise de découvrir qu'ils étaient beaucoup plus chaleureux que les Néo-Zélandais, qui avaient pour habitude de saluer leurs amis d'un sourire ou d'une taquinerie.

Mon père attendait tranquillement derrière elles. Il portait encore son bleu de travail, un uniforme que je lui avais tellement vu que j'avais l'impression que c'était sa seconde peau, un peu comme le tablier pour ma mère.

Mes pieds ont décollé du sol quand il m'a prise dans ses bras, et il m'a serrée si longtemps que j'ai failli m'endormir tout contre lui, comme quand j'étais enfant.

Quelqu'un d'autre a ouvert la porte, et une silhouette s'est encadrée dans le chambranle.

M. Van der Vliet. Il n'était pas aussi grand que dans mon souvenir, mais toujours aussi maigre, et quasiment chauve. Il devait avoir plus de quatre-vingts ans, mais son regard était toujours perçant et lumineux, et son expression intense.

— Bravo, ma fille, m'a-t-il dit tout en me tapotant le dos, quand j'ai déposé une bise sur sa joue parcheminée.

Il n'habitait pas le même quartier que mes parents et ne les fréquentait pas ; il était donc venu uniquement pour me voir. J'ai eu l'impression que j'allais éclater en sanglots.

Fran m'a sauvée.

— On devrait rentrer, vous ne croyez pas ? a-t-elle proposé après s'être éclairci la voix. Pas la peine de rester dehors. Même les chiens ont faim, les voraces.

Ma mère avait dû passer des semaines dans la cuisine : la table croulait littéralement sous une montagne de mes plats préférés.

— Je cuisine et je congèle depuis un mois, a-t-elle expliqué fièrement.

Les légumes venaient de notre potager, que mon père dirigeait d'une main de maître, et la viande de producteurs locaux. Mon père avait apparemment échangé des pneus de camion contre un bœuf, dont le corps désossé dormait dans le gros coffre congélateur de l'appentis.

Le festin était accompagné de citronnade et de bière Speight, et, en dessert, il y avait des beignets aux pommes accompagnés de glace à la vanille et au miel, ainsi que des chocolats à l'ananas. Quand je suis allée à la cuisine chercher le sel et le poivre, j'ai découvert que ma mère avait stocké trois sortes de pains différents dans le garde-manger.

— On ne savait pas ce qui te manquait le plus, a expliqué maman, alors on a tout acheté.

Son regard s'est un peu embrumé, mais elle souriait.

— Je ne pourrai jamais manger tout ça avant mon départ, ai-je protesté.

— Bien sûr que si. J'y veillerai.

— On mange à New York, tu sais, maman.

— Oui, mais pas comme à la maison.

— Ça, c'est certain, ai-je répondu en lui pressant affectueusement l'épaule avant de me rasseoir.

Ben m'a épargné d'autres remarques, même si je savais que c'était la façon qu'avait ma mère de me dire que je lui avais manqué.

— Alors, c'est comment la vie dans la grande ville ? Ça fait quoi d'être célèbre ? Tu as ta propre loge ?

— C'est beaucoup moins glamour que ça n'en a l'air, ai-je répondu en riant. J'adore donner des concerts, mais j'en ai assez de la ronde des chambres d'hôtel. J'ai l'impression de vivre une valise à la main.

— Ça te va comme un gant, a rétorqué Fran. Tu ne vas jamais revenir définitivement ici, n'est-ce pas ?

— Si. Un jour.

Cette fois-ci, c'est M. Van der Vliet qui m'a sauvé la mise.

— Où joues-tu la prochaine fois ?

— J'ai la chance d'avoir d'abord une semaine de congé, que je vais passer ici. Ensuite, je descends dans le sud et je remonte : Christchurch, Wellington, Auckland, puis je prends l'avion pour Melbourne et enfin Sydney. Je ne passerai pas plus de quelques jours partout. Ça va aller très vite. Je joue avec un orchestre local chaque fois : ça attire du monde et ça réduit les coûts. Je vais donc passer beaucoup de temps à répéter.

Fran a explosé de rire et m'a donné un coup dans les côtes.

— « Chaque fois », a-t-elle répété avec un faux accent britannique. Non, mais écoutez ça ! Où t'as pêché un accent pareil ?

Un des chiens a aboyé, comme s'il approuvait ma sœur.

M. Van der Vliet a poursuivi comme si de rien n'était.

— Ils te font travailler dur, n'est-ce pas ?

— Oui. Mais je sais que j'ai une chance folle. Je vis le rêve de toute violoniste.

— J'ai lu que tu jouais sous la houlette de Lobo, le chef d'orchestre vénézuélien ?

— Absolument. Simón, ai-je précisé rapidement.

— Je rêve ou tu rougis ? a demandé ma sœur, qui me regardait avec attention. Tu as une histoire avec le chef d'orchestre ? Raconte.

— Il n'y a rien à raconter, nous sommes juste amis.

— Oh, mon Dieu, ne pars pas vivre en Amérique du Sud, s'est exclamée ma mère, qui a porté la main à sa bouche, choquée. New York est déjà assez loin comme ça !

— Le Venezuela est plus près de la Nouvelle-Zélande que New York, maman. Mais n'aie crainte, je ne compte pas aller y vivre.

— Tu vis avec qui à New York, alors ? Tu as un appartement où revenir entre deux concerts ?

— J'ai vécu en colocation avec un couple croate qui joue aussi dans l'orchestre, mais j'ai déménagé juste avant de partir en tournée. Quand je suis de passage à New York, je vais dormir chez des amis et j'emmène mes vêtements à la laverie.

J'ai contemplé mes pieds, de plus en plus embarrassée par la tournure que prenait la conversation. Je ne savais pas vraiment pourquoi je ne voulais pas parler de Dominik. J'aurais très facilement pu dire que nous sortions ensemble sans raconter que j'aimais qu'il m'attache ou qu'il me fasse l'amour une main pressée contre mon cou ; après tout, personne ne raconte les détails de sa vie sexuelle à table, même quand cette dernière est des plus traditionnelles.

Mon père n'a pas dit un mot de la soirée, même s'il n'a jamais cessé de sourire. Il avait réussi à obtenir une invitation pour tous les concerts que j'allais donner en Nouvelle-Zélande, disant qu'il prévoyait lui aussi de faire sa tournée.

Ma mère ne pouvait pas assister à toutes les représentations, mais toute la famille viendrait me voir à l'Aotea Centre sur Queen Street, à Auckland.

— Il faut bien que quelqu'un garde les chiens, a-t-elle expliqué, désolée.

Ce ne fut qu'une fois couchée dans le lit à une place, dans la chambre qui avait toujours été la mienne, qu'une immense solitude s'est abattue sur moi.

Je m'étais si bien habituée aux bruits de circulation que les sons de la ville me faisaient le même effet apaisant qu'un CD du chant des baleines ou du ressac. Or, là, pas un bruit. Le silence était si profond qu'il en devenait suffocant, comme si j'étais enfermée dans un cercueil.

J'ai ouvert la fenêtre malgré la pluie qui s'était remise à tomber, et je me suis agenouillée sur mon lit, les yeux tournés vers les ténèbres. J'espérais voir les étoiles, mais le ciel était d'une infinie noirceur.

D'habitude, on en voyait des milliers ; l'air était si pur qu'elles brillaient comme des phares.

Tout le monde disait que j'étais une grande voyageuse, mais pouvait-il en être autrement quand on venait de Nouvelle-Zélande ? Le désir de découvrir le monde brûle dans nos veines.

En revanche, je comprenais pourquoi nous revenions toujours chez nous. Je n'avais jamais cessé d'aimer ce pays, même quand j'étais longtemps restée éloignée de lui, mais je ne comprendrais jamais pourquoi certains ne voulaient jamais en partir.

Je me demandais si Dominik éprouvait les mêmes sentiments que moi. Était-il venu à New York uniquement pour moi ? Serions-nous capables de vivre vraiment ensemble un jour ? J'avais l'impression que par certains aspects notre relation était vouée à l'échec. Je n'étais pas certaine qu'il me pardonne un jour de l'avoir abandonné pour partir en tournée. Mais, d'un autre côté, je ne pouvais pas envisager de vivre sans lui. J'avais essayé de recréer sa présence dans ma vie, ce qui m'avait poussée à faire des choses stupides ou dangereuses, voire les deux à la fois.

J'avais récemment arrêté de nouer la corde autour de mon cou quand j'étais seule, parce que les implications m'effrayaient, sans compter que l'excitation qui naissait de cette peur accroissait ma terreur. Je savais que même Dominik n'aimerait pas ça, bien que la probabilité pour que je trébuche et que la corde m'étrangle en s'accrochant accidentellement quelque part fût quasiment nulle.

Elle était toujours dans ma valise. Les battements de mon cœur s'étaient emballés quand j'avais franchi la douane, et j'avais imaginé toutes sortes d'explications à sa présence dans mes bagages si par hasard ces derniers étaient ouverts et fouillés. Escalade, scoutisme, ainsi que je l'avais dit à Simón quand je l'avais embrassé.

Peut-être que j'aurais été honnête et murmuré que j'aimais le bondage. Après tout, quel mal y a-t-il à cela ? Cependant mes bagages n'avaient jamais été ouverts. La corde était toujours dans ma valise, comme un serpent dissimulé dans le sable, un danger menaçant mais caché.

Comment diable en suis-je arrivée là ? ai-je songé en contemplant la lune, le visage mouillé par la pluie froide.

Les feuilles des arbres bruissaient dans la brise, compagnes gracieuses qui accompagnaient mes pensées, et, de temps en temps, un animal détalait dans l'ombre du jardin.

Ici, même la nuit était plus sombre, à peine éclairée çà et là par un réverbère. J'ai refermé la fenêtre et jeté un coup d'œil à ma chambre. Rien n'avait changé depuis mon départ.

J'avais pensé qu'une fois que nous aurions tous les trois quitté la maison mes parents déménageraient pour avoir moins de travail ou qu'ils prendraient un locataire pour se faire un peu d'argent. Ou au moins qu'ils changeraient la décoration et feraient de nos chambres des chambres d'amis ou des placards. Au lieu de ça, ils n'avaient touché à rien, faisant de ces pièces l'équivalent architectural des capsules temporelles.

Quand j'étais enfant, je n'étais pas du genre à entasser les possessions. Quelques livres, des piles de disques, des cassettes, des CD, un globe terrestre que j'étudiais pendant des heures, imaginant tous les endroits que je visiterais plus tard. Mon premier violon, toujours dans son étui d'origine, avec le petit archet assorti, qui avait perdu quasiment tous ses crins. Un vase blanc aux motifs japonais, décoré de minuscules fleurs de cerisier, que mon père m'avait offert un jour, sans occasion particulière : il l'avait vu dans une boutique et avait pensé à moi. « Parce qu'un jour tu iras au Japon », m'avait-il dit alors. Je n'y avais encore jamais mis les pieds.

Le soleil a refait son apparition le jour de mon discours dans mon ancienne école. S'adresser à des enfants qui paraissaient beaucoup plus jeunes que ce que j'imaginais était très étrange. C'étaient des bébés qui m'arrivaient à peine à la taille. J'avais peur qu'ils ne me chahutent ou ne me lancent des projectiles, mais ils se sont contentés de rester assis en silence, le regard dans le vide, comme s'ils ne s'étaient jamais autant ennuyés de leur vie.

Les couloirs et les bâtiments étaient les mêmes qu'à mon époque, et je connaissais la plupart des professeurs. J'ai été invitée à pénétrer dans la salle des profs pour la première fois de ma vie et j'ai été très surprise par l'accueil chaleureux d'enseignants qui, dans mon souvenir, ne m'aimaient guère. Même mon ancien prof de maths, M. Bleak, que j'avais toujours pris pour un homme bourru, agacé au plus haut point par mon incapacité totale à comprendre l'algèbre, a souri de toutes ses dents quand il m'a aperçue près du distributeur d'eau.

— Je suis très content pour toi, a-t-il dit. Tu es partie affronter le monde et tu as réussi. Si ne serait-ce que la moitié des élèves faisait ça, ce serait génial.

Il s'est rembruni à ces mots et a tourné les talons, tasse et sachet de thé en main, en en oubliant même d'ajouter de l'eau chaude.

J'ai pris ma tasse et ai cherché un siège. Dans le processus, j'ai quasiment percuté de plein fouet un homme qui se tenait derrière moi et je me suis éclaboussé le bras de café.

— Oh, je suis vraiment désolé ! s'est-il exclamé, nerveux.

Il a essuyé mon poignet avec la manche de sa chemise et a reculé comme si c'était lui qui s'était brûlé.

— Graham ? ai-je murmuré.

Le silence s'est abattu sur la salle des profs. J'ai compris que c'était le seul que j'avais appelé par son prénom. J'aurais dû lui dire « monsieur Ivers », de la même manière que j'avais appelé mon prof de maths « monsieur Bleak » ou ma prof de musique « madame Drummond », même si elle m'avait demandé en riant de l'appeler Marie. Je ne pouvais pas me résoudre à appeler mes anciens profs par leur prénom.

M. Bleak s'est raclé la gorge et a gentiment entamé une conversation à très haute voix sur le temps avec son voisin. Les conversations ont rapidement repris ; tout le monde se désintéressait de nous.

Graham était mon ancien maître nageur, et le premier homme avec qui j'avais couché.

Il m'avait surprise en train de me caresser dans les vestiaires des filles après une séance d'entraînement et demandé si j'avais envie de savoir ce que ça faisait d'avoir un homme en moi. J'avais répondu par l'affirmative.

Je n'avais raconté cette histoire à personne, pas même à ma meilleure amie de l'époque, Mary, même si j'avais toujours pensé qu'elle avait deviné ce qui s'était passé.

Seul Dominik était au courant, mais je ne lui avais pas raconté la fin de l'histoire : je m'étais lancée avec fougue dans la natation pour lui. J'aimais sentir son regard posé sur moi quand j'alignais longueur après longueur.

Ma soudaine passion pour la nage avait rempli ma mère de joie, puisqu'elle craignait que je n'éprouve une obsession malsaine pour la musique. Il avait même été question que je participe aux championnats de Waikato. J'avais inventé toutes sortes de raisons pour rester tard après les séances d'entraînement. Une fois les autres filles parties, je me caressais en laissant la porte ouverte : j'espérais que Graham me surprendrait de nouveau et me baiserait encore une fois.

Les autres nageuses avaient évidemment commencé à répandre des rumeurs, et peut-être ces dernières étaient-elles parvenues aux oreilles des autres profs. J'ai découvert, en arrivant à l'entraînement un beau matin, que Graham avait été transféré dans une autre piscine. Sa remplaçante était une femme entre deux âges aux jambes arquées. Elle portait un maillot de bain vert qui accentuait sa ressemblance frappante avec une grenouille.

J'avais abandonné la natation et m'étais consacrée à la musique avec une ardeur nouvelle.

— Je suis content que tu sois de retour, avait déclaré M. Van der Vliet, alors même que je n'avais pas manqué plus d'une heure de cours. Je commençais à m'inquiéter.

Je n'en avais jamais voulu à Graham, alors que j'avais toutes les raisons du monde d'éprouver de la colère contre lui. J'avais juste été attristée de constater qu'il ne voulait plus de moi. Que ce soit bien ou mal, j'avais aimé l'expérience. À l'époque, je m'étais prise pour une adulte, mais en regardant les élèves autour de moi, avec leurs visages encore ronds et leurs boîtes à déjeuner, qui semblaient avoir l'âge de se coucher à 20 heures pour regarder des dessins animés, je fus choquée. J'étais vraiment jeune à cette époque.

Je n'avais pas pu m'empêcher de penser que j'étais responsable, que ce qui était arrivé était ma faute. M. Ivers n'aurait évidemment pas dû faire ça, mais je ne pouvais pas dire qu'il m'avait forcée ni que je n'avais pas apprécié.

Ce n'était pas lui qui avait fait de moi ce que j'étais devenue. Il avait attisé une flamme qui brûlait en moi depuis ma naissance, et qui faisait partie de moi au même titre que mes cheveux roux. Il était autant responsable de ce que j'étais devenue que le sable ne l'est de la vague qui le lèche sur le rivage.

Mon estomac s'est retourné tout d'un coup. Je me suis excusée et j'ai filé aux toilettes.

J'étais aussi grise que les murs des couloirs. Je me suis aspergé la figure d'eau pour recouvrer mon calme et me suis essuyé la bouche avec lassitude.

J'ai jeté un coup d'œil à ma montre. Le temps passait et j'étais en retard pour rencontrer les étudiants en musique de dernière année, avec qui j'étais censée jouer au concert de ce soir. Je devais répéter toute la journée avec eux.

Il était temps de me ressaisir.

Graham m'attendait devant la porte des toilettes.

— Ce n'est probablement pas l'idée du siècle, ai-je remarqué, à présent impatiente de commencer à répéter.

Il a rougi violemment. Il avait perdu sa silhouette d'athlète et avait un début de double menton. Son front commençait à se dégarnir, ce qui lui donnait l'allure d'un œuf sortant du cul d'une cane. Il fumait et puait la clope froide. J'ai retenu mon souffle.

— Je suis désolée, ai-je repris. Je n'aurais pas dû dire ça. Vous venez au concert, ce soir ?

Il a acquiescé.

— À ce soir, alors, ai-je dit, désinvolte.

J'ai gagné la salle de musique où m'attendaient les musiciens choisis pour jouer avec moi.

Ils n'étaient pas mauvais et semblaient beaucoup moins nerveux que Mme Drummond. Je leur avais envoyé les partitions à l'avance. J'avais passé des heures à élaborer le programme : quasiment aucun habitant de Te Aroha n'avait jamais entendu une note de musique classique.

J'avais choisi de jouer surtout Enzso, fruit de la collaboration entre Split Enz et l'Orchestre symphonique de Nouvelle-Zélande. J'avais décidé d'ouvrir le concert avec *Message To My Girl*, le morceau que j'avais joué à Washington Square juste après avoir quitté Victor, quand Dominik avait refait son apparition dans ma vie comme par enchantement. Cette chanson me déchirait le cœur, alors même que nous la répétions pour la dixième fois.

J'avais rajouté quelques morceaux extraits du *Seigneur des Anneaux*, qui apparemment plaisaient beaucoup aux élèves.

Même si ce concert était sans importance, c'était la première fois qu'il m'était permis de faire exactement ce que je voulais, et c'était certainement celui que j'attendais avec le plus d'impatience. Le programme des concerts suivants était beaucoup plus formel et ne comprenait quasiment que des morceaux classiques connus en plus de Vivaldi, qui était devenu une marque de fabrique.

Le hall était brillamment éclairé : pas de projecteur, pas de lumière tamisée pour la salle. Je voyais distinctement tous les visages chaque fois que je levais les yeux. Il m'a été plus difficile de me perdre dans la musique comme je le faisais toujours : dans une salle de concert, il y a beau y avoir des milliers de spectateurs, je me crois seule sur scène puisque je ne peux distinguer aucun visage.

Je me suis sentie beaucoup plus sur mes gardes pendant ce concert. J'étais consciente d'encourager par ma présence les jeunes musiciens, dont certains étaient livides et tremblaient comme des feuilles en entrant sur scène. De plus, c'était la première fois que je me produisais en public pour mes amis et ma famille depuis le lycée.

Ma famille s'était mise sur son trente et un, et même mes amies Cait et Mary, venues exprès pour l'occasion, avaient sorti leurs plus belles tenues, dans lesquelles elles paraissaient un peu déconcertées, plus habituées qu'elles étaient à sortir à Auckland et à Wellington. L'idée qu'elles pourraient être déçues par ma performance m'avait plus emplie d'appréhension que la présence des critiques les plus renommés.

La première partie s'est bien déroulée, et nous nous sommes interrompus pour un quart d'heure d'entracte, le temps de reprendre notre souffle. Je n'avais pas le courage de faire le tour de la salle, d'écouter les compliments et de subir les regards curieux de ceux qui se demandaient ce que j'étais devenue. Mon agent m'avait dit qu'il fallait que je fasse un effort pour me rapprocher de mon public, mais je pensais que dans ce cas particulier elle comprendrait parfaitement mes réticences.

J'ai fourragé dans mon sac à la recherche de mon téléphone. J'ai fait semblant de recevoir un coup de fil important et me suis éclipsée par une sortie dérobée. Je me suis adossée contre le mur extérieur en appréciant la fraîcheur de l'air. Il avait cessé de pleuvoir, même si les nuages étaient toujours aussi lourds et baignaient la ville dans une perpétuelle vapeur moite. L'herbe était détrempée, et les gouttes d'eau sur les feuilles des arbres brillaient comme des perles de verre.

J'ai été interrompue dans mes pensées par une toux, qui venait d'un peu plus loin le long du mur, et par l'éclat de la flamme d'un briquet. Mon compagnon était environné de ténèbres à l'exception du rougeoiement de sa cigarette, mais je l'ai reconnu à l'odeur et à la forme caractéristique de sa silhouette qui se détachait sur le ciel nocturne. M. Ivers.

— Je suis bien content de te trouver seule, a-t-il dit. Je voulais te parler.

Le bout de sa cigarette allait et venait comme une luciole. Ses mains tremblaient.

— Ah ? ai-je répondu.

Je n'imaginais pas un instant qu'il puisse me faire des avances. Je l'ai regardé de nouveau, à présent que mes yeux s'accoutumaient à l'obscurité. Je pouvais certainement faire abstraction de l'odeur de cigarette et je n'avais couché avec personne depuis Dominik. Je n'avais pas de temps à consacrer à l'amour ; nous n'arrêtions pas de nous déplacer et, après chaque concert, j'étais si fatiguée que je m'effondrais aussitôt rentrée à l'hôtel.

J'avais envisagé de payer pour avoir de la compagnie, allant même jusqu'à chercher des escorts sur Internet, mais je n'avais quasiment trouvé que des propositions de femmes, très peu d'annonces d'hommes. J'avais eu si peur de mal tomber ou d'être très gênée si je posais les mauvaises questions que j'avais abandonné l'idée.

Ce serait peut-être intéressant de coucher de nouveau avec M. Ivers. Au nom du bon vieux temps. Peut-être même à la piscine, comme la première fois.

Je me suis rapprochée de lui, un sourire enjôleur aux lèvres.

— On pourrait peut-être se retrouver dans les vestiaires après le concert. Je suis certaine que vous avez toujours la clé.

— Tu es complètement folle ! a-t-il rétorqué, visiblement choqué par ma proposition.

— Mais j'ai pensé que vous…

— Certainement pas ! Je me marie dans un mois. Je voulais juste te parler pour m'excuser et vérifier que tu… que tu ne l'avais dit à personne. Je n'ai pas beaucoup d'argent de côté, mais, si ça peut t'aider à… oublier, je peux te le donner. C'est pas beaucoup, mais…

— Vous pensez vraiment que je veux de l'argent ? l'ai-je interrompu.

— Écoute, je sais que ça ne réparera rien et qu'en plus, maintenant que tu es célèbre, tu n'en as certainement pas besoin…, a-t-il ricané.

— Je ne veux pas de votre argent et je ne dirai rien à personne.

— Merci, mon Dieu. Merci à toi.

Il s'est détendu et a tiré une bouffée de sa cigarette.

— Tu as été très bonne. Je veux dire, ce soir, au violon, a-t-il ajouté, le sourire aux lèvres, en écrasant son mégot avec la vigueur que l'on réserve aux insectes particulièrement répugnants.

Il a tourné les talons et s'est dirigé vers le hall, juste au moment où la sonnerie a retenti pour rappeler le public.

Je me suis laissée tomber sur mes talons et j'ai regardé la braise du mégot, toujours vivace malgré le pied de Graham, vaciller et mourir.

À cet instant, j'aurais voulu que Dominik soit à mes côtés, plus que je ne l'avais jamais souhaité.

10

Sous la promenade

— J'avais envie de t'appeler, dit Lauralynn.

Dominik travaillait à son roman depuis quelques semaines. Il n'avait pas grand-chose d'autre à faire. Sa vie se réduisait à une routine bien rodée : quelques heures de présence obligatoires dans son bureau à la bibliothèque, les potins échangés avec ses collègues puis le métro pour SoHo. Il ne dînait plus jamais dehors et se servait des divers services de livraison à domicile : un soir sushis, le lendemain mexicain, italien, ou repas bio servi par le restaurant sur Greenwich Avenue, ou encore de simples bagels.

Il avait eu des débuts difficiles. Le curseur de saisie de son ordinateur portable clignotait sans fin, et il n'arrivait pas à organiser ses idées. Elles fuyaient et se succédaient avant même qu'il ait pu en attraper une, ou ne résistaient pas à l'analyse. Après l'enthousiasme initial, il découvrit qu'il était beaucoup plus facile d'écrire sur des faits ; il suffisait de s'en tenir à ses découvertes, de les présenter de manière claire et convaincante puis de leur donner un sens. Écrire de la fiction était une autre paire de manches.

Il avait parfaitement en tête l'histoire qu'il voulait raconter, presque dans le moindre détail. Il avait beau savoir ce que feraient ses personnages, comment ils réagiraient, dans quelle danse, où plaisir et mort se mêlaient, ils évolueraient, il n'arrivait pas à se les représenter correctement. Les comprendre. Appréhender entièrement ce qui les motivait, comme s'ils n'étaient pas des créatures tout droit sorties de son imagination.

Il avait alors mis de côté tous les livres et toutes les photocopies des articles de journaux et de magazines qu'il avait accumulés sur le Paris de l'après-guerre, sur les jazzmans noirs, l'existentialisme et les artistes bohèmes qui fréquentaient les cafés et déambulaient dans les rues de Saint-Germain-des-Prés. Il avait passé de nombreuses soirées à relire ses romans préférés afin d'analyser comment les auteurs s'y étaient pris pour donner vie à leurs personnages ; il cherchait la technique dissimulée sous le talent. Sa démarche ne fit que rendre les choses encore plus difficiles. Il ne se sentait pas à la hauteur de la tâche. Peut-être n'avait-il tout simplement pas ce talent-là ?

Summer était en Australie. La tournée se passait bien, même si le retour aux sources suscitait chez elle des émotions contraires. Elle lui envoyait un mail de temps en temps pour essayer d'analyser ce qu'elle ressentait, et il tentait d'imaginer où elle était, les rues humides, les visages des gens et la façon dont ils la voyaient, sa façon de s'habiller, de marcher, ce mélange qui lui était propre d'innocence et de provocation involontaire qui la suivait où qu'elle aille.

Il ne l'avait pas vue depuis un mois. Il ferma les yeux et tenta de recréer son visage, la couleur de ses yeux, ses lèvres pincées quand elle éprouvait du plaisir.

Son orgueil, son imprévisibilité.

Le curseur clignotait sous ses yeux.

Sa jeune héroïne, fuyant une première liaison malheureuse, aurait quitté la banalité d'une ville du Texas nommée Nacogdoches, où elle avait grandi, et aurait échoué à Paris, où elle rencontrerait un journaliste britannique ; leur histoire se déroulerait ensuite pendant la fascinante période historique sur laquelle il voulait écrire. Pour le personnage masculin principal, il s'était évidemment inspiré de lui-même, sur ce qu'il aurait pu être s'il était né à une autre époque, mais il n'arrivait pas à discerner correctement Elena, et ses tentatives pour en faire un personnage crédible avaient, selon lui, lamentablement échoué. Il ne savait même pas à quoi elle ressemblait physiquement.

Un coup de fil miséricordieux interrompit ses pensées. Lauralynn.

— Salut, Lauralynn. Ça va ?

— J'ai un service à te demander.

— Je t'écoute.

— J'ai une semaine de vacances. Je voudrais monter à New York. La vie est inintéressante au possible ici. Tout est si foutrement provincial, même si c'est une ville universitaire. Je risque de me transformer en Emma Bovary, si ça continue…

— À ce point ?

— Je ne plaisante pas. Tu pourrais m'héberger ?

— Euh…, ne put que balbutier Dominik, surpris.

— Summer n'est pas rentrée, n'est-ce pas ?

— Non. Elle ne rentrera pas avant quinze jours. Elle est en Australie. Tu ne pourrais pas plutôt aller chez Miranda ?

— Je n'ai aucune nouvelle d'elle depuis la fête à Brooklyn, répondit Lauralynn. C'était trop pour elle, je pense. C'est une fille traditionnelle, finalement. Elle doit se noyer dans sa honte ou être trop timide pour revenir et en redemander. Et puis, de toute façon, son studio est trop petit, ça pourrait être pénible de cohabiter pendant une semaine. Je suppose que toi tu habites dans un endroit spacieux.

— Mais je n'ai qu'une chambre…

— Pas de souci. J'apporterai mon sac de couchage. Je ne voudrais pas t'embarrasser. Tu me connais, je sais me faire petite comme une souris.

— Ah oui ?

— Tout à fait.

Dominik réfléchit un instant.

— Je suppose que…

— Merci mon pote, tu es hypersympa ! Tu verras, je serai très discrète. C'était quand la dernière fois que quelqu'un t'a préparé à dîner ? Summer cuisine ?

— Que des plats simples, avoua Dominik. On commande beaucoup à emporter.

— Paresseux. Donne-moi ton adresse. J'arriverai à la gare centrale en début d'après-midi. Je viendrai directement. Tu veux que j'apporte quelque chose ?

— Il n'y a rien qui me vienne à l'esprit. À moins que tu ne puisses faire apparaître par magie une certaine personne présentement en Australie, mais je pense que c'est au-delà de tes incroyables pouvoirs… Ah, et tu peux laisser tes *paddles*, tes fouets et tes autres jouets à New Haven. On ne s'en servira pas. Pareil pour les menottes.

— Les menottes, c'est pour les chochottes, gloussa Lauralynn. Pour les couples de la classe moyenne, qui cherchent à pimenter un peu leur vie sexuelle. Les petits cochons, comme je les appelle. En dehors des gens qui ne sont pas sadomasochistes, je n'ai rencontré les menottes que dans les romans. C'est un autre monde, Dominik. Trop de gens confondent la réalité et la fiction, ajouta-t-elle. En revanche, les liens, ça, c'est autre chose…

C'est à cet instant que le déclic eut lieu dans l'esprit de Dominik.

Il comprit ce qui n'allait pas avec Elena, son personnage.

Elle était fictive pour lui.

S'il lui prêtait les traits de Summer, ses mots et son corps, alors elle prendrait vie. Elle ne serait plus une parodie mais une incarnation.

Il donna rapidement l'adresse de son loft à Lauralynn et revint à toute allure à son ordinateur. Il reprit son premier chapitre en imaginant Summer fuyant une petite ville étriquée perdue dans la sauvagerie texane. Une heure plus tard, il avait la certitude que son personnage avait acquis une nouvelle dimension, qu'il était devenu vraisemblable. Summer n'avait jamais voulu lui parler de sa vie en Nouvelle-Zélande ni de sa vie avant lui. Il avait l'impression qu'il allait se rapprocher d'elle.

Lauralynn se révéla être une invitée parfaite. Elle roulait soigneusement son sac de couchage tous les matins et n'était jamais dans ses jambes. Elle lui proposa de passer le balai et de faire la poussière dans le salon et la cuisine, ce qui avait été négligé depuis le départ de Summer : Dominik se fichait prodigieusement du ménage. Le fait qu'elle aime se livrer à ces activités uniquement vêtue d'une culotte, un joyeux sourire aux lèvres, ajoutait indéniablement au plaisir de la distraction, mais Dominik l'avait déjà vue nue, que ce soit lors de leur séance avec Miranda ou quand elle s'était fait bronzer à Londres, et il n'y avait donc rien de provocant dans son attitude. C'était plutôt une preuve de malice de sa part, étant donné qu'elle savait pertinemment quel effet elle faisait à Dominik. On était en plein cœur de l'été, et, malgré l'air conditionné, la chaleur s'infiltrait depuis l'extérieur avec une facilité surprenante. Il avait pour habitude de marcher pieds nus, ce n'était donc qu'un pas supplémentaire.

— J'ai habité pas loin d'ici, annonça Lauralynn. Je suis née à New York.

— Je ne le savais pas.

— Mes parents avaient un rez-de-chaussée sur la VIe Avenue, non loin de Bleecker Street. Nos fenêtres donnaient sur Minetta Lane. Il y a un petit théâtre là-bas. Ils présentent surtout des trucs très contemporains, mais, quand j'étais gamine, je pensais que c'était un bouge interlope. Ça me fascinait. J'avais déjà une imagination très vive.

— Quand est-ce que tu as déménagé ? demanda Dominik.

— J'avais une dizaine d'années.

— Tu es fille unique ?

— J'ai un frère, mais on n'a jamais été proches.

— Vous êtes partis où ?

— En banlieue, à Long Island, pour se rapprocher de mes grands-parents. Mes parents pensaient que New York n'était pas un endroit pour élever des enfants. Je ne suis pas d'accord, évidemment. Greenwich Village est un endroit génial pour les gosses. Il y a plein de parcs et d'aires de jeux dont personne ne connaît l'existence, et on est en plein cœur de l'agitation de la ville. J'adorais ça.

— Je le crois sans problème.

— Ils m'ont achetée en me promettant de me payer des leçons d'équitation à Long Island.

— Je t'imagine bien à cheval.

— Nue, tu veux dire ?

— Non, répondit Dominik en souriant. Dans la tenue réglementaire. Je parie qu'elle te va très bien.

— C'est vrai. C'est là que j'ai eu ma première cravache. Une chose en a amené une autre. Je l'ai d'abord essayée sur mon petit frère, puis sur les autres. Au début, c'était pour rire, évidemment, mais ça m'a donné le goût des châtiments corporels, même si c'était d'abord innocent et léger. Une pente savonneuse. J'avais envie de dominer les autres. Je ne veux pas savoir pourquoi. C'est juste comme ça.

— Où est ton frère maintenant ? Toujours à Long Island ?

— Non. C'est un Marine. Il est en Afghanistan. On ne se parle pas des masses. Nos deux parents sont morts. Ma mère d'un cancer, mon père dans un accident de voiture peu après la mort de ma mère. On a pris de la distance. Il est allé vivre avec de la famille éloignée dans un autre État, et moi, j'étais déjà à l'université. Ça arrive…

— Je n'aurais pas cru que les Marines aimaient le fouet, remarqua Dominik.

— Tu serais surpris.

— Où as-tu appris à faire le pesto ? demanda-t-il, alors qu'ils étaient affalés sur le canapé après le repas.

Elle avait préparé la délicieuse sauce verte avec du basilic, des pignons, de l'ail, de l'huile d'olive et du parmesan, qu'elle avait commandés sur Internet et qui avaient été livrés chez eux avec des pâtes fraîches qu'elle avait fait cuire al dente.

— J'ai vécu à Gênes, en Italie, répondit-elle, avec un comte qui aimait être puni. Entre deux châtiments, il m'a donné des cours de cuisine italienne. La cuisine ligurienne est très particulière ; ils utilisent beaucoup d'ail. Ça ne t'a pas dérangé ?

— Pas du tout. Il faut juste que nous évitions la compagnie des autres êtres humains pendant quelques heures. Je doute qu'ils apprécient notre haleine : nous sentons à plus d'un kilomètre !

Il en sentait toujours le goût sur ses lèvres et les lécha de nouveau.

— On s'en fout des autres, rétorqua Lauralynn. J'ai toujours trouvé louches les gens qui n'aimaient pas l'ail.

— Alors d'abord l'équitation, et après le violoncelle ? Ou c'est l'inverse ?

— Les deux sont arrivés en même temps, une fois la famille partie pour Long Island. Mes parents adoraient la musique mais ne jouaient pas d'un instrument. Ils chantaient dans un chœur à l'église, cela dit. Ils avaient tous les deux une très belle voix. Au départ, je n'étais pas très enthousiaste. J'ai fait du piano, sans grand talent, et j'ai essayé plusieurs instruments avant de trouver le mien. Il y a quelque chose de très sensuel dans le son du violoncelle, tu ne trouves pas ?

— Comme tu le sais, je suis plus un amateur de violon, répondit Dominik en souriant. Il a un son si pur. Celui du violoncelle est plus grossier.

— J'aime la grossièreté, riposta Lauralynn.

— J'étais certain que tu allais dire ça.

— Et, pour une femme, il y a quelque chose d'indicible dans le fait de tenir cet instrument entre ses cuisses, le bois contre la peau, les notes semblant rebondir dans la chair, comme si tout ton corps contrôlait la résonance.

Dominik avait du mal à garder les yeux ouverts, entre le copieux déjeuner et la torpeur de l'après-midi, qui le vidait de toute son énergie.

— Tu veux qu'on mette un CD ? proposa-t-il.

— Non. Je suis en vacances ; je ne veux pas entendre une seule note de la semaine.

— Je vais m'assoupir, sinon, la prévint-il.

— Allons courir.

— Par cette chaleur ? protesta-t-il.

— Pourquoi pas ?

— Je fais beaucoup de choses, mais je ne cours pas.

— Incroyable. Une promenade alors ? Bien lente, pour le vieillard que tu es ?

— Je suppose que ça peut se faire.

Lauralynn le regarda, rayonnante.

— J'ai une meilleure idée. Si on allait à la plage ?

— Où ça ?

— Tu connais Atlantic City ? Il y a une promenade en bois là-bas et une plage, il me semble.

— Je n'y ai jamais mis les pieds.

— Moi non plus. Allons-y, décida Lauralynn. C'est un train qui part de Penn Station ou de Grand Central ? Tu crois qu'il y a un métro qui va si loin ?

— Je vais chercher, déclara Dominik en ouvrant son ordinateur portable.

— C'est comme si on avait un rendez-vous amoureux, remarqua Lauralynn.

— J'ai l'impression d'être dans un film, dit Dominik.

La promenade d'Atlantic City s'étendait aussi loin que portait le regard, comme un long tapis clair bordé d'un côté par la mer, de l'autre par une succession de bâtiments de toutes les tailles et de toutes les couleurs. C'était le milieu de l'après-midi, et les enseignes lumineuses des hôtels à l'écart n'étaient pas encore allumées.

— Je veux un sorbet, dit soudain Lauralynn.

— Tu ne veux pas plutôt une glace ? demanda Dominik, qui avait remarqué les longues listes de parfums proposés par les cafés environnants.

— Certainement pas. La glace, c'est mon idée de l'enfer, et, aujourd'hui, je veux un morceau de paradis, répondit Lauralynn avec un rire enfantin.

— On pourrait même aller à la fête foraine, suggéra Dominik. Faire du manège.

— Pourquoi pas ? Voyons voir…

Elle s'approcha du café le plus proche pour examiner les parfums de glace.

Une foule de vacanciers et de touristes mal habillés ainsi qu'un groupe avec des enfants vêtus de couleurs claires sur des petites trottinettes les entouraient.

— Chocolat-caramel ! C'est ce que je veux, déclara Lauralynn avec enthousiasme, le doigt pointé sur la liste. Et toi ?

Elle souriait largement, les yeux un peu écarquillés.

Après un dernier coup d'œil aux parfums proposés, Dominik choisit un mélange framboise-chocolat belge.

— Cornet ou pot ?

Lauralynn jeta un coup d'œil sur son tee-shirt blanc moulant puis sur le soleil.

— Je pense qu'un pot serait plus raisonnable.

— Adjugé.

Dominik se pencha sur le comptoir pour passer commande auprès du gamin en uniforme et pêcha un billet de 10 dollars dans sa poche.

— C'est génial, affirma Lauralynn.

Pourquoi n'avait-il jamais pensé à emmener Summer ici ou à Coney Island, ou dans tout autre endroit où l'on s'amuse ? Ils n'étaient même pas allés à Central Park pour s'asseoir dans l'herbe regarder les cerfs-volants ou pique-niquer. Les petits plaisirs de la vie. Avaient-ils été esclaves de leurs émotions, de leurs insatiables désirs ?

Peut-être que quelque chose ne tournait pas rond chez eux. Étaient-ils seulement normaux ?

— À quoi tu penses ?

La voix de Lauralynn lui parvint à travers le brouillard de ses pensées, tandis qu'il éraflait le fond de son pot pour récupérer les dernières gouttes de sa glace.

— Rien d'important.

Lauralynn lui lança un regard inquisiteur.

— Summer ?

— Je suppose, avoua-t-il.

— Tu l'as dans la peau, pas vrai ?

— Je crois que oui.

— J'ai l'impression que tu as perdu le contrôle.

— Je me demande parfois où tout ça va nous mener…

— C'est ton plus gros problème, Dominik : tu penses beaucoup trop.

— Facile à dire.

— Tu devrais te détendre. Prendre les choses comme elles viennent. Te laisser entraîner par le courant…

— Mmmmh, murmura-t-il.

— Tu sais quoi ?

— Non ?

— Allons sur la plage.

Il jeta un coup d'œil sur le rivage étroit en contrebas. Des silhouettes étaient éparpillées sur le sable, et quelques têtes apparaissaient et disparaissaient dans la mer.

— On ne peut pas se baigner, remarqua Dominik. On est sans maillot.

Pas question non plus de se mettre en sous-vêtements. Lauralynn ne portait pas de soutien-gorge, et Dominik avait négligé de mettre un caleçon sous son jean.

— On va juste tremper nos pieds dans l'eau sous la promenade, comme dans les chansons et les films.

Ils poursuivirent leur chemin jusqu'à ce qu'ils tombent sur un escalier qui menait à la plage. Ils descendirent et ôtèrent leurs chaussures. Le sable était grossier et encore humide. Ils flânèrent un peu dans l'écume des vagues qui léchaient la plage, appréciant la sensation de l'eau autour de leurs chevilles, puis ils s'éloignèrent et s'assirent sur un coin de sable sec sous les planches de la promenade.

Lauralynn gloussa comme une enfant.

— Qu'est-ce qui t'arrive ? s'enquit Dominik.

— On devrait être en noir et blanc, répondit-elle en se souvenant sans doute des centaines de films qu'elle avait vus plus jeune.

— Et muets ? ajouta-t-il.

Elle sourit.

— Absolument. Viens ici, ordonna-t-elle avec un geste de la main.

Il s'approcha jusqu'à la toucher.

Elle l'embrassa doucement.

Au-dessus d'eux, on entendait l'inévitable bruit des familles et des passants qui descendaient la promenade, et le fracas des trottinettes lancées à toute allure.

Dominik ferma les yeux, une main sur la cuisse de Lauralynn, traçant de l'autre des hiéroglyphes dans le sable mouillé, sans y penser. Il savait qu'il n'y avait rien de sexuel dans le baiser de la jeune femme, juste l'affirmation de son bien-être actuel. Il n'en sentit pas moins son sexe durcir et se demanda si elle accepterait de lui tailler une pipe s'il le lui demandait. Elle l'avait fait quand ils avaient couché avec Miranda, et il se souvint de sa bouche autour de son sexe. Il savait cependant que ça gâcherait tout et il ordonna à son érection de se calmer.

— Merci de m'avoir amenée ici, Dominik, dit Lauralynn un peu plus tard. J'ai passé un après-midi vraiment merveilleux.

— On n'est pas obligés de rentrer tout de suite. On peut passer la soirée ici.

— J'aimerais bien.

Ils étaient de retour sur la promenade, et le soleil ne brillait plus aussi fort, même si le ciel était toujours bleu, mais un peu plus terne. Et il faisait moins chaud. Le monde s'était clairsemé, et ceux qui étaient là étaient moins vêtus que ceux de l'après-midi. Les fêtards étaient de sortie, comme des vampires qui quittent leurs cercueils, tout un peuple nocturne attiré par les néons qui illuminaient la promenade.

— On va dîner ? proposa-t-il.

— On est assez habillés ?

Ils étaient tous deux en jean, elle avec un tee-shirt blanc transparent tendu sur ses tétons bien visibles et des ballerines, lui avec une chemise grise à manches courtes et au col boutonné.

— On est à Atlantic City. Je doute que ce soit très formel, répondit Dominik.

Ou peut-être que, comme dans certains clubs londoniens, on lui prêterait une veste ou une cravate pour correspondre aux standards de l'établissement ? De toute façon, les boutiques étaient encore ouvertes, il pouvait toujours acheter une veste si nécessaire.

— Après le dîner, je veux aller au casino, déclara Lauralynn, les yeux soudain brillants.

— Pourquoi pas ?

Ils échouèrent au *Tropicana*, où le port de la veste n'était pas obligatoire.

À la grande surprise de Dominik, Lauralynn se révéla être une joueuse invétérée et téméraire. Pas du tout comme lui. Il était allé deux fois à Las Vegas pour des séminaires et il avait réussi l'exploit de ne pas jouer un centime dans les machines à sous libéralement disposées dans toute la ville, de l'aéroport aux toilettes des hôtels et des restaurants. Il ne s'était pas non plus assis une seule fois aux tables de jeux.

Il avait joué de temps en temps au poker avec des amis quand il était étudiant, mais les mises étaient très basses (et elles étaient devenues des allumettes quand les choses avaient pris plus d'ampleur). Il ne savait jouer à rien d'autre et n'avait jamais eu la curiosité d'apprendre les règles d'un autre jeu.

Lauralynn commença par la roulette et tripla rapidement sa petite somme de départ en misant alternativement sur le rouge et le noir, avec de petites variations dictées par son intuition. Elle avait soit de la chance, soit un don de divination. Quand elle perdit deux fois d'affilée, elle abandonna la partie et se dirigea vers une autre table. On y pratiquait un jeu de cartes que Dominik était bien en peine d'identifier. Il fut de nouveau surpris par sa réussite et vit sa pile de jetons augmenter rapidement. Dominik n'avait aucune idée du montant de ses gains, puisqu'il ne connaissait pas la valeur attribuée à chaque couleur, mais elle avait gagné suffisamment pour commencer à attirer l'attention : un groupe de curieux s'était formé autour d'elle, pour la plupart des hommes au regard de chasseur. Il y avait quelques femmes aussi.

Au bout d'un moment, sa chance sembla diminuer ; elle changea encore de table, et les choses se tassèrent un peu. Dominik commençait à s'ennuyer de la regarder jouer, même si Lauralynn se détachait nettement des autres joueurs, sa cascade de cheveux blonds balayant ses épaules et effleurant le col très blanc de son tee-shirt.

Elle finit par se lasser, rassembla ses jetons et quitta la table sous le regard de tous les autres joueurs, qui la suivirent des yeux.

— J'ai besoin d'un verre, dit-elle à Dominik.

— Je pense que tu as les moyens de t'en payer un, maintenant, répondit-il.

Il oublia de dire au barman d'y aller doucement sur les glaçons et se retrouva avec un Coca sans goût et plein d'eau.

— Tu aimes prendre des risques, remarqua-t-il en sirotant son soda.

Les yeux de Lauralynn étaient encore brillants de l'excitation du jeu.

— Vivre, c'est prendre des risques, répondit-elle.

— La frontière entre le risque et la témérité est facile à franchir.

— C'est là tout ton problème, Dominik. Une partie de toi veut aller de l'avant et prendre des risques, alors que l'autre préfère prendre le temps de réfléchir, de peser le pour et le contre. Cette partie-là te retient. Tu n'arrives pas à faire les choses à fond.

— Tu crois ça ?

— Mais, après tout, je ne suis qu'une violoncelliste de rien du tout, jolie fille qui plus est. Je n'y connais donc rien en psychologie.

— Très drôle.

— Je suis excitée, constata Lauralynn.

Difficile d'échapper au spectacle de ses tétons durcis.

— J'aimerais bien baiser, ajouta-t-elle en regardant les autres clients du bar.

Des couples ou des hommes seuls. Aucun ne sembla l'intéresser.

— Mais pas avec un homme ? Ou avec moi ?

— Je ne couche pas avec mes amis, déclara-t-elle.

— Tu te contentes de les embrasser ou de les sucer si les circonstances s'y prêtent, remarqua Dominik.

— Oh, ça…, répondit-elle. C'était juste parce qu'on faisait un truc à trois avec Miranda. C'est vraiment dommage qu'elle ait disparu. Je me demande si elle a été dégoûtée par Victor, ajouta-t-elle, ou si elle s'est juste dégonflée. Elle n'a pas utilisé son mot de sécurité, cela dit, alors qu'elle aurait pu le faire. Je pensais qu'elle irait plus loin.

— Quoi qu'il en soit, reprit Dominik, ne te sens pas obligée de rester avec moi. Je peux très bien rentrer tout seul. Si tu veux te trouver quelqu'un avec qui passer la nuit…

— Pas question. Ce ne serait pas très sympa.

— Comme tu le sens.

— Tu sais quoi ? J'ai gagné près de 1 000 dollars ce soir. On va prendre un taxi pour rentrer. Pas envie de me faire suer à prendre le train. Et puis, à cette heure de la nuit, ça va bien rouler. C'est moi qui offre.

— Très généreux de ta part.

Pendant le long trajet vers Manhattan, elle s'assoupit, la tête sur l'épaule de Dominik, le souffle régulier et le corps tiède et doux.

De retour dans le loft, elle déposa une bise sur sa joue, lui tourna le dos et, comme s'il n'était pas là, se déshabilla dans la semi-pénombre avant de se glisser dans son sac de couchage. Son corps gracieux disparut rapidement, à présent hors d'atteinte, comme éteint. Dominik déploya le paravent qui séparait sa chambre du reste de l'appartement, se dévêtit et s'allongea.

Il s'endormit rapidement.

Environ une heure plus tard, il fut réveillé par des bruits légers qui provenaient de l'endroit où dormait la jeune femme. Il l'entendit gémir et comprit, avec une bouffée de désir, qu'elle devait être en train de se caresser. *Quelles images, quelles pensées, quel visage, quel corps conjure-t-elle ?* songea Dominik. Il porta la main sur son sexe durci et commença à se branler, mais de manière plus discrète.

Ils jouirent quasiment en même temps.

— Parfois, elle est distante. Puis, le lendemain, elle est accaparante, exigeante, presque en colère.

Dominik racontait à Lauralynn ce qu'il trouvait dans les mails que lui avait envoyés Summer de manière irrégulière depuis son arrivée en Nouvelle-Zélande.

— Au final, je suis perdu, poursuivit-il. Je ne sais pas ce qu'elle attend de notre relation. Ou ce que j'attends moi-même, d'ailleurs…

— On dirait bien que vous en êtes à « ni ensemble ni séparés », commenta Lauralynn.

— Peut-être.

— Que vous soyez un couple traditionnel ou un couple avec un dominant et une soumise, le problème est exactement le même. Il faut arriver à gérer le « heureux à jamais ».

— Elle aime jouer avec le feu, expliqua Dominik. C'est quelque chose qui m'attire chez elle, qui me fait faire des choses parfois extrêmes. Mais ça m'effraie aussi : je ne sais jamais ce qu'elle va vouloir faire ou qu'on lui fasse. J'ai l'impression qu'elle attend trop de moi tout en se révoltant contre cette attente. Je ne veux pas que nous finissions comme ces vieux libertins, Clarissa et Edward, comme une parodie de nous-mêmes.

— Ed et Clarissa sont très sympas, quand on les connaît bien. Ils jouaient juste le rôle des hôtes de Victor. C'était un jeu. Et puis je suis certaine que vous n'êtes pas obligés de finir comme eux.

— Moi aussi, mais j'ai du mal à voir les choses clairement. Que va-t-il se passer quand sa tournée sera finie ? Ma bourse arrivera à terme. Il faudra que je prenne une décision : rester à New York ou rentrer à Londres ? Je pourrais lui demander de me suivre. En tant que soliste, je suppose qu'elle peut jouer n'importe où, non ?

— Je pense que oui.

— Je pourrais le lui ordonner, évidemment. Insister. Mais je suis terrifié à l'idée qu'elle refuse. Ce serait la fin de notre relation.

— Pourquoi ne pas le faire ?

— Je le ferais si je le pouvais. J'ai juste l'impression que je ne la comprends pas encore suffisamment.

— Comprendre ?

— Ce qu'elle ressent, comment elle le ressent…

Lauralynn était assise sur le bord de l'énorme canapé orange. Dominik était à l'autre bout, son ordinateur sur les genoux, ouvert à la page Wikipédia sur le jazz, comme pour lui rappeler où était sa vraie vie. Il faisait des recherches sur les musiciens noirs qui avaient joué dans les quartiers Rive gauche au début des années 1950. Il envisageait de faire coucher son héroïne, Elena, avec l'un d'entre eux, mais il redoutait de se faire traiter de raciste si la scène, qui venait tôt dans le roman, n'était pas suffisamment subtile.

— Est-ce que tu t'es déjà soumis ? demanda Lauralynn.

— Non. Jamais. Ce n'est pas mon genre. Je suppose que tu sais de quoi je veux parler.

Il pensa à Kathryn, qui avait intuitivement su, il y avait tant d'années, qu'il était un dominateur et qui avait fait ressortir ce trait chez lui. Il songea à son regard, qui portait en lui la reddition, pas seulement celle du corps, mais celle de l'âme. À Claudia, qui l'avait encouragé à repousser ses limites et n'avait jamais cillé devant son côté obscur. À Summer...

— Parfois, remarqua Lauralynn, pas aussi détachée qu'elle aurait voulu l'être, une lueur malicieuse dans ses yeux bleu pâle, il faut vivre les choses pour les comprendre.

— C'est-à-dire ?

— Tu sais ce que ça fait de posséder quelqu'un, de le contrôler, d'avoir un pouvoir de vie et de mort sur lui, n'est-ce pas ?

— Tu n'es peut-être pas obligée de formuler les choses de manière aussi mélodramatique...

— Mais est-ce que tu sais ce que ça fait d'être possédé, utilisé, rempli ?

— J'aimerais bien le savoir, mais je suis hétéro. Je ne pense pas y avoir jamais réfléchi, mais l'idée d'être pris par un homme ne m'excite pas du tout. Je ne suis pas attiré par les hommes. Et je te jure que ce n'est pas de l'homophobie de ma part. C'est juste que ce n'est pas dans mes goûts, exactement comme l'alcool.

— Ne dis pas que tu n'aimes pas si tu n'as pas essayé, répondit Lauralynn en souriant. Être prise procure beaucoup de plaisir, c'est une sensation merveilleuse à condition que ce soit bien fait. Je sais de quoi je parle : je préfère les femmes, mais ça n'a pas toujours été le cas.

Dominik se souvint de la fois où Summer, sans prévenir, lui avait mis un doigt dans le cul, un jour qu'ils baisaient violemment ; il avait vraiment aimé ça et avait joui avec une intensité inhabituelle. Était-ce parce qu'il avait soudain été pénétré ou parce qu'il avait aimé la voir aussi directe et dévergondée ?

Lauralynn le regardait, un sourire aux lèvres.

— J'ai l'impression que je te fais réfléchir, remarqua-t-elle.

Il resta un instant silencieux.

— Oui, avoua-t-il. C'est un endroit sensible. Peut-être que j'apprécierais l'expérience, mais il faudrait que ce soit avec un pénis détaché d'un homme. Un homme sans visage, désincarné. Pour savoir ce que ça fait, ajouta-t-il en souriant.

Il avait l'impression de ne pas se faire bien comprendre.

— Oh, je peux faire mieux que ça, mais il faudra me faire confiance. Tu devras te laisser entièrement faire. C'est plus drôle comme ça, quand on laisse la place à la surprise. Ton mot de sécurité peut être « Stop » si tu veux.

Lauralynn se passa la langue sur les lèvres et repoussa ses cheveux en arrière, signe qu'elle était émoustillée.

— Formulé comme ça, ça fait un peu peur, répondit-il, un peu perplexe, mais je pense que je peux gérer.

— Si tu venais à New Haven, le week-end prochain ?

Elle repartait le lendemain.

— J'ai une répétition samedi matin, reprit-elle. Si tu prends le train de 13 h 30, tu peux être là dans l'après-midi. Et prends des affaires pour la nuit. Je vais te préparer quelque chose d'intéressant.

— C'est une promesse ou une menace ?

Elle l'attendait à la gare. Une demi-douzaine de personnes seulement étaient descendues à New Haven, qui avait tout de la ville fantôme. Ils quittèrent le quai et gagnèrent le parking, où un taxi solitaire espérait un hypothétique client. Lauralynn le conduisit entre des pick-up, des Jeeps et des 4x4 de toutes les tailles et de toutes les couleurs, et s'arrêta devant une moto, une Kawasaki d'un noir brillant. Elle lui tendit un casque.

— C'est la tienne ? demanda Dominik.

— Mon orgueil et ma joie, acquiesça-t-elle en ajustant le casque sur ses boucles blondes, qu'elle dissimula entièrement afin que le vent ne joue pas avec.

Elle portait un jean noir, un Perfecto en cuir bleu et ce qui ressemblait fort à des santiags ; elle avait tout d'une reine guerrière dans la banlieue déserte de la gare de New Haven.

Elle était pleine de surprises. Dominik était un peu anxieux de savoir ce qu'elle lui réservait.

Ils s'arrêtèrent pour prendre une collation dans un petit café près de la rivière.

Lauralynn avait un appétit incroyable et elle mangea deux fois plus que Dominik, qui ne put venir à bout de son gargantuesque sandwich bacon-laitue-tomate ; il avait à peine assez faim pour manger l'énorme salade d'accompagnement.

Ils enfourchèrent de nouveau la Kawasaki, Dominik cramponné à la taille de Lauralynn. Ils roulèrent bruyamment pendant dix minutes à travers la ville endormie puis gagnèrent la forêt. Lauralynn tourna soudain à gauche dans une allée ombragée et s'arrêta peu après. La maison d'architecte, isolée, était de style colonial, pleine de coins et de recoins, près d'un ruisseau tranquille.

— Je loue le studio d'artiste derrière la maison, expliqua-t-elle tandis qu'ils ôtaient leurs casques. Il a sa propre entrée. Mais les propriétaires sont en voyage en Inde, et je suis donc toute seule.

— C'est idyllique, remarqua Dominik. Et très privé.

— Absolument.

Elle ouvrit la porte du studio, et ils entrèrent.

C'était une pièce circulaire, aux immenses baies et au plafond vitrés, qui laissaient entrer la lumière. Dominik pensa que c'était extrêmement agréable pour un peintre, mais il se demanda si l'acoustique était bonne pour une musicienne. Lauralynn s'était installée dans un coin de la chambre improvisée : deux chaises, un futon, un portant avec ses vêtements, son violoncelle dans son étui posé sur le sol, deux valises ouvertes et pleines de désordre. Comme il s'y attendait, elle vivait dans un état permanent de mouvement, prête à partir dans la minute.

Elle se plaça derrière lui et lui tapa légèrement sur l'épaule.

— Voici venue l'heure, Dominik, murmura-t-elle, enjôleuse, dans le creux de son oreille. Ferme les yeux.

Il obéit.

Il attendit un moment. Il l'entendait aller et venir, faisant Dieu seul savait quoi.

Il sentit soudain qu'elle lui passait un bandeau élastique sur la tête. Elle l'ajusta sur ses paupières, juste au-dessus de ses oreilles. Il ouvrit les yeux : il n'y voyait strictement rien.

Il sourit. Il avait demandé aux musiciens dans la crypte de porter des bandeaux sur les yeux. Était-ce une façon pour Lauralynn de se venger ? Lui faire goûter son propre poison ?

— Déshabille-toi.

Il obtempéra de nouveau. Elle l'avait déjà vu nu, quand ils avaient couché avec Miranda, mais il ne put s'empêcher de mettre brièvement la main devant son sexe. L'instinct.

— À genoux.

Il entendit le bruit de ses pieds nus près de lui.

Des ongles acérés caressèrent son flanc, descendirent jusqu'à ses fesses puis soupesèrent ses couilles.

Dominik tressaillit. La maîtresse testait la marchandise. Il se mit à bander. Mais pas question de l'appeler « Maîtresse ». Jamais.

— Lève les mains.

Il obéit et il sentit qu'elle lui liait les poignets, probablement avec un foulard ; le tissu était soyeux. Chaque fois qu'elle s'approchait de lui, il sentait la chaleur de son corps et son odeur, un mélange d'épices et de sueur. Sa gorge se crispa.

Elle recula, et, sous l'effet de ce soudain abandon, Dominik eut froid. Il entendait le pépiement des oiseaux dans les arbres derrière la maison, le doux murmure du ruisseau, et des bruissements qui semblaient venir de deux directions différentes. N'était-elle plus seule ? Quelqu'un d'autre avait-il fait son entrée dans la pièce ? Il n'avait pas entendu la porte du studio, mais il y avait peut-être une autre entrée, par la maison principale.

Une main lui caressa de nouveau les fesses.

Elle fut remplacée par quelque chose de cinglant. Il fut parcouru par un frisson de douleur. *Oh, allons, tout ça est complètement ridicule*, songea-t-il. *Elle croit vraiment qu'une fessée va m'exciter ?* Ses testicules rétrécirent. Sous l'effet de l'attente, un fin voile de sueur se forma au-dessus de sa lèvre supérieure, mais rien ne vint.

— Tu veux comprendre ce que ça fait ?

Il acquiesça en silence.

Il sentit alors qu'elle lui mettait quelque chose dans les oreilles. Du coton, peut-être. Ou des bouchons. Le silence devint insupportable ; il flottait dans une bulle de solitude. Nu. Il était privé de deux de ses sens : la vue et l'ouïe. Il ne pensait pas qu'elle utiliserait un bâillon : si elle le privait de l'usage de la parole, elle ne pourrait pas entendre ses gémissements, ses soupirs, ses protestations. Ce serait contre-productif, car tout ça faisait partie du jeu.

Il attendit.

Il sentit une ombre au-dessus de lui, derrière lui, qui obscurcissait le bleu du ciel qui s'engouffrait par les baies vitrées.

Un souffle chaud caressa son cou : Lauralynn se pencha en avant et introduisit un doigt froid et glissant dans son cul. Elle le sonda, en testa l'élasticité et appliqua généreusement du lubrifiant dessus. Dominik retint son souffle, parfaitement conscient de ce qui allait suivre.

Un instrument arrondi, certainement un gode, se fraya un chemin en lui : il rentra avec une facilité surprenante et étira son anus jusqu'à ce qu'il s'adapte à la taille de l'objet. Puis la jeune femme lui donna un violent coup en avant, et il se sentit entièrement possédé ; il eut l'impression d'être coupé en deux. Il se mordit les lèvres. La douleur était intense. Son anus tout entier était ouvert et forcé, embrasé, comme si Lauralynn avait appliqué une crème qui le brûlait au lieu de l'apaiser. Il tenta de contrôler cette sensation. Pas question d'émettre le moindre son.

Il essaya de contracter ses muscles pour empêcher le gode de rentrer plus profondément, mais en vain. Encore quelques petites poussées et le sex-toy fut tout entier en lui.

Je suis en train de me faire prendre, songea-t-il. *Je sais à présent ce que ressent une femme, cette sensation d'être remplie en profondeur.*

Il avait fermé les yeux sous le bandeau, même si ça ne changeait strictement rien.

Ses pensées s'éclaircirent, et Lauralynn commença une série de mouvements précis et réglés : un semi-retrait rapide, suivi d'une attaque en profondeur, un court répit, lui donnant le sentiment d'être abandonné et vide, puis rempli de nouveau. Encore et encore. De manière involontaire au début, puis parfaitement consciente par la suite, il se mit à suivre ce rythme, s'en empara, se laissa emporter, alors que la douleur initiale disparaissait rapidement. Elle ne fut pas remplacée par du plaisir, comme il l'avait espéré, mais par une succession de sensations physiques inconnues qu'il enregistra et mit de côté pour les analyser plus tard. Il ne pouvait s'empêcher d'agir en observateur, en universitaire. Son corps commença à coopérer et à faciliter la possession par le gode.

Il perdit rapidement la notion du temps, isolé dans un cocon de silence aveugle.

À un moment donné – il ne savait pas du tout combien de temps s'était écoulé – elle se retira. *Pourquoi ?* Son cul, caressé par la douce brise qui traversait le studio, ne demandait qu'à être empli de nouveau, suppliant qu'on le prenne.

Elle se remit alors à le baiser, mais cette fois-ci ses coups de reins étaient plus doux, le gode différent et manifestement attaché à un harnais (il sentait le balancement de son corps derrière lui et le contact de ses cuisses tièdes contre ses fesses). Le sex-toy était plus souple, moins rigide, presque comme un sexe réel. Il se demanda de nouveau si un homme n'était pas entré dans le studio et n'avait pas pris la place de Lauralynn. Mais, après tout, quelle importance ? Il ne pouvait rien y faire de toute façon. C'était une expérience, voilà tout. Elle n'avait pas menti quand elle avait dit que tout serait permis. Il ne bandait plus complètement, même s'il en avait été dangereusement près quand une main avait saisi ses couilles et l'avait branlé pendant qu'il se faisait prendre le cul, pour vérifier son état d'excitation et l'accroître, jouant avec lui.

Lauralynn (ou qui que ce soit qui se faisait passer pour elle, si tant est qu'il y ait véritablement eu un homme dans le studio) finit par fatiguer et la force des coups de reins diminua. Après une violente poussée finale qui le fit pratiquement tomber à plat ventre, elle (ou il) se retira. Il ressentit de nouveau ce vide, sentit de nouveau la brise sur son cul maltraité et fut envahi par une vague prématurée de tristesse postcoïtale.

Il récupéra l'usage de l'ouïe. Un bruissement de pas. Le murmure du ruisseau. Le pépiement incontrôlable des oiseaux.

Dominik attendit qu'on lui ôte le bandeau. Il s'agenouilla puis s'assit sur ses fesses un peu sensibles. Il se détendit.

Lauralynn tira avec douceur sur l'élastique du bandeau et l'enleva lentement, prenant garde à ne pas le décoiffer. Elle était entièrement vêtue. S'était-elle seulement déshabillée pour le baiser ? On aurait dit qu'il ne s'était rien passé. Elle avait un petit sourire aux lèvres, et le soleil qui tombait du plafond vitré jouait dans ses cheveux blonds.

— Maintenant, tu sais, dit-elle.

Lauralynn avait fait cuire des pommes de terre et les avait servies avec un bol de crème fraîche et de la charcuterie.

Éclairés par la lumière du patio, ils étaient assis sur la pelouse devant la maison, et contemplaient le ruisseau.

— Victor m'a dit que tu avais accepté de venir à sa fête d'adieu, dit Lauralynn.

— Oui. Même si je ne sais pas vraiment ce qu'il a l'intention de faire, avoua Dominik.

— Moi non plus. Il est étrangement secret pour une fois, ce vieux salopard. Il a refusé de me dire quoi que ce soit.

— Tu es invitée ?

— On a un concert à Boston ce soir-là, donc je n'aurais pas pu venir, mais il ne m'a pas invitée, non. Je trouve ça suspect.

— Ce n'est qu'une fête.

— Je sais. Mais méfie-toi de lui. Il est plus dangereux qu'il n'en a l'air.

Elle plongea sa cuillère dans ce qui lui restait de pommes de terre chaudes sur son assiette en plastique.

Dominik sentit que son téléphone vibrait dans sa poche. Un texto.

Une seule personne au monde lui envoyait des textos.

Il sortit son téléphone, s'excusa auprès de Lauralynn et s'éloigna de quelques pas vers le ruisseau.

« J'ai terriblement envie de toi. »

Summer.

Ce devait être l'aube en Nouvelle-Zélande, ou en Australie, ou dans quelque endroit qu'elle soit.

Pourquoi avait-elle le chic pour le contacter aux pires moments ?

11
Une visite

Évidemment, comme ça semble toujours être le cas sur les vols long-courriers, je me suis retrouvée assise à côté d'un homme d'affaires aussi laid qu'ennuyeux jusqu'à San Francisco. C'était toujours mieux qu'un enfant qui hurle, certes. Quand il a eu fini de me poser une liste infinie de questions, il a tenté de me séduire, alors que je n'en demandais pas tant, par une leçon détaillée sur le streaming vidéo, un sujet sur lequel je ne retins rien malgré les longues heures passées à subir son verbiage d'une oreille plus que distraite.

Il portait des bretelles rouges, avait une raie dans les cheveux et des petits doigts potelés, autant de choses qui ne risquaient pas de m'exciter.

J'ai essayé de dormir mais la perspective de voir Dominik dans vingt-quatre heures m'a tenue éveillée, et il m'a été impossible de me concentrer sur les films proposés.

Susan avait évoqué l'éventualité d'une tournée européenne, histoire de profiter du succès de celle qui venait de s'achever, mais elle m'avait prévenue que l'organisation risquait de prendre plusieurs mois. Ça m'allait très bien. J'étais épuisée et je redoutais de monter de nouveau sur une scène.

Quand il a découvert que j'avais six heures à tuer lors de mon escale à San Francisco, l'homme d'affaires m'a proposé abruptement de prendre une chambre dans un des hôtels de l'aéroport et de « baiser tranquille », même si, m'a-t-il prévenu, son avion pour Omaha étant avant le mien, il n'avait que deux heures à me consacrer.

Il a paru vraiment surpris quand j'ai décliné son offre, et j'ai été soulagée que l'immigration nous aiguille sur deux queues différentes étant donné qu'il était citoyen américain. Avec un peu de chance, sa valise arriverait avant la mienne, et je ne le verrais plus.

Je crois que c'est un auteur américain qui a écrit : « Tu ne peux pas rentrer chez toi » ou quelque chose dans ce goût-là. J'avais lu un article là-dessus dans un des magazines de Dominik qui traînaient dans le loft, et je n'y avais plus pensé jusqu'à récemment. Le voyage en Nouvelle-Zélande m'avait fait comprendre que j'étais à présent chez moi aux États-Unis et que j'avais beau idéaliser mon pays natal, il ne serait jamais aussi beau que dans mon souvenir.

J'avais fait mon choix.

J'ai regardé l'heure à mon bracelet-montre, une vieille Swatch de toutes les couleurs que je portais adolescente et que j'avais retrouvée dans un tiroir de ma table de nuit. Il était tard à New York, et il était certainement à la maison, même s'il avait passé la soirée dehors. J'ai composé le numéro de Dominik.

— Allô ?

Sa voix était ensommeillée mais chaude et profonde. Familière.

— C'est moi.

Il s'est éclairci la voix.

— Je suis content de t'entendre.

— Je te réveille ?

— Bien sûr, mais c'est pas grave. Tu me connais, je suis un lève-tôt.

— Je suis à l'aéroport de San Francisco, en transit. Je prends le vol de nuit, je serai à New York demain matin tôt.

— Je suis à Londres…

— À Londres ?

Un coup de poignard m'a transpercé le cœur. Était-il rentré en Grande-Bretagne ?

— Juste pour quelques jours. J'avais des choses à régler. Des problèmes familiaux. Je rentre à New York après le week-end.

Le soulagement m'a submergée.

Il n'avait manifestement pas reçu le texto que je lui avais envoyé quelques jours plus tôt pour lui annoncer que je rentrais, la tournée étant enfin terminée.

Nous avons convenu que ça n'avait guère d'importance et que ça n'aurait rien changé. Il avait déjà prévu de partir pour Londres et n'aurait pas pu venir me chercher à l'aéroport. C'était le milieu de la nuit là-bas, et je me suis sentie un peu coupable de l'avoir réveillé, mais sa voix m'apaisait, et, assise dans le salon d'attente, bercée par les rares annonces, une bière tiède à la main, j'avais envie de le garder en ligne aussi longtemps que possible.

J'avais des milliers de choses à lui dire, mais l'éloignement géographique, le décalage horaire entre nous et ma fatigue m'en ont empêchée. Les mots sont restés coincés au fond de ma gorge, et je me suis contentée d'un bavardage futile.

Nous nous sommes quittés sur la vague promesse que nous avions envie de nous revoir rapidement.

Comme je me dirigeais vers la sortie de l'aéroport de New York, mon étui à violon sous un bras, tirant derrière moi ma lourde valise, bourrée de cadeaux de mes amis et de ma famille, un peu hagarde et en pilote automatique, j'ai eu la surprise d'entendre quelqu'un m'appeler.

— Summer !

C'était Simón. J'ai essayé de lui sourire et j'ai regardé ses pieds. Toujours ses flamboyantes bottines pointues. Ses boucles folles. Son sourire perpétuellement enthousiaste.

— Comment tu as su que je rentrais aujourd'hui ?

Il m'a fait une bise sur les deux joues, et j'ai été un peu étourdie par la fragrance fraîche de son after-shave. Il a ensuite galamment saisi la poignée de ma valise.

— Nous avons des amis communs. C'est Susan qui m'a dit que tu revenais aujourd'hui. C'est aussi mon agent, au cas où tu l'aurais oublié !

— Non, non.

— Tu as bonne mine.

— Merci.

— La tournée s'est bien passée apparemment. On ne parle que de toi ici, enfin du moins dans l'orchestre… Tout le monde est ravi pour toi et très impatient de te revoir. Vraiment tout le monde.

— Merci, Simón.

— Bon retour parmi nous.

Une limousine nous attendait, avec un chauffeur en uniforme. Apparemment Simón avait décidé de me faire la cour en usant de tous les clichés.

Le retour à Manhattan a été long ; nous avons été pris dans les embouteillages matinaux de ceux qui allaient travailler dans le centre. J'étais trop fatiguée pour faire la conversation, mais Simón avait de l'énergie pour deux et il m'a bombardée de questions sur les endroits où j'avais joué et sur la réception des œuvres qu'il avait aidé à choisir. Il a prudemment esquivé tous les sujets personnels et s'est contenté de me demander où je voulais qu'il me dépose. Il n'a posé aucune question sur Dominik et ne m'a pas demandé ce que j'envisageais pour la suite.

Quand nous sommes enfin arrivés à SoHo, le soleil était haut dans le ciel d'été. Après la

Nouvelle-Zélande et l'Australie, j'avais l'impression d'être dans un nouveau monde. Le mien.

Alors que le chauffeur déposait ma vieille valise devant l'immeuble, Simón a demandé :

— Ton petit ami était trop occupé pour venir te chercher à l'aéroport ?

— Il est à Londres, ai-je répondu.

J'avais quatre jours devant moi avant le retour de Dominik. Le premier jour, j'ai dormi comme une souche. J'ai à peine quitté le lit, me contentant d'aller aux toilettes quand je ne pouvais vraiment plus me retenir et faisant de temps en temps un détour par la cuisine pour grignoter un bout de fromage qui traînait dans le frigo et boire du lait qui n'était pas encore périmé directement à la bouteille.

Ne rien avoir à faire et pouvoir paresser étaient une bénédiction. Le loft était comme dans mon souvenir ; spacieux, familier et accueillant dans son immensité élégante et dépouillée. Je n'avais pas vraiment défait ma valise et je n'avais pas l'intention de le faire avant au moins un jour. J'ai erré nue, dansant sur le parquet poli, et j'ai contemplé par la fenêtre une horde de pigeons qui avaient fait leur nid dans un coin sombre du toit voisin. Je me suis même aventurée timidement dans le dressing, où j'ai caressé les vêtements suspendus de Dominik, frottant ma peau nue contre ses pulls en cachemire et passant les doigts sur l'exquise douceur de ses costumes.

Je me suis abandonnée à la banalité tranquille de l'attente.

Simón m'a téléphoné deux fois, mais je ne l'ai pas rappelé. C'est alors que j'ai décidé d'éteindre mon portable. Tant pis si Dominik m'appelait. Il serait là dans trois jours, et il y avait de toute façon des choses que je ne pouvais pas lui dire par téléphone.

Le deuxième jour, j'ai cru que j'allais devenir folle. Je me suis enfin douchée et je suis allée marcher dans Manhattan. Au bout de quelques centaines de mètres, je me suis sentie affamée, et je me suis offert un énorme hamburger et des frites épaisses dans un restaurant bondé au coin de La Guardia et de Houston. J'ai mordu dedans avec délectation : au diable les bonnes habitudes alimentaires ! Mes baskets m'attendaient à la maison : elles pouvaient bien attendre un jour de plus.

Dans le parc de Washington Square, une nuée de nounous étrangères était rassemblée autour de l'aire de jeux, armée de poussettes et d'enfants ; des promeneurs zigzaguaient dans les allées en tirant sur les laisses de leurs chiens, et vice-versa. Les écureuils bondissaient d'arbre en arbre et couraient le long des plates-bandes à l'herbe clairsemée. Dans le coin nord-ouest, des joueurs d'échecs mal habillés étaient installés devant les échiquiers, dans l'attente d'un partenaire à leur hauteur. Il n'y avait pas de musiciens aujourd'hui. Je me suis assise et j'ai regardé les gens, surtout les enfants. Toutes sortes de pensées me passaient par la tête, et j'ai essayé d'imaginer à quoi ressemblerait une vie normale avec Dominik. Je me suis demandé si nous pouvions vraiment mener une vie normale.

J'avais laissé mon téléphone à l'appartement, mais je me souvenais qu'il y avait encore une cabine à pièces au coin de University Place. J'ai appelé Cherry. Nous nous étions quittées en mauvais termes, et je voulais m'excuser. Le numéro n'était plus en service. Peut-être que ce soir j'irais à sa recherche dans les bars et les clubs qu'elle avait l'habitude de fréquenter.

J'ai fini par rentrer.

Je me suis de nouveau douchée : mon corps se réhabituait à la chaleur de l'été new-yorkais, et je cuisais après le court hiver néo-zélandais. J'ai fait quelques exercices de yoga. La salutation au soleil et la posture du chien m'aidaient toujours à apaiser mon esprit. Dans un coin du salon, près du canapé orange, mon étui à violon était toujours à l'endroit où je l'avais posé en arrivant, solitaire. Il m'appelait et me suppliait de l'ouvrir. J'ai soudain pris conscience, choquée, que je n'avais pas joué une seule note depuis trois jours entiers, entre ma journée de voyage et mes deux jours d'oisiveté à New York. Je n'avais jamais passé autant de temps sans répéter ou au moins faire des gammes. Et ça ne m'avait pas manqué. A vrai dire, je ne m'en étais même pas rendu compte.

La pensée a d'abord été effrayante, mais j'ai finalement été réconfortée par le fait que ça signifiait que je pouvais changer. Rien n'était permanent. Pas même mon amour de la musique.

J'ai délibérément ignoré l'étui à violon et me suis dirigée vers le petit bureau sur lequel Dominik installait son ordinateur portable pour travailler quand il était à la maison. Il avait emporté l'ordinateur avec lui à Londres, et seuls traînaient quelques stylos et crayons à papier, deux Post-it abandonnés, une élégante agrafeuse noire et un petit tas de chemises cartonnées.

J'ai ouvert négligemment la première. Elle contenait un paquet de feuillets ; il avait dû les imprimer dans son bureau à la bibliothèque. Nous n'avions pas d'imprimante dans le loft.

J'ai saisi la première page.

Lu les premières lignes.

Je m'attendais à moitié à lire quelque chose sur Paris et sur la période sur laquelle portaient ses recherches – des dates, des faits, des citations –, mais pas ça.

C'était un récit.

Qui débutait dans une petite ville du Texas dont je n'avais jamais entendu parler. Avec une jeune femme rousse.

Intriguée, j'ai empoigné le reste de la liasse de feuilles qui avaient tout l'air d'être le premier chapitre et je me suis assise sur le canapé. J'ai ramené les jambes sous mes fesses, ce qui était ma position préférée pour lire, et j'ai soudain pris conscience que je n'avais pas ouvert un livre depuis des mois.

Il y avait là les menus détails du quotidien dans une petite ville, qui présentaient une curieuse ressemblance avec des faits que je me souvenais d'avoir racontés à Dominik, à propos de ma ville natale. Ils étaient cependant subtilement déformés, ce qui les rendait à la fois plus intéressants et étrangers ; ils avaient même acquis une dimension légèrement fantastique, comme si le prisme d'un regard étranger les rendait plus difficiles à saisir.

Incroyable.

Dominik écrivait un roman.

J'ai lu le chapitre en diagonale, qui était manifestement inachevé, et je me suis précipitée vers les autres chemises. Une seule contenait d'autres extraits du roman de Dominik. Quatre pages seulement, avec parfois de larges plages de blanc entre les paragraphes. Elena, le personnage principal, était à Paris, au début des années 1950, la période sur laquelle Dominik avait fait de longues recherches. Avait-il choisi ce prénom au hasard ?

Avant que j'aie pu lire plus avant, la sonnerie en bas de l'immeuble a retenti. Je me suis dirigée vers l'interphone. Je n'attendais personne. C'était peut-être Simón qui espérait me trouver à la maison. J'ai hésité à ouvrir. Je n'étais pas certaine d'avoir le courage de l'affronter et de lui dire une bonne fois pour toutes que je ne voulais pas que nous soyons plus que des amis.

Au cas où ça aurait été quelqu'un d'autre, ou quelque chose d'important, comme une livraison pour Dominik, j'ai décroché.

— Oui ?

— Laisse-moi entrer, Summer.

Cette voix, que j'aurais reconnue entre mille, m'a glacée.

Victor.

Je lui ai ouvert la porte.

— Comment as-tu eu mon adresse ?

— Ne me sous-estime pas, s'il te plaît.

— Nous n'avons rien à nous dire, Victor.

Son fin sourire était, comme à l'accoutumée, énigmatique. Il portait un costume gris, une chemise et une cravate, comme s'il s'apprêtait à traiter une affaire plutôt qu'à rendre visite à une ancienne maîtresse.

— Oh, mais bien au contraire...

Il a avancé d'un pas et est entré dans le loft en fermant la porte derrière lui, comme s'il était le propriétaire des lieux. J'ai fait machine arrière et me suis assise dans la relative sécurité du canapé. Il m'a suivie lentement, silencieux. Sa courte barbe était taillée comme d'habitude avec une grande précision.

— Nous avons encore des choses à régler, a-t-il déclaré d'une voix mielleuse.

— J'ai dit non. J'ai changé d'avis. C'est une route que je ne veux plus emprunter, ai-je protesté.

— Tu es célèbre, maintenant, hein ? Tu parcours le monde avec ton violon de gitane et tout le bazar...

— Ce n'est pas un violon de gitane mais un violon tout court, ai-je rétorqué, tout en étant consciente que je répondais à sa provocation.

— Qu'importe.

Il m'a dévisagée de haut en bas, et je me suis soudain souvenue que je ne portais qu'une chemise de Dominik, à moitié boutonnée et qui me couvrait à peine le haut des cuisses. Je l'avais enfilée après m'être douchée et je m'étais ensuite complètement absorbée dans ma lecture. J'ai tiré sur le tissu, ce qui n'a évidemment rien changé.

— Salope un jour, salope toujours, a-t-il constaté.

J'ai baissé les yeux. Assise sur le bord du canapé avec les jambes remontées, j'étais totalement exposée à son regard. Merde.

— Je te préfère entièrement épilée.

— Ce n'est plus ton problème. Pourquoi est-ce que tu refuses de le comprendre ?

— Comprendre ? Tu peux parler…

— Que veux-tu dire ?

— Tu es une femme qui se ment à elle-même. Tu refuses d'accepter qui tu es vraiment, Summer. Tu te bats contre ta propre nature. Dis-moi : es-tu heureuse ? Là, maintenant ?

Sa question m'a prise de court.

Évidemment que je n'étais pas heureuse. Vraiment pas. J'étais déboussolée, déchirée, mais c'était à cause de Dominik. Je me demandais comment nous allions pouvoir cohabiter et trouver un équilibre. Ça n'avait strictement rien à voir avec Victor et ses fêtes absurdes.

— Tu ne comptes même pas m'offrir un verre ? Tu n'es pas obligée de faire du café, un verre d'eau suffira.

— Non.

Pas question de faire quoi que ce soit pour cet homme, pas même lui donner un verre d'eau.

— Comme tu veux.

Il se tenait près de la cuisine. Je n'aurais pas dû m'asseoir, car à présent il me dominait de toute sa hauteur, même s'il n'était pas bien grand. Il a fait un pas en avant.

— Si tu t'approches encore et essaies de me toucher, je te jure que je vais hurler, ai-je menacé.

— Ne sois pas idiote. Primo, personne ne t'entendra. Les murs de ces vieux immeubles sont très épais, tes fenêtres sont fermées et ne donnent que sur des toits, a-t-il constaté avec un geste de la main. Secundo, tu crois vraiment que j'ai envie de te sauter ? Tu es bien trop passive pour moi, tu sais.

J'ai rougi. C'était la première fois qu'un homme me disait une chose pareille. J'avais beau savoir que ma réaction était ridicule, cet homme étant un infâme connard, je me suis sentie blessée.

— Qu'est-ce que tu veux alors ? ai-je demandé.

— Reprendre les choses où nous les avons laissées. Terminer ta formation. Te transformer, cher jouet. Tu as tellement de potentiel que ce serait une honte de le gâcher.

— Je ne veux appartenir à personne.

— J'ai compris. J'ai eu tort de penser que c'était ton but, mais il y a d'autres moyens, tu sais…

Il a souri d'une manière si hypocrite que j'ai eu envie de le gifler pour effacer son rictus condescendant.

— Vraiment ?

— Absolument.

— Et si je continue à refuser ?

— Comme je le disais, il y a d'autres moyens.

Pendant un bref moment, j'ai cru que j'allais avoir le dernier mot. J'ai pensé que, si je lui résistais et que je refusais de jouer le jeu, il allait tout simplement disparaître ou abandonner son projet démoniaque.

— Je refuse, Victor. Je ne suis plus intéressée. Ce que je fais dans ma chambre ne te regarde pas, mais je peux t'assurer que je ne veux pas t'y voir. Et sache que je suis avec Dominik pour de bon et qu'il va rentrer d'un instant à l'autre, ai-je menti. Je pense qu'il serait donc préférable que tu partes.

— Dominik est à Londres, a-t-il répondu tranquillement.

Il était à présent juste devant moi. J'ai nerveusement boutonné ma chemise, dissimulant mon décolleté.

Victor a négligemment mis la main dans la poche de sa veste grise et en a sorti un BlackBerry. Ses doigts ont rapidement effleuré les touches du clavier, et il me l'a tendu.

— Tu vas dire oui, a-t-il affirmé quand je lui ai pris le téléphone des mains, anxieuse.

— Pourquoi ?

— Appuie sur lecture.

J'ai baissé les yeux sur l'écran et l'image figée qui s'y étalait.

C'était moi.

Debout et nue dans une pièce pleine d'inconnus, le cou enserré dans un collier de chien.

Cette photo avait été prise à la vente aux enchères organisée par Victor l'année précédente.

Je me suis immobilisée. Les souvenirs me sont revenus, accompagnés d'un frisson d'excitation impossible à refréner.

J'avais le doigt au-dessus du clavier du BlackBerry.

— Amuse-toi bien, a dit Victor.

J'ai effleuré les touches, et tout un diaporama s'est déroulé.

Il y avait manifestement un appareil photo dissimulé dans la pièce où le chauve à lunettes m'avait amenée après avoir remporté les enchères. Je ne l'avais pas remarqué, étant dans un état trop second. Ce n'était pas un film mais un diaporama. L'appareil photo avait été réglé pour prendre des photos de la chambre à intervalles réguliers.

Je les ai regardées défiler avec une terrible fascination, comme si c'était un film d'horreur que je ne pouvais ni regarder ni arrêter de voir. C'était la première fois que je me voyais avec les yeux de quelqu'un d'autre. Il m'était arrivé, adolescente, de prendre des photos de moi nue dans le miroir de la salle de bains, mais je m'en étais vite débarrassée, terrifiée à l'idée que mes parents ou mon frère et ma sœur puissent tomber dessus par hasard. Mais ça, c'était bien plus réel.

J'avais l'impression de voir quelqu'un d'autre sur l'écran, d'être devant un film pornographique.

J'avais essayé de chasser rapidement de ma mémoire tout ce qui s'était passé avec Victor, et les photos étaient encore plus choquantes que mes souvenirs de cette nuit-là. L'homme avait la ceinture levée, et j'avais le visage enfoui dans les couvertures. Ce soir-là la douleur m'avait grandement aidée à me perdre dans les sensations, ce qui m'avait empêchée de penser à ce qui était en train de se dérouler; voir l'image figée était bien pire que tous les souvenirs qui hantaient ma mémoire.

Je n'avais même pas été en mesure de me rappeler cet homme : il aurait pu ressembler à n'importe qui. J'aurais été bien incapable de décrire son visage, ou de donner des précisions sur la longueur et le diamètre de son sexe. Je le voyais sur l'écran à présent, la bouche amère. Son corps bougeait au gré des photos. Victor m'avait-il demandé la permission de prendre ces photos ? Aurais-je vraiment eu mon mot à dire ? Cette pensée m'horrifia, mais moins que l'idée que je ne l'aurais de toute façon pas arrêté.

Le téléphone était une grenade dégoupillée dans ma main, mais je ne pouvais me résoudre ni à l'éteindre ni à le balancer par la fenêtre. Les photos se succédaient à une cadence soutenue. Elles étaient brutales, violentes. La pure obscénité de la scène – cet homme qui me chevauchait et moi qui bougeais au même rythme – était incroyablement choquante, de même que les expressions de mon visage, tour à tour belles et laides, figées pour l'éternité.

Le diaporama finit par s'arrêter.

Mais ce n'est pas ça! avais-je envie de crier. C'était ce que les gens verraient si Victor rendait les photos publiques, ce qui était évidemment son intention. Ce que j'avais vécu avec Dominik, les leçons de bondage avec Cherry, les scènes auxquelles j'avais assisté dans les clubs : rien ne ressemblait à ça. Toutes ces choses avaient été aimantes, plaisantes, incroyablement sexy, et m'avaient procuré un plaisir singulier, mais ce n'était pas ça que les gens verraient dans cet horrible diaporama. Je portais un collier et j'avais l'air infiniment triste pendant que cet homme abattait sa ceinture sur moi avec rage. Les nuits avec Victor avaient été un véritable cauchemar dans lequel il m'avait attirée, et que j'avais presque réussi à oublier. Jusqu'à maintenant. J'avais envie de lui faire avaler son téléphone, mais ça n'aurait rien résolu, au contraire.

— C'est édifiant, n'est-ce pas ?

Sa voix m'est parvenue de très loin.

Horrifiée, je me suis rendu compte que j'étais moite sous le fragile rideau de la chemise de Dominik qui dissimulait mon sexe nu. L'intention était mauvaise et les motivations de Victor criminelles, mais les photos et les souvenirs m'avaient excitée.

Je n'ai pas répondu, sachant que, quoi que je dise, il trouverait un moyen de le retourner contre moi.

— Tu fais des grimaces délicieuses quand on te baise, Summer, pas vrai ? Tu serais une fabuleuse actrice de X. Dommage que nous ne puissions pas en faire un film. Tu prends du plaisir tout en le rejetant par tous les pores de ta peau. L'esprit contre la matière.

Il a ri, content de son trait d'esprit minable.

— Espèce de salopard !

Il a gagné la cuisine, a saisi un verre et s'est servi de l'eau. J'étais incapable de bouger.

Une partie de moi avait envie de balancer le BlackBerry contre le mur et de le voir exploser en mille morceaux, mais une autre brûlait de regarder les photos encore et encore. Je me doutais cependant qu'il avait dû sauvegarder le diaporama quelque part et que le mélodrame ne me mènerait nulle part.

— Je ne pense pas que tu mérites un Oscar, ma chère, a repris Victor, mais, si ces photos venaient à être publiées, je pense pouvoir dire sans trop m'avancer que ta carrière de musicienne classique pourrait rencontrer des obstacles inattendus, non ? Les *sex tapes*, c'est bon pour les petites starlettes ou les putes des émissions de télé-réalité, pas pour les artistes sérieuses. Et… oh… que dirait ton précieux Dominik, le dominateur amateur, s'il voyait ça ? Ça lui plairait, tu crois ?

Je m'apprêtais à répondre par l'affirmative à cette question, ne serait-ce que pour le provoquer, mais il ne m'en a pas laissé le temps.

Le dos raide, il a posé le verre vide.

— La balle est dans ton camp, Summer. J'ai besoin de tes services une dernière fois. Si tu acceptes, je détruirai les photos. Je te donne ma parole de gentleman. Voici mon numéro, a-t-il poursuivi en déposant une carte de visite sur le comptoir en granit.

— Qu'est-ce que… ?

— Aucune question. Si tu acceptes, tu devras faire tout ce que je te demande et ne reculer devant rien. C'est tout. Il ne te sera fait aucun mal, tu ne recevras aucune blessure physique. Je te le jure.

Je me suis souvenue du registre et j'ai ouvert la bouche.

Il a anticipé ma question.

— Pas de marque. Rien de permanent.

— Mais…

Il m'a interrompue de nouveau.

— Un jour, une heure, un endroit. Tu te présenteras. Je ne veux pas que tu en saches plus. Je veux que tu sois nerveuse. Tu es tellement plus belle quand tu es vulnérable, ma chère. Tellement plus belle.

Je ne savais plus quoi dire.

— Tu as quarante-huit heures pour m'appeler et me faire part de ta décision. Inutile de me raccompagner.

Il a tourné les talons et a disparu.

Entre la visite de Victor et le retour de Dominik, j'ai sombré dans la déprime. J'avais l'impression d'être un grain de sable pris dans un tourbillon d'émotions.

C'était injuste.

Juste au moment où je commençais à penser que Dominik et moi pouvions résoudre nos problèmes et bâtir une vie ensemble, même si elle était inhabituelle, voilà que je me retrouvais confrontée à une des machinations de Victor, qui pouvait ruiner une carrière tout juste naissante. Je pouvais porter plainte, mais mon cœur s'est serré à cette idée. Que pourrais-je bien dire ? Les policiers me poseraient quelques questions sur ma façon de vivre et me renverraient en riant. Et même s'ils étaient plus tolérants que je ne l'imaginais, si Victor diffusait ne serait-ce qu'une photo, ce serait trop tard. Je pouvais tout perdre. Si elle se répandait, elle pouvait atteindre Te Aroha. Je ne supporterais pas que mes parents lisent un truc pareil dans le journal.

Je voulais en parler à quelqu'un, mais Cherry semblait avoir disparu, et il était hors de question de mentionner ce genre de choses à Chris, mon meilleur ami à Londres. Il pensait déjà que Dominik était dangereux et il était parfois si protecteur qu'il mettrait certainement un contrat sur la tête de Victor.

La pensée de Chris m'a rendue nostalgique. Il me manquait terriblement. C'était le seul homme, en dehors de mon ancien professeur de violon, M. Van der Vliet, qui n'avait jamais eu un seul geste déplacé avec moi. Je me sentais en sécurité avec lui, et sa conversation me manquait : je savais que nous ne serions jamais rien d'autre que des amis et que les conseils qu'il me donnait n'étaient pas motivés par la volonté de me mettre dans son lit. J'avais arrêté de me demander pourquoi nous n'avions jamais été attirés l'un par l'autre. Il plaisait aux femmes, et, après chaque concert, il était toujours poursuivi par une horde de groupies. Peut-être était-ce parce que nous étions tous deux musiciens et que je n'étais donc pas impressionnée comme les autres par ses talents.

Il était gentil et profondément vieux jeu. Nous ne parlions pas vraiment de nos vies sexuelles, mais, les rares fois où j'avais fait allusion à la mienne, il m'avait clairement dit que mon comportement l'inquiétait. Il ne comprenait pas comment je pouvais prendre mon pied comme ça et il trouvait que c'était dangereux. Il ne voyait pas que c'étaient des jeux amusants et sûrs, toujours pratiqués dans un environnement contrôlé : il pensait juste que les dominateurs étaient des psychorigides susceptibles de me blesser. J'espérais le faire changer d'avis un jour, mais j'avais décidé de prendre mon temps et de l'introduire doucement dans le milieu. Je ne voulais surtout pas le perdre ; je devais trouver quelqu'un d'autre avec qui discuter de Victor. Pas Chris.

Il y avait bien Lauralynn, mais je n'avais pas son numéro et je ne lui avais pas parlé depuis un an. Elle était si sûre d'elle qu'elle aurait certainement une foule de bons conseils à me donner. J'étais finalement très seule et très isolée. Quand j'avais passé du temps avec ma famille et mes amis, je m'étais rendu compte que j'avais très peu d'amis.

Dominik était devenu mon port d'attache, mon point fixe, mon ancrage dans la tempête, mais, si je lui racontais tout, je savais que je pouvais le perdre à jamais.

J'étais foutue.

Ce soir-là, je me suis bourré la gueule, pour la première fois de ma vie. J'ai délibérément mélangé la bière et l'alcool fort ; j'ai erré dans West Village et j'ai testé la moitié des bars vers McDougall et Sullivan. Je ne savais pas vraiment ce que je cherchais : étaient-ce le réconfort provoqué par l'alcool ou le doux abri de l'inconscience ? Je n'ai pas l'alcool gai, et je suis vite irritable et morose, ce qui explique certainement pourquoi je n'ai attiré l'attention de personne. C'était une bénédiction, étant donné que je n'étais pas en état de choisir sagement un partenaire pour partager mon lit. Non pas que j'aie eu envie de trouver quelqu'un. Ma vie était assez compliquée comme ça.

Je suis rentrée juste à temps pour vomir de manière spectaculaire dans la cuvette des toilettes. Épuisée et vidée, je me suis traînée jusqu'à la chambre et je me suis effondrée sur le lit, où j'ai sombré dans l'inconscience.

Je me suis réveillée avant l'aube. Une intense migraine me vrillait le crâne. Il n'y avait aucun médicament nulle part : Dominik n'était pas du genre à s'automédiquer, et les seuls remèdes présents dans l'armoire à pharmacie étaient mes plaquettes de pilules. J'ai jeté un coup d'œil dans le miroir. J'avais une tête à faire peur : des cernes noirs sous les yeux, une horrible tache sur la joue droite, les cheveux hérissés comme si on m'avait tirée à travers une haie. J'ai soupiré et je me suis recouchée, dans l'espoir de me rendormir. Les draps sentaient la sueur et l'alcool. Il faudrait que je les lave et les sèche avant le retour de Dominik.

Je suis restée allongée pendant des heures, incapable de débrancher mes pensées. Du coin de l'œil, je voyais mon étui à violon abandonné à l'autre bout du salon, qui m'appelait, mais je n'ai pas pu trouver l'énergie de me lever et de jouer un peu. Le temps s'écoulait très lentement. Chaque fois que je regardais ma montre, j'avais l'impression qu'il ralentissait encore et encore.

Il ne me restait plus que vingt-quatre heures avant l'ultimatum de Victor et il m'était impossible d'ordonner mes pensées. Le battement sourd qui puisait dans mes tempes ne s'estompait pas.

J'avais envie de pleurer, mais je n'en avais pas la force.

— C'est moi.

— J'attendais ton appel.

Je pouvais presque voir son sourire suffisant sur son beau visage.

— Quelle perspicacité.

— Alors ?

— Alors...

Ma gorge s'est serrée quand j'ai essayé de me contrôler : je ne voulais pas lui donner plus de satisfaction en laissant transparaître mon émotion dans ma voix.

— Ne tourne pas autour du pot, Summer, a dit Victor. Le choix est facile. Alors, c'est oui ou non ?

— Tu détruiras les photos ? Tu n'en feras pas de copies ?

— Oui. Je te donne ma parole.

— C'est bien ça le problème. Puis-je vraiment te faire confiance ?

— Il faudra bien, n'est-ce pas ?

— Je suppose.

— Ça veut dire que tu acceptes ?

J'ai soupiré.

— Et quand tout sera fini je n'entendrai plus jamais parler de toi ? Tu me laisseras tranquille et disparaîtras de ma vie ?

— Si c'est ce que tu veux.

— C'est absolument ce que je veux.

— D'accord.

Je n'arrivais pas à prononcer le mot fatidique et j'ai tenté d'assurer mes arrières.

— Pas d'appareil photo cette fois-ci ni de téléphone, ou que sais-je ?

— Bien sûr.

Avais-je vraiment le choix ? J'en passais par là ou je pouvais dire adieu à ma carrière et à Dominik par la même occasion.

— J'ai prévu de te faire porter un masque pour l'occasion.

— Quel mauvais goût.

— Pas du tout, ma chère. Après tout, nous aimons tous les rituels, n'est-ce pas ? Tu seras sublime. Un masque noir, évidemment, à moins que tu n'aies une préférence pour une autre couleur.

La vision de la femme en cage de La Nouvelle-Orléans m'est soudain revenue en mémoire. Je n'étais pas certaine qu'elle ait porté un masque, mais la mention d'un rituel avait fait renaître le souvenir, et j'ai senti un tressaillement familier dans mon ventre.

— Peu importe, ai-je rétorqué.

— Nous sommes d'accord, alors ? a demandé Victor.

— Oui.

Mon cœur s'est serré.

— Parfait.

Ce ne sera qu'une nuit parmi des milliers d'autres que je pourrai ensuite occuper à ma guise, ai-je songé. Une seule nuit. Et ce ne serait que mon corps, ni mon esprit ni mon cœur. Je ferais abstraction de ces deux derniers pendant les quelques heures que ça prendrait, je les rangerais loin des pensées diaboliques de Victor et du regard des inconnus, je les garderais purs. Je ne savais malheureusement que trop que le corps cicatrise rapidement et que la honte ne laisse aucune trace visible. Une dernière aventure, et je serais libre. Ma vie m'appartiendrait de nouveau. Ce n'était pas un prix si lourd à payer, non ? Peut-être que si.

— Quand ? ai-je demandé.

— Tu es si pressée que ça ? a-t-il rétorqué en riant.

— Non. Je veux juste être débarrassée au plus vite.

— Dans ce cas, il va te falloir modérer quelque peu ton enthousiasme. Je te tiendrai au courant.

— Oh…

J'avais espéré que ça aurait lieu avant le retour de Dominik et que ce serait un événement du passé, comme tout ce que je lui avais caché, quand nous serions de nouveau réunis.

— Je te rappelle, Summer, a déclaré Victor.

— S'il te plaît…

— Oh, mais ne t'inquiète pas, je suis l'incarnation de la discrétion.

Il a raccroché.

Je ne pouvais rien faire d'autre qu'attendre.

Dominik a posé sa valise et il s'est avancé vers moi. J'étais assise sur le canapé. Je ne portais pour tout vêtement que sa chemise Ralph Lauren bleu ardoise, celle qu'il aimait que je mette pour dormir quand il faisait trop froid pour rester nue, et une culotte en coton blanc achetée chez Gap. Réservée, presque innocente.

— Tu es vraiment rentrée, a-t-il constaté avec un sourire tendre qui a illuminé son visage triste.

— Oui. La tournée est finie. Rien à l'horizon avant des mois.

— C'est merveilleux.

Je me suis levée pour l'embrasser.

Il avait les lèvres douces mais sèches. Je les ai léchées, me noyant de nouveau dans son odeur et la chaleur de sa présence.

Il m'a longuement dévisagée, les yeux pleins de questions informulées auxquelles je n'avais pas envie de répondre tout de suite.

— Bon retour, ai-je dit.

— À toi aussi.

Il a posé la main sur mon épaule et m'a enlacée fermement. J'ai ouvert la bouche, mais il m'a intimé le silence en posant un doigt sur la sienne.

— Chut.

Une sensation familière a fait naître des papillons dans mon ventre. Le souvenir de tous les silences que nous avions partagés. Celui qui suivait invariablement la musique, un rituel naturel qui était devenu le nôtre. Le Dominik que je connaissais bien était de retour et il ne voulait pas entendre parler du passé. Plus rien n'avait d'importance que nous et le moment présent. Le reste du monde n'existait plus.

Pressée contre lui, nos deux cœurs battant à l'unisson. Il a fait glisser sa main jusqu'à mes cheveux, qu'il a empoignés et tirés en arrière. Ma tête a suivi le mouvement, exposant mon cou. Il a penché le visage, a saisi ma peau tendue entre ses lèvres et a tiré dessus. J'ai frissonné. Il a alors remplacé ses lèvres par ses dents, qui ont délicatement testé la souplesse de ma peau sans la mordre vraiment. Je me suis demandé si c'était ainsi qu'un cannibale m'égorgerait ou si Dominik s'était transformé en vampire en mon absence et comptait se nourrir de mon sang. Mes genoux ont tremblé.

Je savais que ses dents laisseraient des marques sur mon cou. Sa marque.

Il s'est attardé, manifestement hésitant : allait-il me mordre pour de bon et boire mon sang, ou me dévorer d'une seule bouchée ?

Il a fini par lâcher mes cheveux et a arraché ma chemise, qu'il a déchirée d'un mouvement vif : les boutons ont volé sur le parquet poli de l'appartement.

Debout face à lui, presque nue, j'ai eu l'envie soudaine de me mettre à genoux, de défaire sa braguette, de sortir son sexe dressé et d'empaler ma bouche dessus jusqu'à m'étouffer. Pour lui, j'étais prête à être une salope. Mais j'ai attendu, impatiente de voir ce qu'il comptait faire de moi.

Dominik m'a contournée, a posé une main sur mon épaule et m'a fait signe de me retourner afin de faire face au dossier du canapé. Il m'a penchée en avant et a lentement fait glisser ma culotte sur mes jambes sans l'ôter. Il a mis un doigt dans chacun de mes orifices. Il a écarté mes jambes et m'a pénétrée sans préliminaires ; le chemin lui était rendu facile parce que je mouillais abondamment. J'ai apprécié la façon dont son sexe dur me remplissait tout entière, s'emboîtant parfaitement en moi.

À ce moment-là, nul besoin de cordes, de menottes, de bâillon ou de jouets, même si je ne pouvais m'empêcher d'espérer qu'il avait tout ça en magasin pour une autre occasion. La seule chose que je voulais, c'était le rythme inébranlable de sa queue, le bruit de son souffle, plus saccadé au fur et à mesure que le plaisir montait, et le contact de ses couilles sur mes cuisses à chaque coup de reins.

C'était presque l'automne à New York, Dominik était en moi, et la musique de ses mouvements faisait contrepoint à la façon brutale dont ses doigts jouaient avec mes fesses. À ce moment-là, j'étais heureuse. Demain me semblait loin. Hier aussi.

Puissent cet instant s'éterniser et les choses ne jamais changer.

12

Dans la danse

Summer détesterait tout ça, songea Dominik en entrant dans la demeure où Victor organisait sa fête et en regardant autour de lui.

L'ensemble était somptueusement criard et coûtait évidemment une fortune, même pour une nuit, à moins que l'endroit n'appartienne à une riche connaissance de Victor.

C'était un imposant hôtel particulier qui dominait l'Hudson, dans un quartier de Manhattan où il avait rarement mis les pieds. Quelques rangées de maisons appartenant à des millionnaires et dont personne ne connaissait l'existence s'y cachaient. Le sol était entièrement recouvert de moquette rouge. L'idée était certainement de lui donner un aspect royal, mais c'était surtout macabre, semblable au sol couvert de sang d'un château dans un film d'horreur.

Des miroirs encadrés d'or étaient accrochés sur tous les murs de l'entrée, créant une illusoire sensation de largeur. Dominik voyait son reflet sous tous les angles : cela lui déplaisait fortement, et il n'avait qu'une envie, quitter la pièce.

Il se dirigea vers l'escalier qui se dressait au fond de l'entrée. Il se divisait en deux, et rien n'indiquait de quel côté les invités devaient se diriger. Dominik choisit de tourner à gauche.

La porte s'ouvrit avant même qu'il ait eu le temps de pouvoir soulever le heurtoir. Une jeune femme le fit entrer avec un signe gracieux de la main.

Elle portait un ensemble de lingerie de la même couleur que le tapis. Mais, plutôt que de couvrir ses seins et son sexe, le vêtement les encadrait : le string dévoilait son entrejambe, et le soutien-gorge était un triangle dans lequel ses tétons se dressaient librement. Ses cheveux châtains étaient relevés dans un chignon piqué d'une plume rouge, qui allongeait considérablement sa silhouette, accentuant encore sa féminité. Elle portait un plateau en argent qui semblait trop lourd pour son bras fragile. Plusieurs verres à liqueur étaient posés dessus.

Elle tendit le plateau à Dominik.

— Non merci, répondit-il, je ne bois pas.

— Oh, ce n'est pas de l'alcool, répondit la jeune femme, mais du chocolat. Les Aztèques le considéraient comme un puissant aphrodisiaque.

— Ah, dans ce cas, je ne voudrais pas être impoli.

Il fut surpris de découvrir que le breuvage était tiède, comme s'il venait d'un pot de chocolat fondu sur la gazinière. Il avait un goût un peu piquant, évoquant le piment et la noix de muscade.

— Délicieux, merci.

Pour toute réponse, elle inclina légèrement la tête.

On dirait un palais, songea-t-il en découvrant l'immense pièce dans laquelle il se trouvait.

Il fut ravi de découvrir que la moquette rouge ne couvrait pas tout le sol mais se contentait d'en délimiter les contours, créant comme une salle de bal. D'ailleurs, un couple valsait, indifférent à l'absence de musique.

Dominik reconnut Edward et Clarissa, le couple qui avait donné le dîner après lequel Miranda avait été fessée. Clarissa portait une robe longue aussi rouge que le tapis, bordée au col de dentelle blanche, comme une reine victorienne. Il songea que Victor avait certainement donné des instructions vestimentaires aux invités et avait délibérément omis de lui en faire part.

Edward portait un uniforme militaire qui lui donnait l'air d'un héros de guerre ou d'un dictateur, selon le point de vue que l'on adoptait.

Dominik se dirigea vers la longue table du buffet au fond de la salle, qui disparaissait sous les bouteilles de champagne dans leurs seaux, des rangées de flûtes et des plats en bois couverts de raisin et de mangues découpées. Il y avait même une sculpture en glace : un Cupidon rebondi dont la flèche visait le centre de la salle. Dominik songea que ce n'était pas le dieu de l'Amour, contrairement à une idée répandue, mais celui de l'Érotisme, qui suscitait chez ses victimes un désir incontrôlable.

Il réprima un rire quand il repéra la fontaine à chocolat, certainement un cadeau d'une tante attentionnée, qui n'avait pas pensé un seul instant qu'elle se retrouverait sur le buffet de ce genre de fête. C'était donc ainsi que le chocolat restait tiède. Dominik avait un instant envisagé la possibilité que Victor soit un magicien.

— Vous passez une bonne soirée ?

Dominik se retourna et se retrouva face à une Japonaise en corset blanc parsemé de petites fleurs rouges. En d'autres circonstances, il aurait trouvé le vêtement joli, mais, dans cet environnement, elle lui donnait l'impression d'avoir reçu une balle dans la poitrine.

— Oui, merci. Mais je viens juste d'arriver.

— Vous avez déjà assisté à une fête organisée par Victor ?

— Une seule fois, et elle était très informelle. Rien à voir avec ça.

Elle saisit un verre et se pencha pour prendre une bouteille de champagne, exposant ce faisant une partie de son sein et un téton brun.

— Permettez-moi.

Dominik lui prit la bouteille des mains et remplit lentement sa flûte afin que le liquide mousseux ne déborde pas.

— Merci. M'accompagnerez-vous ?

— Uniquement si je peux trouver une boisson sans alcool. Je ne bois pas.

Il décida soudain de ne plus s'expliquer. Pourquoi les gens ne comprenaient-ils pas qu'il n'aime pas l'alcool ? Comme si on ne pouvait s'amuser que sous l'emprise de la boisson.

— Dans ce genre de situation, c'est certainement plus sage.

Dominik fronça les sourcils en cherchant des yeux autre chose à boire. Si l'on en jugeait par le choix des boissons, la fête n'était pas organisée pour les abstinents. Quand il se retourna, sa compagne avait disparu dans la foule au bras d'un homme vêtu d'un short rouge et or et d'un masque de catcheur. Dominik contempla son dos musclé avec envie. Il devrait peut-être se mettre à courir, comme l'avait suggéré Lauralynn, ou au moins se remettre dans la condition physique qui était la sienne quand il était étudiant.

Non pas que Summer soit intéressée par sa corpulence. Qu'il maigrisse ou qu'il grossisse, il doutait fort qu'elle remarque quoi que ce soit.

Ses pensées furent interrompues par Edward.

— Je pense que nous nous sommes déjà rencontrés, mais je ne crois pas que nous ayons été correctement présentés. Vous étiez à la petite soirée de Victor, n'est-ce pas ?

— Absolument. Clarissa et Edward, c'est cela ? Je m'appelle Dominik.

— Appelez-moi Ed. Il n'y a que Victor pour m'appeler ainsi, et ma femme quand elle veut m'agacer. Comme vous le voyez, Victor apprécie une certaine théâtralité…

Ed saisit une grappe de raisin, la plongea dans la fontaine de chocolat et l'enfourna avec un sourire satisfait.

— C'est clair qu'il fait toujours tout ce qui est en son pouvoir pour ça, continua Clarissa. Apparemment, il nous a réservé une surprise pour plus tard. Dieu seul sait de quoi il s'agit... Vous le connaissez bien ?

— Pas vraiment. Nous ne sommes que des connaissances.

— Bien. Je n'aurais pas voulu vous blesser. Personne ne l'aime vraiment, pour être honnête. Les gens viennent à ses fêtes pour le spectacle et parce que le champagne est bon.

— Il n'a rien prévu d'autre que ça ? C'est un peu insipide pour Victor. Je m'attendais à plus.

— Je pense que l'action aura lieu dans le donjon et dans la salle de jeux, une fois que tout le monde sera là et dans l'ambiance.

Elle montra du doigt les deux portes voûtées voilées de rideaux rouges sur le mur d'en face.

— Je pense qu'elles ouvrent à minuit, poursuivit-elle.

— Un donjon et une salle de jeux ?

— Oui. Il y en aura pour tous les goûts ce soir. Il y a une pièce pour les amateurs de SM, avec les objets habituels, et une autre pour les échangistes.

— Aussi appelés libertins. Je n'aime pas le terme d'échangiste, intervint Ed, qui avait une trace de chocolat sur sa fine moustache.

— Bien sûr, mon chéri, répondit sa femme en levant les yeux au ciel. Vous êtes nouveau dans le milieu, alors ? reprit-elle à l'intention de Dominik.

— Je pense qu'on peut dire ça.

Dominik n'avait jamais aimé les fêtes SM ou échangistes. Il préférait mettre en scène ses fantasmes dans l'intimité de sa demeure ou de son esprit. Les soirées à Londres dans lesquelles il s'était joint à d'autres hommes lui paraissaient, avec le recul, avoir été cruellement dénuées d'érotisme : il s'était contenté de s'abandonner à une luxure débridée. Il n'avait jamais mis les pieds dans un club fétichiste ni assisté à des scènes de ce type en dehors de la fessée de Miranda par Victor. Il espérait vraiment que c'était une fessée consentie et non pas une agression. Mais, avec Victor, tout était hélas possible.

— Vous avez de la chance de commencer maintenant ; tout est possible. À nos débuts, nous avions l'impression d'être les deux seuls pervers au monde.

— Vous pratiquez depuis longtemps ? Comment avez-vous découvert cet univers ?

La curiosité de Dominik était piquée au vif : il était manifestement possible de construire une relation malgré ce genre de pratiques.

— Nous sommes de vieux amateurs. Nous nous sommes rencontrés au lycée et nous sommes mariés depuis trente ans. Notre vie sexuelle est devenue ennuyeuse au bout d'un moment et nous avons décidé de la pimenter. Une chose en a amené une autre, et voilà où nous en sommes arrivés. C'était plus difficile lorsque les enfants étaient encore à la maison. Quand la baby-sitter venait les garder, nous leur disions que nous allions au cinéma alors que nous nous rendions dans les clubs les plus chauds de New York et de ses environs. Nous sommes tranquilles maintenant, et nous pouvons faire ce que nous voulons chez nous.

— Et vos enfants…

Dominik s'interrompit brusquement, cherchant désespérément une façon polie de détourner la conversation, dont le sujet était devenu très intime.

— Est-ce qu'ils sont « normaux » ? Oui, ils sont adorables, même s'ils sont tous les deux ennuyeux comme la pluie. L'un d'eux est avocat, spécialisé dans les divorces, et il a vécu dans le Wisconsin. Il est revenu à New York pour jouer du trombone dans un orchestre. Notre fille a épousé le fils du pasteur de la paroisse locale. Dieu seul sait comment une chose pareille a pu arriver. Ils n'approuvent pas du tout notre façon de vivre, mais nous sommes le plus discrets possible : j'ai peur que notre fille ne trouve mauvaise notre influence sur nos petits-enfants. Les gens sont tellement bêtes.

— Effectivement…

— Ah, voilà le seigneur du château. Il a l'air ridicule, vous ne trouvez pas ? Le latex devrait être réservé à ceux qui sont jeunes et minces.

Edward la regarda sévèrement.

— Tu dis n'importe quoi. Les jeunes et minces n'ont pas le monopole du glamour. Nous en sommes la preuve vivante, non ? ajouta-t-il avec un sourire satisfait.

— Tout à fait, mon chéri.

Victor portait un costume de Maître Loyal en latex rouge, noir et or. Son visage était grimé comme celui d'un clown et sa bouche barbouillée de rouge, dans une parodie de sourire. Il tenait un fouet à la main, et un chapeau haut de forme était malicieusement perché sur sa tête. Parvenu à leur hauteur, il l'ôta et s'inclina profondément.

— Je suis ravi de te voir, dit-il à Dominik, avec un sourire de serpent.

— Merci pour l'invitation.

— Je suis certain que le spectacle que j'ai préparé te plaira infiniment.

— Tu ne veux pas nous donner un indice sur ce qui va suivre ?

— Et gâcher la surprise ? Pas question. Maintenant, si vous voulez bien m'excuser, je dois saluer les autres invités. Ce n'est pas évident d'être l'hôte, mais il faut bien que quelqu'un se dévoue !

Clarissa attendit qu'il se soit suffisamment éloigné avant de reprendre leur conversation.

— Cet homme est absurde. Complètement fou. Je dois découvrir ce qu'il mijote.

— Es-tu sûre que ce soit une bonne idée ? demanda Ed.

— Il faut bien que quelqu'un le surveille. Il y a une frontière entre pervers et psychopathe. Nous ne pouvons pas laisser les débutants penser que nous sommes une bande de fous furieux juste parce qu'il a décidé de jouer un tour de malade à un public non consentant.

Elle tourna rapidement les talons et disparut par la porte qui menait au donjon.

Summer avait reçu le coup de fil de Victor quatre jours plus tôt, ce qui lui avait tout juste laissé le temps de se faire faire une épilation intégrale du maillot et de voir la rougeur consécutive à l'épilation disparaître.

Il a certainement tout prévu, se dit-elle comme l'esthéticienne étalait la cire chaude et épaisse, la laissait sécher quelques secondes, puis tirait sèchement sur la bande avant de placer sa main sur la peau de Summer pour atténuer la brûlure.

Elle avait entendu dire qu'il y avait plusieurs types de douleur. Ce n'était pas parce que quelqu'un aimait la morsure du martinet sur ses fesses nues qu'il adorait se rendre chez le dentiste ou qu'il était ravi de se cogner le petit doigt de pied.

Summer n'était pas masochiste, mais elle trouvait que l'épilation faisait partie des petits plaisirs de la vie. Peut-être était-ce parce qu'elle avait enlevé sa culotte pour une inconnue, ou parce que cette dernière avait la main douce sur son sexe quand elle écartait les lèvres afin de faire en sorte que la cire aille où il fallait et n'arrache rien d'important, ou parce que l'esthéticienne était très jolie et sentait le shampoing.

Quelle qu'en soit la raison, Summer avait trouvé l'expérience excitante et cette nuit-là, éveillée aux côtés de Dominik qui dormait, elle s'était caressée jusqu'à l'orgasme. Pour des raisons qu'elle ne savait s'expliquer, la pensée qu'il était tout près, inconscient de ses gestes, l'avait fortement troublée. L'idée qu'elle faisait quelque chose d'immoral et quelle courait le risque d'être prise en flagrant délit l'avait excitée. Ça et l'extrême douceur de sa propre peau, grâce aux soins de l'esthéticienne.

Dominik n'avait pas encore remarqué son épilation, mais cela ne saurait bien sûr tarder. Elle lui dirait qu'elle avait eu envie de changer. Depuis qu'il l'avait rasée devant tout le monde lors de la fête chez Charlotte, il n'avait rien dit, et elle ne savait pas s'il la préférait entièrement épilée ou non.

Il semblait apprécier sa façon d'extérioriser ses humeurs dans ses vêtements et ses coiffures, mais il ne lui avait jamais fait aucune suggestion. Il ne lui demandait pas de changer pour lui plaire. Summer aimait ce trait de sa personnalité. C'était une liberté qu'elle aurait eu beaucoup de mal à abdiquer.

Elle avait raconté à Dominik qu'elle passait la soirée avec Cherry afin de se rabibocher et lui avait dit de ne pas l'attendre.

Dominik avait marmonné en réponse qu'il avait lui aussi quelque chose de prévu, mais il n'avait pas détaillé. Il était distrait et taciturne. Passer leur premier samedi de retrouvailles séparés n'était peut-être pas l'idée du siècle, mais Summer n'y pouvait rien.

Elle ne pouvait rien révéler à Dominik : son silence faisait partie du marché qu'elle avait passé avec Victor. De plus, elle était terrifiée à l'idée que Dominik la méprise, s'il savait ce qu'elle avait fait. Il la connaissait bien, certes, mais elle ne pensait pas qu'il ait pu imaginer un seul instant à quel point elle était allée loin sans lui.

Heureusement, il était parti dans l'après-midi pour travailler à la bibliothèque, la laissant libre de se préparer et d'appeler une voiture pour se rendre à l'adresse que Victor lui avait donnée.

Simón l'avait appelée au moment où elle sortait.

— Comment va notre star ? Remise du long voyage ? Prête pour une répétition impromptue ce soir ?

— Je ne me sens pas très bien. Je peux avoir un ou deux jours de repos de plus ?

— Tu me caches quelque chose ? C'est ton Anglais qui te fait des misères ? Ce n'est pas ton genre de refuser une répétition. Je suis inquiet…

— Non, je suis juste fatiguée. Je te promets.

Il n'avait pas eu l'air très convaincu.

Victor l'attendait quand la voiture entra dans le parking souterrain de l'hôtel particulier qu'il avait réservé pour la soirée.

C'est une demeure hideuse, songea-t-elle comme le portail en métal de l'entrée s'ouvrait devant eux. Elle n'avait rien de l'esthétique Art déco du club où Dominik et elle s'étaient rendus à La Nouvelle-Orléans. Cet endroit semblait sortir tout droit du rêve d'un footballeur ; il semblait avoir été construit pour exhiber le plus de richesse possible sans se soucier un seul instant de se fondre dans le décor. Elle était certaine qu'à l'intérieur ce devait être une abondance de velours et un débordement de dorures, mais elle n'eut pas le loisir de vérifier son intuition : Victor la pressa à l'intérieur par un couloir sombre qui la mena directement au donjon.

Elle trouva que l'équipement était étrangement réconfortant, plus du tout intimidant ou intriguant. La présence d'une croix de Saint-André matelassée, de deux bancs pour la fessée, d'une cage, d'un encadrement métallique qui ressemblait un peu à un cheval, et d'un étalage de cravaches, de fouets et de *paddles* faisaient d'un endroit inconnu un lieu familier.

Au milieu de la pièce se trouvait un rideau de velours rouge, suspendu à une tringle circulaire, qui formait une tente semblable, en plus petit, au dôme sur les chapiteaux de cirque.

Victor ouvrit le rideau, qui révéla une estrade de cérémonie, tendue de tissu et décorée de fleurs, qui n'était pas sans rappeler un autel pour les sacrifices. Un projecteur avait été placé au-dessus de cette scène.

— Comme tu peux le voir, je me suis donné beaucoup de mal pour toi, ma chère. J'espère que ça te plaît.

— J'ai une certaine expérience de la scène. Je pense que je peux me débrouiller.

— Je suis certain que tu es impatiente de commencer, répondit-il avec un sourire suffisant.

Summer garda le silence, mais ces mots la transpercèrent comme un poignard.

Était-elle vraiment impatiente ?

Elle supposait que oui. Elle savait au fond d'elle que Victor était abject. Mais il y avait une part d'elle qui répondait à ses ordres, une part sombre que Victor semblait connaître et qu'il savait faire ressortir et manipuler avec talent. Summer savait que c'était un homme dangereux et que ce n'était pas une bonne idée d'explorer ses excentricités sexuelles avec lui, mais, comme un papillon de nuit attiré par la lumière, elle sentait sa résistance s'effriter sous la violence de ses propres désirs.

Elle ne lui ferait cependant pas le plaisir de lui donner raison.

— Approche, ordonna-t-il.

Elle se tint debout devant lui, ravie d'avoir choisi de porter des talons hauts qui lui faisaient gagner plusieurs centimètres sur lui.

— Déshabille-toi.

Elle savait qu'elle aurait à le faire et avait donc choisi de porter une longue robe noire sans bretelles en jersey, qu'elle pouvait mettre et ôter d'un seul geste. Summer trouvait qu'il y avait peu de choses plus humiliantes que de se débattre contre un vêtement récalcitrant devant un public, surtout si Victor en faisait partie.

Il sortit alors une corde.

Il l'avait espionnée ou quoi ? Il semblait toujours savoir quoi faire pour l'exciter.

La corde était épaisse, usée et adoucie par de fréquents lavages. Elle pouvait certainement comprimer quelqu'un longtemps sans procurer de douleur extrême, d'inconfort ou de dommages nerveux.

— À genoux.

Il fit un geste vers l'autel, et Summer remarqua alors qu'il était confortablement matelassé et non recouvert de pierre comme elle le pensait, poussée par son imagination et la situation. Il était assez petit, et des marches le bordaient à ses deux extrémités, permettant à un homme ou à une femme d'avoir facilement accès à celui ou à celle qui se tiendrait dessus. Elle, donc.

Summer frissonna quand elle sentit la corde sur sa peau.

Victor gloussa en constatant ce signe évident de son plaisir, et elle résista à l'envie de le frapper. Ça ne résoudrait rien.

Il l'attacha gentiment, si délicatement qu'elle commença à se détendre en dépit de son intention de n'en rien faire.

Je m'en fous, songea-t-elle. *Après ce soir, je ne le verrai plus jamais. Qu'est-ce que ça peut donc bien faire ?*

Elle était fermement ligotée, mais elle remarqua que Victor avait appliqué toutes les règles de sécurité du bondage : aucun de ses centres nerveux n'était entravé, et il avait laissé un peu de jeu entre sa peau et la corde pour que le sang circule normalement. Il n'en était évidemment pas à son coup d'essai et pour l'instant il tenait parole : elle n'aurait aucune marque permanente et ne serait pas blessée.

Elle essaya alors de bouger la tête. Elle s'agita afin d'éprouver la sensation une deuxième fois, essayant de comprendre ce qu'il avait fait.

— Ah, jubila-t-il, j'ai enfin réussi à faire en sorte que tu ne te contentes pas d'être bêtement allongée là.

Il avait entravé le bas de son corps et avait fait un nœud sur la corde qui passait entre ses jambes et était attachée à ses cheveux : chaque fois qu'elle penchait la tête en avant, elle tirait sur la corde qui frottait son clitoris. Si elle s'agitait correctement pendant un certain temps, elle pouvait donc jouir sans l'aide de personne, pas même de sa propre main.

— Tu as perdu ta langue ?

Summer essayait de bouger le moins possible. Elle maudissait intérieurement son corps qui la trahissait ; elle sentait que la corde entre ses jambes devenait de plus en plus humide sous l'effet de son excitation.

Victor tira brusquement sur la corde à plusieurs reprises.

— Tu aimes ça, pas vrai ? demanda-t-il comme Summer réprimait mal un gémissement. Bien. Maintenant, je vais mettre un masque sur ce joli visage, comme je te l'ai promis. Ce serait dommage qu'on reconnaisse notre célèbre violoniste, hein ? Tu n'y verras rien, j'en ai peur, mais, te connaissant comme je te connais, je suis certain que ça ajoutera à ton plaisir.

Elle baissa la tête pour permettre à Victor d'ajuster le masque, qui ne couvrait que le haut de son visage. Elle remarqua tout de suite qu'il avait laissé sa bouche libre. Il ne pouvait évidemment pas manquer une occasion de laisser un de ses orifices à la libre disposition de tous.

Satisfait, Victor caressa son corps comme si elle était un chat. Il saisit ses seins et tordit malicieusement ses tétons. Elle l'ignora.

— Tu n'es vraiment pas drôle. Je ne comprends pas ce que cet homme te trouve. Je dois retourner auprès de mes invités. Je ne serai pas long.

Summer ne tourna pas la tête quand il partit ; elle sentit un souffle d'air lorsqu'il referma le rideau, l'isolant du reste de la pièce.

Quelques minutes plus tard, elle entendit retentir un gong.

Victor battit des mains comme un enfant ravi quand la foule des invités se rapprocha pour l'écouter.

— Il était temps, murmura Ed à l'oreille de Dominik. Je finissais par craindre que le Viagra ne fasse plus d'effet quand il nous aurait enfin permis de commencer.

Dominik fronça les sourcils. Il n'avait pas pensé un seul instant à prendre un cachet, contrairement à la majorité des hommes présents. Le sexe ne le préoccupait pas. Il ne savait même pas pourquoi il était là ce soir, ni pourquoi il n'avait rien dit à Summer. Pure curiosité, peut-être.

Un soupçon commençait à le ronger à propos de Summer. Elle était étrange depuis son retour. Une tristesse permanente semblait l'environner, et il avait l'impression qu'elle lui cachait quelque chose.

Victor avait-il réussi à l'impliquer dans tout ça d'une manière ou d'une autre ? Ce n'était pas impossible : il avait l'air très content de lui et avait semblé suggérer que la suite de la soirée intéresserait particulièrement Dominik.

Edward n'était pas le seul invité à s'impatienter. Tout autour de lui, des couples et des groupes s'enlaçaient, s'embrassaient et se caressaient. Un homme juste devant eux avait levé la jupe de sa compagne et lui caressait les fesses. De l'autre main, il tenait la jupe le plus haut possible, pleinement conscient qu'Edward et Dominik regardaient, et leur offrant la meilleure vue possible.

— Puis-je me joindre à vous ? demanda Ed aimablement, aussi poliment que s'il avait demandé à deux inconnus de dîner avec eux.

L'homme regarda sa partenaire, qui acquiesça.

— Allons-y.

Ils se dirigèrent tous trois vers la salle de jeux.

Edward se retourna vers Dominik.

— Venez avec nous, dit-il. Vous verrez de quoi il s'agit.

Il ne s'était écoulé que quelques minutes depuis que Victor avait annoncé que toutes les pièces étaient ouvertes et à la disposition des invités, mais on aurait dit que la moitié de ceux-ci s'étaient précipités et étaient déjà en train de copuler sur les bancs et les coussins.

Dominik n'avait jamais vu autant de gens baiser en même temps.

Il resta un instant immobile, regarda autour de lui et se sentit idiot. La quantité de chair exposée – des seins qui se balançaient, des sexes flaccides pointant vers le bas ou dressés, des jambes négligemment écartées, des lèvres étalées – ne l'excitait pas du tout. Cependant, il trouvait le spectacle intéressant, d'une manière objective, un peu comme quand il allait voir une exposition d'art contemporain dans une galerie branchée ou un musée.

La femme qu'ils avaient observée un peu plus tôt attira son attention. Elle s'approcha et posa la main sur sa ceinture, interrogative. Il acquiesça. Elle le déboutonna avec dextérité et fit glisser son pantalon, puis lécha son gland, tentant de réveiller son sexe.

Étrangement, dans cette mer de lubricité qui l'entourait, Dominik découvrit qu'il était capable de bander, mais à condition de faire abstraction de tout le reste et de se concentrer sur la femme en face de lui.

Elle avait le même âge que lui, supposa-t-il, même si c'était assez difficile à savoir de nos jours. Ses longs cheveux bruns couvraient ses deux tétons comme des rideaux, mais ils ne pouvaient pas dissimuler ses seins lourds. Elle était assez massive, avec les cuisses musclées de celle qui a un travail manuel ou fait beaucoup de sport, et elle avait des fesses imposantes et douces, qui permettaient à un homme de les malaxer quand il la prenait par-derrière.

Cette pensée fit bander brusquement Dominik. En dépit de ses premiers doutes, il se dit soudain qu'il aimerait la sauter, mais un autre s'en chargeait déjà. Les mouvements de sa bouche autour de sa queue étaient devenus plus frénétiques et plus pressés, et il tressaillait quand elle l'égratignait parfois lorsque son visage était violemment projeté en avant sous les coups de boutoir de son partenaire.

Dominik était sur le point de se retirer pour éviter que son sexe ne subisse d'irrémédiables dommages et d'aller voir ailleurs quand il se rendit compte qu'elle était sur le point de jouir. Ce ne serait pas très galant de sa part de la distraire en bougeant maintenant.

Edward avait enfilé un gant en latex et lui avait mis deux doigts dans le cul. Il ressemblait un peu à un savant fou, mais la stimulation contribuait manifestement grandement au plaisir de la femme. Elle oscillait comme un piston entre Dominik et l'homme derrière elle, poussant de plus en plus fort contre les sexes ou les doigts qui étaient en elle, jusqu'à ce que son corps soit parcouru par un long frisson. Elle soupira et s'effondra, repue, à leurs pieds.

— Merci, murmura-t-elle sans s'adresser à personne en particulier, en souriant largement, les yeux fermés.

Dominik se pencha et lui caressa les cheveux, pris d'une subite bouffée d'affection comme elle se blottissait contre sa main.

Peut-être que cette soirée ne serait pas si terrible finalement.

Summer commençait à se demander si Victor n'avait pas enfreint l'un des commandements des libertins et ne l'avait pas abandonnée, seule et entravée, quand elle perçut une subtile modification dans l'atmosphère de la pièce et sentit une bouffée de parfum piquant, une fragrance qui contenait une touche de citron.

Comme elle ne désirait pas manifester sa présence à une personne malintentionnée, elle retint son souffle et resta immobile, mais le rideau s'ouvrit quand même. Qui que ce soit, elle avait été découverte, même si elle supposait que Victor avait prévenu ses invités qu'il y aurait un spectacle et que la présence d'un rideau et d'une scène ne pouvait qu'attirer l'attention sur ce qui était caché.

Elle garda la tête baissée ; si elle ne bougeait pas, l'autre partirait peut-être.

— Mmmh, c'est donc vous la star de la soirée.

Summer connaissait cette voix. Elle chercha dans ses souvenirs pour identifier cette personne, qui surgissait de son passé.

Maîtresse Clarissa. Celle qui lui avait demandé un verre et grâce à qui elle avait pu voler la clé du placard de Victor, dans lequel il avait enfermé son téléphone portable et ses vêtements. C'est comme ça qu'elle avait pu envoyer un texto à Dominik et, plus tard, s'enfuir.

— Je suppose que oui, soupira Summer.

Elle s'était habituée à la sensation de la corde sur son clitoris et, sans aucune stimulation mentale (ce n'était quand même pas la présence de Victor qui l'excitait), elle s'ennuyait et fatiguait ; elle avait juste envie de rentrer chez elle et de se coucher.

Il y eut un long silence.

— Je reconnais votre accent et vos cheveux. Et, je dois bien l'admettre, votre corps. Même si je pense qu'il y a d'autres rouquines néo-zélandaises avec penchants pervers à New York. Vous étiez à une autre fête organisée par Victor, non ? Il me semble que vous avez fui avant le spectacle. J'espère que ce n'est pas pour ça qu'il vous a ligotée cette fois-ci.

— Oui, c'était bien moi, mais ce n'est pas pour ça que je suis attachée. Je suis ici de mon propre gré. Victor et moi avons eu un différend..., et je ne voulais pas être tatouée.

— Victor n'est pas votre maître alors ? Ou votre dom ?

— Non. J'ai quelqu'un d'autre.

— Ce quelqu'un d'autre sait que vous êtes là ce soir ?

— Non.

— Vous pensez que c'est sage ?

Son ton était plus interrogateur qu'accusateur, mais Summer n'en fut pas moins agacée. Pourquoi les gens se mêlaient-ils toujours des affaires des autres ? Si elle avait choisi d'être ligotée et d'être la pièce maîtresse de la fête, c'était son problème.

— Ce n'est peut-être pas sage, mais c'est nécessaire.

— Vous êtes bien consciente de ce dans quoi vous avez mis les pieds ? Vous savez ce que Victor a prévu pour vous cette fois-ci ?

— Beaucoup de sexe, je suppose. Il me tarde, ajouta Summer d'un ton de défi.

— Tant que vous êtes sûre de vous, je le suis aussi, ainsi que les autres invités. J'espère que vous ne m'en voulez pas, mais je souhaitais m'assurer que ce que Victor avait prévu était… réglo. Je vais donc vous laisser avant que le spectacle commence.

Plein d'entrain, Dominik quitta la pièce pour aller chercher un verre. L'expérience qu'il venait de vivre et sa conversation avec Clarissa lui avaient donné de l'espoir. Si d'autres arrivaient à vivre ainsi, Summer et lui pouvaient le faire aussi. Il leur faudrait en discuter et mettre à plat leurs envies respectives, mais il savait à présent que ce n'était pas infaisable.

Clarissa lui saisit la main alors qu'il cherchait la femme avec le chocolat sur le plateau. Le fait que quelqu'un d'aussi peu vêtu et paré d'une plume aussi longue que ses jambes puisse passer inaperçu en disait long sur le degré d'extravagance des costumes des invités.

— Tout va bien, annonça-t-elle. Et ça va être délicieux.

— Vraiment ? Que nous a préparé notre Maître Loyal alors ?

— Il a une fille en réserve dans le donjon, quelqu'un que j'ai déjà rencontré, même si ça ne s'est pas très bien terminé la dernière fois. Je suis assez surprise de la revoir, pour tout avouer, mais je lui ai parlé, et elle dit qu'elle est impatiente que ça commence.

— Ah bon ? Tant mieux.

— C'est une rouquine. Edward sera ravi, il aime les rousses. Un peu comme tous les hommes de nos jours, on dirait. Qui a dit que les hommes préféraient les blondes ?

Un terrible sentiment d'effroi s'abattit sur les épaules de Dominik, comme si l'air de la pièce s'était soudain transformé en plomb.

Il s'excusa et se précipita vers le donjon.

Il regarda autour de lui. Les autres participants étaient très occupés, et le bruit que faisaient les divers instruments en s'abattant sur les fesses ou les dos noyait ses mouvements.

Il gagna le milieu de la pièce, souleva le rideau et jeta un coup d'œil.

Comme il l'avait craint, c'était Summer. Elle était étendue, ligotée et nue sur une plate-forme, et gémissait doucement.

Son premier instinct fut de la libérer. Il voulait défaire les liens et la prendre dans ses bras, mais il ne pouvait se méprendre sur l'expression de son visage : elle était visiblement excitée, et cela l'arrêta.

Il ferma les yeux et essaya de se mettre à sa place ; ses seuls sens étaient l'ouïe et l'odorat. Elle entendait le bruit des martinets, les gémissements et les cris d'une pièce pleine de gens excités, elle sentait les odeurs de sueur et de parfum ; elle attendait, en alerte, qu'un étranger vienne la toucher.

Il se mit à bander.

Et ouvrit brusquement les yeux.

Elle lui avait menti en lui disant qu'elle avait rendez-vous avec une amie.

Il se souvint des paroles de Clarissa. D'après elle, Summer avait dit qu'elle attendait impatiemment que ça commence, qu'elle était consentante.

Pourquoi, Summer ? Il avait envie de la secouer. S'il avait su que Victor l'avait invitée, ils auraient pu venir ensemble, en couple. L'estimait-elle si peu pour faire ça dans son dos ?

Il gagna l'antichambre. Et tomba sur Victor qui l'attendait, un sourire cruel aux lèvres.

— Adorable, n'est-ce pas ? Même si je dois bien avouer que je la trouve plutôt ennuyeuse. Je suis désolé que tu l'aies découverte avant que le spectacle commence. Petit curieux, va.

Victor sentait le latex, le talc et le spray qu'il avait utilisé pour faire briller son costume, qui luisait comme du verre poli.

— À quoi tu joues, putain ? Est-ce qu'elle sait que je suis là ?

— Oh non, pas du tout. Je parie qu'elle ne t'a pas dit ce qu'elle faisait de sa soirée, n'est-ce pas ?

Ils chuchotaient pour ne pas déranger les autres participants, mais la fureur contenue dans la voix de Dominik avait transformé son murmure en sifflement.

— Elle ne m'a rien dit, mais je suis certain qu'il y a une explication. Si tu l'as obligée à venir d'une manière ou d'une autre, je jure devant Dieu que je te tuerai.

— Pas besoin. Tu ne la connais pas vraiment, hein ? Elle ne t'a pas raconté nos ébats ? Ce n'est pas la première fois qu'elle participe à ce genre de fête. Elle est très populaire dans mon cercle.

Dominik sentit son cœur se serrer. Summer avait toujours été étrangement silencieuse quand le nom de Victor surgissait dans la conversation. Qu'elle ait voulu sortir avec lui ou assister à ses fêtes était une chose, mais qu'elle le fasse sans l'en avertir en était une autre. Il n'avait jamais exigé qu'une chose d'elle : l'honnêteté.

Il s'effondra sur l'un des bancs que Victor avait fait installer pour le public.

Le gong retentit de nouveau.

Victor attendit que les participants aient terminé ce qu'ils avaient commencé avant d'annoncer que le spectacle pouvait commencer.

Un par un, les invités remplirent la pièce. Ils riaient et gloussaient, plus ou moins déshabillés. La plupart étaient ivres. Une femme s'assit sur la main droite de Dominik ; elle portait pour tout vêtement une paire de collants à motifs qui montait jusque sous ses seins comme une combinaison. Un collier hérissé de piques enserrait son cou.

Edward s'assit de l'autre côté de Dominik. Son visage portait les traces de trois rouges à lèvres différents.

— Ça a intérêt à valoir le coup, commenta-t-il. Je m'amusais comme un fou à côté.

Dominik approuva en grognant. Il n'était plus d'humeur à faire la conversation.

Les lumières baissèrent en intensité. Le rideau s'ouvrit avec un bruit métallique.

Un projecteur placé au plafond illumina Summer. Elle avait été déliée – Victor avait dû le faire juste avant d'ouvrir le rideau – et elle était à quatre pattes, comme si elle attendait d'être prise des deux côtés.

Victor monta sur l'estrade et frappa dans ses mains.

— Mesdames et messieurs, j'ai ici pour votre plaisir une sublime volontaire. Elle m'a demandé de bien vouloir mettre en scène ses fantasmes les plus secrets; elle veut être prise par des étrangers jusqu'à ce qu'elle n'en puisse plus. Je me suis évidemment fait un plaisir de lui rendre service. Je vous présente une véritable salope, qui est là pour vous servir.

Pour prouver qu'elle était plus que prête, il enfonça un doigt entre ses cuisses, et Summer gémit en reculant un peu comme si elle l'invitait à la prendre.

— Comme vous pouvez le voir, chers amis, ajouta Victor sèchement, elle est prête.

Il se pencha en avant et ôta gentiment une mèche de cheveux qui tombait sur le masque de la jeune femme.

— Mais je suis certain qu'ils veulent entendre ça de ta bouche. Dis-leur ce que tu es.

— Je suis une salope, répondit-elle d'une voix claire et précise.

Chaque mot transperçait Dominik comme un poignard, mais il ne pouvait pas bouger, subjugué par elle.

— Et que veux-tu ?

Elle ne répondit pas immédiatement et passa la langue sur ses lèvres.

— Je veux qu'on me baise.

Victor regarda Dominik avec un sourire fou.

— Voilà une invitation ou je ne m'y connais pas. Nous allons évidemment faire les choses dans les règles et de manière consensuelle. Le mot de sécurité est « Vivaldi », qu'elle pourra utiliser dès qu'elle en aura assez. Vous trouverez des préservatifs, du lubrifiant et d'autres accessoires à côté du lit. Amusez-vous bien.

Il salua profondément et descendit de l'estrade.

Edward donna un coup de coude à Dominik.

— Il vaut mieux faire partie des premiers dans ce genre de situation.

— Je vous en prie, allez-y. Je vais commencer par regarder.

Edward était déjà debout avant même que Dominik ait fini sa phrase.

Elle avait même utilisé leur musique comme mot de sécurité. Avec Victor. Entre tous, il fallait que ce soit avec lui. Il se sentait ridicule, comme un adolescent rejeté.

Les autres invités s'étaient réunis en cercle autour d'elle. Ed avait les mains dans les cheveux de Summer, qu'il tira vers lui.

Elle pencha la tête en arrière, dévoilant son cou, un sourire dur aux lèvres. C'était une expression que Dominik lui avait vue de nombreuses fois quand ils faisaient l'amour, celle qu'elle avait quand elle était vraiment très excitée.

Au moins, ce serait Edward qui la prendrait en premier et pas Victor ; Dominik n'était pas certain qu'il aurait pu l'accepter. Peut-être que l'autre idiot n'arrivait pas à s'extirper de son costume en latex.

Un autre homme, que Dominik n'avait jamais vu, s'approcha de la bouche de Summer, le sexe dressé.

Il retint son souffle un instant; il espérait que Summer utiliserait son mot de sécurité si quelqu'un forçait sa bouche avec sa queue sans prévenir. Mais elle ouvrit grandes les lèvres et s'avança instinctivement pour l'inviter.

Des gouttes de sueur se formèrent sur son corps, et Dominik suivit des yeux le chemin formé par les petites rigoles. Ses seins s'agitaient comme des balanciers, et ce doux bruit était noyé par les grognements des autres participants.

Une femme aux cheveux de lutin et à la silhouette fragile se glissa sous Summer et lui lécha les seins.

L'homme qui se faisait sucer se retira, s'agenouilla devant la petite femme et commença à lui lécher le sexe. Un autre homme prit immédiatement sa place et se branla dans les cheveux de Summer.

Dominik ne voyait plus la scène, encombrée d'hommes et de femmes qui attendaient leur tour pour la caresser ou la prendre d'une manière ou d'une autre.

Un participant reculait parfois pour changer de préservatif ou s'essuyer le front, et, avant qu'un autre prenne sa place, Dominik avait un bref aperçu de la peau pâle de Summer, couverte de sueur et en perpétuel mouvement. Elle allait et venait sous les coups de boutoir, et tressaillait parfois sous certaines caresses.

S'il fermait les yeux, il entendait le bruit familier de son halètement ; il pouvait imaginer son cœur s'accélérer, et sentir son corps autour de son sexe. Quand ils faisaient l'amour, elle était plus que présente et réagissait au moindre effleurement. Il se remit à bander malgré lui. Il la regarda ouvrir la bouche pour une autre queue.

Elle devait commencer à fatiguer, songea-t-il, mais elle ne donnait aucun signe de lassitude ou de satisfaction. Il avait l'impression qu'elle cherchait à effacer toutes les relations sexuelles frustrantes qu'elle avait jamais eues dans cette nuit de baise effrénée.

Il ne savait pas ce qui le motiva : la colère ou le désir ?

Toujours est-il que, quand l'homme se retira de la bouche de Summer, Dominik le remplaça.

Il contempla son visage, la courbe de ses lèvres, son front plissé sous l'effort, ses sens en éveil devant le changement de partenaire. Il fit courir ses mains le long de son cou et de ses épaules, et la sentit se détendre. Il saisit ses cheveux dans ses mains, lui tira la tête en arrière, se pencha et l'embrassa.

Pendant un instant, elle répondit comme elle le faisait toujours ; elle ouvrit la bouche et soupira de contentement.

Puis elle recula et ôta son masque. Elle l'avait reconnu.

— Arrêtez, s'il vous plaît, ordonna-t-elle en s'asseyant sur ses talons.

La foule qui l'entourait recula immédiatement.

Elle regarda autour d'elle, à la recherche de quelque chose pour se couvrir, une serviette ou sa robe, mais ne trouva rien. Elle se cacha les seins avec les bras.

— Qu'est-ce que tu fais ici ?

— Victor m'a invité. Apparemment tu as été invitée aussi.

— Qu'est-ce qu'il t'a dit ? murmura-t-elle.

— Il m'a dit que ce n'était pas la première fois, si c'est de ça que tu veux parler. Pourquoi ne m'as-tu rien dit ?

— Et toi ? Pourquoi tu ne m'as rien dit ? C'est la première fois que tu vas à ce genre de fête ?

— Non. Je pensais que tu t'en foutais, et puis je ne trouvais jamais le bon moment. Tu n'étais jamais là. Toujours en train de répéter avec Simón.

— D'accord. Donc, tu peux sauter qui tu veux quand tu veux, mais pas moi.

— Ce n'est pas ce que je veux dire.

— Mais c'est ce que tu as dit. Et c'est ce que tu fais. Va te faire foutre, Dominik.

Elle descendit de l'autel, se redressa et se dirigea vers la sortie, le dos raide et le menton levé.

Un silence gêné s'abattit sur les invités. Un homme, cependant, applaudit, tout près des oreilles de Dominik.

Victor.

13

Après la tempête

Quand le taxi m'a déposée devant le loft de SoHo, Simón m'attendait, assis sur les marches devant l'immeuble, les jambes allongées devant lui, ses pieds éternellement bottés de croco croisés au niveau des chevilles.

— Je savais bien que tu finirais par rentrer chez toi.

— Qu'est-ce que tu fous ici ? Il est 3 heures du matin.

— Tu n'as répondu à aucun de mes coups de fil. J'étais inquiet.

J'ai sorti mon téléphone de mon sac à main et ai jeté un œil à la liste des appels manqués : Simón m'avait appelée toutes les heures depuis que je lui avais dit que j'étais trop fatiguée pour répéter.

— Désolée. Il était sur silencieux.

J'ai essayé d'introduire la clé dans la serrure, mais mes doigts tremblaient comme des feuilles secouées par le vent.

Simón m'a contemplée un instant puis il s'est levé d'un bond et a pris mes mains dans les siennes. Il m'a détaillée de haut en bas. Je n'avais pas osé me regarder dans les miroirs de l'entrée de l'hôtel particulier où s'était déroulée la soirée. Je ne savais pas à quoi je ressemblais, mais j'étais en nage, tremblante et échevelée. J'espérais juste que je n'avais aucun suçon visible.

— Qu'est-ce qui s'est passé ? Dominik t'a frappée ? Si c'est le cas, je jure qu'il le regrettera.

— Non, pas du tout. On était à une fête et on s'est disputés. Je pense qu'il ne va pas tarder à arriver.

— Viens chez moi. Ça te donnera le temps de réfléchir dans un endroit sûr.

— Je ne peux pas partir comme ça, il va croire que je l'ai quitté.

— Il appréciera certainement d'être seul et, de toute façon, vous ne risquez pas de discuter si vous êtes tous les deux dans cet état-là.

Je n'avais pas le courage d'argumenter. Sans compter que je n'avais pas vraiment envie d'avoir une conversation avec Dominik. Peut-être qu'une séparation d'un jour ou deux nous serait effectivement bénéfique.

— D'accord. Je vais prendre des affaires.

— Pas la peine. Tu reviendras les chercher quand il ne sera pas là. J'ai tout ce qu'il faut chez moi.

— Mon violon…

— Tu peux utiliser un des miens.

Il m'a prise par la main et ma conduite vers West Broadway pour appeler un taxi ; à cette heure-ci c'était l'endroit où nous avions le plus de chance d'en trouver un. Les deux premiers n'étaient plus en service, mais le troisième s'est arrêté devant Simón.

Chaque fois qu'une voiture nous dépassait, j'imaginais, le cœur battant à tout rompre, que c'était Dominik qui me suivait pour me présenter ses excuses. Je lui raconterais tout ce qui s'était passé entre Victor et moi, nous nous pardonnerions mutuellement et nous prendrions un nouveau départ. Nous effacerions l'ardoise.

Mais il ne m'a pas suivie.

Simón m'a prise dans ses bras quand nous sommes montés dans le taxi. J'ai posé ma tête contre son torse, et il a mis son bras autour de mon épaule. Il a commencé à caresser mes cheveux emmêlés, et je me suis détendue, permettant à sa gentillesse de balayer mes soucis, au moins momentanément.

— Tu sens différemment, a-t-il dit, ensommeillé, en me réveillant quand le taxi nous a déposés. Tu as changé de parfum ?

C'est celui de dix hommes et de deux femmes, ai-je songé, mais je n'ai évidemment pas répondu ça.

— Il y avait un monde fou à cette fête. J'ai besoin d'une douche.

— Je serais ravi de te fournir tout ce dont tu as besoin.

— Vraiment ?

— Bien sûr.

J'ai rencontré son regard chaleureux couleur chocolat et, à cet instant, j'ai eu envie de lui, ne serait-ce que pour chasser le souvenir de tous les autres. Je me suis avancée et je l'ai embrassé.

Il n'était pas rasé, et sa peau était râpeuse contre la mienne. J'ai frotté ma joue contre sa barbe, appréciant la sensation.

Quand il a composé le code de son immeuble, ses mains tremblaient autant que les miennes un peu plus tôt.

— Je croyais que tu pensais que ce n'était pas une bonne idée.

— Les bonnes idées ne m'intéressent plus.

— Tant mieux.

Il m'a poussée dans l'ascenseur, m'a enlacée et m'a embrassée avec l'ardeur d'un homme possédé.

Quand l'ascenseur a tinté pour nous prévenir que nous étions arrivés à destination, j'avais déjà déboutonné sa chemise et défait sa ceinture, impatiente que nous baisions avant que l'un de nous deux se ravise. J'en avais fait suffisamment cette nuit pour avoir honte de moi au petit matin, et coucher avec un homme de plus me paraissait inévitable, un peu comme manger le dernier cookie une fois le paquet entamé.

Il m'a conduite vers sa chambre et m'a fait tomber sur son lit. Nous n'avions pas cessé de nous embrasser avec l'abandon de deux personnes qui pensent que ce sera leur dernière nuit ensemble. Il a glissé sa main sous ma robe et a remonté le tissu sur ma taille avec des gestes brusques. Un désir non dissimulé brûlait dans ses yeux. Quand il s'est agenouillé entre mes cuisses, j'ai saisi ses cheveux et l'ai ramené vers moi.

— Non, s'il te plaît, je veux juste que tu me baises.

Simón a eu l'air ravi d'obéir. Je n'avais pas envie de préliminaires et je ne voulais pas qu'il découvre les différentes saveurs de ma peau : les parfums des autres, les lubrifiants, le goût piquant que laissaient toujours les préservatifs. Il était plus lourd que Dominik. Son corps m'écrasait agréablement, et ses cheveux lui tombaient dans les yeux. J'ai respiré son odeur, les mains dans ses boucles sombres. J'ai noué mes jambes autour de sa taille et me suis cramponnée à lui pendant qu'il me prenait, espérant que chacun de ses coups de reins chasserait le souvenir des autres hommes. Et je voulais plus que tout me débarrasser du souvenir de Victor. Il m'avait à peine touchée, mais je ne pouvais pas me défaire de son parfum douceâtre, qui manquait de me faire vomir chaque fois que je le respirais.

Ça a été terminé en quelques minutes. Simón était fatigué et il m'avait attendue longtemps. Au moins, il ne s'est pas excusé. Je suppose qu'il s'est dit que nous aurions d'autres occasions. Peut-être avait-il raison.

— Tu ne veux pas me raconter ce qui s'est passé ?

Nous étions côte à côte, son bras sur ma poitrine. Il m'a rapprochée de lui, comme s'il voulait me tenir contre lui pour toujours.

Le poids de mon silence a rempli la pièce comme un roulement de tambour.

— Peut-être. Mais pas ce soir.

— Je serai toujours là.

J'ai attendu qu'il s'endorme avant de me lever pour me doucher. Je ne voulais pas qu'il croie que je me sentais sale parce que j'avais couché avec lui. Il méritait mieux que ça.

J'avais passé tant de temps chez lui que je m'y sentais quasiment chez moi. Je savais où il rangeait les serviettes propres et qu'il y avait un miroir en pied dans la salle de bains dans lequel je pourrais vérifier à quoi je ressemblais.

Pratiquement aucune marque sur moi. Je pensais que ma peau porterait les traces de mes nombreux péchés. Je ne sais pas vraiment ce que je m'attendais à voir : une lettre écarlate gravée sur mon cœur ? Mais il n'y avait rien. Le reflet que me renvoyait la glace était blanc comme neige, même si mon sexe était certainement rouge et gonflé. Il me faudrait plusieurs jours pour m'en remettre.

Les gens disent que les yeux sont le miroir de l'âme. Je pense qu'on en apprendrait plus les uns sur les autres si on se regardait plus bas.

J'ai ouvert l'eau et je suis entrée dans la douche, puis j'ai tourné le robinet le plus possible. La température était bouillante, mais ce n'était pas suffisant.

Il n'y avait pas une douche au monde qui me laverait de cette soirée.

Dominik savait que ce qui s'était passé avait modifié à jamais sa relation avec Summer.

Ce n'était pas une question de culpabilité. Victor, Summer et lui étaient tous les trois également responsables du malheureux déroulement des événements.

Aucun mot ne pourrait réparer ce qui s'était déchiré entre eux.

En maître de cérémonie sournois, Victor avait fomenté tout ça ; il les avait manipulés jusqu'au point de non-retour. Par pure cruauté ? Par plaisir ? Peut-être par simple malice, comme un enfant qui ne peut s'empêcher de détruire une construction parfaite et d'en éparpiller toutes les pièces, transformant l'ordre en chaos.

Confronté à un choix, Dominik avait dit ce qu'il ne fallait pas. Il n'avait pas trouvé en lui assez de bonté pour lui pardonner ou la comprendre, et il avait endossé bien malgré lui le rôle du méchant dans son désir effréné de jouer avec Summer jusqu'à ce que les liens qui les unissaient finissent par céder. Tout était sa faute, depuis l'instant où il l'avait aperçue en train de jouer du violon dans le métro londonien et où il avait imaginé qu'il pouvait l'attirer dans ses filets, dans son lit, dans sa vie, suivant des conditions qu'il ne comprenait toujours pas complètement.

Et elle ? Avait-elle su quelles forces étaient à l'œuvre dans sa propre sexualité ? Avait-elle éprouvé de la tendresse pour lui ou avait-elle seulement succombé à ses désirs les plus secrets, qu'elle s'était contentée d'explorer avec lui ?

S'il pouvait seulement la voir à présent et la regarder dans les yeux ; peut-être y saisirait-il une réponse, une pièce qui lui permettrait de résoudre le terrible puzzle de sentiments et de désirs insatiables qui tourbillonnaient dans un fol abandon et le rendaient totalement impuissant.

Il s'était écoulé quarante-huit heures, et Summer n'était toujours pas revenue.

Elle était peut-être chez un ami. Cherry ou Susan, son agent, ou plus probablement Simón, le chef d'orchestre qui lui avait toujours proposé un endroit pour répéter à toute heure, ce qui était étonnant.

Ses vêtements étaient toujours suspendus dans sa partie du dressing, dans une proximité douloureuse, et il passait souvent les doigts sur la douceur des différents tissus. Une souffrance intense lui broyait le cœur, et il portait les étoffes à son nez, inspirant l'odeur de la jeune femme. *Je ressemble à un vieux pervers*, songea-t-il. Au moins il ne fourrageait pas comme un fou furieux dans ses sous-vêtements. Même s'il y avait pensé.

Il avait évidemment remarqué le Bailly, blotti dans son étui à présent bien abîmé, posé dans le coin le plus éloigné du salon. Il était surpris qu'elle ne l'ait pas pris avec elle, ou que du moins elle ne soit pas revenue le chercher ; cet abandon semblait lui dire qu'elle avait définitivement rompu. L'instrument était un poignant souvenir de ce qui avait présidé à leur rencontre.

Non, ce n'est pas notre faute, songea Dominik. Ni à lui ni à elle. Ils avaient été le jouet de leur désir et de ses contradictions.

En revanche, en ce qui concernait Victor, c'était une autre histoire. Il savait parfaitement ce qu'il faisait. Il était largement responsable du triste, voire sordide, déroulement des événements.

— Salut, Lauralynn.

— Bonjour Dominik. Comment vas-tu ?

— Pour être franc, je suis terriblement en colère… Comment s'est passé le concert à Boston ?

— Très bien. Qu'est-ce qui se passe ?

— Je suis furieux après Victor.

— Oh mince, il a recommencé ses manigances ?

— Je n'ai pas envie d'en parler. Tu sais comment je peux le joindre ? J'ai égaré le papier avec son adresse. Je dois lui parler.

— Tu es sûr ?

— S'il te plaît, Lauralynn…

— Ne fais rien que tu pourrais regretter, Dominik, le prévint-elle.

Elle lui donna quand même l'adresse, qu'il n'avait évidemment jamais possédée. Elle semblait l'avoir parfaitement compris.

— Dominik ? reprit-elle.

Mais il avait déjà raccroché.

Les choses se passèrent mal.

Pris au piège dans son appartement, Victor refusa de le laisser entrer et insista pour qu'ils aillent discuter dehors. Ils n'avaient ni l'un ni l'autre envie de s'expliquer dans un bar ou tout autre lieu trop public. Victor vivait non loin de Central Park, près de l'immeuble Dakota, et ils finirent par échouer près de la mare, à côté du bois de Hallett. La nuit tombait, et touristes et promeneurs se faisaient plus rares.

Quand Dominik aborda le sujet de la fête et la façon dont Summer avait été manipulée pour y participer, Victor répondit avec une certaine désinvolture.

— Alors que tu aurais pu tout arrêter, tu t'es contenté de ne pas intervenir ! C'est toi qui lui as permis d'aller jusqu'au bout. Je n'étais alors plus qu'un observateur, argua-t-il, son sourire suffisant faisant à Dominik l'effet d'une muleta rouge agitée sous le nez du taureau.

Dominik se sentit mal : les paroles de Victor lui transperçaient le cœur et lui rappelaient son infamie et ce qui lui apparaissait à présent clairement comme la pire erreur de sa vie.

— J'ai été pris de court, se défendit-il. Je ne comprends toujours pas pourquoi elle a accepté d'être le clou de cette orgie grotesque. Je suis certain que tu avais tout planifié depuis longtemps.

— Je dois bien avouer que j'ai fait preuve d'un peu de malice, concéda Victor en traînant les pieds sur le chemin sombre, mains dans les poches.

— Tu as tout manigancé, oui. Je ne dis pas que tu nous as ouvertement trompés, Summer et moi, mais tu as clairement menti par omission. Comment as-tu pu faire une chose pareille ?

— Vous n'êtes pas deux innocents, Dominik. Et puis qu'importe de pécher entre amis, hein ? C'est le péché qui fait tourner le monde, ajouta-t-il en riant doucement.

— T'es qu'un putain de pervers.

Dominik était à bout, sa patience mise à rude épreuve par la nonchalance de Victor et son indifférence affichée devant la situation dont il était l'artisan sournois. Il arborait un air profondément satisfait, comme si la colère de Dominik rendait les choses encore plus divertissantes.

Victor s'arrêta, se tourna vers lui et posa la main sur son épaule.

— Écoute, reprit-il, pas la peine de monter sur tes grands chevaux. Après tout, ce n'est qu'une fille ; elle est donc jetable. Et puis ce n'est même pas un bon coup.

Dominik repoussa la main de Victor.

Il bouillait intérieurement et franchit soudain la mince frontière entre la colère et la fureur. Il balança son poing dans la figure de Victor. Ce dernier trébucha sous l'impact et la surprise, et s'effondra sur le sol. Il leva instinctivement la main pour arrêter Dominik.

— Tu es fou ! cria-t-il.

Dominik cilla sous l'effet de la douleur qu'il ressentait dans ses doigts meurtris. Il n'était guère violent – il ne se souvenait même pas d'avoir jamais été pris dans une bagarre –, mais entendre Victor parler de Summer comme d'un objet, sans respect ni pour son corps ni pour son esprit, l'avait rempli d'une rage incontrôlable. Il ne s'était jamais battu pour l'honneur d'une femme, mais il comprit en cet instant qu'il était prêt à toutes les extrémités pour défendre Summer et la protéger des prédateurs dans le genre de Victor, qui profitaient de manière éhontée de ses faiblesses et de son ingénuité.

Il jura dans sa barbe et contempla Victor, dont le visage était tordu par la douleur et la stupéfaction, la bouche plissée et les lèvres tremblantes.

— Tu n'as eu que ce que tu méritais, rétorqua-t-il.

Victor avait l'air ridiculement petit, mais Dominik avait la désagréable impression qu'il se moquait de lui. Il lui jeta un regard meurtrier et tourna les talons.

— C'est ça, va retrouver ta pute à deux balles, marmonna Victor suffisamment fort pour que Dominik l'entende.

Ce dernier s'immobilisa, fit demi-tour et étala Victor d'un violent coup de pied.

Il se rendit soudain compte de ce qu'il venait de faire et vacilla sous l'effet du dégoût qu'il éprouvait pour lui-même. Victor gémissait, étendu de tout son long. Dominik jeta un regard autour de lui. Personne. Selon toute probabilité, nul n'avait assisté à l'agression. Que devait-il faire ? Rester dans les parages jusqu'à ce que Victor se relève ?

Dans un arbre non loin, un oiseau pépia joyeusement, et Dominik prit conscience de ce qu'il avait fait. Il avait frappé un homme plus petit et qui avait au moins dix ans de plus que lui. Et tout ça à cause d'une femme. C'était pire qu'un cliché : c'était pathétique. Il tourna les talons et s'éloigna.

Les quelques jours sans Dominik avaient été la goutte d'eau qui avait fait déborder le vase.

J'ai demandé à Simón de m'attendre en bas de l'immeuble pendant que je récupérais mes affaires. J'avais essayé de lui expliquer que je ne possédais pas grand-chose et qu'ayant déjà vécu sur trois continents différents j'étais tout à fait capable de faire une valise toute seule, mais il tenait absolument à m'accompagner, comme s'il craignait de me perdre si je passais une heure loin de lui.

J'ai fini par céder, mais je ne voulais pas qu'il pénètre avec moi dans le loft. Imaginer que Dominik puisse tomber sur lui en rentrant ou qu'il croie qu'un autre homme avait partagé notre chambre était trop pour moi.

L'appartement avait l'air vide même avant que je récupère mes vêtements, mes chaussures et ma trousse de toilette. J'avais manifestement quitté le loft bien avant ce jour-là, dès que j'avais commencé la tournée.

— Ouah, a commenté Simón quand je l'ai rejoint, tu n'as effectivement pas grand-chose. Je pensais que tu exagérais.

Je m'étais assise pour écrire un mot à Dominik avant de partir – pour lui dire que j'étais désolée et lui permettre de tourner la page –, mais les mots m'avaient manqué. C'était lui l'écrivain, pas moi.

J'ai fini par prendre mes affaires et partir, en espérant qu'il comprendrait tout ce que je ne pouvais pas lui dire.

J'ai emménagé chez Simón sans réfléchir. Au départ, il me semblait normal de rester chez lui.

Il avait largement la place de loger quelqu'un, d'autant que nous partagions le même lit. Il disposait d'une pièce dans laquelle je pouvais répéter, ce qui m'évitait le tracas de chercher un endroit où jouer sans ennuyer les voisins. J'aurais été idiote d'aller à l'hôtel. J'aurais pu revenir chez Baldo et Marija. Cherry m'aurait certainement prêté son canapé si j'avais réussi à la joindre et que je lui avais expliqué la situation, mais j'étais trop fière pour admettre qu'elle avait eu raison. C'était un défaut qui décidément me poursuivait.

Simón a tout de suite fait de la place dans son placard. Il a vidé un tiroir dans l'armoire de la salle de bains. Mes affaires ont rapidement trouvé leur place dans son appartement. On sortait, on était invités à dîner, et ses amis ont tout de suite pensé que nous étions en couple. Je n'ai pas eu le temps de les détromper et de leur dire que notre arrangement n'était que temporaire.

Je me suis retrouvée de nouveau embringuée dans une relation.

Simón était passionné et avait une libido plus importante que tous les hommes avec qui j'avais couché, y compris Dominik. Nous baisions matin et soir, et souvent aussi dans l'après-midi. Nos étreintes étaient à la fois fréquentes et déchaînées, et, même si je savais que j'aurais dû passer du temps toute seule avant d'entamer une autre relation, je pense que je ne m'en serais pas sortie sans elles. Le poids de son corps sur le mien chassait toutes les pensées irritantes qui me tenaient éveillée au milieu de la nuit.

Je pensais souvent à Dominik. Je me demandais si ça aurait pu marcher entre nous, si j'avais été honnête avec lui, s'il n'avait pas été si jaloux et si je n'étais pas partie en tournée. Il y avait tellement de « si ».

La brusquerie de ses caresses me manquait. Tout en Simón était doux et sensuel, de la chaleur de son corps à son teint doré, de son rire communicatif à l'ardeur avec laquelle il s'attaquait à tout, de la nourriture au sexe en passant par la musique. Il avait un incroyable appétit et un optimisme à toute épreuve dont Dominik était bien incapable et qui me rendait parfois folle. Il semblait monté sur ressorts, comme ses cheveux, et je craignais que le rebond ne s'arrête jamais.

J'avais l'impression de vivre avec un rayon de soleil. J'ai fini par avoir envie de revoir la pluie.

Un soir, nous avons décidé d'aller au cinéma. Simón a passé quasiment tout le film la main sous ma jupe, alors que j'essayais désespérément de ne pas répondre à ses caresses pour ne pas ennuyer les autres spectateurs. C'était un film de super-héros, qui avait attiré autant d'enfants que d'adultes, et nous étions entourés de familles. Comme pour le reste, Simón était l'exact opposé de Dominik à cet égard : il prenait grand soin de son apparence mais se fichait complètement de ce que les gens pensaient de lui.

Au lieu de prendre un taxi, il a insisté pour qu'on rentre à pied. Il avait remarqué qu'il avait pris du poids depuis que j'avais emménagé chez lui et il mettait un point d'honneur à faire de l'exercice tous les jours. Ou peut-être avait-il une idée en tête et avait-il prémédité notre passage devant le sex-shop de la 6e, juste après la 18e Rue.

— J'ai pensé qu'on pourrait essayer quelque chose de nouveau, a-t-il murmuré au creux de mon oreille, malicieux.

— Ah ?

Je me suis demandé si je devais me montrer offensée. Je trouvais que nos relations sexuelles étaient satisfaisantes. On baisait assez souvent, et la pensée qu'il était peut-être frustré m'a préoccupée.

Il s'est dirigé directement vers le rayon consacré aux liens en satin, menottes en cuir et autres barres d'écartement.

— Qu'est-ce que tu en penses ? a-t-il demandé.

J'ai attrapé une paire de menottes en fourrure rose, le genre qu'on utilise dans les enterrements de vie de jeune fille. Je préférais nettement les menottes en cuir, mais je ne voulais pas l'effrayer en lui montrant que j'avais déjà une certaine expérience dans ce domaine.

— Oh Seigneur, a-t-il dit, j'aurais l'air idiot là-dedans.

— Comment ça, tu aurais l'air idiot ?

Il est devenu écarlate. C'était la première fois que je le voyais rougir.

— Laisse tomber, a-t-il répondu. C'était une mauvaise idée.

Les vendeurs nous lançaient des regards curieux.

— Pas du tout. J'ai juste cru que tu voulais acheter des menottes pour moi.

— Tu te souviens de notre premier baiser ?

— Évidemment.

— Tu avais une corde dans ton sac. J'ai cru... Tu as l'air d'une fille qui aime prendre les rênes. J'ai toujours eu envie d'essayer. De me laisser dominer.

J'ai senti mon cœur se serrer. Je savais que c'était complètement hypocrite de ma part, mais je n'avais jamais réussi à me faire à la vue des hommes soumis, que ce soit dans les clubs comme dans les scènes privées auxquelles j'avais assisté. L'idée de voir Simón agenouillé devant moi me hérissait. Je n'aurais jamais imaginé ça de lui. Encore une preuve de mon manque de sens de l'observation ; j'étais décidément bien trop égocentrique. Il dégageait tellement d'autorité naturelle, surtout quand il dirigeait l'orchestre. Cependant, après tout ce que j'avais vécu, je ne pouvais pas lui refuser ça. Ce serait peut-être différent avec un homme qui me plaisait.

Nous sommes sortis de la boutique avec des liens en satin noir et de la lingerie qui avait plu à Simón.

Quand le vendeur a emballé nos achats dans un sac discret, j'ai eu l'impression d'entendre le rire moqueur de Dominik résonner à mes oreilles.

Ce soir-là, j'ai attaché les poignets et les chevilles de Simón aux montants du lit. Il avait les yeux brillants comme si c'était Noël. J'ai contemplé le mur au-dessus de la tête de lit pendant que je le chevauchais en me demandant pour la énième fois ce que je voulais vraiment. J'ai fermé les yeux et je me suis caressée en donnant libre cours à mes fantasmes ; Dominik avait beau apparaître dans chacun d'eux, je n'ai pas réussi à jouir.

Simón s'est endormi quelques minutes après avoir joui, toujours ligoté. Je l'ai gentiment délié et l'ai poussé un peu pour pouvoir m'allonger à ses côtés.

Impossible de m'endormir.

Je me suis relevée sans bruit et j'ai sorti ma valise du placard de l'entrée. J'avais laissé la corde dans l'une des poches intérieures, histoire que Simón ne puisse pas tomber dessus par hasard. J'ai rangé la valise et gagné la salle de bains avec en main la corde et un tube de lubrifiant.

Simón avait le sommeil lourd, mais j'ai quand même fait couler l'eau, afin de couvrir les bruits que je faisais en me caressant. Je me voyais dans le miroir, la corde fermement nouée autour de mon cou.

Je n'avais pas de tendance suicidaire ni de pulsions d'automutilation. Je ne l'ai jamais serrée assez fort pour me blesser, même temporairement, mais le léger étouffement augmentait mon excitation et me permettait de jouir en quelques minutes.

J'aurais donné n'importe quoi pour que la main de Dominik remplace le nœud coulant.

Dominik prit le métro pour regagner Spring Street. Dès qu'il ouvrit la porte, il sut que Summer était passée en son absence. Son parfum flottait légèrement dans l'air, et ses chaussures n'étaient plus alignées le long du mur qui menait au salon.

Le violon avait disparu, et elle avait certainement pris tous ses vêtements, sans nul doute à toute allure. Elle avait oublié sa brosse à dents, un peu de maquillage, des tubes de crème, des bouteilles de shampoing et une vieille plaquette de pilules sans doute périmées, qui traînait dans la salle de bains depuis son départ pour la Nouvelle-Zélande, comme un legs, ou un souvenir.

Elle n'avait même pas laissé un mot.

Même s'il s'y attendait, Dominik fut cruellement déçu. C'était définitivement fini entre eux.

Pendant les jours qui suivirent, il ne quitta pas le loft, négligeant ses quelques devoirs à la Bibliothèque, incapable de se concentrer, encore moins de faire des recherches ou d'écrire. Il avait peur de voir surgir Victor ou la police. Même si Victor ne portait pas plainte, il y avait des risques qu'un passant ait été témoin de l'agression. Il savait qu'il n'y était pas allé de main morte et que si quelqu'un témoignait il serait arrêté.

Quand le samedi matin arriva, il avait pris une décision. Il fit ses valises, envoya quelques mails d'excuses, démissionna de son poste à la bibliothèque et demanda à être remboursé du loyer qu'il avait avancé pour le loft. Il prit un taxi pour l'aéroport ; il ne voulait pas laisser de traces de sa destination en utilisant une limousine comme à son habitude. Il prit un billet sur le premier vol de nuit en partance pour Londres.

Quand le taxi le déposa à Hampstead aux petites lueurs de l'aube, le quartier dormait encore. Il fourragea dans son sac cabine à la recherche de ses clés et déverrouilla la porte de sa maison. Au loin, la lande était plus verte que jamais, de cette nuance particulière de vert que l'on ne trouve qu'en Grande-Bretagne. Les mains encombrées de valises, il poussa la porte du pied et fut accueilli par l'odeur sèche de ses livres.

Il était chez lui.

Deux mois s'écoulèrent, le temps pour Dominik de se ressaisir. Il obtint deux semestres sabbatiques de plus de l'université et s'installa progressivement dans une routine d'écriture. Il s'éveillait, comme à son habitude, très tôt le matin, écrivait toute la matinée puis passait l'après-midi à lire, à regarder des DVD ou à se promener sur la lande si la météo anglaise le lui permettait.

Il pensait continuellement à Summer : pas un jour ne s'écoulait sans que les souvenirs, heureux ou malheureux, percent le masque de son silence émotionnel forcé. Quand il foulait l'herbe humide du parc, il ne pouvait s'empêcher de se souvenir de Summer marchant sur le même chemin pour gagner le kiosque où elle avait joué pour lui la première fois. Il avait l'impression qu'une éternité s'était écoulée. Il savait que les souvenirs étaient inévitables et qu'il ne servait à rien de les combattre. Il lui fallait accepter de vivre le mieux possible avec ces sentiments doux-amers. Le temps adoucirait peut-être les choses, mais il en doutait.

Un jour de la fin de l'hiver, alors qu'épuisé et déboussolé il se débattait avec un personnage dont le comportement inattendu l'avait contraint à défaire complètement un chapitre et à revoir une grande partie de son roman afin que les motivations psychologiques des protagonistes soient plus crédibles, on sonna à la porte.

Il était en robe de chambre et ne s'était pas rasé depuis quatre jours. Il resserra sa ceinture et descendit. *Certainement le facteur qui a un colis pour moi*, songea-t-il.

Il remarqua en passant devant la fenêtre du palier que la pluie avait redoublé d'intensité. La sonnerie retentit de nouveau, insistante.

Il ôta la chaîne de sécurité, tourna la clé et ouvrit la porte.

— Salut !

— Oh…

Lauralynn se tenait devant lui, un journal à bout de bras, dans un inutile effort pour protéger ses cheveux blonds de la pluie. Elle était trempée, et son tee-shirt moulait ses courbes généreuses.

Elle avait beau avoir été malmenée par l'averse et n'être pas aussi séduisante que d'habitude, elle était indéniablement sexy. Comment aurait-il pu en être autrement ?

— Tu n'invites pas une fille transie à entrer ? demanda-t-elle avec un petit sourire.

— Si, si, bien sûr, répondit Dominik en s'effaçant pour la laisser passer. Je suis surpris, mais ravi de te voir. Je suis désolé d'être aussi débraillé ; je n'attendais personne.

Lauralynn secoua la tête, faisant voler de minuscules gouttes d'eau dans tous les sens.

— Je suis aussi débraillée que toi, répondit-elle. Un effet de la pluie. Ça a commencé à tomber à verse quand je suis sortie du métro. Tu as mis un temps fou à m'ouvrir. Tu ne m'as pas entendue ? J'ai vu de la lumière, je savais que tu étais là.

— J'étais dans mon bureau à l'étage. Je n'ai pas dû entendre la première sonnerie.

Elle portait un jean noir ultramoulant et son éternel blouson en cuir sur un tee-shirt blanc.

Dominik la conduisit dans la cuisine.

— Tu veux boire quelque chose pour te réchauffer ?

— Et comment ! Une boisson chaude de ton choix, suivie si possible par quelque chose d'alcoolisé. Je sais bien que tu ne bois pas, mais tu es suffisamment civilisé pour avoir une ou deux bouteilles quelque part, hein ?

— Tu me connais bien.

Il mit la bouilloire électrique en marche et attrapa du café soluble dans un placard.

— Du café soluble ? Je m'attendais au moins à une élégante et brillante machine à expressos.

— Désolé de te décevoir.

Elle expliqua quelle était rentrée à Londres depuis dix jours. Le remplacement de la musicienne en congé de maternité était arrivé à son terme ; on lui avait proposé de prolonger son contrat de six mois, mais elle n'appréciait pas la vie en province. C'était une fille de la ville. Si l'orchestre avait été à New York, elle serait restée volontiers aux États-Unis, mais elle en avait eu assez de courir pour attraper le dernier train pour New Haven chaque fois qu'elle venait se balader à New York.

— Tu es parti à toute allure, remarqua-t-elle comme ils étaient assis côte à côte, un café à la main.

— Je sais.

Ils échangèrent un regard entendu.

— Victor va bien, annonça-t-elle. Même si tu n'as rien demandé.

— Effectivement.

— Tu lui as cassé le nez.

— Il méritait pire.

— Je n'aurais jamais pensé que tu étais capable d'une chose pareille...

— Je suis plein de surprises.

— Il n'est plus à New York. J'ai entendu dire qu'il avait pris un poste à Kiev. Il a rejoint les verts pâturages de son enfance et tout le bazar...

— Je vais éviter de me rendre en Ukraine.

— Bonne idée, conclut Lauralynn.

— Qu'est-ce que tu comptes faire à Londres ?

— Je ne sais pas. J'ai de l'argent de côté, je peux voir venir tranquillement.

— Tu loges où ?

— Chez des amis à Camden Town. Je ne vais pas pouvoir y rester encore longtemps.

— Tu as toujours ton sac de couchage ?

— Évidemment.

— J'ai une grande maison. Je suis certain qu'il y a des coins entre les livres qui pourraient sans problème accueillir un sac de couchage.

— C'est une invitation ?

— Je ne t'en ferai pas d'autre, répondit Dominik.

— Alors j'accepte, professeur.

— Je serais ravi d'avoir de la compagnie. Fut un temps où j'aimais vivre seul, mais j'ai changé. C'était bien avec Summer, mais j'ai tout gâché.

— Ton problème, Dominik, c'est que tu ne sais pas ce que tu veux.

— Je pense que tu as raison.

— Il te faut un professeur.

— Ah bon ? Voilà une intéressante inversion des rôles, non ?

— Tu veux ou pas ?

Que voulait-elle dire ? Lauralynn comprit qu'il était perdu.

— Tu sais beaucoup de choses sur la littérature et d'autres trucs obscurs, Dominik, mais je pourrais t'en apprendre pas mal sur les Femmes, le désir, le contrôle et ce qui motive les gens.

— C'est une invitation ? s'enquit Dominik en souriant.

— Les leçons sont gratuites. Et tu auras même des récompenses.

Dominik se souvint de la séance à trois avec Miranda ; il savait exactement ce que Lauralynn avait en tête.

— Où est-ce que je signe ?

— Ici et maintenant. Bon, où est-ce que tu caches la gnôle ?

La vie continua, comme toujours.

Dix-huit mois passèrent à toute allure, et ma vie s'écoula paisiblement entre Simón et ma carrière.

Je m'étais absentée durant deux semaines pour des concerts à Memphis et à Charleston. Lorsqu'on est sur la route, on est dans un cocon, et j'aimais ça, être maîtresse de mon propre univers. Plus besoin de m'expliquer quand je voulais faire quelque chose sans Simón, même si c'était juste faire une course au coin de la rue. Je n'allumais même pas la télévision dans ma chambre d'hôtel – je me contentais de lire des romans de gare ou d'écouter de la musique ; parfois je restais juste assise en silence, le regard rivé sur un mur nu. Le monde aurait pu s'écrouler autour de moi, je ne m'en serais même pas rendu compte. Je me fichais bien de l'actualité.

En tournée, je courais tous les jours. C'était ma façon de m'accoutumer à une ville, de découvrir ce qu'il y avait à voir et à sentir, en délaissant les parcours touristiques pour explorer les profondeurs des banlieues. De toute façon, les gens sont bien plus intéressants que les musées.

De retour à Manhattan pour quelques jours, j'ai profité de mes talents en matière de shopping pour acheter une nouvelle paire de baskets. J'avais fini par user les semelles des miennes, ce qui me remplissait de satisfaction. Je préfère les chaussures usées – elles sont étranges quand elles sont neuves –, mais je n'avais pas envie de me tordre la cheville. J'ai donc pris le métro pour Union Square, dans l'optique de faire les nombreuses boutiques de chaussures de Broadway, au nord et au sud d'Astor Place.

La foule printanière se pressait dans les boutiques comme si le shopping était en passe d'être interdit. Après mon relatif isolement dans des chambres d'hôtel, j'ai été rapidement irritée par les coups de coude des clients et l'attente pour obtenir qu'un vendeur aille chercher l'autre pied.

Peut-être y aurait-il moins de monde sur Houston, où les boutiques étaient plus haut de gamme et les clients moins frénétiques. Ce n'était pas comme si l'argent était un problème, et comme ça je passerais devant mon vendeur de glace préféré. Je n'avais pas mangé de glace à la pistache depuis que j'avais quitté l'Europe, et j'en avais soudain une envie folle.

J'ai traversé dès que j'ai croisé un passage pour piétons.

La vitrine de *Shakespeare & Compagnie* m'a accueillie de l'autre côté de la rue. C'était l'une des dernières librairies indépendantes de la ville, et Dominik adorait s'y rendre. C'était là qu'il m'attendait quand je faisais des courses dans le coin, et il ne se plaignait jamais du temps que je prenais à essayer des robes et des chaussures. Il aurait volontiers passé la nuit à parcourir les étagères si les employés le lui avaient permis.

Dans la vitrine était exposé l'habituel fatras d'ouvrages de toutes tailles et de toutes couleurs. Je m'étais demandé si Dominik aimait cet endroit parce que les livres n'y étaient pas rangés, contrairement à chez lui.

J'allais poursuivre mon chemin quand l'image d'un violon sur la couverture d'un livre dans le coin de la vitrine a attiré mon attention. J'ai ralenti et regardé de plus près.

Je me suis arrêtée net, pétrifiée, au milieu de la foule. Un bandeau sur la couverture annonçait qu'il s'agissait d'un best-seller en Grande-Bretagne, mais tout ce que je voyais était le nom de Dominik gravé comme au fer rouge sur le violon de la couverture. Il avait donc terminé son manuscrit et avait trouvé un éditeur.

Je suis entrée dans la librairie et j'ai trouvé une pile de son ouvrage sur la table des nouveautés en fiction. J'ai saisi un exemplaire comme je l'aurais fait d'un plat brûlant sur la gazinière. Prudemment.

Je l'ai ouvert et j'ai tourné la page de garde. Il y avait une dédicace.

« Pour S.
À toi à jamais. »

REMERCIEMENTS

Nos remerciements vont comme toujours à Sarah Such de l'agence littéraire du même nom, à nos éditeurs Jemima Forrester et Jon Wood, à Tina Pohlman d'Open Road Integrated Media de New York et à nos éditeurs étrangers, en Allemagne, en Italie, en Suisse et au Brésil. Merci à eux d'avoir cru en nous, sans oublier évidemment Rosemarie Buckman de l'agence Buckman et Carrie Kania chez Conville & Walsh pour leur merveilleux travail.

Du même auteur chez Milady :

80 Notes de jaune
80 Notes de rouge
80 Notes ambrées

Retrouvez Summer et Dominik dans :

80 Notes de rouge

TRADUIT DE L'ANGLAIS PAR ANGÉLA MORELLI

1
Courir

Mes pieds battaient le pavé au rythme de mon cœur.

Central Park reposait dans un écrin blanc. Malgré le calme relatif du parc, j'étais consciente de la présence tentaculaire de la ville : elle l'encerclait comme une énorme main dans la paume de laquelle reposait un morceau de campagne et dont les immeubles qui se dressaient vers le ciel étaient autant de doigts gris sale qui faisaient ressortir par contraste la neige d'un blanc immaculé qui avait recouvert l'herbe.

La neige était récente et poudreuse et elle craquait légèrement sous mes pas, amortissant ma course. L'absence de couleur décuplait mes autres sens ; je sentais la caresse de l'air sec et glacé sur ma peau, comme si un être surnaturel aux doigts de givre m'avait touchée. Mon souffle formait des volutes de fumée devant mon visage, et ma gorge brûlait.

Je courais tous les jours depuis un mois, depuis que j'avais découvert le roman de Dominik chez *Shakespeare & Compagnie*, en bas de Broadway. Je l'avais lu précipitamment, en profitant des rares instants où j'étais seule chez moi ; je me méfiais du regard inquisiteur de Simón.

Lire la prose de Dominik m'avait procuré un sentiment étrange. L'héroïne me ressemblait beaucoup. Il s'était servi de certaines de nos conversations, qui nourrissaient ses dialogues, avait utilisé les quelques scènes de mon enfance que je lui avais racontées, notamment l'atmosphère étouffante d'une petite ville de province ainsi que mon désir de fuir. Et son héroïne était rousse.

La voix de Dominik était aisément reconnaissable dans son style, dans sa syntaxe particulière, dans ses références littéraires et musicales.

Deux ans s'étaient écoulés depuis notre rupture. Nous avions été confrontés à un terrible malentendu, et j'avais laissé parler mon orgueil, ce que je regrettais amèrement depuis. J'étais retournée dans le loft pour m'expliquer mais il avait déménagé. J'avais regardé sous la porte, et n'avais vu qu'une pièce vide et un tas de courrier. J'étais restée longtemps sans nouvelles de lui.

Jusqu'à ce que je tombe sur son roman alors que j'étais sortie acheter une paire de baskets. Curieuse, je l'avais ouvert et j'avais découvert, stupéfaite, que, malgré notre relation mouvementée et notre amère rupture, il me l'avait dédié : « Pour S. À toi à jamais. »

Cette dédicace me hantait.

Courir était le seul moyen d'évacuer mes sentiments. Tout particulièrement en hiver, quand le sol était tout blanc et que les rues étaient plus calmes. En hiver, Central Park devenait un désert neigeux, le seul endroit où je pouvais fuir la cacophonie de la ville pendant une heure.

C'était aussi la seule façon d'échapper à la présence envahissante de Simón.

Il dirigeait toujours le Gramercy Symphonia, l'orchestre dans lequel nous nous étions rencontrés.

J'avais rejoint la section des cordes trois ans auparavant, en jouant sur le Bailly offert par Dominik. Simón était le chef d'orchestre, et, sous son égide, j'avais fait des progrès immenses. Il m'avait encouragée à me lancer dans une carrière solo, m'avait présentée à un agent, et j'avais fait quelques tournées et enregistré deux disques.

Notre relation avait d'abord été professionnelle, même si nous badinions souvent. Je savais que Simón était amoureux de moi et je n'avais pas fait grand-chose pour le décourager, mais nous n'avions pas couché ensemble avant que je rompe avec Dominik. À ce moment-là, je rentrais de tournée et je n'avais pas d'endroit où aller. J'avais trouvé plus pratique de m'installer chez Simón, qui avait un appartement près du Lincoln Centre et une pièce spéciale pour répéter, que d'aller à l'hôtel.

Puis Dominik avait disparu, et deux nuits chez Simón s'étaient rapidement transformées en deux ans.

Je m'étais laissé entraîner avec joie. Simón était facile à vivre et je l'aimais bien, voire je l'aimais tout court. Nos amis ont accepté notre histoire avec enthousiasme. Il leur paraissait évident de voir ensemble le jeune chef surdoué et sa violoniste en pleine ascension. Après des années de célibat entrecoupées de petits amis que ma famille et mes amis regardaient de travers, j'ai soudain eu l'impression d'avoir trouvé ma place.

Je me sentais acceptée. Normale.

La vie s'est déroulée sans encombre, entre les répétitions et les concerts, les sessions dans les studios d'enregistrement, l'excitation quand mon premier album est sorti, puis le deuxième, les fêtes sympas, les Noëls et les Thanksgiving avec des amis et des connaissances. Nous avons même eu droit à quelques mentions dans des revues spécialisées, où on nous présentait comme le couple célèbre de la scène musicale. Nous avons été photographiés à Carnegie Hall après un concert, main dans la main, mon visage tout contre l'épaule de Simón, nos boucles rousses et brunes mêlées. Je portais une longue robe dos nu noire.

C'était celle que j'avais portée la première fois que j'avais joué *Les Quatre Saisons* de Vivaldi pour Dominik, sur le vieux kiosque à musique dans le parc de Hampstead.

Dominik et moi avions un accord. Il m'achèterait un violon – pour remplacer celui qui avait été détruit dans une bagarre à Tottenham Court

Road – en échange d'un concert à Hampstead puis d'un autre récital, plus privé, où j'avais joué pour lui entièrement nue. C'était une requête impudente de la part d'un inconnu, mais elle m'avait excitée d'une manière que je n'avais pas comprise à l'époque. Dominik voyait en moi des choses dont je n'avais pas idée : une lascivité et une libido que je n'avais même pas commencé à explorer, un aspect de moi qui depuis m'avait apporté de manière égale plaisir et douleur.

Dominik avait tenu parole et remplacé mon vieux violon rapiécé par un Bailly, l'instrument qui ne me quittait plus depuis, même s'il m'arrivait d'en utiliser d'autres pour répéter.

Simón voulait m'en acheter un autre. Il préférait les instruments plus modernes, avec un son plus net, et il pensait que j'aurais gagné à jouer d'un violon au timbre plus tranchant. Je le soupçonnais surtout de vouloir se débarrasser de cette trace tangible de la présence de Dominik dans ma vie. J'avais eu de nombreuses propositions de mécènes et de luthiers, et j'aurais pu remplacer le Bailly une bonne dizaine de fois.

Mais le cadeau de Dominik était parfait : aucun instrument n'avait le même son, ni ce poids idéal dans ma main, ni ne se nichait aussi bien sous mon menton. Quand je jouais du Bailly, je pensais inévitablement à Dominik et j'atteignais cet endroit mental qui me permettait de jouer avec brio. Mon cerveau se mettait en veilleuse, et mon corps dominait mon esprit, qui parvenait alors à un état de rêve éveillé dans lequel la musique prenait vie ; je n'avais alors plus besoin de jouer, juste de vivre mon rêve pendant que mon archet courait sur les cordes.

Une femme m'a regardée, surprise. Elle portait une chaude veste dont elle avait rabattu la capuche sur sa tête pour se protéger du froid et elle poussait un landau bleu vif dans lequel était allongé un enfant emmitouflé. Un autre joggeur, qui portait un équipement pour braver le froid, jaune avec des bandes réfléchissantes, m'a lancé un regard complice en me croisant.

Pour Noël, Simón m'avait offert, entre autres, un équipement de course, qui était peut-être le signe qu'il allait arrêter de me bassiner pour que je m'inscrive plutôt à la salle de gym. Il détestait que je coure à Central Park, surtout le matin tôt ou le soir tard. Il me citait les statistiques d'agression des joggeuses dans le parc. Apparemment, on avait plus de risques de se faire agresser quand on était blonde, qu'on portait une queue-de-cheval et qu'on courait vers 6 heures le lundi matin. Je lui avais donc fait remarquer que je n'étais absolument pas concernée, étant rousse et jamais levée avant 6 heures, mais ça ne l'empêchait pas de me houspiller.

Il m'avait acheté une paire de gants extrêmement chauds avec le pantalon de survêtement assorti, le tee-shirt et la veste, accompagnés de la paire de baskets la plus chère disponible dans le commerce, alors même que je venais d'en acheter une.

— Si tu cours sur la glace, tu vas glisser, avait-il commenté.

Je portais les baskets pour lui faire plaisir, mais j'avais remplacé les lacets blancs par des rouges, histoire d'ajouter une touche de couleur. Je mettais aussi les gants, mais, la plupart du temps, je laissais la veste à la maison. Même en plein hiver, je préférais courir juste en tee-shirt, même si le froid était toujours intense au départ. La bise me mordait la peau, mais je me réchauffais rapidement et j'aimais sentir l'air frais et le vent froid, qui m'encourageaient à courir plus vite.

Quand je rentrais, j'étais écarlate, et mes doigts étaient gonflés malgré les gants, comme si j'avais été brûlée par le froid.

Simón me prenait dans ses bras et m'embrassait pour me réchauffer, tout en frictionnant mes bras nus et mes épaules, jusqu'à ce que la peau me fasse mal.

Il était chaleureux dans tous les sens du terme : il avait la peau mate, résultat de son héritage vénézuélien, de grands yeux marron, des cheveux aux boucles épaisses et un corps solidement charpenté. Il mesurait presque un mètre quatre-vingt-dix et il avait progressivement épaissi depuis que nous vivions ensemble. Il n'était pas gros, mais les dîners à deux et les bouteilles de vin partagés devant un DVD l'avaient débarrassé de sa maigreur. Il était un peu plus corpulent, et ces kilos en plus lui conféraient une certaine douceur. Sa poitrine était recouverte d'une masse de poils noirs et épais que j'adorais caresser quand nous étions allongés côte à côte après avoir fait l'amour.

Il avait un physique ouvertement viril et des manières profondément affectueuses. Les deux années que nous avions passées ensemble avaient été aussi reposantes qu'un bain moussant. Notre relation était semblable à un pyjama en pilou et de vieilles chaussettes dans lesquels on se glisse après une longue journée de travail. Rien ne ressemble à la compagnie d'un homme qui vous aime absolument et sans réserve. Simón prenait soin de moi, me protégeait et m'apaisait.

Je m'ennuyais.

J'avais réussi à réprimer l'insatisfaction permanente que me procurait notre relation par une armada d'occupations. Travailler comme une folle. Jouer du violon comme si chaque concert devait être le dernier. Courir le marathon de New York. Courir, courir, courir. Courir pour m'échapper, mais finir par rentrer à la maison.

Jusqu'à ce que je lise le roman de Dominik.

Depuis, j'entendais sa voix dans ma tête en permanence.

Les mots de son roman en premier lieu, comme si, au lieu de le lire, j'avais écouté un livre audio.

Puis les souvenirs m'avaient submergée comme une vague.

Le sexe avait été important dans notre relation, mais il n'avait rien à voir avec les rapports fréquents et tendres que j'avais avec Simón.

Les désirs de Dominik étaient plus sombres que la moyenne et ils avaient illuminé ma vie. Avec lui, j'avais pris un infini plaisir à réaliser des fantasmes que je ne savais même pas abriter en mon sein. Il m'avait demandé de faire pour lui des choses que personne avant lui n'avait même jamais évoquées. Ce n'était pas parce que j'aimais le risque mais parce qu'il insistait que je lui permettais d'utiliser mon corps pour son propre plaisir, et que je me soumettais, dans cet étrange jeu qui était plus mental que physique et dans lequel nous étions deux complices, même si vu de l'extérieur on aurait dit que je le laissais faire de moi ce qu'il voulait.

Sexuellement, Simón était exactement à l'opposé de Dominik. Il aimait que je le domine, et je passais mes soirées à le chevaucher en essayant désespérément de ne pas laisser mon esprit s'égarer vers le travail et les courses, ou à contempler le mur d'un blanc immaculé derrière la tête de lit.

Mon téléphone a vibré dans la poche de mon pantalon, et, de surprise, j'ai manqué de glisser sur une plaque de verglas. Peu de gens avaient mon numéro, et je recevais peu d'appels. Seuls Simón et Susan, mon agent, me téléphonaient parfois, et Simón savait que j'étais sortie courir ; il n'avait aucune raison de m'appeler, sauf pour me demander de rapporter quelque chose pour le petit déjeuner, comme les beignets pleins de sucre qu'il adorait tremper dans son café et qu'on trouvait dans la pâtisserie au coin de Lexington et de la 56e.

J'ai ôté rapidement un de mes gants. Mes doigts étaient tellement gelés que j'avais du mal à tenir le portable. C'était un numéro néo-zélandais, mais je ne l'avais pas programmé dans mon répertoire.

J'ai décroché, inquiète. Je n'avais pas souvent ma famille au téléphone. Nous n'aimions pas beaucoup ce moyen de communication et nous préférions nous envoyer des mails ou utiliser Skype. Sans compter que là-bas il était tard.

— Allô ?

— Salut, Sum, ça roule ?

— Fran ?

— Ne me dis pas que tu ne reconnais pas ma voix, petite sœur ?

— Bien sûr que si. C'est juste que je ne m'attendais pas à ton coup de fil. Il est quelle heure chez toi ?

— Je n'arrive pas à dormir. Je réfléchissais.

— Dangereuse habitude.

— J'ai envie de venir te rendre visite.

— À New York ?

— Pour être honnête, j'aimerais mieux venir te voir à Londres, mais je ferai avec. J'en ai marre de Te Aroha.

Je n'aurais jamais cru entendre ces paroles dans la bouche de ma sœur. Elle n'avait jamais été à sa place à Te Aroha et n'avait rien d'une provinciale, mais ça ne l'avait pas empêchée d'y passer toute sa vie, c'est-à-dire une trentaine d'années.

Elle travaillait à la banque depuis qu'elle avait quitté le lycée. Presque douze ans à occuper le même emploi. Elle avait commencé au guichet, avait ensuite été nommée chef d'équipe puis conseillère financière, sans autre formation que celle offerte en interne. J'étais la seule de la famille à être allée à l'université, même si j'avais laissé tomber à la fin de la première année.

Je me la représentais facilement. On était samedi matin à New York, c'était donc le samedi soir tard en Nouvelle-Zélande. Elle devait être assise dans son cottage, vêtue d'un short en jean et d'un tee-shirt coloré et effrangé, du style qu'appréciaient les punks dans les années 1980. Elle gigotait comme à son habitude, la main dans ses courts cheveux blond platine ; peut-être jouait-elle avec une boucle de sa frange. C'était le plein été là-bas, et il devait faire chaud, même si sa vieille baraque était parcourue de courants d'air et qu'à Te Aroha le fond de l'air était toujours frais, comme si la ville tout entière vivait dans l'ombre de la montagne.

— Qu'est-ce qui te prend ? ai-je demandé. Je pensais que tu étais enracinée là-bas pour l'éternité...

— Rien ne dure une éternité.

— C'est vrai, mais c'est quand même surprenant de ta part. Il s'est passé quelque chose ?

— Je ne sais pas si je fais bien de t'en parler. Maman m'a demandé de ne pas le faire.

— Tu en as trop dit ou pas assez. Tu dois me raconter ce qui se passe.

Je marchais rapidement à présent et, sans l'élan que me conférait la course, je glissais à chaque pas et, sans l'effort pour me réchauffer, j'étais frigorifiée. Les doigts que j'avais dégantés pour tenir le téléphone étaient écarlates et me lançaient.

— Fran, je suis en plein milieu de Central Park et la température est négative. Il faut que je me remette à courir, or je ne peux pas courir et parler en même temps. Crache le morceau ou je te rappelle en rentrant.

— M. Van der Vliet est mort.

Elle a dit ça à mi-voix, comme si elle appuyait doucement sur une gâchette.

— Ton prof de violon..., a-t-elle ajouté pour meubler le silence qui était tombé entre nous.

— Je sais qui c'est !

Je me suis immobilisée et j'ai laissé l'air glacé m'enlacer comme une couverture d'acier.

Fran n'a rien dit d'autre.

— C'est arrivé quand ? Comment ? ai-je fini par l'interroger.

— On ne sait pas. On a trouvé son corps au fond de la rivière dans laquelle sa femme s'est noyée.

La femme de M. Van der Vliet est morte le jour où je suis née. Elle traversait le défilé de Karangahake sous la pluie, en rentrant de Tauranga, quand elle avait perdu le contrôle de son véhicule ; elle avait mal calculé un virage et percuté un camion qui arrivait en sens inverse. Le chauffeur s'en était sorti sans même une égratignure, mais la voiture de Mme Van der Vliet avait fait un tonneau et basculé dans la rivière. Elle s'était noyée avant que quiconque ait eu le temps de lui porter secours.

— Quand ? ai-je insisté.

Le mot était coincé dans ma gorge comme un morceau de coton.

— Il y a presque deux mois, a murmuré Fran. On a préféré ne rien te dire, on avait peur que ça ne te peine et que ça n'affecte ton jeu. Maman et papa ne voulaient pas que tu plaques tout pour venir à l'enterrement.

— Je serais venue.

— Je sais. Mais qu'est-ce que ça change ? Ça ne l'aurait pas ressuscité.

Fran, comme tous les Néo-Zélandais de ma connaissance, a l'esprit pragmatique. Mais son imparable logique n'empêchait pas mon cœur d'être pris dans un étau.

M. Van der Vliet aurait eu plus de quatre-vingts ans à présent, et je pense qu'il ne s'était jamais remis de la mort de sa femme. Mais sa présence silencieuse et modeste avait été un repère fixe dans mon enfance. Sa voix, à l'accent hollandais prononcé même s'il avait passé la plus grande majorité de sa vie d'adulte en Nouvelle-Zélande, était douce mais ferme quand il corrigeait la position de mes doigts sur l'archet ou quand il me félicitait.

J'avais appris le métier de violoniste en le regardant jouer : son grand corps douloureusement maigre s'animait follement quand il tenait un violon et en devenait même gracieux. Il jouait comme s'il avait franchi une porte qui ouvrait sur un autre monde, dans lequel il devenait quelqu'un d'autre, un homme débarrassé de toute sa maladresse. J'avais essayé d'imiter la façon dont il semblait vivre la musique et j'avais rapidement compris qu'en fermant les yeux et en laissant mon corps absorber la mélodie je pouvais jouer nettement mieux qu'en me contentant de suivre une partition.

Ce n'était pas lui qui m'avait donné envie de faire du violon, mais les disques de mon père. C'était cependant Hendrik Van der Vliet qui m'avait donné envie de persévérer. Il avait l'air très sévère mais cachait une douceur qui surgissait parfois, et j'avais passé mon enfance et mon adolescence à faire tout ce qui était en mon pouvoir pour mériter ses rares éloges en pratiquant encore et encore, jusqu'à ce que mes doigts soient en sang.

— Summer ? Tu es encore là ? Tu vas bien ?

Ses mots résonnaient comme un écho.

— Je te rappelle, Fran, d'accord ?

J'ai coupé la communication sans attendre de réponse et j'ai rangé mon portable dans la poche de mon pantalon.

J'ai remis mes écouteurs et monté le son. J'écoutais *Fight Like a Girl* d'Emilie Autumn, un morceau que M. Van der Vliet aurait détesté. Il m'avait toujours poussée vers la musique classique et avait été déçu lorsque j'avais abandonné mes études de musicologie pour partir à Londres.

J'imaginais son visage noyé. Était-ce un accident ? Une crise cardiaque, survenue par hasard sur les lieux de la mort de sa femme ? J'en doutais. À ma connaissance, M. Van der Vliet n'avait même jamais attrapé froid, et je n'arrivais pas à imaginer qu'il ait pu être malade. Ce devait être un suicide, même s'il ne me paraissait pas être du genre à sauter du haut d'un pont. Ce n'était pas assez délibéré. Il aurait plutôt choisi de mourir d'une manière assurée, sans jamais perdre le contrôle. Il avait dû marcher tranquillement dans l'eau.

Je pouvais voir la scène se dérouler sous mes yeux comme si j'y étais. Il avait mis son plus beau costume du dimanche. Peut-être celui qu'il portait pour assister au concert que j'avais donné à l'école de Te Aroha deux ans auparavant, lors de ma tournée aux antipodes : une chemise blanche et un costume trois pièces vert sombre qui lui donnait des allures de sauterelle, impression accentuée par ses longs membres maladroitement repliés pour s'encastrer dans les sièges en bois disposés dans le hall. Sa peau était fine comme du parchemin.

Il avait marché dans la rivière et s'était détendu. Il l'avait fait tard dans la nuit ou tôt le matin, avant que l'endroit soit envahi de vacanciers, de promeneurs et d'enfants qui descendaient la rivière sur des pneus géants, jusqu'à

Paeroa, où la rivière Ohinemuri se jetait dans la Waihou.

M. Van der Vliet devait être le seul habitant de Nouvelle-Zélande à ne pas savoir nager. Il disait qu'il n'avait jamais voulu apprendre, préférant la terre ferme en toutes circonstances, même quand il faisait chaud. Il était tellement maigre, dénué de graisse qu'il avait certainement coulé comme une pierre.

Quand je suis arrivée chez moi, je pleurais comme une Madeleine. J'étais affectée par la nouvelle de sa mort, mais plus encore par le fait que je n'avais pas pu assister à son enterrement. J'aurais voulu lui dire au revoir et le remercier de tout ce qu'il avait fait pour moi.

Simón était attablé au comptoir de la cuisine, perché sur un tabouret, le journal entre les mains. Ses longues boucles encadraient son visage comme un rideau, et il portait un vieux jean déchiré et un tee-shirt Iron Maiden : il ne perdait pas une occasion de s'habiller simplement. Il détestait son costume de chef d'orchestre et sa veste queue-de-pie. Je trouvais pourtant qu'il était sexy dedans, tel un croisement entre un loup-garou et un vampire, mais lui se sentait entravé comme dans une camisole de force.

Il s'est levé dès que je suis entrée dans la pièce et m'a enlacée.

— Fran a appelé, a-t-il dit. Je suis désolé, ma chérie.

Je me suis appuyée contre lui et j'ai posé la tête sur son épaule. Il avait toujours le même parfum, une eau de Cologne qui sentait un mélange de noix de muscade et de cannelle, et qu'il portait depuis que je le connaissais. C'était une fragrance riche et boisée, que j'associais désormais au confort et à ses bras puissants.

— Je ne savais pas qu'elle avait le numéro de chez nous, ai-je remarqué, maussade.

— Je le lui ai donné à Noël.

Simón était beaucoup plus branché famille que moi. Il se disputait comme chien et chat avec ses frères et sœurs, voire de temps à autre avec ses parents, mais il leur téléphonait au moins une fois par semaine. Ma famille et moi nous entendions bien mais nous pouvions rester six mois sans nous donner de nouvelles.

J'ai levé la tête et je l'ai embrassé. Il avait des lèvres pleines et ne se rasait pas tous les jours. Il a réagi tout de suite et a fermement répondu à mon baiser en m'entraînant vers la chambre, les mains sous mon tee-shirt pour défaire l'agrafe de mon soutien-gorge de sport.

J'avais un réflexe très personnel, qu'il avait rapidement découvert : quand j'étais contrariée – à supposer que ce ne soit pas par lui – je voulais à tout prix baiser. Je savais que c'était une étrange façon de trouver du réconfort et que je ne la partageais qu'avec une infime minorité de femmes. Le sexe m'ancrait dans la vie comme rien d'autre, et c'était la seule chose, avec le violon, qui me permettait d'être en paix avec moi-même.

Il m'a enlevé mon pantalon de survêtement et a glissé un doigt en moi. Une décharge familière de plaisir a parcouru ma colonne vertébrale.

— Je devrais me doucher d'abord, ai-je protesté. Je suis en nage.

— Non. Tu sais que je t'aime comme ça, a-t-il rétorqué en me poussant sur le lit.

C'était vrai, et il me le prouvait souvent. Il m'aimait comme j'étais, quel que soit mon état : il me réveillait souvent par un cunnilingus et me sautait dessus quand je rentrais du sport.

C'était un homme passionné, qui aimait faire l'amour et qui faisait tout pour me satisfaire, mais nos goûts en matière de sexe ne s'accordaient pas. Aucun de nous deux n'aimait commander.

Simón n'était pas un dominateur, et je regrettais ce soupçon de glace présent dans la fermeté de la caresse de Dominik et des hommes de son genre. Je voulais qu'on m'attache au lit et qu'on abuse de moi. Simón avait bien essayé, mais il n'arrivait pas à se faire à l'idée qu'il pourrait me blesser. Même pour plaisanter, il était incapable de frapper ou d'attacher une femme, et il était donc hors de question pour lui de me fesser, même si c'était quelque chose que j'adorais.

C'était un homme bon. Je savais qu'il aimait que je sois sur lui mais qu'il le faisait parce qu'il croyait que ça me plaisait. L'insatisfaction tenace qui était la mienne depuis le début de notre relation était une source permanente de culpabilité, comme une blessure qui ne guérit pas ou une démangeaison que l'on ne peut pas gratter.

J'aurais vraiment voulu être le genre de femme que les choses ordinaires rendent heureuse. Je possédais même plus que des choses ordinaires : je n'avais pas seulement à mes côtés un homme bon, mais un homme merveilleux, nous avions des amis formidables, nous étions en bonne santé, et nos carrières s'annonçaient brillantes. Mais une petite voix me disait que je ne menais pas la vie que j'avais envie de vivre, et pire, qu'elle ne me convenait pas.

Simón voulait se marier et avoir des enfants. Pas moi. C'était notre seul véritable point de discorde, et nous n'avions jamais réussi à le surmonter. J'étais transpercée par un véritable sentiment d'horreur chaque fois que je le voyais regarder les bagues de fiançailles dans une vitrine de joaillier ou sourire à un enfant croisé dans la rue. Tout ce qui le rendrait heureux à jamais était exactement ce qui me terrifiait. Au cœur de la nuit, quand je n'étais pas occupée par le travail, ma vie sociale, ou le jogging dans le froid, j'avais l'impression que quelqu'un avait attaché un poids autour de mon cou ou avait suspendu une auréole si lourde au-dessus de ma tête que je ne pouvais pas la tenir à bout de bras. J'avais parfois la sensation que je risquais de me retrouver écrasée sous le poids de ma propre vie.

Deux semaines s'écoulèrent, pendant lesquelles je rêvai de cascades et de la voix de Dominik.

Je me réveillais en sursaut tous les matins, comme si une force surhumaine m'avait arrachée au sommeil.

Malgré mes craintes et mes inquiétudes, le temps s'écoulait, comme à son habitude. Je courais quotidiennement, répétais, sortais avec d'autres couples, pour la plupart musiciens. J'avais cependant l'impression d'avancer sans but, comme un bateau privé de gouvernail, comme si ma vie était progressivement en train de se dissoudre dans le néant.

Fran continuait à m'appeler à des horaires étranges, de jour comme de nuit. C'était peut-être sa façon de vérifier que j'allais bien. Nous avions toujours été proches, mais, comme nous n'étions démonstratives ni l'une ni l'autre, nos conversations ne duraient jamais plus de quelques minutes. Elle projetait toujours de quitter Te Aroha. Elle avait donné son préavis à son patron et elle attendait son visa pour la Grande-Bretagne.

Par chance, nous avions des ancêtres britanniques. Nos grands-parents paternels étaient ukrainiens, les parents de notre mère anglais. Des deux côtés nous descendions de pionniers, de voyageurs. L'envie de découvrir des endroits inconnus coulait dans nos veines.

— Tu ne viens pas à New York, alors ? lui ai-je demandé un soir.

Elle venait juste de me dire qu'elle avait pris son billet d'avion pour Londres.

— Je pense que j'ai Londres dans les gènes. Mais je peux toujours demander un visa américain.

— Tu peux vivre chez moi, tu n'as pas besoin de trouver un travail. Demande un visa touriste.

— Ne sois pas idiote. Tu sais bien que je ne peux pas ne pas travailler, tout comme toi.

— C'est toi qui vois. Tu viendras quand même me rendre visite ?

— Bien sûr. Tu viendras à Londres aussi ?

— Évidemment.

Plus j'y pensais, plus tout dans cette ville me manquait : le froid, la mélancolie qui se dégageait des vieux immeubles, le dédale des rues qui menaient partout et nulle part, bien différentes des édifices carrés rigidement alignés le long des avenues new-yorkaises.

Depuis que je vivais avec Simón, je n'y avais fait qu'une visite éclair puisque nous travaillions tous les deux. J'étais restée en contact avec Chris, mon meilleur ami, que j'avais rencontré lors de mon premier séjour à Londres. Son groupe, Groucho Nights, commençait tout juste à se faire un nom. Chris et son cousin Ted, qui était le guitariste, avaient rencontré par hasard dans une soirée Viggo Franck, le chanteur des Holy Criminals, et ils avaient sympathisé. Ce dernier leur avait proposé de faire sa première partie lors de son concert à Brixton, ce qui était le genre d'opportunité dont Chris avait rêvé toute sa vie.

Chris et moi nous nous étions rencontrés exactement au même endroit, à un concert des Black Keys. Ne connaissant personne, j'y étais allée seule, et nous nous étions percutés de plein fouet en sautant pour tenter d'attraper le médiator lancé par le chanteur. Gentleman jusqu'au bout des ongles, Chris me l'avait cédé, et pour le remercier je lui avais payé un verre après le concert. Nous avions alors découvert que nous étions tous deux musiciens et tous deux nouvellement arrivés à Londres. Je jouais du violon et lui de l'alto, qu'il venait d'abandonner au profit de la guitare, plus populaire. Par la suite, il m'était arrivé de jouer avec son groupe, quand l'ajout d'un violon se justifiait.

J'ai décidé de lui passer un coup de fil. Il était tard à Londres, mais Chris, avec le métier qu'il avait, devait être encore debout.

Il a décroché d'une voix ensommeillée.

— Ne me dis pas que je te réveille. Et moi qui pensais que tu étais une rock star.

— Summer ?

— La seule et unique. Quoi de neuf ?

Il s'est redressé dans son lit, et j'ai entendu le bruissement des draps.

— On va faire le concert.

— Avec les Holy Criminals ? Génial ! Tu as dû coucher avec Viggo Franck pour ça ?

— Arrête tes âneries.

— Alors, il est comment ?

— Viggo ?

— Qui d'autre ? Ce n'est pas le batteur qui m'intéresse.

— Il te plairait. Toutes les filles lui courent après, même si je ne comprends pas très bien ce qu'elles lui trouvent. Mais c'est bien le problème quand on est un mec bien : on est toujours le pote, jamais le petit ami. Ce sont les salauds qui décrochent le gros lot.

— Simón est un mec bien, ai-je répondu, taquine.

— C'est vrai. Mais est-ce que tu es vraiment heureuse avec lui ? a-t-il demandé, soudain plus sérieux.

J'ai réfléchi avant de répondre. Comment avouer que j'envisageais de quitter l'homme le plus gentil de la terre, justement parce qu'il était trop gentil ?

— Qu'est-ce qui ne va pas, Summer ? Ce n'est pas ton genre d'appeler pour bavarder.

— Je ne sais pas. Je ne suis pas dans mon assiette. Mon prof de violon est mort. M. Van der Vliet. Je ne sais pas si je t'ai parlé de lui.

— Si. Il n'était plus tout jeune, non ? Il a eu une longue vie. Et il était très fier de toi.

— Je me demande s'il ne s'est pas suicidé, ai-je révélé précipitamment.

— Oh non ! Je suis désolé… Comment tu gères ?

— Pas très bien. Je… je ne sais pas vraiment ce que je ressens. J'avais besoin d'entendre le son de ta voix.

— Tu sais que tu pourras toujours compter sur moi.

— Je sais. Bonne chance pour ton concert. C'est pour bientôt ?

— Le mois prochain. Tu vas nous manquer. Quand tu n'es pas là, ce n'est pas la même chose.

— N'importe quoi.

— Si, je te jure. Tu faisais la différence. Si tu n'étais pas partie, on serait peut-être déjà célèbres, qui sait ?

Je suis rentrée tard ce soir-là et j'ai trouvé Simón encore debout, assis sur l'un des tabourets de bar, ses longues jambes croisées au niveau des chevilles. Il m'attendait, penché sur le comptoir, contemplant non pas un journal mais un livre fermé posé devant lui. Le roman de Dominik, ai-je compris en m'approchant, horrifiée.

Il ne s'est pas levé pour m'accueillir, contrairement à son habitude. Il avait l'air profondément épuisé.

— Salut, ai-je dit pour briser la glace.

Il a levé les yeux et m'a souri faiblement. Son regard était chaleureux, mais il ressemblait à un animal blessé qui regarde son maître s'approcher avec un pistolet chargé.

— Salut, ma puce, a-t-il répondu. Viens là.

Il a ouvert grands les bras, et je me suis blottie contre lui. Il s'est mis à pleurer. Je sentais les sanglots qui soulevaient son torse, et ses larmes ont coulé dans mon cou.

— Qu'est-ce qu'il y a ? ai-je demandé gentiment.

— Tu es toujours amoureuse de Dominik.

C'était une affirmation, pas une question.

— Ça fait deux ans qu'on ne s'est pas vus.

— Mais tu ne nies pas. Tu l'aimes toujours.

— Je...

Il a fait un geste vers le livre posé sur le comptoir.

— Ce roman ne parle que de toi. C'est une autre époque et un autre lieu, mais c'est toi.

— Tu l'as lu ?

— J'en ai lu assez. Je suis désolé, je sais que je n'aurais pas dû fouiller dans tes affaires, mais tu n'étais pas toi-même dernièrement, et j'étais inquiet.

— Ce n'est pas grave. J'aurais dû te parler du roman.

J'avais essayé de le jeter. Je savais qu'il y avait un risque pour que Simón mette la main dessus. J'avais confiance en lui, mais il avait une façon particulière de se cramponner à moi, comme s'il savait que je ne lui appartiendrais jamais. Il semblait perpétuellement à la recherche de la preuve que je ne l'aimais pas réellement. C'était pourtant le cas, mais il s'agissait d'un amour qui ressemblait à une profonde affection et n'avait rien de romantique.

Il a saisi mon menton et a replacé une mèche folle derrière mon oreille.

— Ça ne marchera jamais, a-t-il déclaré.

— De quoi tu parles ?

J'ai senti quelque chose enfler douloureusement dans ma poitrine.

— Nous ne sommes pas sur la même longueur d'onde, Summer. Je t'aime, mais tu ne seras jamais heureuse avec moi. Et je passerai le reste de ma vie à courir après quelque chose que tu ne peux pas me donner.

— Ne sois pas ridicule, ai-je protesté, un peu paniquée. Ce n'est qu'un roman, ça ne veut rien dire. On peut en discuter et trouver…

— Je veux des enfants, fonder une famille. Pas toi. Tu connais la vieille comptine : un oiseau et un poisson peuvent s'aimer d'amour tendre, mais comment s'y prendre… ?

J'ai bafouillé. Je cherchais un argument valable à lui opposer, en vain.

— J'ai parlé à Susan, a-t-il poursuivi.

— Tu as annoncé à mon agent que tu me larguais avant de me le dire ?

Je sentais mon visage virer au rouge, la colère prenant le pas sur les larmes qui ne venaient pas. J'ai serré les poings contre son torse. Il a saisi mes poignets et m'a maintenue tout contre lui.

— Bien sûr que non. Je lui ai dit que tu avais besoin de faire une pause. Je vois bien que tu t'ennuies et que tu t'agaces pour un rien. Même les meilleurs musiciens ont besoin de vacances et de changement.

C'était indiscutable. Je jouais les mêmes morceaux depuis des années et je n'avais même jamais changé de robes de concert. J'en avais assez. J'étais blasée et épuisée. Même l'album de ballades sud-américaines que nous venions d'enregistrer ne m'avait pas emballée plus que ça. C'étaient ses origines, pas les miennes, et même si je parvenais à invoquer des images grâce aux histoires que Simón m'avait racontées, ça n'avait rien à voir avec la passion qui m'animait quand je jouais des compositeurs néo-zélandais ou des morceaux de rock en accompagnant le groupe de Chris avec lequel j'improvisais dans les pubs de Camden. Je suppose que c'est le problème quand on gagne de l'argent grâce à sa passion. Petit à petit, la musique était devenue une carrière, un travail. Et ça me fatiguait.

— Tu veux que je parte ?

— Non, je veux que tu restes à mes côtés pour toujours. Mais ce n'est pas possible, a-t-il ajouté, réaliste. Une pause me fera du bien à moi aussi. Je vais passer quinze jours au Venezuela auprès de ma famille. Je pars demain matin. Je te laisse prendre ta propre décision.

Nous avons fait l'amour une première fois cette nuit-là, puis une deuxième quand il m'a réveillée d'un baiser torride à 3 heures du matin. Il m'a baisée avec une sauvagerie dont il n'avait jamais fait preuve jusqu'à ce jour. Nous avons passé les quelques heures qui nous séparaient de son départ dans les bras l'un de l'autre, riant et bavardant comme de vieux amis.

— Si ça pouvait toujours être comme ça, ai-je soupiré quand il s'est extirpé du lit pour se préparer.

— Je pense que nous ne sommes vraiment pas faits l'un pour l'autre, a-t-il répondu. Je ne voulais simplement pas l'admettre. Nous avons des goûts communs, c'est tout.

Je l'ai regardé s'habiller. Il a enfilé son jean usé sans prendre la peine de mettre un caleçon. Quand il a penché la tête pour boucler son ceinturon à tête de mort argentée, son épaisse chevelure brune a dissimulé son visage. Il a enfilé un tee-shirt blanc moulant sur l'épaisse toison qui recouvrait son torse, ce qui a fait jouer ses muscles. Il a mis autour de son cou le pendentif en argent en forme de plume que je lui avais offert au Noël précédent. Il adorait les fringues et les accessoires, et c'était donc l'homme le plus facile à satisfaire quand il me prenait l'envie de lui faire un cadeau.

J'ai noué mes jambes autour de sa taille quand il s'est assis sur le bord du lit pour enfiler ses boots en croco à semelles rouges.

— Tu ne peux pas t'accrocher à moi comme ça indéfiniment, a-t-il fait remarquer. Il faudra bien que je mette mes chaussures…

Il m'a longuement embrassée devant le taxi qui devait l'emmener à l'aéroport, ne me lâchant que lorsque le chauffeur a commencé à donner des signes d'impatience.

— Ne disparais pas de ma vie. Donne-moi de tes nouvelles.

— Promis, ai-je répondu.

Puis je l'ai regardé disparaître de ma vie.

Je suis rentrée dans l'appartement en traînant des pieds et je me suis laissée tomber sur l'un des tabourets de bar. Le roman de Dominik était toujours là. Je l'ai saisi et feuilleté, lisant en diagonale un paragraphe sur l'héroïne rousse et son lot d'amants parisiens. Dominik et moi n'avions pas réussi à vivre ensemble. Nous n'étions pas très assortis d'un point de vue domestique. En revanche, nous étions totalement compatibles sexuellement. Et, même si bâtir une relation sur de telles fondations était une très mauvaise idée, je ne pouvais peut-être tout simplement pas faire autrement. On ne peut pas se fuir éternellement.

« Pour S.
À toi à jamais. »

Je me demandais s'il pensait encore à moi. Étais-je dans son roman parce qu'il était incapable de construire une histoire de toutes pièces et qu'il avait préféré s'inspirer d'une femme réelle pour trouver le ton juste ? Ou était-il obsédé par moi comme je l'étais par lui ?

Oh, Dominik, comment se fait-il que tu puisses bouleverser ma vie à ce point, alors que deux ans et des milliers de kilomètres nous séparent ?

J'ai pleuré, la tête dans les mains. Mes larmes sont tombées sur les pages ouvertes qui ont commencé à gondoler.

Une demi-heure plus tard, j'ai décroché le téléphone.

Et fait retentir une sonnerie, quelque part à Camden Town.

Chris a décroché.

— Putain, Summer, je n'ai pas de nouvelles pendant une éternité, et là tu m'appelles deux fois en une semaine ?

— Je viens à Londres. Je prends le prochain vol.

— Génial ! s'est-il écrié, manifestement enthousiaste. Juste à temps pour le concert. Tu pourrais jouer avec nous.

— Comme avant ?

— Ce sera mieux qu'avant, a-t-il rétorqué. Bien mieux.

PAPIER À BASE DE FIBRES CERTIFIÉES

Le Livre de Poche s'engage pour l'environnement en réduisant l'empreinte carbone de ses livres. Celle de cet exemplaire est de :
400 g éq. CO_2
Rendez-vous sur
www.livredepoche-durable.fr

Composition réalisée par Belle Page

Achevé d'imprimer en août 2014 en France par
CPI BRODARD ET TAUPIN
La Flèche (Sarthe)
N° d'impression : 3006439
Dépôt légal 1re publication : septembre 2014
LIBRAIRIE GÉNÉRALE FRANÇAISE
31, rue de Fleurus – 75278 Paris Cedex 06

84/7778/3